KB056666

설민석·원더스 지음

# 요괴이사 2

## 각성

DanRumi

차
례

무령의 재판 • 007

인신공양 • 042

광탈 • 120

송장벌레 • 187

백원 • 216

불가사리 • 242

해치의 뿔 • 296

수라 • 332

인당수 • 339


작가의 말 • 416

# 무령의 재판

　재판정 안, 해치는 굳은 결심이라도 한 듯 고개를 빳빳이 들고 있는 벼리를 내려다보고 있었다.

　"외지부라, 네가 나를 상대로 감히 변론을 펼치겠다는 뜻인가?"

　이렇게 묻는 해치의 얼굴에는 비웃음인지 기특함인지 모를 야릇한 표정이 스쳤다. 벼리는 바로 대답하지 않고 단호한 표정으로 심판대에 올라 무령 옆에 섰다.

　"네, 변론을 펼치고자 합니다, 재판장님."

　벼리가 호칭을 바꿔 부르자 해치는 더 재미있다는 듯 길게 고개를 끄덕였다. 그때, 내내 입을 다물고 있던 무령이 나직이 말했다.

　"저는 변호를 원하지 않습니다."

　하지만 해치는 정작 목소리가 들리는 무령 쪽으로는 시선한 자락 주지 않은 채 벼리를 보며 말했다.

"어찌하냐? 변호가 필요 없다고 하는데? 본인이 원치 않으면 허할 수 없다."

그 말을 들은 광탈이 발을 동동 굴렀다.

"무령 누님! 무슨 소리예요? 백원이 형도 없고 저는 겨우 천자문 뗀 무지렁인데……, 지금 누님을 구해 줄 수 있는 건 벼리밖에 없다고요."

무령은 눈을 지그시 감고 아무런 대꾸도 하지 않았다. 벼리는 무슨 말이라도 해 보려는 듯 무령의 어깨에 손을 얹었다. 그러자 무령이 먼저 입을 뗐다.

"애쓰지 마라. 그런다고 지은 죄가 어디 가겠니. 나도 지쳤다. 이제 그만하고 싶어."

마른 풀처럼 버석버석한 목소리는 어떤 설득도 통하지 않을 것 같았다. 벼리는 해치 쪽으로 몸을 돌려 말했다.

"재판장님, 무령은 몸과 마음에 큰 상처를 입고 오랫동안 괴로움에 시달렸습니다. 그러다 자신에게 해를 끼친 자를 다시 마주하였으니, 얼마나 큰 충격을 받았겠습니까. 현재 그녀가 올바른 판단을 내리기 힘든 상태임을 고려해 주시길 바랍니다."

말을 끝낸 벼리는 무령의 양쪽 어깨를 부여잡으며 말했다.

"언니, 두 눈 똑바로 뜨고 절 봐요. 그리고 잘 들으세요. 언니는 세상을 구하는 요괴어사로서의 임무를 다하겠다고 전하 앞에서 맹세했어요. 그 말이 진심이었다면 언니는 이제 혼자만의 몸이 아닌 거예요. 우린 스스로를 포기할 권리도, 내칠 권한도 이미 전하께 모두 맡겼잖아요. 제발 참회하는 마음이 조금이라도 있다면……, 아무 말 하지 말고 가만히만 계셔 주세요. 부탁이에요."

그러자 광탈도 맞장구쳤다.

"형님, 아니, 재판장님! 벼리 말이 맞아요. 저 누님은 아닌 척하는 거지, 알고 보면 엄청 제정신이 아니에요. 그리고 멍청한 걸로 따지자면 저랑 도토리 키 재기일걸요? 그러니까 멀쩡한 외지부가 필요합니다!"

두서없는 광탈의 말까지 참을성 있게 들어 준 해치는 잠시 고민하다가 무령에게 물었다.

"죄인에게 묻겠다. 유벼리의 변호를 허하겠느냐?"

젖은 눈으로 허공을 멍하니 바라보고 있던 무령은 벼리와 잠깐 눈을 맞추고는 다시 시선을 돌리며 말했다.

"네."

무령의 답이 떨어지기가 무섭게 광탈이 요란스럽게 덩실 거리며 소리쳤다.

"그렇지! 아무렴 그렇지. 우리 누님 살았네, 살았어! 유벼 리가 누구야, 천하의 정약용 선생에게 사서오경부터 불경에

서학까지……."

그때 해치도 소리쳤다.

"광탈이 입을 다물어야 변호를 허하겠다!"

이 말이 끝나기가 무섭게 광탈은 자신의 입술을 내밀어 양손으로 꽉 잡고 고개를 크게 끄덕였다. 잠시 후 해치가 벼리에게 명했다.

"시작하라."

═══

재판정에서 쫓겨난 백원은 한참 씨근덕거렸다. 서서히 흥분이 가라앉자 자신이 한심하게 느껴지기 시작했다. 냉정히 판단하지 못하고 감정이 앞서 상황을 더 어지럽게 만든 꼴이었다.

가슴 한쪽에서는 불안감이 스멀거리며 올라왔다. 가벼운 징계로 끝나지 않을 거란 경고 같았다.

'결계를 부수고 다시 들어간다 해도 또 쫓겨나겠지.'

설령 들어간다 해도 그가 딱히 할 수 있는 일은 없었다. 오히려 무령에게 좋지 않은 영향을 줄지도 모른다. 순간, 재판정 안에 들어가서 도움이 되는 뭐라도 할 수 있을 것 같은 이가 떠올랐다. 그는 바람처럼 달리기 시작했다.

아무리 재판이라지만 끔찍한 놈들과 마주하고, 숨겼던 과거까지 낱낱이 까발려지다니. 백원으로서는 그녀의 참담한 심경을 차마 헤아릴 수 없었다. 치밀어 오르는 울분을 씹어 삼키며, 백원은 나지막이 읊조렸다.

"무령, 버텨라!"

그는 끊임없이 이 말을 되뇌며 달렸다. 백원이 도착한 곳은 요괴가 된 홍련이 나타났을 때 해치가 무령과 벼리를 가둬 두었던 방이었다. 그때 해치가 쳐 놓은 물결은 여전히 문을 감싸고 있었다.

'두 사람은 어떻게 빠져나온 거지?'

그는 벼리의 칠지도와 무령의 금줄을 차례로 떠올렸다가 이내 고개를 저었다. 물결 너머로 보이는 문이 멀쩡한 걸 보니 부수고 나온 건 아니었다.

'문이 아니라면……, 창문?'

건물의 오른쪽으로 돌아가 보니 반쯤 열린 창문이 눈에 들어왔다. 벼리와 무령은 충분히 나올 수 있는 크기였지만, 백원은 어깨조차 넣지 못할 정도의 작은 창문이었다.

백원은 주먹을 단단히 움켜쥐고 물결을 향해 휘둘렀다. 물결은 단 한 방에 흩어졌고, 날린 주먹을 거둬들이기도 전에 빠르게 다시 내지른 두 번째 주먹에 건물 벽에는 커다란 구멍이 났다. 백원은 안으로 들어가 무령의 흔적을 찾기 시작했다. 강철이 사건을 겪은 후 정조는 무령에게 어디를 가든지 현장과 이어지는 결계를 치라 명했었다. 무령이 이번에도 그 명령을 따랐을지 모르지만, 지금으로서는 유일한 희망이었다.

백원이 방 안 세간살이를 들어내며 구석구석 뒤지기 시작할 때, 관아 사람들이 몰려왔다. 그들은 무너진 벽을 보고 놀랐고 백원을 보고 한 번 더 놀랐다.

"아니, 이게 무슨 일이래?"

관졸들이 눈알을 굴리며 서로 눈치만 보자, 보다 못한 이방 하나가 나섰다.

"이보시오. 이게 다 무슨 일입니까? 대체 어찌된 일인……, 어이쿠!"

말을 하던 그는 백원과 눈만 마주쳤을 뿐인데 그대로 엉덩방아를 찧었다. 눈빛만으로도 사람을 죽일 기세였다. 백원이 이를 악물고 나직이 말했다.

"나가."

"네……."

이방은 백원의 기세에 눌려 대꾸도 하지 못하고 슬금슬금 뒤로 물러나는가 싶더니 이내 쏜살같이 사라졌고, 뒤이어 다른 사람들도 허둥지둥 흩어졌다.

잠시 후, 백원은 방 모서리에 쳐 놓은 금줄 결계를 발견했다. 가느다란 실 같은 것이 벽을 따라 삼태극 모양으로 얽혀 있었다. 백원이 여기에 손을 대자, 금줄이 붉은빛을 뿜었다. 마치 백원은 이 결계 안으로 입장할 자격이 없다고 경고하는 것 같았다. 그는 입술을 잘근 씹으며 숨을 몰아쉬었다. 이러는 동안에도 시간은 계속 흐르니 초조하기 그지없었다. 그러다 머릿속에 지난번 재판에서 땅 아래로 빨려 들어가던 죄인들까지 떠오르자, 마음이 더 급해진 백원은 결계도 부숴 버리려는 듯 주먹을 꽉 쥐었다. 그때였다.

웅, 우웅.

등에 메고 있던 청룡언월도가 울기 시작했다.

청룡언월도는 단순한 무기가 아니었다. 사도 세자가 생전에 몹시 아꼈던 유품이라더니, 그의 혼이라도 깃든 것일까? 지난 세월 동안 청룡언월도는 마치 백원의 마음을 알아주는 스승처럼, 또 때로는 친구처럼, 함께해 주는 것 같은 기이한 체험도 한 적이 있지 않은가. 무술을 연마할 때는 한 몸이 된 것처럼 움직였고 전투 중에는 자신을 이끈다는 느낌도 받았었다. 강철과 싸울 때도 그랬다. 단숨에 베려 했던 악귀가 억울한 영혼임을 알아보고 소멸시키지 말라는 듯 몸을 떨지 않았던가. 지금도 청룡언월도가 뭔가 알려 주려 한다는 예감이 강하게 들었다.

백원은 청룡언월도를 그러잡고 말했다.

"만약 사도 세자 저하의 혼령이 깃들어 계신다면, 미천한 저에게 갈 길을 알려 주십시오."

청룡언월도는 백원의 마음을 읽은 듯 한층 더 심하게 울었고, 그는 몸을 청룡언월도에 맡기려는 듯 스르르 힘을 뺐다.

"저하, 제가 따르겠나이다."

그러자 청룡언월도는 백원의 두 손을 이끄는 것처럼 서서히 공중으로 솟구치는가 싶더니, 그대로 결계 위로 내리치듯 떨어졌다. 삼태극 문양은 한층 더 붉은 빛으로 물들며 커다란 소리를 냈다. 백원은 계속 청룡언월도에 마음을 집중하며 온전히 몸을 맡겼다.

쿵쿵, 쿵쿵쿵쿵, 쿵쿵쿵쿵쿵!

청룡언월도는 두 번, 잠시 틈을 두었다가 네 번, 그리고 다섯 번씩, 일정한 박자로 반복해서 결계를 내리쳤다.

한편, 물러나는 척했지만 상황 파악을 위해 근처 덤불에 숨었던 이방들은 이 광경을 지켜보며 의아하다는 듯 중얼거렸다.

"어사도 좀 이상했는데 모시는 것들도 정상은 아닐세."

"허허, 그러게 말이야."

"그래도 더 부수지는 않으니, 말리지 말아야겠지?"

"아휴, 저걸 누가 말려."

그들은 아무것도 없는 방구석에서 도끼질에 장단 맞추듯

청룡언월도를 찍어 대는 백원을 보며 고개를 절레절레 흔들었다.

≡

지그시 눈을 감고 호흡을 길게 뱉은 벼리는 곧이어 눈을 뜨고 차분히 변론을 시작했다.

"존경하는 재판장님, 무령은 이 나라 사람입니다. 따라서 과거 조선에서 일어난 비슷한 사건에 비추어 그녀에 대한 판결을 진행해야 할 것입니다."

벼리는 실제 사건을 예로 들었다.

"지금의 전하께서 즉위하신 지 14년째 되던 해에 있었던 일입니다. 전라도에 사는 김은애라는 여인은 평소 옆집에 사는 노파에게 괴롭힘을 당했습니다. 노파는 김은애가 처녀 적부터 바람기가 다분하고 사내를 좋아했으며, 결혼 후에도 간음하고 다닌다는 소문을 퍼트렸지요. 오랫동안 모함에 시달린 김은애는 결국 화를 참지 못하고 노파를 죽였습니다. 결과만 보면 그녀는 살인자입니다. 하지만 전하의 생각은 달랐습니다. 그 판결문의 일부를 옮기자면, 이렇습니다."

정조 이야기가 나오자 해치는 자기도 모르게 송곳니를 살짝 드러냈다. 벼리는 개의치 않고 마치 서재에서 책을 꺼내

읽듯, 머릿속에 정리된 판결문을 읊어 내기 시작했다.

"'입을 놀리는 건 잠깐이다. 하지만 유부녀에게 헛소문은 천길만길 구렁텅이에 빠지는 것과 같다. 또한 한번 쓴 누명은 벗기 어려우니, 어떤 이는 사무치는 분을 이기지 못하고 스스로 목숨을 끊어서 자신의 결백을 주장하기에 이른다. 하나, 김은애는 죄지은 자를 벌함으로써 자신의 결백을 드러내고 원수는 꼭 갚아야 한다는 걸 보여 주었다. 이는 피 끓는 사내도 쉽게 하기 힘든 일이다.'라고 판결하셨습니다."

곧이어 벼리는 결론을 전했다.

"하여, 전하께서는 김은애를 특별히 석방하고 이 사건을 모르는 백성이 없게 하고자, 〈은애전〉*이라는 이야기를 지어 널리 알리라 명하셨습니다.

재판장님, 무령은 평소 그녀에게 집착하던 기방 손님 이용 태에게 상해를 입었지만, 친아버지가 직접 나서서 사건을 덮었습니다. 처벌받은 이는 아무도 없었고 도리어 무령은 죽음을 목전에 두고 빈털터리로 쫓겨났습니다.

무령의 상황은 김은애가 처한 천길만길 구렁텅이보다 더했으면 더했지, 덜하지 않습니다. 따라서 무령의 경우는 죄지은 자를 벌함으로써 자신의 결백을 드러내고 원수는 꼭 갚

---

* 〈은애전(銀愛傳)〉 조선 후기에 이덕무가 지은 한문 소설.

아야 한나는 걸 보여 준 김은애의 사례와 같습니다. 고로 무령의 행위는 살인이 아닌, 정당방위에 해당됨을 본 재판정에서 밝히고자 합니다."

어느새 웃음기가 사라진 해치의 눈빛은 단호했다.

"나 또한 〈은애전〉을 읽어 익히 알고 있다. 네 임금이 강조하던 '백성이 마음으로 따를 수 있는 판결'이 무엇인지 잘 보여 주는 사례이지. 하지만 무령의 경우는 다르다. 김은애는 노파를 살해할 당시, 모함에 시달리고 있었어. 그건 외지부가 말하는 정당방위라 말할 수 있겠지.

그러나 무령이 '연리도蓮鯉圖'라는 살인 도구를 만들어 홍련에게 전해 준 시기는 상해 사건이 있은 후 약 2년이란 세월이 흐른 뒤였다. 무령이 원한을 풀고자 했다면, 그 시간 동안 방법은 많았을 것. 예를 들어 관가에 재조사를 요청한다든지……."

광탈이 참지 못하고 상기된 얼굴로 끼어들었다.

"관가요? 사건 직후에도 있는 놈들이 작당해서 죄를 덮는 마당에 재조사라니요? 신수님! 이 땅에 살아 봤어요? 없는 이들의 갈 곳 없는 현실을 알기나 하냐고요?"

"그 입 다물라 했다."

해치는 광탈에게 엄중히 경고하고 계속 말을 이어갔다.

"조사를 다시 해 달라는 요청을 들어주고 말고는 관할 수령의 판단인 것이고, 중요한 문제는 무령이 그런 시도조차 하지 않았다는 것이다. 그리고 시간이 흘러 찾아온 홍련과 작당하여 염력이 가득한 '연리도'라는 살인 도구를 제작하였다. 이것으로 여러 사람의 목숨을 빼앗았으니 명백한 살인죄에 해당한다."

순간 벼리는 눈앞이 캄캄해졌다. 홧김에 살인을 저지른 것과 다른 사람을 꾀어 계획적으로 살인하도록 만든 것은 죄질이 달랐다. 벼리는 〈경국대전〉부터 〈대전통편〉까지 수많은 법전을 머릿속에 암기만 했지, 노련한 해치처럼 그것을 해석하고 적용하는 능력은 부족했던 것이다.

첫 변론에 실패한 벼리는 표정이 굳었고 광탈은 똥 마려운 강아지처럼 안절부절못했다. 정작 무령은 씁쓸하게 웃을 뿐, 별 반응이 없었다.

벼리는 다시 눈을 감고 생각을 가다듬었다. 두 손을 깍지 끼고 양쪽 엄지손가락으로 관자놀이를 쓸어 올리기 시작했다. 위기의 상황에 몰렸을 때 나오는 특유의 습관이었다. 순간 우주보다 복잡한 벼리의 머릿속에서 한 줄기 빛이 솟았다.

'잠깐, 염력이 가득한 '연리도'라는 살인 도구를 제작했다? 그림으로 사람을 죽였다는 얘긴데……. 지금이라면 모를까, 홍련에게 그림을 그려 줄 당시의 언니에게 그 정도로 강력한 염력이 있었을 리가 없어. 내가 처음 봤을 때 언니의 염력은 그저 미래나 잠깐씩 내다보는 정도의 수준이었어. 그런 언니가 무슨 수로 사람을 죽일 정도의 그림을 그려 냈대? 앞뒤가 맞지 않잖아!'

벼리의 침묵에 광탈은 다리에 힘이 풀리는 듯했다. 벼리가 저렇게 오래도록 말문이 막힌 건 처음 봤기 때문이었다.

해치는 더 할 말 없으면 판결하겠다며 물결을 일으키려 했다. 그 순간 벼리가 다급하게 외쳤다.

"무령에게 몇 가지 묻고자 합니다!"

해치가 무표정하게 답했다.

"질문을 허한다."

"감사합니다."

벼리는 안도의 한숨을 삼키고 무령에게 물었다.

"자신이 남다르다는 건 언제 알았습니까?"

무령은 잠시 머뭇거렸다.

홍련이 지옥으로 사라진 뒤, 무령은 홀가분하면서도 허무했다. 오랜 원한이 풀려 시원할 줄 알았는데, 점점 마음이 불편해졌다. 가족과 같은 이들을 배신했다는 죄책감 때문이었다. 배신당한 상처로 그리 아파했으면서 자신이 똑같은 짓을 저지른 게 아닌가. 이승에 계속 남아 저들을 대하느니, 홍련과 나란히 지옥에 앉아 있는 게 더 나을 듯했다. 그래서 변호도 거절했다.

하지만 눈물 콧물 범벅인 광탈의 얼굴과 식은땀 나는 손을 연신 치맛자락에 닦는 벼리를 보고 있자니, 견딜 수 없었다.

'나도 참 못됐다. 저리들 애쓰는데, 나는 도망갈 생각만 하고 있구나.'

이러면 호의를 끝까지 외면한 홍련과 다를 게 없었다.

엇나가려는 마음을 돌이킨 무령은 천천히 고개를 들더니 사과부터 했다.

"재판장님, 죄송합니다. 지난날을 정확하게 돌이켜 보느라, 다소 답이 늦었습니다."

무령이 공손히 굴자, 해치는 조금 누그러진 목소리로 답했다.

"흠흠, 중요한 대답이니 천천히 하거라."

달라진 분위기를 놓치지 않으려는 듯 벼리는 무령에게 재차 물었다.

"자신의 능력이 남다르다는 것을 언제부터 알았죠?"

"정확히 기억나는 건 여섯 살 때쯤이었습니다."

다섯 번째 생일이 지난 뒤였다. 처음 보는 아이가 쫄래쫄래 따라오면서 같이 놀자고 했다. 무령도 심심했던 참이라 함께 실뜨기를 했다. 조잘조잘 이야기를 나누고, 실이 엉키기라도 하면 배를 잡고 웃었다. 그런데 그 광경을 놀란 듯 멍하니 바라보던 다른 친구들이 무령에게 혼자서 뭐하고 있는 거냐고 물었다. 그 순간 어찌나 당황했던지, 당시의 기억은 아직도 선명했다.

"그때 깨달았습니다. 저만 보고 듣는 게 있다는 것을요."

"그 밖에 다른 건 없었습니까?"

"가끔 꿈에 본 것이 현실로 이뤄지기도 했습니다. 하지만 그때마다 우연이겠거니 생각하고 그다지 신경 쓰지 않았습니다.

그런데 열아홉 살 때 일입니다. 저를 찾은 적이라곤 없던 제 아비가 사람을 보냈더군요. 버려진 딸이라도 보고 싶어 보낸 줄 알고 한껏 기대했는데, 제게 죽은 듯 살라 전하더이다. 그 사람이 다녀간 후 기방의 행수까지 처신을 조심하라고 잔소리를 늘어놓는데, 어찌나 화가 나던지……. 그 순간 제 앞에 있던 거울이 깨졌습니다. 내색하진 않았지만, 저도 몹시 놀랐습니다."

"그 힘으로 남을 해친 적 있습니까?"

"없습니다."

"어떻게 확신하죠?"

"그럴 만큼 세지 않았고 제 마음대로 조절할 수도 없었습니다."

순간 벼리의 눈이 빛났다.

"그렇다면 감춰져 있던 힘이 본격적으로 드러난 것은 언제

였죠?"

"화상을 입은 뒤부터였습니다."

무령은 일부러 입을 닫고 하지 않는 말들은 있어도, 묻는 말에 거짓을 답하는 사람은 아니었다.

그녀는 더하거나 빼는 것 없이 과거를 그려 냈다. 기방에서 쫓겨난 후 암자에 들어가 죽을 날만 기다리던 몸이 저절로 낫기 시작한 이야기부터 시작해, 그 후에는 꽁꽁 언 강물에 몸을 씻어도 추운 줄 몰랐으며, 사내보다 빠르게 뛰고 평범한 금줄을 잡으면 마치 살아 있는 것처럼 움직였던 이야기까지.

"그 무렵부터였습니다. 툭툭 끊어진 토막처럼 어설프긴 했지만, 굳이 꿈이 아니더라도 미래에 일어날 일이 보이기 시작했습니다. 그래서 스무 살 때부터 점쟁이 노릇을 하며 먹고 살았습니다."

무령이 진술을 마치자 벼리가 조심스레 물었다.

"그때도 지금처럼 금줄을 자유자재로 다뤘나요?"

"아닙니다. 처음에는 제 손이 닿으면 빛을 내며 뱀처럼 꿈틀거리는 정도였습니다."

"그럼 지금처럼 결계를 쳐서 공간을 분리하고 그 사이를 이동하게 된 건 언제였습니까?"

"스물다섯 살 때 어사대에 들어간 후부터였습니다. 국무당에게 명리학과 육효 등 미래를 읽어 내는 학문을 체계적으로 배웠고, 새벽마다 칠성신께 드리는 기도가 하루하루 이어지면서 오늘에 이르게 되었습니다."

벼리의 질문이 끝나자 해치가 나섰다.

"네 말대로라면 본격적인 능력 발현은 어사대에 합류한 뒤부터 시작되었다는 건데, 그러면 연리도는 어찌 된 것이냐? 네가 기생 시절, 연리도를 그려 준 선비 하나가 장원급제하자, 너에게 그 그림을 그려 달라고 손님들이 뻔질나게 드나들지 않았느냐."

벼리는 모르는 그녀의 과거를 해치는 훤히 꿰뚫고 있었다. 신수에게는 자연스러운 능력이었다.

무령이 해치에게 답했다.

"그것은……. 저의 능력이 아니라 그들의 바람이었습니다. 저는 그림이든 춤이든 제가 잘하는 걸 했을 뿐인데, 우연히 그림을 가져간 선비가 과거에 급제하자 온 동네에 영험한 그림이라고 소문이 난 것입니다. 그 소문에 불이 붙고 과장이 붙어 선비들과 명문가의 안주인들이 줄을 서기 시작했고요.

그때 저는 깨달았습니다. 사람들의 불안감과 조급함은 없는 신화를 만들어 낸다는 것을."

"네가 그린 연리도가 사람들에게 합격하리란 믿음을 심었을 뿐이다, 이 말이냐?"

그러자 벼리가 잽싸게 끼어들었다.

"재판장님, 무령은 춤도 추었습니다. 당시 그녀에게 신묘한 힘이 강하게 발현되었다면 춤을 출 때도 연리도와 같은 신기한 일이 벌어졌어야 합니다."

그러자 해치가 다시 무령을 향해 말했다.

"좋다. 그 시절에는 기예에 특별한 힘을 실을 수 없었다고 하자. 하지만 홍련에게 연리도를 그려 준 건 네가 죽을 고비를 넘긴 후였다. 그간 모르고 있던 힘이 서서히 발현된 때가 아닌가! 그렇다면 네가 그려 준 그림이 사람의 목숨을 앗아 갈 수 있음을 충분히 인지한 게 아니냐?"

해치가 몰아붙이자 무령은 입술을 달싹거리다가 다물었다. 자신의 기억에 확신이 들지 않았기 때문이었다.

그녀는 지그시 눈을 감고 과거를 더듬었다.

'나의 힘을 확실히 다루게 된 때가 정확히 언제였지?'

점쟁이로 사는 동안 금줄도 다루고 점괘도 기막히게 맞았지만, 그뿐이었다. 미래는 오직 손님들이 원하는 것만 보였다. 금줄을 다룬다는 건 신기하기만 했을 뿐, 쓸 데가 없었다. 그것을 무기로 쓰게 된 건 목멱 기지에 들어와서 국무당에게 신공을 배운 후부터였다.

그때, 기다렸다는 듯 과거가 선명하게 떠올랐다. 임금님이 언짢아하는데도 벼리는 끝까지 고집을 부려 무령을 어사내에 합류시켰다. 국무당은 생판 남인 자신을 위해 매일 치성을 드리며 평생 갈고 닦은 신공을 아무 대가 없이 가르쳐 주었다. 광탈은 오랫동안 잊고 있었던 웃음을 주었으며, 백원은 여름날 따가운 햇빛을 막아 주는 큰 나무의 그늘처럼 오갈 데 없는 자신의 마음을 쉬게 해 주었다. 그리고 전하께서는…….

무령이 멈칫했다. 이게 사랑이고 가족이 아니면 무엇이겠는가. 기억을 되짚어 보다 마음속으로 결론을 내린 그녀가 해치에게 말했다.

"재판장님, 제 안의 힘을 깨운 건 분노이지만, 그것을 키운 건 사랑입니다. 저의 능력을 제대로 다룰 수 있게 된 건 어사 대원이 된 후였습니다. 믿어 주십시오."

무령을 바라보는 벼리와 광탈의 눈시울이 붉어졌다. 하지만 해치는 피도 눈물도 없는 돌 인형처럼 냉혹하게 말했다.

"재판은 믿음이 아니라 진실이다. 홍련이 네게 연리도를 받아 가는 과거의 장면을 보고 판단하겠다."

해치는 벼리가 과거의 장면을 보는 것을 당연히 반대할 줄 알았다. 하지만 벼리는 가만히 서서 해치를 바라보고만 있었다.

'쯧쯧, 저러면서 외지부는 무슨…….'

해치는 벼리의 무반응에 한숨을 삼키고는 무령에게 마치

경고하듯 말했다.

"과거의 장면을 보면 네 말이 사실인지 거짓인지, 절대 발뺌할 수 없는 명백한 증거가 될 것이다."

그러자 무령은 차분하게 대답했다.

"제가 원하는 건 무죄가 아니라, 심판입니다."

이쯤 되니, 이 상황을 제대로 파악한 건 광탈뿐인가 싶었다. 그는 안절부절못하는 듯 눈을 질끈 감고 부처와 옥황상제, 심지어 비형랑까지 찾으며 빌고 있었다.

'옥황상제님, 아니지. 옥황상제는 해치랑 같은 편 아니야? 부처님, 조상님, 제발 우리 누님 좀 도와주세요!'

고요한 재판정에는 광탈의 애타는 듯 끙끙거리는 소리만 작게 맴돌았다.

이윽고 해치가 은방울을 울리자 공중에 펼쳐진 물결이 당시의 모습을 비추기 시작했다.


무령이 홀로 방 안에 앉아 있는데, 어둠 속에서 두 개의 썩은 발이 다가왔다. 요괴가 되어 찾아온 홍련이었다.

*"그림 한 장만 그려 줘."*

"왜 내가 너에게 그림을 그려 줘야 하지?"

무령이 어이없다는 듯 답하자, 홍련은 배고픈 사냥개마냥 집요하게 무령을 물고 늘어졌다.

"너와 나를 이리 만든 양반 놈들 혼쭐내 주려고 그러지. 우리가 그네들보다 더 세졌으니까. 안 그래? 딱 한 장이면 돼. 네 힘이 깃든 그림. 그거 하나면 널 이 꼴로 만든 놈들은 요괴가 된 나를 마주하게 될 거야."

이 말을 들은 무령은 속을 알 수 없는 미소를 지으며 말했다.

"한 가지 조건이 있어."

"말해."

"단숨에 끝내지 마. 그들의 행복이 무르익을 때까지 기다려. 정상에서 굴러떨어져야 더 아픈 법이잖아."

그 말을 듣고는 홍련이 웃음을 터뜨렸다.

"정말 독하다니까. 내가 이런 너를 이기려 했다니. 죽어도 싸지."

무령이 그림 도구를 꺼내자 홍련이 슬며시 발가락으로 먹을 잡더니 벼루에 문질렀다.

공중에 펼쳐졌던 물결은 무령이 거침없이 연리도를 그리고 낙관까지 찍는 것을 끝으로 사그라들었다.

———

정조는 그날따라 몸이 좋지 않았다. 왠지 모르게 기운이 축축 처지고 마음이 한없이 무거웠다. 그는 밝게 떠오른 보름달 아래서 어사대가 있는 쪽 하늘을 바라보다가 침소로 들어갔다.

몸을 눕히고 눈을 감았지만 잠은 달아나 버리고 복잡한 생각이 찾아들었다.

'잘하고 있겠지.'

그때였다.

쿵쿵, 쿵쿵쿵쿵, 쿵쿵쿵쿵쿵!

누군가 물속에서 큰 북을 치는 듯한 먹먹한 진동이 느껴졌다. 피곤해서 이명이 들리는가 싶어 베개를 고쳐 베었다. 하지만 진동은 일정한 박자로 계속되었다. 이쯤 되면 나인들이 달려와 살필 만도 한데, 어쩐지 조용했다.

'혹시 나에게만 들리는 건가?'

어사대와 함께하며 별일을 다 겪은지라, 정조는 당황하지 않고 귀를 기울였다.

쿵쿵, 쿵쿵쿵쿵, 쿵쿵쿵쿵쿵!

'둘, 넷, 다섯이라……'

그건 봉화* 신호였다.

평상시에는 하나를 피우지만, 적이 나타나면 둘, 바다에서

---

*        봉화(烽火) 나라에 전쟁이나 천재지변 등, 큰일이 있을 때 신호로 올리던 불.

전투가 벌어지거나 국경을 침범하면 넷, 바다로 들어온 적이 땅에 오르거나 국경을 넘은 적과 교전이 벌어지면 다섯 개의 불을 올렸다.

그렇다면 이 소리는 필시 어사대가 위험에 빠졌다는 신호였다. 정조는 벌떡 일어나 활과 화살집을 챙기고 침소 밖으로 나왔다. 그러자 대기하고 있던 나인이 황급히 다가왔다.

"전하, 어인 일이시옵니까?"

정조를 모시는 이들은 임금의 기색만 살필 뿐, 진동은 느끼지 못하는 눈치였다.

"잠도 오지 않고 좀 답답해서, 괘념치 말거라."

정조가 걸음을 옮기자, 그의 뒤로 침소를 지키고 있던 한 명의 호위 무사가 따랐다.

곧이어 정조가 도착한 수구문*에는 임금이 비밀스럽게 출입할 수 있도록 무령이 쳐 둔 결계가 쪼개질 듯 울고 있었다.

"역시……."

정조는 한 번 더 신중하게 생각을 정리해 봤다.

'만약 이 진동이 봉화의 신호와 같다면, 결계 너머는 한창 교전 중일 터. 게다가 상대는 사람이 아닌, 요괴일 테고…….'

어사대와 해치가 함께 있는데도 다급한 신호를 보낼 정도

---

\* 　　　수구문(水口門) 성안의 물이 성 밖으로 흘러 나가도록 개울이나 도랑에 낸 문.

면, 정조도 안전할 수 없었다.

정조는 뒤따르던 호위 무사에게 말했다.

"너는 여기서 기다리거라."

"네, 전하."

백동수가 그림자처럼 왕을 모시도록 붙여 놓은 자였다. 백동수는 그에게 무조건 왕의 지시에만 따르라고 엄중히 일러둔 터였다. 임금의 주변에서 그 어떤 일이 일어나더라도 절대 의심하지 말고 알려고도 하지 말며, 법도나 상식 따위는 접어 둔 채 어명에만 집중하라 일러두었다. 무사는 뒤돌아 묵묵히 주위를 살피기 시작했다.

정조는 환히 비추는 보름달을 한 번 올려다보고는 망설임 없이 돌담에 손을 올렸다. 그러자 주인을 반기듯, 거미줄보다 촘촘한 금빛 선이 뻗어 나가더니 커다란 연꽃 모양이 되어 그를 감싸 안았다.


한편, 여전히 덤불에 숨어서 백원을 지켜보던 이방들은 제 눈을 의심했다. 건물 안이 환해진다 싶더니 난데없이 활을 든 한 남자가 나타난 것이다. 정조였다.

이방들은 정조의 정체를 알 리 없었지만, 그들의 눈에도 고귀함과 절대적인 권위가 넘쳐흐르는 존재로 보였다.

"신선인가?"

"그러게 말일세."

백원이 정조를 보자마자 엎드리는 광경까지 본 그들은 신선일지도 모른다며 확신하는 듯했다. 하지만 이내 정조가 백원과 몇 마디 말을 나누다, 차마 입에 담기도 어려운 말을 내뱉는 걸 보곤 놀라서 눈알을 이리저리 굴렸다.

"아니, 저런 욕을 하다니……. 신선은 아닌 건가?"

"그, 그러게."

백원과 정조는 객사 쪽으로 금세 사라졌다. 이방들은 심각한 표정으로 서로를 바라보았다.

"이게 다 무슨 일이야?"

"그러게나 말이야."

═ ═

재판정 안, 무령이 연리도에 낙관을 찍는 장면까지 보여 준 뒤 물결이 사라지자 해치가 엄히 따졌다.

"홍련은 '네 힘이 깃든 그림'이라 언급했고 너는 청을 들어주었다. 어디서 감히 거짓을 고하느냐!"

그러나 무령은 단호하게 부정했다.

"깃들지 않았습니다. 조금 전에 말씀드렸다시피, 그때는 그림에 기운을 넣을 만한 능력이 없었습니다. 그저 홍련의 말일 뿐입니다."

"진실을 보여 주었는데도 뉘우치질 않는구나!"

"재판장님, 눈에 보이는 것이 어찌 다 진실이라고 생각하십니까. 제 기억엔 틀림이 없습니다. 사람을 죽일 수 있을 정도로 능력이 발현된 것은 어사대에 들어온 이후입니다."

그때 내내 잠자코 있던 벼리가 재빨리 끼어들었다.

"재판장님, 제가 처음으로 지켜본 재판을 기억하십니까?"

"……반쪽이의 재판이었지."

"확인해 주셔서 감사합니다. 재판이 막 시작되었을 때, 해치님은 제 정수리에 코를 대고 진실과 거짓을 판별한다고 말씀하셨습니다. 그 권능을 지금 무령에게 시연해 주십시오."

'역시……. 유벼리.'

예전부터 영특하고 기민한 벼리였다. 지금 이 순간 그녀의 능력치가 최대로 발휘되는 듯했다.

잠시 생각을 마친 해치는 알 수 없는 표정을 지으며 자리에서 내려와 무령에게 다가갔다. 그러더니 자신의 코를 무령의 정수리에 대고, 몇 번 냄새를 맡았다. 그리고 나지막이 읊조렸다.

"무령은 진실을 말하고 있다. 나를 속이고 판결을 피하려한 것이 아님을 인정한다."

때를 놓치지 않고 벼리가 외쳤다.

"외지부 유벼리, 최후 변론하겠습니다."

"고하라."

"무령은 7년 전 홍련의 부탁을 받고 연리도를 그려 주었습니다. 홍련이 그것을 이용해 이용태를 비롯한 총 네 명을 살해했기에 무령은 이번 사건의 공범으로 지목되었습니다.

하지만 그녀는 홍련과 살인을 공모한 사실이 없습니다. 과거 그녀들의 대화에서 보았다시피, 괴롭힌 자들을 혼쭐내 주겠다는 말에 마음이 동하여 그림 한 장 그려 준 게 전부입니다. 더군다나 그 당시 무령에게는 그림으로 사람을 죽일 수 있는 능력이 없었다는 것을 재판장님이 직접 검증하셨습니다.

다만 무령이 그림을 그릴 당시에 자신에게 상처를 준 이들에 대한 복수심을 가졌을 수는 있습니다. 하지만 그 마음은 도덕적으로는 비난받을 수 있으나, 법적으로 처벌받을 수는 없을 것입니다.

고로 본 외지부는 살인 사건의 공범으로 지목된 무령에 대해 무죄를 주장합니다."

한 치도 틀림이 없는 변호에 해치는 지그시 눈을 감고 고개를 끄덕였다. 마음 같아서는 두고두고 칭찬하고 싶을 만큼 좋은 변호였다.

"네 말대로 이승에서는 원한의 마음을 죄로 물을 수 없다.

하나, 과연 저승도 그러할까?”

해치의 물음에 벼리는 입술을 잘근 씹었다. 무령이 살아 있는 동안은 자유로울 수 있어도 사후의 심판은 다르다는 이야기다. 저승에서는 행위뿐 아니라 마음을 먹은 것마저 죄로 보기 때문이었다. 지금 풀려나는 것은 집행이 유예된 것일 뿐, 무령의 죄가 영원히 사라지는 것은 아니었다.

그때였다.

무령을 심판하실 이승의 왕을 모시고 왔으니, 어서 물길을 여시오!

백원이었다. 동시에 재판정이 부르르 떨릴 만큼 강한 진동이 덮쳤다. 그는 당장이라도 물의 결계를 깨부술 기세로 온 힘을 다해 청룡언월도를 휘둘렀다. 내내 기죽어 있던 광탈도 왁왁 소리를 지르며 몸부림쳤다.

“얼른 열어 줘요! 우리 누님은 조선 백성이니까 나라님이 계셔야 정당한 재판이지. 형님 좋아하시는 법대로 하자고요!”

해치의 시선이 벼리에게 향했다. 벼리는 정조가 항상 가지고 다니라고 챙겨 준 금방울에 차마 손을 뻗지 못하고 강아지처럼 눈꼬리를 있는 대로 내리고 해치를 바라보았다. 제발 자신이 이걸 쓰지 않게 해 달라는 애원이었다. 해치는 한쪽 입꼬리를 올리고 피식거렸다.

‘왕이 납시었다? 와……’

해치는 넌더리인지 부러움인지 알 수 없는 감정에 울컥해 하늘을 한 번 올려다보고는 재판정을 두르고 있는 물결을 갈랐다.

해치는 정조와 한바탕 치를 것을 각오했다. 제 사람 감싸기를 자기 몸처럼 하는 임금이 오죽이나 할까. 그런데 엄청난 속도로 가까이 다가오는 정조의 손에는 활과 화살이 들려 있었다.

순간 해치는 자신의 눈을 의심했다.

'제정신인가? 아무리 임금이라 해도, 전후 사정 따지지도 않고 감히 신수에게 무기를 들고 보복하려 들다니.'

자신을 향해 다가오는 정조의 눈빛이 예사롭지 않았다. 해치는 일단은 살아야겠다는 생각에 다급히 말했다.

"저, 일단 진정하고. 제 말 좀 들……."

그런데 어느새 해치의 눈앞까지 다가온 정조는 손에 든 무기를 갑자기 내던지고는 해치의 두 손을 맞잡았다. 그리고 물기 어린 음성으로 말했다.

"우리 모두 죄인이오."

해치는 예상에서 한참 벗어난 말을 듣고 잠시 얼음이 되었다.

'차라리 화를 내지. 이게 더 무섭네.'

해치가 슬그머니 손을 빼려 했지만, 어찌나 세게 잡혔는지 꼼짝할 수가 없었다.

"먼저 이것 좀 놓아 주시지요."

"이런, 과인이 마음이 급해서……."

정조가 얼른 놓아 주었지만, 해치의 손에는 이미 잡혀 있던 모양 그대로 붉은 손자국이 찍혀 있었다. 그가 얼마나 다급했는지 보여 주는 것 같았다. 아니나 다를까, 정조는 뜬금없이 광탈을 찾았다.

"광탈아. 과인이 네게 물을 게 있다."

"네, 전하."

"만약 네가 무령이라면 너에게 상처 입힌 자들을 어떻게 했겠느냐?"

"네?"

갑작스러운 질문에 광탈의 고개가 기울어지던 건 잠깐이었다. 전투 중에도 수시로 미쳐 날뛰는 그에게선 물으나 마나 한 대답이 나왔다. 광탈은 빠드득 이까지 갈며 말했다.

"아니, 7년을 왜 기다려요? 당장 가서 너 죽고 나 죽자 해야지. 그런 새끼는 한 방에 끝내면 싱겁습니다. 다리몽둥이를 또각또각 부러뜨린 다음에 검으로……."

"되었다."

정조가 적절하게 광탈의 말을 끊더니, 뒤에서 지켜보고 있던 백원에게 똑같이 물었다.

"너라면 어땠을 것 같으냐?"

백원은 상상만으로도 어찌나 분이 용솟음치는지, 커다란 가슴팍이 오르락내리락했다. 계속 결계를 치느라 터질 것 같던 손이 청룡언월도의 자루를 꽉 그러잡자, 당장이라도 손톱 끝에서 피가 배어날 것 같았다. 충분한 답이 되었다는 듯 정조는 벼리에게 시선을 돌려 물었다.

"벼리야, 너는 어떠하냐?"

"저는 완전범죄를 저질렀을 겁니다."

벼리의 눈에 어린 결연한 기운을 보니, 그 방법까지 물어볼 필요가 없었다. 정조는 고개를 끄덕이고는 다시 해치의 손을 잡았다.

"과인도 예외가 아니오. 나의 아버지를 뒤주로 내몬 자들을 모두 죽이지 않았을 뿐, 마음속으로는 이미 수백 수천 번 살인을 저질렀소. 재판장, 당신이라면 어찌했겠소?"

선과 악을 심판하는 신수에게 할 질문이 아니었다. 하지만 당장이라도 으스러뜨릴 것처럼 자신을 꽉 움켜쥔 그의 손이 너무나 따뜻하게 느껴졌다. 해치는 누군가의 자식이나 아비였던 적이 없었다. 하지만 절절 끓는 아랫목보다 더 뜨거운 아비의 마음이 이런 것이란 생각이 들어 도저히 손을 뺄 수 없었다.

그 모습을 지켜보던 무령의 어깨가 가늘게 떨리기 시작하더니 이내 격하게 들썩였다. 정조는 한 나라의 임금이었다. 그런데 아무리 상대가 신수라지만 해치의 두 손을 꼭 잡은 것도 모자라 허리까지 살짝 굽히고 있었다. 조선의 임금이 몸을 굽히는 건 오직 나라의 안위가 걸렸을 때뿐이다. 그러면 무령이 나라의 안위인가? 그럴 리 없다.

무령이 이토록 흐느끼는 것은 달빛 아래 이루어졌던 요괴어사대의 창단식이 떠올랐기 때문이었다. 달이 곳곳에 흐르는 모든 물을 비추듯, 정조는 조선에서 나고 죽은 백성을 돌보고자 했다. 그런 그를 향해 자신은 고개를 빳빳이 들고 뭐라 했던가.

'제가 바라는 건 그저 이 땅에 억울한 이가 사라지는 것, 단지 그것뿐입니다.'

돌이켜 보면 자신을 요괴 잡는 도구로 쓰다가 쉽게 버리지 말라 다그친 셈이었다. 그때 정조는 인자한 목소리로 답했었다.

'모든 물이라 하지 않았느냐. 만약 누군가가 너희를 맑다 탁하다 판단하려 한다면 과인이 절대 가만있지 않을 것이다. 맹세컨대, 끝까지 너희를 버리지 않으리.'

무령은 소리 내어 울었다. 어미가 버리고 아비가 죽은 듯 살라 하고, 또 화상을 입고 암자에 버려졌을 때도 눈물은 흘리지 않았다. 냉랭한 마음속에 고인 눈물은 꽁꽁 얼어 두꺼운 빙하가 된 지 오래였다. 그런데 정조의 굽은 허리를 보자, 그 얼음덩어리는 순식간에 녹아내려 줄줄 새어 나왔다.

어느새 주변에 하나둘 모인 어사대 대원들이 그녀를 안고 등을 토닥여 주었다. 그만하라는 몸짓이 아니라 봇물 터진 슬픔을 나누려는 마음이었다.

해치는 정조의 눈높이에 맞춰 허리를 숙이며 말했다.

"전하, 이 재판은 더는 의미가 없습니다. 무령은 몸으로 행한 죄는 없으며, 마음으로 행한 것은 앞으로 덕을 쌓아 갚으면 됩니다."

"언제까지, 얼마큼 해야 하오?"

"세월은 하늘이 허락하고 분량은 무령이 정합니다."

정조는 해치의 손을 더욱 힘껏 쥐며 말했다.

"……고맙소."

천근보다 무거운 임금의 말 한마디가 신수의 마음을 크게 울렸다.

지금까지 재판을 마칠 때마다 감사하다는 말은 물론이요, 무수히 많은 절까지 받아 왔다. 그럴 때면 '하찮은 인간 주제에 절은 무슨……'이라 대꾸했었다. 그런데 맞잡은 손을 통해 상대의 진심을 느끼자, 그간의 언행이 부끄러워졌다. 아울러 가슴 한쪽이 간질거리고 어색했다.

"전하, 아픕니다."

해치의 말에 정조가 슬며시 힘을 풀었다. 곧이어 해치는 냉큼 손을 빼더니 은방울을 울려 파도를 일으켰다. 난생처음 느끼는 복잡한 감정에 빨리 이 자리를 뜨고 싶었다.

"흠흠, 전하. 저 먼저 가 보겠습니다."

"그리하시오."

해치는 얼른 타라고 재촉하는 듯 일렁이는 파도를 옆에 세워 두고 머뭇거리다가 정조에게 가까이 다가왔다.

"전하."

"말하시오."

그는 정조의 귀에 바짝 대고 작게 속삭였다.

"……저라도 그랬을 겁니다."

"뭐라?"

단번에 알아듣지 못한 정조가 다시 물었지만 해치는 잰걸음을 옮겨 파도에 올라탔다. 일부러 빠르고 작게 한 말을 굳이 다시 하고 싶지 않았기 때문이었다. 발을 힘껏 내구르며 도약하는 해치는 모두가 들으라는 듯 정조에게 외쳤다.

"전하! 재판 끝났으니 앞으로는 저에게 존대 안 하셔도 됩니다."

정조는 해치를 실은 파도가 하늘을 날아올라 멀리 사라지는 걸 보며 흐뭇한 미소를 지었다.

인
신
공
양

　무령을 그 꼴로 만들었던 원흉, 이용태가 하룻밤 만에 싸
늘한 시신으로 발견되었다. 집 안은 발칵 뒤집혔다. 턱과 목
뼈가 으스러진 시신의 모습은 차마 눈 뜨고 보기 힘들었다.
맨 처음 그를 발견한 사람은 물론이요, 모시던 종까지 포도
청으로 끌려가 모진 문초를 당했다.

　철저히 수사했지만, 범인은 찾을 수 없었다. 요괴 홍련이
나타나 썩은 자신의 다리를 용태의 아가리에 처박아 죽였으
니, 어찌 산 자에게서 범인을 찾을 수 있겠는가.

　이용태의 이미는 울다가 기절하기를 반복했고, 아비는 넋
이 나가 먼 산만 바라보았다.

　이용태의 부인, 서은지만이 홀로 정신을 차리고 시부모를
돌봤지만 돌아오는 건 화풀이뿐이었다. 시부모는 서은지가
애써 탕약을 달여 가도 약사발을 집어던지며 악을 쓰기가 일

쑤였다.

"서방 잡아먹은 것이 시부모까지 잡으려고 독약을 달인 게냐! 꺼져라, 이 재수 없는 년아!"

서은지는 날마다 당하는 지독한 괴롭힘에 눈물 마를 날이 없었다.

'아버지가 든든히 버텨 주고 계셨더라면, 내가 이런 취급을 받지 않았을 텐데……'

그녀는 이용태에게 시집을 보낸 자신의 아비, 서지원이 너무나도 원망스러웠다.


이용태가 죽은 지 꼭 한 달이 되던 날이었다. 서은지가 친정을 찾아갔다. 가족들은 한창 상을 치르고 있어야 할 그녀가 왔다는 소식에 놀라 달려 나왔다.

가족이라 해 봤자, 어머니 박정임과 한 살 터울의 남동생밖에 없었다. 아버지 서지원과 오빠 서완종은 인삼 무역에 끼어들려고 뇌물을 바친 사건으로 귀양길에 올랐기 때문이었다.

서은지는 박정임을 보자마자 울음을 터뜨렸다.

"어머니."

"아니, 네가 어쩐 일이냐?"

박정임은 딸의 몰골을 보고 더는 묻지 않았다. 서은지가 가슴에 안고 있는 보따리는 홀쭉했고, 옷과 머리는 흙먼지에 절어 있었다. 얼마나 굶었는지 눈이 십 리나 들어가 있었다. 은지가 흐느끼며 말했다.

"남편 잡아먹은 년이라면서 쫓겨났어요. 어머니, 저 이제 어떡해요."

서은지는 억울했다. 부부 사이가 나쁘긴 했어도, 자신이 며느리로서는 흠잡을 데 없는 사람이라고 자부했다. 친정도 든든한 집안이다. 실제로 남편 이용태가 자신의 배다른 동생인 무령에게 몹쓸 짓거리를 했을 때, 친정아버지 서지원이 나서서 수습해 줄 정도로 힘이 되어 주지 않았던가. 그런데 아버지가 귀양을 간 후부터 이용태와 시댁의 태도가 달라졌고, 이제는 남편이 죽은 게 자신 탓이라며 내쫓기기까지 했으니, 서러움이 치밀어 오를 만도 했다.

"제가 그 집에 대를 이을 자손까지 낳아 주었고 배다른 동생 년 무령까지 노렸던 망나니도 남편이라고 참고 살았는데, 어떻게 저한테 이래요? 아버지가 인삼에 욕심만 내지 않았어도 내가 이런 수모는 당하지 않았을 거예요. 이제 그 집엔 다시 못 들어가니, 어머니가 저 좀 받아 주세요."

서은지가 주저앉아 울며 박정임의 치맛자락을 잡았다. 사실 서지원과 큰아들이 없는 서 씨 가문의 지금 상황이라면 막내아들이 집의 주인이나 마찬가지인데, 서은지가 어머니에게만 사성하는 상황은 어찌 좀 이상했다. 정작 막내아들은 멀찍이 떨어져 두 손을 모으고 있었고, 은지는 오직 어머니인 정임에게만 호소했다. 사정을 잘 모르는 사람이라도 이 집을 실질적으로 다스리는 사람은 정임이라는 걸 한눈에 알 수 있었다.

언제나 그랬다. 자식들은 물론이거니와 남편 서지원도 은근히 정임에게 휘둘렸다. 이 집안의 진정한 주인은 박정임이었던 것이다.

정임이 입을 열었다.

"일어나라."

마치 날카로운 창으로 찌르는 것 같은 목소리에 은지는 대번에 울음을 그쳤다.

"어머니."

"가라."

은지는 아무 말도 하지 못했다.

정임의 자식 사랑은 일대에서도 유명했다. 세 남매를 키우며 옷은 손수 지어 입혔고, 세끼 밥조차 남의 손에 맡기는 법이 없었다. 아들은 물론이거니와 딸도 그 못지않게 가르쳤다. 다른 여염집들에서 흔히 볼 수 있는 딸자식에 대한 차별은 적어도 박정임의 집에선 찾아볼 수 없었다. 은지는 그런 어머니의 사랑을 떠올렸기에 소박을 맞고도 여기까지 올 수 있었다. 분명 정임이라면 딸에게 화풀이한 사돈을 탓하며 두 팔 벌려 맞아 주리라 철석같이 믿었기 때문이다.

은지는 제 귀를 의심했다.

"어찌 돌아가라고 하십니까? 시댁은 저를 받아 주지 않아요. 친정과 시댁 오가다 길거리에서 굶어 죽으란 말입니까?"

"죽어도 그 집 귀신이 되어라."

정임은 이 말 한마디만 남기고 돌아서더니 하인들을 시켜서 내치라 했다. 은지는 황급히 달려가 남동생을 붙잡았다.

"제발 나를 도와다오!"

"누님, 어쩌다 이런 일이……."

워낙 우애가 좋았던 둘 사이인지라, 그는 은지를 보고 안타까워하면서도 연신 어머니의 눈치를 함께 살폈다. 그러자 정임이 막내아들에게 나직이 말했다.

"아버지와 형이 없다고 네가 우리 집의 어른인 양 나서려는 게냐?"

"누님이 너무 가엾습니다……."

"가엾다니, 누가?"

정임이 묻는데, 마치 딴사람 같았다.

"감히 내 자식을 누가 불쌍히 여겨?"

여기저기 숨어서 귀 기울이던 하인들도 몸을 움츠릴 정도로 서슬 퍼런 음성이었다. 순식간에 사방이 고요해지자, 정임은 악문 잇새로 한 마디씩 힘주어 말했다.

"아무도 내 자식을 불쌍히 여기지 못한다, 알겠느냐?"

"소자, 큰 죄를 저질렀습니다. 명심하겠습니다, 어머니."

막내아들이 고개 숙여 사죄하자, 정임이 그에게 다가가 몸을 붙잡고 있는 은지의 손가락을 하나씩 떼며 말했다.

"내 말 잘 들어라. 네가 연을 맺은 건 망나니 이용태가 아니야. 이 씨 집안이지. 살아도 그 집, 죽어도 그 집이어야 한다. 살고 싶으냐? 그럼 돌아가서 이 씨 집안을 네 것으로 만들어."

정임의 날카로운 말과 함께 은지는 다리가 풀려 주저앉고 말았다. 정임은 땅에 앉은 채 떨고 있는 은지를 보고는 품에 차고 있던 무언가를 풀어서 그녀에게 건넸다. 노리개가 달린 향낭*이었다.

한눈에 봐도 정교하게 세공된 것이 무척 귀해 보였다. 안에 든 것이 무엇인지, 향낭 사이로 검푸른 빛이 새어 나오고 있었다. 그런데 모양보다 은지를 자극한 것은 향이었다. 어려서부터 어머니에게서 나던 특유의 냄새였기 때문이다. 정임은 향낭을 은지의 보따리에 찔러 넣어 주며 말했다.

"이 향낭은 어미가 한 집안을 꾸려 온 비결이자 힘이다. 너

---

\*      향낭(香囊) 비단 주머니 혹은 금속으로 만든 갑 안에 향을 넣고 다니는 장신구. 조선 시대에는 여인들이 노리개로 사용하기도 했다.

를 지켜 줄 것이야."

정임은 이 말만 남기고 안채로 향했다. 그제야 숨어 있던 하인들이 슬금슬금 나와, 망연자실한 채 앉아 있는 은지에게 말했다.

"아이고, 참······. 아기씨, 이를 어쩐대요."

여종 하나가 향낭이 담긴 보따리를 집어 들고, 다른 이들이 은지를 일으키려 하자 은지가 매섭게 뿌리치며 말했다.

"감히 어딜! 내 발로 나갈 것이니 더러운 손 치워라."

순간 하인들은 몸이 얼어붙는 것 같은 서늘한 한기를 느꼈다. 눈빛이며 말투가 평소의 은지가 아니었기 때문이다. 얼굴만 달랐지, 마치 박정임을 그대로 보는 듯했다.

은지는 이를 부득부득 갈며 정임이 사라진 쪽을 노려봤다. 그러고는 벌떡 일어나 발을 옮기며 혼자 중얼거렸다.

"벙어리로 3년, 장님으로 3년, 귀머거리로 3년······."

은지는 대문을 나서며 피식거리기 시작하더니 조금씩 웃음소리가 커졌다.

"그래, 3년간 말도 못하고, 3년간 보지도 못하고, 3년간 들리지도 않고, 그렇게 살게 해 주마. 이 썩을 것들."

이 모습을 지켜보던 하인들은 너무 놀라 제 눈과 귀를 의심했다.

"저 아기씨가······. 방금 뭐라고 하신 거지? 내가 본 것이 아기씨고, 들은 것도 아기씨 말씀 맞지?"

"맞는 거 같은데······. 그리고 아기씨 아니고 마님이라고 불러야지, 이 사람아!"

그러고는 일순 정적이 흘렀다. 하인들은 무슨 생각이 들었는지 말을 아끼는 듯했다. 그때 이 집에 온 지 얼마 되지 않은 하인 하나가 손가락을 관자놀이에 대고 빙빙 돌리며 말했다.

"헛소리를 중얼거리다가 웃는 거 보니······. 실성한 거 아니야?"

옆에 있던 하인이 얼른 그의 입을 막았다.

"네가 미친 거냐? 그 입 다물고 다시는 마님이나 아기씨에 관한 일, 입 밖으로 내지 마!"

이 말이 끝나자 모여 있던 하인들은 뿔뿔이 흩어졌다.


그날 밤이었다. 은지를 보고 실성한 거 아니냐며 의아해했던 하인은 도통 잠이 오지 않았다.

"왜 이렇게 춥지?"

아까부터 몸이 오슬오슬 떨려서 이불을 꽁꽁 싸맸지만, 한기는 좀처럼 가시지 않았다.

"요사이 무리를 했나?"

그때 방구석에서 바람 빠지는 것 같은 소리가 들렸다.

스스슷.

분명 뱀 소리였다. 하인은 벌떡 일어나 사방을 둘러보았다. 그러나 캄캄한 밤중에 뭐가 보일 리 없었다. 그 와중에 다른 소리가 또 들렸다.

즈즈즛.

그는 아픈 것도 잊고 그대로 밖으로 뛰쳐나왔다. 허둥지둥 마당까지 도망가고서야 놀란 가슴을 쓸어내렸다.

간혹 구렁이가 집 안으로 들어오기도 하지만, 먼저 건들지 않으면 사람에게 해코지하진 않는다. 그렇다고 뱀과 한방에서 동침할 수는 없었다. 하인은 다른 사람들을 깨울까 하다가 멈칫했다. 만약 뱀이 아니거나 이미 도망갔다면 괜한 소란만 피운 꼴이 되기 때문이었다.

그는 하늘을 올려다보았다. 오늘은 갈고리달이 떠서 그런지, 컴컴해서 뵈는 게 없었다. 그나마도 금세 구름 뒤로 숨어버리고 말았다. 뱀이 다른 방으로 들어가면 어쩌나 하는 걱정 따위는 낮에 서럽게 면박당했던 일이 떠오르자 쏙 들어가 버렸다.

"쳇, 아무리 내가 새로 들어온 사람이라고 해도, 무슨 말도 못하게 하나. 뭐, 독사는 아니겠지. 이왕 나온 김에 남은 누룽지나 좀 먹으러 가야겠다."

하인은 부엌 쪽으로 향했다.

큼큼.

그는 연신 코를 벌름거렸다. 바람결에 실려 오는 쿰쿰하면서도 구릿하게 날것을 삭히는 듯한 냄새 때문이었다. 이런 냄새는 처음 이 집에 왔을 때부터 났다. 다른 하인들에게 들으니, 마님이 청국장을 많이 좋아해 장을 띄워서 나는 거라 했다. 하지만 묘하게 골을 파고드는 것이 영 찜찜했다. 아무리 노비지만 된장, 청국장 정도는 구분할 수 있는데, 이 집에 배어 있는 건 본인이 아는 그런 장 냄새와는 달랐다.

그뿐이 아니었다. 건물 곳곳에 음기가 가득하달까. 항상 공기는 축축하고 바닥에 가라앉은 듯한 기분이 들었었다. 하인은 집주인이 귀양 가고 딸까지 쫓겨난 것을 보니, 집터가 안 좋아서 망조가 든 것 같다는 생각을 했다.

바로 그때, 저 앞에 그림자 하나가 보였다. 하인은 누군가 싶어서 목을 길게 뽑았다. 모퉁이를 도는 옆모습을 보니 가슴에는 보따리 같은 것을 안고 있는데, 치맛자락이 휘날리는 걸 보니 여자였다.

'이 밤에 누구야?'

대수롭지 않게 그냥 지나치려는 순간, 낮에 벌어진 소동이 떠올랐다.

'가만있어 보자. 이 밤에 보따리를 안고 돌아다니는 여인이라……. 아까 쫓겨난 아기씨 같은데?'

여인이 시댁과 친정에서 모두 내쫓기면 끈 떨어진 연만도 못한 신세가 된다. 독하면 뭐를 해서라도 살아남을지는 몰라도, 곱게 자란 양반네들이 절망을 이기지 못하고 자결하는 경우도 많이 봤다.

'구석에 몰린 사람이 무슨 짓을 못 하겠어.'

낮의 일을 생각하다, 집을 떠날 때 표독스러운 얼굴로 웃던 모습까지 떠오르자 저절로 몸서리가 쳐졌다. 저 실성한 여자가 자칫 흉한 선택이라도 하면, 한바탕 난리 나는 것으로 상황이 끝나진 않을 것 같았다. 그는 나직이 욕을 내뱉고는 다급히 그녀를 따라가 모퉁이를 돌았지만 캄캄한 집의 마당에는 아무도 없었다.

"어라? 내가 잘못 봤나."

그는 연신 눈을 깜박이며 살폈지만, 족히 집 세 채는 지을 수 있을 정도로 넓은 마당 어디에서도 그녀의 모습을 찾을 수 없었다.

"어, 분명 이리로 왔는데?"

아무리 사람이 빨리 움직인다 해도 이 넓은 데서 감쪽같이 사라질 수 없었다. 갑자기 피가 한소끔 끓었다 식는 느낌이 들었다.

"뭐야, 어두워서 내가 헛것을 봤나?"

혼잣말을 중얼거리던 그가 왔던 길로 다시 돌아서려는 순간이었다. 조금 전 모퉁이 끝에 그 여자가 서 있었다.

"어이쿠, 깜짝이야!"

보따리를 안고 씩 웃는데, 풀어 헤친 머리에다 옷 여기저기에 묻은 흙까지 보태지긴 했지만, 하얀 얼굴과 붉은 입술 생김새를 보니 분명 낮에 봤던 은지였다. 그녀는 날카롭게 하인을 잠시 째려보고는 이내 반대편 모퉁이로 사라졌다.

"아이 씨, 놀라라. 귀신인 줄 알았네. 저기, 아, 아기씨……? 오밤중에 숨바꼭질도 아니고, 지금 왜 이러시는 겁니까?"

열통이 터진 하인은 얼른 그녀를 쫓았지만 역시 보이지 않았다. 그가 온 집을 다 뒤질 기세로 빠르게 걸음을 놀렸다. 있는 대로 사방을 기웃거리며 가다 보니 안채 담장 근처에서 둥그런 여인의 그림자가 어른거리는 게 보였다.

"아기씨, 이 밤중에 여기서 뭐하시는 겁니까?"

하인이 다가서며 말하자 그림자는 살짝 흔들리더니 재빠르게 사랑채 쪽으로 향했다. 여인의 걸음보단 자신이 더 빠를 것이라 생각한 하인은 얼른 달음박질했다. 하지만 사랑채 주변을 샅샅이 뒤져봐도 그림자는 다시 온데간데없었다.

"아이고, 힘들어라. 한밤에 일 부리는 것도 아니고. 마음대로 하세요. 자결을 하시든 부엌 뒤져서 음식을 드시든…….."

하인은 혼잣말을 하고 자신의 방으로 돌아가려다 문득 고개를 들어 하늘을 바라보았다. 삐죽한 갈고리달은 여전히 구름에 들어가 있었다.

'잠깐, 탁 트인 마당은 보이지 않았는데, 왜 그 여자는 잘 보였지?'

사방은 이렇게 캄캄한데, 그녀의 표정이며 가슴에 안은 보따리까지 너무나도 잘 보였다는 사실을 깨달았다. 갑자기 온몸에 털이란 털은 모두 솟구쳐 올랐다.

바로 그때, 방에서 들렸던 뱀 소리가 났다.

_스스스._

그와 거의 동시에 반대편에서 또 다른 소리가 들렸다.

_즈즈즛._

심장은 벌떡거리며 온몸에 피를 보내는 것 같았고, 다리는 얼어 버리기라도 한 듯 꼼짝도 하지 않았다. 마치 자다가 가위에 눌린 것처럼, 손가락 하나 까딱할 수 없고 오직 눈알만 뜻대로 움직였다.

그 와중에도 뱀 소리는 점점 더 가까워졌다.

_스슷, 즈즈즛……._

'제발, 제발 좀 움직여라!'

하인은 진땀을 비 오듯 흘리며 다리에 힘을 주어 움직이려 했지만, 소용없었다. 그때였다. 어둠보다 더 시커먼 뭔가가 구불구불 바닥을 기어 오는 게 보였다. 세상에 밤보다 더 까만 것이 있으리라고는 상상도 하지 못했는데, 눈앞에 보이는 이것은 세상의 빛이란 빛은 물론이요, 어둠까지 죄다 삼킨 것처럼 주변과 확연히 구분되어 보였다. 움직이는 동작이나 생김새는 영락없는 뱀이었다. 게다가 한두 마리가 아니었다. 하인은 눈알을 이리저리 굴리다 너무 무서운 나머지 눈을 질끈 감고 싶어졌다. 하지만 야속하게도 눈꺼풀조차 마음대로 움직여 주지 않았다.

'아이고, 살려 주십시오!'

자신이 아는 신이란 신은 모조리 떠올리며 애타게 비는 순간, 발뒤꿈치를 불로 지지는 듯한 통증이 몰려왔다.

"으악, 살려 줘!"

그제야 몸이 풀린 하인은 비명을 지르며 냅다 달렸다. 검은 뱀들은 단숨에 하인을 따라잡고는 그의 주변에서 계속 어른거렸다. 마치 먹잇감을 가지고 놀면서 구석으로 몰고 가는 광경처럼 보였다. 그런 줄도 모르는 하인은 죽을힘을 다해 내달렸다. 살려 달라고 고함을 질렀지만 고래 등처럼 큰 집은 쥐 죽은 듯 조용했다.

그가 뱀 떼에 쫓겨 도착한 곳은 집의 북쪽에 위치한 가장 내밀한 곳, 사당 앞이었다. 그런데 안에 불이 켜져 있었다. 노란 빛이 밝은 것이 분명 등잔불이었다.

"살려 주시오!"

하인이 허겁지겁 돌계단을 오르자, 갑자기 사당 문이 벌컥 열렸다.

"무슨 소란이냐!"

안에서 모습을 드러낸 사람은 이 집의 안주인 박정임이었다. 하인은 그 자리에 털썩 주저앉았다. 까마득한 상전이라도, 일단 아는 얼굴을 보자 그리 안심될 수가 없었다.

"마, 마님. 배, 뱀이요……."

그가 다급히 뒤를 가리키다가 말꼬리를 흐렸다. 조금 전만 해도 그의 뒤꿈치를 사정없이 물어뜯던 뱀들이 하나도 보이지 않았다.

"뱀이라니? 헛것을 본 게로구나."

"아니, 그게 아니라. 아, 제가 뱀에 물렸는데……."

횡설수설 설명하는 하인의 말 도중에 정임이 다시 말했다.

"뭐? 뱀에게 물려? 일단 들어와서 상처를 좀 보자."

정임은 정말 걱정된다는 듯 그를 부축하여 사당 안으로 데리고 들어갔다. 하인은 예상치 못한 정임의 너그러운 반응에 감동을 받고, 놀랐던 마음까지 녹아내리자 눈앞이 뿌옇게 흐려졌다.

"마님, 정말 감사합니다."

"뭐 이런 걸 가지고. 그래, 발은 얼마나 다쳤는가?"

그러자 하인은 발을 엉거주춤 내밀며 말했다.

"그런데 제가 발을 물린 건 어찌 아셨습니까?"

"절뚝거리니까 알았지."

"아이고, 이런 천한 것한테도 친절을 베푸시니 몸 둘 바를 모르겠습니다."

그가 아이처럼 울며 말하자, 정임은 한쪽 무릎을 접어 바닥에 대고는 품속에서 손수건을 꺼냈다. 그리고 그의 눈물을 닦아 주며 말했다.

"몸 둘 바를 모르겠다면, 내놓게."

"……네?"

하인은 대체 이게 무슨 말인지 모르겠다는 듯한 표정으로 정임을 바라보았다. 그러자 그녀가 방긋 웃으며 일어나는데, 양손에는 그 사이 언제 잡았는지 알 수 없는 정과 망치가 있었다.

"둘 곳 없는 자네 몸 말이야. 내 잘 쓰겠네."

정임이 또 한 번 싱긋 웃더니 그의 이마에 정을 대고 망치를 들어 올렸다.

"감히 내 자식에게 실성했다니? 입을 놀렸으면 값을 치러야지."

쩡!

눈 깜짝할 새였다. 하인은 이마가 뜨끈해지는 느낌을 마지막으로 정신을 잃었다.

다음 날 아침, 사람들은 하루를 맞이할 준비를 하느라 바쁘게 움직였다. 밤새 하인 하나가 없어졌는데도 그의 행방을 찾는 사람은 아무도 없었다. 그가 묵었던 방은 이부자리까지 말끔히 치워져 있었고 애초에 그런 하인은 존재조차 없었다는 듯, 평소와 다름없는 아침이 시작되었다.

한편, 은지는 시댁으로 가고 있었다. 그녀는 친정을 떠난 뒤부터 밤낮 없이 걸었다. 아니, 거의 달리다시피 빠른 속도로 가고 있었다. 그런데 조금도 힘들거나 숨이 차지 않았다. 오직 한시라도 빨리 가서 빼앗긴 자리를 되찾아야 한다는 생각밖에 없었다.

'어떻게?'

모른다. 돈도 권력도, 심지어 가족까지. 그녀에게 남은 건 하나도 없었다. 정임이 모질게 내쳐서일까, 아니면 정말 자신이 미친 걸까? 이대로 가면 어떻게든 될 거란 확신이 들었다.

'그래, 죽이면 귀신이 되어 그 집에 달라붙자.'

그녀는 정임이 준 보따리를 꽉 끌어안았다.

이틀 동안 먹지도 자지도 않고 걸어 시댁에 도착한 은지는 대문으로 들어서기 전에 보따리부터 풀어 헤쳐 제 어미가 넣어 준 향낭을 꺼냈다. 유심히 보니 그것을 두르고 있던 검푸른 빛이 한층 더 짙어져 있었다. 그녀는 홀린 듯 한참 동안 향낭을 바라보다가 귀에 대고 살살 흔들었다. 안에 구슬이라도 늘었는지 잘잘잘 흔들리는 소리가 났다. 그러자 검푸른 빛이 그녀의 손가락을 감고 올라가더니 콧구멍 속으로 스르륵 스며들었다.

"커억! 켁켁."

마치 젖은 나무에 피어오른 연기를 마신 사람마냥, 은지는 연신 콧구멍을 비벼 대고 눈물까지 훔쳤다.

"어머니 말씀이 맞네."

향낭을 통해 스며든 기운이 혈관을 타고 흐르면서 이승에 속하지 않은 어떤 강력한 힘을 자신에게 전해 주는 것 같았다. 온몸에 생기가 돌고 힘이 불끈 솟았다.

은지는 향낭을 쓰다듬으며 굳게 닫힌 대문을 바라보았다. 저 대문을 볼 때마다 얼마나 숨이 막혔던가. 자신에게는 절대 곁을 내주지 않는 시부모나 남편 같았다. 하나밖에 없는 아들도 별반 다르지 않았다. 저 안에 있는 그 누구도 자신에게 자리를 내줄 마음이 전혀 없었다. 그러나 이제 내주고 말고는 전혀 상관없었다.

"내가 갖고 싶은가, 아닌가. 그게 중요하지."

은지가 천천히 입꼬리를 올리며 미소 지었다. 분명 웃는 건데 어찌나 날카롭고 독한 기운이 넘실대는지, 도무지 사람의 미소로 보이지 않았다.

그녀는 조심스러운 손길로 저고리 앞섶에 향낭을 채웠다.

그리고 흐뭇한 표정으로 그것을 쓰다듬자, 대문 안에서 아이가 자지러지는 소리가 났다.

"할머니! 이거 놔. 나 엄마한테 갈 거야!"

분명 제 아들의 목소리였다. 하지만 좀 이상했다. 은지를 저렇게 찾을 아이가 아니었다. 이용태가 무시하니까 덩달아 은지를 괄시하며 할머니 치마폭에서만 놀던 아들이었다.

"에구머니, 얘가 갑자기 왜 이래? 너 지금 뭐라는 거야?"

대문 안에서 들리는 시부모의 목소리에도 당황한 티가 역력했다. 하지만 그럴수록 아이는 더욱 악에 받쳐 새된 소리를 질렀다.

"우리 엄마 데리고 오지 않으면 여기서 혀 깨물고 죽어 버릴 거야!"

이 말을 듣고 은지가 대문을 두드리자, 마치 화답하듯 아들이 악을 더 쓰기 시작했다.

"엄마 데려오란 말이야. 아니면 니들을 죽이고 나도 죽어 버릴 거야! 이 집구석 대가 끊겨져야 속이 시원하겠냐? 이것들아!"

이제 겨우 여섯 살짜리가 한 말이라고는 믿어지지 않았다. 게다가 그냥 해 보는 말이 아니라 정말 저지를 기세가 목소리에서 뚝뚝 떨어졌다. 놀란 은지가 소리쳤다.

"얘야, 이제 그만하거라. 어미가 왔다."

"엄마!"

은지의 목소리를 알아들은 아들이 고래고래 소리를 지르며 대문을 박박 긁기 시작했다.

"아서라. 다친다."

"저리 가, 이 할망구야!"

"아구구구! 나 죽네."

시어머니가 아들을 말리려다 험한 꼴이라도 당했는지 앓는 소리가 들렸고, 곧 시아버지의 꾸짖는 호통 소리가 이어졌다. 그러나 어린 아들의 울부짖는 소리와 기세는 그것을 집어삼키고도 남았다.

잠시 뒤, 굳게 닫힌 문이 열리고 아들이 집 밖에 있는 은지의 품으로 와락 달려들었다.

"엄마, 정말 보고 싶었어요."

"나도 그랬단다."

어찌나 대문을 세게 긁었는지, 아들의 손톱은 덜렁거리고 그 사이로 피가 새어 나오고 있었다.

"이 어미가 못나서 우리 아들 손이 이 지경이 되다니. 미안하구나. 정말 미안해."

"그런 말씀 마십시오, 어머니. 자식 된 도리를 저버리고 어머니를 지켜 드리지 못했습니다. 부디 이 불효자를 용서하십시오."

손주의 대답을 들은 시부모는 놀라서 입이 떡 벌어졌다. 원래는 저렇게까지 애틋한 모자 사이가 아니었던 데다, 조금 전만 해도 엄마 데려오라며 악을 쓰던 손주가 갑자기 어른의 말투까지 쓰니 어안이 벙벙했다. 그사이 소란스러운 소리를 들은 구경꾼들이 근처로 하나둘 모이기 시작했다. 그들을 의식한 듯 시어머니가 말했다.

"일단은 들어와서 이야기하자."

그들은 체면 때문에 마지못해 은지를 대문 안으로 들였다. 급한 대로 집안 망신은 피하고 손주를 진정시키려면 하는 수 없었다. 은지를 없애는 방법은 나중에라도 찾으면 될 일이었다. 열녀문을 지어 줄 테니 자결하라고 해도 되고, 여차하면 보쌈을 시킬 수도 있었다. 죽은 이용태 못지않게 심보가 흉악한 이들 시부모에겐 며느리를 없애는 일 정도는 그리 힘든 일이 아니었다.

"인간이라면 낯짝이 있을 텐데, 무슨 면목으로 여길 다시 찾아와? 일단 안채로 들거라."

잠시 후 방 안으로 들어선 시부모는 뭔가 단단히 잘못됐다는 느낌이 들었다. 눈에 보이지 않는 커다란 손이 정수리를 쿡 누르는 것 같달까. 때아닌 한기가 등골을 타고 흐르더니 가슴까지 답답했다. 무엇보다 며느리를 똑바로 바라보기 힘들었다.

시부모의 이런 기운을 느꼈는지, 은지가 그들을 바라보며 입꼬리를 슬며시 올렸다.

"이제 속이 시원하십니까? 생때같은 자식, 어미랑 떼어 놓고 이 꼴을 만들어 놓다니."

은지는 아들의 다친 손을 들이대며 조곤조곤 따졌다. 아무리 시부모가 잘못했다 해도 이런 하극상이 없었다.

쫓겨나기 전에는 숨소리 한번 내지 못하던 은지였다. 그런데 눈에서는 불덩이가 뚝뚝 떨어지는 것 같고, 턱에는 힘을 잔뜩 준 채 한 마디씩 말하는 지금의 은지는 완전 다른 사람 같았다. 어찌나 서슬이 퍼런지 시어머니가 자기도 모르게 시선을 피하자, 잠자코 있던 시아버지가 대신 호통을 쳤다.

"대체 어디서 배워 먹은 버릇이야? 자고로 부모는 하늘이거늘, 어찌 시어미에게 대드느냐!"

"그 하늘이 모든 걸 망친다면요? 하늘도 잘못하면 욕먹어야죠."

"뭐, 뭐?"

"애꿎은 며느리에게 아들 죽은 화풀이를 하다가 하나 남은 자손까지 이 지경으로 만들다니. 조상님 보기 부끄럽지도 않으십니까?"

은지는 눈 하나 깜짝하지 않고 되받아치더니 표독스럽게 노려보았다. 그 순간 은지의 눈동자가 세로로 길쭉하게 찢어졌다가 다시 동그래졌다.

시부모는 너무 놀라 동시에 몸을 뒤로 물렸다가 서로를 바라보았다. 둘 다 놀랐으니, 잘못 본 건 아니었다.

'어찌 사람이 뱀 눈깔을……'

그런데 차마 이 말을 입 밖에 낼 수 없었다. 알은체를 했다가는 해코지를 당할 것만 같은 느낌이 들었다. 시부모는 뱀을 만난 쥐가 된 것처럼 몸을 덜덜 떨었다.

그들을 압도적인 기세로 눌러 버린 은지가 씨익 웃었다. 그런데 양쪽 입꼬리가 조금씩 벌어지더니 귀 옆까지 찢어지는 것이 아닌가. 시부모는 너무 놀라 비명조차 지르지 못했다.

그러자 은지가 나직이 하인을 불렀다.

"뭣들 하는 게냐. 도련님께서 손을 다치셨는데 가만히 있다니. 경을 쳐야 정신을 차릴까?"

목소리의 크기는 방문을 넘을 만한 게 아니었는데도 밖에서 눈치만 살피고 있던 하인들의 귀에 팍팍 꽂혔다. 그들은 약과 동여맬 깨끗한 천을 찾으러 허둥지둥 흩어졌다. 은지는 살짝 비웃음을 머금고 말했다.

"부자는 망해도 3년은 간다는 말, 들어는 보셨습니까? 그런데 저희 친정은 그냥 부자가 아닙니다. 3대는 놀고먹을 수 있는 재산이 있는 자는 절대 버려지지 않는 게 세상 이치입니다. 저희 아버님께서 유배지에서 돌아오실 때, 사돈으로서 뵐 낯은 남아 있으셔야 하지 않겠습니까?"

은지는 이 말만 남기고는 아들의 손을 잡고 당당하게 자신의 방으로 향했다. 시부모는 감히 막지 못하고 침만 꼴딱 삼켰다. 조선 땅 어디에도 있을 수 없는 하극상이었다. 하지만 시부모의 입을 틀어막은 은지에게는 감히 범접할 수 없는 기운이 넘실대서, 누구 하나 선뜻 나서질 못하고 그 광경을 지켜볼 수밖에 없었다.

그렇게 은지가 쫓겨났다가 돌아온 지 석 달이 지났다. 집 안팎의 대소사를 손수 챙길 정도로 정정했던 시부모는 시름시름 앓기 시작하더니, 이젠 아예 이부자리에 누워 똥오줌도 가리지 못할 지경이 되었다. 은지는 시어머니가 항상 허리춤에 차고 있던 광 열쇠를 가장 먼저 챙겼다. 그러고는 그들을 뒷방에 나란히 눕히고, 수발들 여종 하나를 붙여 주었다.

어찌 소문이 난 건지 문중 어른들이 들이닥쳤다. 하지만 은지는 그들이 대문을 넘는 것을 허락하지 않고, 문 밖에 서 있는 어른들에게 말했다.

"의원이 이르길, 병이 옮을 수 있으니 아무도 들이지 말라 하였습니다."

"허, 대체 무슨 병이기에 뵙지도 못하게 하는 것이냐!"

"글쎄요. 의원이 여럿 다녀갔지만, 아무도 모른다고 합니다."

"뭣이야? 그러면 병이 옮는 건 어찌⋯⋯?"

문중 어른들이 캐묻자, 은지가 못마땅하다는 표정으로 그들을 쏘아보며 말을 끊었다.

"병시중하던 종들이 시름시름 앓기에 안 것이지요. 옮는다는 것만 알지, 어떤 건지 알 수 없으니 치료할 방법도 모릅니다."

"우리더러 그 말을 믿으라는 게냐? 내 직접 상태를 봐야겠으니 당장 비키거라."

이 말이 끝나기가 무섭게 은지는 심한 기침이 섞인 목소리로 말하기 시작했다.

"콜록콜록. 에구머니, 이 몸도 감염된 건가? 처음엔 기침으로 시작해서 피를 토하던데. 그 다음엔 사지가 마비되고 피똥을 쏟아 내던데, 아⋯⋯. 웩, 콜록콜록!"

은지는 몸을 비틀거리며 대문 너머의 문중 어른들을 향해 달려들어 그들의 옷고름을 부여잡았다. 그러고는 그들의 얼굴에 침을 뱉기 시작했다.

"카악, 퉤!"

놀란 문중 어른들이 기겁하며 나자빠지기 시작했다.

"아니 이게 웬, 어험⋯⋯!"

"카악, 퉤퉤!"

"오호통재로다!"

외마디 비명을 지르며 어른 하나가 뛰기 시작하자, 기세등등하던 문중 어른들은 기겁을 하며 하나둘씩 내달리기 시작했다.

"이보게 같이 가세."

노인들의 꽁무니 빼는 뒷모습을 바라보며 은지는 한참을 미친 듯 웃어 대더니, 속 깊은 곳으로부터 굵은 가래를 한 움큼 끌어올려 내뱉었다. 그러고는 언제 그랬냐는 듯, 옷에 묻은 먼지를 툴툴 털고는 기품 있는 집안의 안주인인 양 대문 안으로 들어섰다.

＝＝＝

요괴어사대에게 지난 몇 주간 일어난 일은 마치 태풍과도 같았다. 대지를 온통 뒤흔들어 놓지만 동시에 불필요한 것들을 날려 버리듯, 이번 사건은 어사대를 온통 헤집어 놨지만 무령의 묵은 과거를 모두 날려 버렸다.

정조는 무령이 재판을 받을 때는 적극적으로 나서서 구해 주었지만, 흐지부지 넘어가지 않았다. 자기 사람에게도 엄격해야 진정한 군주가 아니겠는가.

그는 어사대 대원들이 보는 앞에서 무령에게 말했다.

"마음에 품은 칼, 하나 없는 자가 있겠느냐."

정조 또한 잘 벼린 칼이 가득할 사람이었다. 할아버지는 아버지를 뒤주에 가두었고, 할머니와 어머니는 그것을 외면했다. 아버지 사도 세자가 갇혔을 때, 뒤주를 지킨 자들은 곁에서 오줌을 싸며 죽어 가는 아버지를 모욕했다. 정조 자신 또한 역적의 아들로 낙인 찍혀 암살의 위협에 시달렸다. 오죽하면 옷을 입고 자는 습관이 생겼을까.

그러나 정조 즉위 후, 많은 이들이 생각했던 피바람은 불지 않았다. 자신의 즉위를 견제하고 반대했던 권신들에 대한, 국한된 처벌이 다였다. 모든 백성의 아비가 되겠다는 자신의 말을 정적들에게까지 지킨 임금 앞에서 무령이 무슨 할 말이 있겠는가. 그저 죄스럽고 부끄러운 마음에 고개만 조아릴 뿐이었다.

"무령, 너를 지켜 준 임금과 너를 믿어 준 동료들을 기만한 죄, 결코 그냥 넘어갈 수 없다. 하나, 지금은 요괴들이 창궐하는 시절이라 대체 불가한 너를 옥에 가둘 수는 없는 노릇이니, 백의종군하라."

며칠 후, 무령은 신당을 정리하고 목멱 기지 안으로 들어왔다. 아침이면 국무당과 함께 정화수를 떠 놓고 치성을 드린 뒤, 땔감을 주우러 산을 올랐다. 각자 하던 빨래며 청소까지, 이젠 모두 무령의 몫이었다. 누가 시키지도 않았지만, 그녀 스스로 찾아 한 일이었다. 밥때가 되면 백원 옆에 앉아 거들었다. 마늘이라도 다듬을 참이면 손이 매운지, 연신 호호 입김을 불었다. 기지 안의 살림을 도맡아 하던 백원은 요리 외에는 모든 것을 무령에게 넘겼다.

그날도 무령이 쌀을 씻으러 간 사이, 보다 못한 광탈이 부엌에 들어와 한소리 했다.

"형, '섬섬 옥수수'라는 말 알아요?"

"섬섬옥수다."

"손이 두 개니까 수수잖아요."

너무 당당한 반문에 곁눈도 주지 않던 백원이 광탈을 빤히 바라보았다. 어디서부터 설명해야 할지, 난감하다는 표정이었다.

"……휴, 됐다."

"뭐, 왜? 전하도 그렇고, 왜 항상 다들 말을 하다가 말아? 한숨만 내쉬고, 그거 은근히 기분 나빠요.

아무튼! 우리 누님 고운 손 망가지면서까지 지은 밥을 내가 먹어야겠어요? 밥알이 목구멍에서 곤두서는 것 같다고."

"서 봤자 밥알이지."

"엥?"

"부지런히 몸을 움직이는 게 이럴 때는 약이 되기 마련이다."

"약은 몸이 먹는 건데, 몸이 약이 된다고? 그러니까 몸이 약이 되면, 그걸 몸이 먹고, 아니지…….

백원은 혼란에 빠진 광탈에게 종지를 내밀었다.

"된장이나 퍼 와. 장독대 맨 왼쪽에 있는 독이다."

광탈은 부엌에서 쫓겨나며 중얼거렸다.

"소가 짖는 소리도 아니고. 뭔 말을 알아듣게 해야지."

고개를 갸웃거리는데, 저만치서 지나가는 벼리가 보였다. 광탈은 그 자리에서 연기처럼 사라져서는 벼리의 코앞까지 순식간에 이동했다.

"대장님!"

"깜짝이야."

벼리는 화들짝 놀랐다가 눈살을 찌푸렸다.

"언제부터 대장 뒤에 '님'자가 붙었어?"

"무령 누님 재판 후부터지. 신수 앞에서도 또박또박 말 한마디 지지 않고 대원을 구했으니, 그게 진정한 대장님 아니겠습니까? 근데 대장님, 백원이 형은 무령 누님이 몸을 움직이는 게 약이 된대. 이게 말이 된다고 생각해?"

광탈은 무령이 벌을 받는 게 몹시 불만이었다. 누울 자리를 보고 발을 뻗는다고, 감히 임금님에게 삐죽거릴 수는 없으니 대원들을 부추겨 무령을 조금이라도 쉬게 하려는 계획인 듯싶었다.

"광탈아?"

"네, 대장님!"

"아무것도 하지 않는 게 돕는 일일 듯싶다."

"와……, 정말 너무하네. 백원이 형하고 짰어? 아, 내가 무슨 말만 하면 하지 말래…….'

광탈이 대번에 풀이 죽자, 벼리가 다독여 주었다.

"나라고 편하겠니? 그렇지 않아도 좋은 수가 있으니 조금만 기다려."

"좋은 수? 역시 우리 대장님이야! 근데 그게 뭐야?"

"대장님이라고 부르면 말하지 않을 거야."

"왜? 이 광탈님이 깍듯이 모시니까 부끄러워?"

"아니, 부담스러워.'

획 하고 벼리가 가던 길을 가자, 광탈은 백원이 주었던 종지는 까맣게 잊고 쫄래쫄래 뒤를 쫓았다.

"대장님이 싫으면 두령님으로 모실까요? 벼리야, 야, 유벼리, 같이 가!"


무령이 직접 지은 밥이 처음으로 상에 올랐다. 윤이 자르르 흐르는 것이 제법 먹음직스러웠다. 제일 나이 많은 국무당이 먼저 한술 뜨자 다른 사람들도 식사를 시작했다.

와작, 우두둑!

동시에 여러 명의 입에서 돌 씹는 소리가 났다. 잠시 침묵이 흐른 뒤, 여기저기에서 꿀떡 삼키는 소리가 났다.

"혜혜, 그럴 수 있지. 첫술만 그런 걸 거야."

광탈이 다시 한 숟가락 가득 밥을 퍼서 입에 넣었지만, 밥을 먹는 건지 돌을 씹는 건지 모를 소리가 계속 이어졌다.

"비, 빗속에 훈련하면 몸도 가볍고 좋지."

광탈이 슬그머니 수저를 내려놓자, 다른 사람들도 말없이 따라 했고, 그걸 본 무령의 얼굴은 작약보다 더 붉어졌다. 백원이 별말 없이 밥상을 부엌으로 내놓더니 전날 먹었던 술떡을 가져와 대원들에게 나눠줬다. 그는 금방이라도 울 것 같은 표정으로 나머지 상을 치우는 무령에게도 떡을 내밀었지만, 그녀는 고개만 저었다. 백원도 두 번 권하지 않았다.

잠시 후, 부엌에서 먹다 만 밥을 치우려는 무령에게 백원이 말했다.

"버리지 마, 마침 목도 말랐는데 식혜 만들어 먹으면 참 좋겠네."

두 사람은 설거지를 마친 뒤, 남은 밥을 들고 마당으로 나섰다. 무령은 백원 옆에 쪼그리고 앉아서 그가 돗자리를 펴고 그 위에 밥을 너는 모습을 지켜보다가 물었다.

"놀이 많은데 괜찮을까?"

"밥보다 돌이 더 무거우니, 식혜 삭힐 때 아래쪽에 가라앉은 것만 따라 버리면 돼."

밥을 처음 지어 보는 거니 그럴 수 있다는 말뿐인 위로보다 직접 수습해 주니 그리 고마울 수 없었다. 무령은 자신을 등진 백원의 너른 등을 흘긋거리다가 자리를 떴다.


한편, 정조는 두 가지 일로 골치가 아팠다. 하나는 무령의 아비, 전 이조판서 서지원이었다. 정조가 아는 그는 누구보다 청렴하고 올곧은 이였다. 적어도 이번 사건을 마주하기 전까지는 그랬다. 대신들 사이에서도 그는 평판이 좋았다.

최근, 인삼 무역 관련 뇌물 사건이 터졌을 때도 중론은 싸늘하지 않았다. 오히려 그 정도 허물없는 벼슬아치가 어디 있냐는 이도 있었다.

서지원은 결국 귀양을 갔지만, 그것도 형벌의 무게 나름이었다. 귀양형의 처벌은 지은 죄에 따라, 섬에 처박히거나 위리안치*를 당하는 경우부터, 정치적인 배려로 여기저기 옮겨 다니며 나들이하는 수준까지 천차만별이었는데, 서지원은 후자에 가까웠다.

---

\*    위리안치(圍籬安置) 유배된 죄인이 지내는 집 둘레에 가시로 울타리를 치고, 그 안에 가두어 두던 일. 외부와 차단되는 중한 형벌이었다.

그런데 그가 딸을 버린 것도 모자라, 딸을 해친 자의 허물을 덮는 파렴치한이었다니. 놀랍다 못해 섬뜩한 생각마저 들었다. 벌을 주려 해도 서지원이 무령의 사건을 덮었다는 증거는 남아 있지 않았고 뇌물 사건은 이미 처벌이 이루어졌으니, 도통 잡을 꼬투리가 없었다. 일단 정조는 다소 시간이 걸리더라도 은밀하지만 철저하게 조사하라 명했다.

　두 번째는 요사이 일어나고 있는 연이은 살인 사건 때문이었다. 자꾸 보부상이 없어진다는 신고가 관아로 접수되었다. 하지만 그들은 전국을 떠돌며 장사를 하기에 언제나 위험에 노출되어 있었다. 험한 날씨나 과로로 죽기도 했고, 도적이나 범에게 당하기도 했으니, 관에서는 그러려니 하는 분위기였다. 그런데 보부상 연합에서 거세게 항의했다. 그들이 활동하는 지역은 비교적 안전한 곳인데, 언젠가부터 일정한 간격을 두고 동료들이 사라지고 있다는 것이다. 게다가 요즘 그 주변 거지들까지 씨가 마르고 있다며 비단 보부상만의 문제가 아니라고 했다.

　그러던 중 결정적인 사건이 터졌다. 기이한 시체 세 구가 발견되었는데, 피해자들은 모두 이마에서 뒤통수까지 부분이 무언가에 의해 꿰뚫려 있었다. 본래 살해당한 시신이라면 짐승에게 당한 건지, 사람의 소행인지를 따지기 마련이다. 그러나 도무지 결론을 내릴 수 없었다. 시신은 피 한 방울 남지 않아 살가죽이 뼈에 달라붙어 있었다. 그 기이한 모습에, 검시에 참여한 수령도 귀신이 곡할 노릇이라며 혀를 내둘렀다고 했다.

이런 상황이 새어 나갔는지, 귀신이 한 짓이라는 소문이 빠르게 퍼져 나갔다. 우여곡절 끝에 피해자들의 신원이 밝혀졌는데, 한 명은 사라진 보부상이었고 다른 두 명은 거지였다. 결국 보부상 연합의 말이 맞은 셈이었다. 더욱이 거지처럼 신원이 분명치 않은 이들을 노린 거라면 더 많은 희생자가 있을 것이라는 예측까지 나오자, 관에는 비상이 걸렸다.

해당 지역에는 대낮에도 거리에 돌아다니는 이들이 거의 없었고, 어둑어둑 해가 넘어가면 집집마다 문을 걸어 잠갔다. 관에서는 야경꾼의 수와 함께 순찰 시간까지 늘리는 노력을 했음에도 불구하고, 얼마 후 또 한 구의 시신이 발견되었다.

야경꾼이 순찰하며 어느 골목을 빠져나오는데 묵직한 소리가 나서 다시 들어가 보니, 시체가 널브러져 있었다고 했다. 즉시 수색대를 투입하여 주변의 집을 구석구석 뒤지며 목격자를 찾았고, 수상쩍은 자를 잡아다 심문까지 해 보았지만 모두 헛일이었다. 사건 현장에서 뱀이 쉭쉭거리는 듯한 소리를 들었다는 사람도 있었다. 하지만 지붕에 구렁이가 사는 집이 종종 있는 까닭에, 이는 개 짖는 소리를 들었다는 것과 별반 다르지 않은 제보였다.

정조는 요괴어사대의 투입을 고민하고 있었다. 워낙 기이해서인지, 도무지 수사가 진척되지 않았다. 이대로 가면 다음 피해자가 나오는 건 시간문제였고, 최악의 경우 미제 사건으로 남을 수도 있었다. 사건의 심각성을 고려하면 즉각 파견하고 싶었지만, 수사에 이미 너무 많은 사람이 관여하고 있었다. 자칫 요괴어사대의 정체가 드러나기라도 한다면 얻는 것보다 잃는 게 더 많을 수 있었다. 그렇다고 대책 없이 기다릴 수도 없는 노릇이라 정조의 근심은 날로 깊어졌다.

그날 밤, 벼리가 은밀히 정조를 찾아와 조심스럽게 말했다.

"전하, 아뢰옵기 송구하오나 이런 사건일수록 다양하고 확실한 정보가 필요하다 사료되옵니다."

"확실한 정보라……. 지금 내가 받는 보고를 믿지 못하겠다는 말이냐."

"그것이……. 아무래도 현장에서 궁궐까지 전달되면서 거르고 걸러지기 마련입니다. 감히 전하께 삿된 걸 아뢸 수는 없지 않겠습니까. 따라서 날것을 접해야 그나마 단서를 발견할 수 있을 듯합니다."

"무령의 신당을 다시 열자는 얘기냐?"

"상인들은 전국 방방곡곡에서 일어나는 일을 누구보다 잘 알고 있습니다. 그동안에도 그들은 무령에게 찾아와 자신들의 정보를 있는 그대로 말해 주지 않았습니까. 그 대가로 무령은 그들의 미래를 보여 주었습니다."

벼리의 직언에 정조는 잠시 고민하다가 고개를 끄덕였다.

"하긴 백의종군이 싸우지 말라는 뜻은 아니니……. 단, 하루에 반나절만 허락하며, 그 자리에 국무당이 함께하여야 한다. 그리고 모든 보고는 국무당에게 받겠다. 한시가 급하다. 신속히 실행하라."

"명 받들겠습니다, 전하."

벼리는 절을 올리고 물러났다.

다음 날, 무령은 신당을 열었다. 국무당과 함께였다. 신당을 닫은 지 한참이 지났건만, 문 앞에는 항상 사람들 몇몇이 기다리고 있었다. 혹시 무령이 돌아오지 않을까 기대하는 상인들이 세워 둔 심부름꾼들이었다. 그들은 신당이 문을 연것을 보고는 바로 주인에게 무령의 귀환을 알렸고 손님들은 전보다 더 넘쳐났다. 그러나 신당은 어김없이 반나절만 연 뒤 문을 닫았고, 애가 탄 손님들의 행렬은 줄을 이었다.

무령은 점사를 마치면 수집한 정보를 잘 정리하여 국무당에게 전달한 뒤, 다시 기지로 돌아와 앞치마를 두르고 밀린 일들을 이어 갔다.

대원들은 여느 때처럼 훈련에 매진했다. 그날도 벼리는 백동수의 특별 지도를 받았고, 해치는 정자에 앉아 훈련을 구경하고 있었다. 오늘은 과호세*였다.

하지만 벼리의 하체 힘이 부족해 백동수가 만족할 때까지 자세를 유지하지 못했다.

"항상 허벅지가 문제로구나. 버텨!"

백동수는 쉬지 않고 다그쳤다. 멀리서 지켜보던 해치가 잔뜩 인상을 찌푸렸다.

"저저, 힘이 없어서 그런 걸, 버티라고만 하면 되나, 쯧쯧."

해치가 혀를 찰 때, 광탈이 단지를 들고 나타났다.

"버텨야 힘이 생기죠. 우리 대장님 더 강해지셔야지."

광탈의 말을 들은 해치는 대장님이 누군지 한참 생각하고서야 벼리를 한 번 더 바라보았다.

"매일 이름으로 부르면서 유벼리와 맞먹더니, 언제부터 우리 대장님이 되었느냐?"

"재판에서 형님 코 납작하게 누른 뒤부터요."

"납작? 허, 말본새 한번 고약하다. 봐라, 내 코가 어디가 납작하냐. 오똑하기만 하구먼……."

"발끈하시기는."

*         과호세(跨虎勢) 호랑이가 앉아 있는 듯 양발을 벌리고 깊이 낮추는 자세.

말을 끝낸 광탈은 뿌연 물이 든 단지를 휘휘 젓고는 표주박에 가득 떠서 해치에게 건넸다.

"이건 또 뭐냐?"

"식혜요. 달짝지근한 게 마실 만합니다."

"멀구슬 열매 몇 알만 띄우지."

"거참, 주면 주는 대로 드세요."

"고얀 녀석. 점점 버르장머리가 없어지는구나."

"점점 친해지고 있는 겁니다."

해치는 인상을 쓰면서도 고분고분 식혜를 들이켰다. 표주박을 몇 번 비우더니, 나중엔 아예 단지째 그러잡고 바닥까지 비웠다. 시원한 목 넘김에 저절로 '커' 하는 소리가 나왔다. 그걸 보고 광탈이 입을 이죽거렸다.

"우리 신수님이 세속의 맛을 아셨어."

"흠, 맛이 요망하구나…….

"에이, 표정을 보니 요망한 게 아닌데. 이제 사람 다 되셨네요. 좀 더 담아다 드려요?"

광탈의 반 놀림에 못마땅한 표정으로 해치가 말했다.

"거, 등에 붙은 벌레나 떼거라."

"으아, 어디요?"

해치는 광탈이 손을 뻗어 등을 마구 쓸어 내는 걸 보면서 피식거리다가 멈칫했다. 그는 급히 광탈의 손목을 낚아챘다.

"그러다가 벌레 다치면……. 아니, 터지면 옷 버린다."

"빨리 떼 줘요."

질겁한 광탈이 폴짝대자 해치가 떼어 주려 했지만, 벌레가 끝까지 버텼다.

토독, 토도독.

광탈의 옷에 암팡지게 박아 넣은 발 여섯 개가 하나씩 떨어졌다.

"다 뗐다."

해치가 광탈에게 벌레를 보여 줬다. 노란 딱지날개에 검은 점 네 개가 콕콕 찍힌 게 제법 예쁘게 생겼다. 그런데도 광탈은 자지러지며 물러났다.

"에구구, 송장벌레다."

해치는 짠한 표정으로 광탈에게 나무라듯 말했다.

"'넉점박이'라는 예쁜 이름이 있다. 죽은 걸 싹 청소해 주는 기특한 생명이니, 함부로 대하지 말아라."

"그러면 벌레에게 절이라도 올려야겠습니다."

"올리면 좋지. 비록 미물이나 아주 훌륭한 부모야. 제 자식이 알에서부터 완전한 어른벌레가 될 때까지 한시도 떨어지지 않고 지극정성으로 돌본단다."

해치 손가락 사이에서 연신 다리를 바르작거리는 벌레를 바라보는 광탈의 얼굴이 딱딱하게 굳었다. 해치는 광탈의 표성이 굳은 줄도 모르고 신이 나서 설명했다.

"죽은 쥐 같은 동물을 찾으면 온갖 정성을 들여 동그랗게 만든 다음 거기에 알을 낳지. 자신이 되새김질한 먹이를 자식에게 먹이며 길러. 정말 애틋한 사랑이 아니냐. 미물이지만 인간보다 낫지 않……."

해치의 말이 끝나기도 전에 광탈은 횡하니 자리를 떠났다.

"광탈아? 가는 김에 식혜 좀 더 가져오너라!"

말이 끝나기도 전에 광탈은 바람같이 사라졌다. 해치는 놔 달라는 듯 몸을 비트는 벌레를 딱하다는 듯 바라보다가 혀를 찼다.

"쯧쯧, 인연이 꼬여도 어찌 이리 꼬였나. 너도 이제 미련을 버리거라."

하지만 어림도 없다는 듯, 벌레는 기어코 해치의 손을 빠져나와 광탈이 사라진 쪽으로 포르르 날아올랐다. 무작정 달리는 광탈의 얼굴에는 먹구름이 가득했다. 정조의 말처럼, 그에게도 마음에 품은 칼이 있었다. 그런데 넉점박이송장벌레가 시퍼렇게 날을 세우게 했다.


광탈은 원래 이름이 없었다. 태어나 보니 남사당패였고 모두 이놈, 저놈으로 불렀다.

'이놈아, 네 부모에게 도토리 두 말 주고 널 샀다. 그리고

지금까지 키운 값이 얼만 줄 아냐? 이자까지 쳐서 갚아라.'

이런 말을 듣고 자란 광탈은 절대 도토리묵을 입에 대지 않았다. 저를 팔고 그것으로 배를 채웠을 부모를 떠올리면 서럽고 또 서러웠다.

사람이 죽으란 법은 없는지, 광탈은 떡잎부터 남달랐다. 무엇이든 어깨 너머로 흘긋 보기만 해도 귀신같이 따라 했다. 춤이면 춤, 재주면 재주 척척 해내자, 꼭두쇠*는 광탈을 옆구리에 끼고 가르쳤다.

하지만 무리 중 누구도 그것을 부러워하지 않았다. 꼭두쇠는 아이라고 해서 인정사정 봐주는 법이 없었다. 그는 몸이 두꺼우면 재주 부릴 때 태가 나지 않는다며 어린 광탈을 딱 죽지 않을 만큼 굶겼다. 게다가 말보다 손이 먼저 나가서 광탈은 그를 보기만 해도 덜덜 떨었다. 매질과 주림이 쌓여 공포가 되었다.

광탈은 언젠가부터 관객 앞에만 서면 숨이 차고 몸이 굳었다. 수많은 손님이 다 꼭두쇠로 보였다. 빤히 쳐다보는 시선들이 '도토리 두 말아, 어서 키워 준 값을 해.'라고 말하는 것 같았다. 당연히 꼭두쇠는 벼락같이 화를 냈다.

'하던 지랄도 멍석 깔면 안 한다더니, 오뉴월에 웬 얼음이

---

*      꼭두쇠 남사당패의 우두머리.

돼서 판을 깨고 염병이야! 이 우라질 놈아!'

처음에는 수줍어서 그런가 보다 하며 달래도 보았지만, 그래도 소용없자 또 매질이 시작되었다. 남사당패의 얼른쇠*인 용석이 이러다가 애 죽겠다고 말렸지만, 꼭두쇠는 들은 척도 하지 않았다.

그날도 꼭두쇠는 잔뜩 취해서 광탈을 때리다가 뜯어말리던 용석의 손가락을 부러뜨렸다. 결국 용석은 마술 공연을 할 수 없게 되었고, 그 뒤로는 꼭두쇠를 말리지도 않았다.

그러던 어느 날, 그래도 죽으란 법은 없는지 누군가가 광탈에게 탈을 주었다.

'함 써 봐라. 가면 뒤에 숨으면 떨리지 않을 거야.'

그런데 이 방법이 기막히게 통했다. 탈만 쓰면 아무리 사람이 많아도 떨리지 않았다. 얼굴을 가리면 자신이 도토리 두 말짜리라는 걸 아무도 모를 것 같았다. 탈을 쓴 이후 광탈의 재주는 꽃을 피웠다. 줄에 오르면 하늘에 닿을 듯 솟아올랐고, 동료의 등에 타고 올라 제비보다 더 빠르고 우아하게 몸을 돌렸다.

그때부터 광탈이라 불렸다. 평소에는 잔뜩 기가 죽어서 있는지 없는지도 모를 아이가 탈만 쓰면 다른 사람이 된 것처

---

* 얼른쇠 남사당패에서 마술 공연을 하는 사람들의 우두머리.

럼 무대를 휘어잡았기 때문이었다. 그런데도 꼭두쇠는 만족할 줄 몰랐다.

'그 잘난 얼굴을 왜 숨겨? 예쁘장하게 생겼으니 돈도 더 많이 받을 수 있잖아!'

어찌나 욕심이 덕지덕지 붙었는지 독두꺼비가 따로 없었다.

'탈 쓰지 말라고 몇 번을 말해? 개새끼처럼 처맞아야 말을 듣겠냐?'

이렇게 꼭두쇠에게 당하고 있던 그즈음, 벼리가 자신을 찾아오지 않았다면 진짜 맞아 죽었을지도 모른다.

이후 꼭두쇠가 광탈에게 한 짓을 알게 된 정조는 그에게 100대의 곤장형을 내렸다. 이를 다 맞고 멀쩡한 사람은 없었다. 그래서 돈이 있는 사람은 곤장을 때리는 사람에게 적당히 뇌물을 주거나, 더 여유가 되면 매를 대신 맞아 주는 매품팔이를 고용했다. 하지만 감히 임금이 직접 내린 형벌에 눈 가리고 아웅도 할 수 없었다. 한마디로 맞다가 죽으란 얘기였다.

벌은 아주 엄격하고 집요하게 집행되었다. 한꺼번에 때리면 다 맞기도 전에 죽어 버릴 것이니, 적당히 때리고 치료해서 또 때리는 걸 반복했다. 이렇게 꼭두쇠는 두 달 동안 고스란히 100대를 다 맞고 장독이 올라서 죽었다.

정조는 광탈이 어사대에 들어온 이후부터 종일 먹다가 잠이 들 만큼의 음식을 챙겨 주었다. 음식 앞에서 광탈은 눈이 뒤집혔다. 너무 먹어서 체하면 먹거리를 요기조기 숨겨 놓았고, 방에서 나는 썩은 냄새를 맡은 백원이 음식을 찾아 치우려 하면 광탈은 잔뜩 몸을 움츠리고 벌벌 떨어 댔다. 그렇게 100일이 넘도록 먹고 자며 지내고 나서야 꼬챙이 같은 몸에 살이 오르고 성질도 다소 느긋해졌다.

그러나 오랜 세월 켜켜이 쌓인 응어리가 한꺼번에 풀리지는 않았다. 어사대 대원으로 백동수에게 훈련받으면서 광탈은 꼭두쇠를 제 손으로 죽이지 못했다는 아쉬움이 점점 커지는 것을 느꼈다.

'내가 타고난 힘이 이렇게 세구나. 이걸 진작 알았으면 맞고만 있지는 않았을 텐데…….'

숨이 까무룩 넘어가도록 맞았던 공포보다, 아무 저항도 하지 못하고 맞기만 했던 수치심이 더 강하게 압박해 왔다. 꼭두쇠의 혼이라도 만나면 반드시 분풀이를 하리라 다짐했다.

얼굴도 모르는 부모에 대한 원망도 여전했다. 그래서 해치가 말한 벌레의 자식 사랑에도 분노가 솟구쳐 올랐던 것이다.

'벌레도 지 새끼는 지킨다는데, 어떤 부모가 자식을 도토리에 팔아?'

자신의 처지가 자꾸 떠올라 마음이 너무 답답했다.

바람이라도 쐬면 좀 나을까 하는 생각이 든 광탈은 산에 올랐다. 꼭대기에서 부는 세찬 바람이 풀리지 않는 한을 쓸고 가 버리길 바랐다. 휘적휘적 산으로 오르는 그의 등에는 송장벌레가 붙어 있었다. 게다가 한 마리가 더 늘어 있었다. 초록색 저고리에 나란히 붙어 있는 넉점박이송장벌레 두 마리가 도드라져 보였다. 해치는 멀리서 그들을 지켜보다가 씁쓸한 표정으로 돌아섰다.


모두 잠든 밤, 광탈은 폭신한 요 위에서 이리 뒤척 저리 뒤척 하고 있었다. 낮에 그토록 쏘다녔는데도 피곤하기는커녕, 눈은 평소보다 더 말똥거렸다.

"생각할수록 화가 나네. 아니, 내 부모도 그렇고, 무령 누님 부모도 그렇고. 어떻게 자기 새끼를 버려? 벌레야? 아니, 벌레만도 못한 거잖아!"

떠올릴 때마다, 그리움으로 시작해 원망으로 끝나는 제 부모는 정작 살았는지 죽었는지조차 모른다. 그들이 어디 사는지만 안다면 찾아가서 한마디 해 주고 싶었다. 당신들이 도토리 두 말에 팔아 버린 자식이 지금은 이렇게 잘 먹고 잘산다고, 임금님이랑 매일 만나는 사이가 됐다고 말이다. 출세한 자식을 마주하고 후회하며 괴로워하는 꼴을 꼭 한번 보고 싶었다. 하지만 어디 사는지 모르는 게 천추의 한이었다.

푹푹 한숨을 쉬며 한참을 뒤척이던 광탈은 기막힌 생각이 떠오른 듯 갑자기 이불을 걷어차며 벌떡 일어났다.

"우리 부모야 그렇다 쳐도, 누님의 아비는 아직 살아 있잖아. 전 이조판서 서지원! 내 그 작자를 찾아가서 당신이 버린 딸이 얼마나 멋지게 잘살고 있는지 알려 줘야겠어. 잘난 양반님이 닭똥 같은 눈물을 뚝뚝 흘려야 내 속도 풀리지. 어디 그뿐이야? 이것이야말로 밤낮으로 고생하는 누님을 위한 진정한 배려지!"

이런 생각을 한 자신이 대견했던 광탈은 자신도 모르게 덩실덩실 춤을 췄다. 그러다 문득 깊은 고민에 빠졌다.

"가만, 그런데 제일 중요한 걸 모르잖아. 서지원이 귀양 간 데를 알아야 찾아가지. 음, 백원이 형한테 물어보면 괜히 쓸데없는 짓하지 말라고 할 테고, 벼리는……."

눈치가 보통이 아닌 벼리는 자신이 단지 서지원이 어디 있냐고 묻기만 해도 대번에 모든 걸 알아채고 바로 임금에게 고할 것 같았다. 광탈은 임금의 성난 용안이 떠오르자 오소소 몸을 떨었다.

"아이고, 그건 안 될 일이지."

하지만 뜻이 있으면 길도 있다고 했던가. 먹을 생각으로만 가득하던 그의 머리가 오랜만에 팽팽 돌아갔다.

"아! 서지원이 살던 집으로 찾아가 물어보면 되겠네. 그 잘난 마나님이 지 남편 어디로 귀양 갔는지 똑똑히 알고 있을 거 아니야?"

광탈은 말도 빨랐지만 행동도 빨랐다.

그는 이불 홑청을 북 뜯어서 코와 입을 가리고는 단단히 동여맸다. 이어 쌍검까지 챙긴 광탈은 조심스럽게 문을 열고 밖을 살폈다.

하늘에 뜬 보름달은 휘영청 밝은데, 주변에 구름이 껴 있어서 어쩐지 스산했다.

'하긴, 이 야밤에 누가 있을 리⋯⋯.'

피식 웃으며 문밖으로 나서려는 순간, 검은 그림자와 맞닥뜨렸다. 광탈은 너무 놀라 엉덩방아를 찧었다. 그림자는 달빛을 등지고 섰는데도 송곳니가 빛나고 있었다. 해치였다.

"아이, 놀라라. 잠도 안 자요?"

"잠을 자는 신수가 어디 있더냐. 그러는 너는?"

"츠, 측간이요."

"거짓말도 하던 사람이나 하는 거다. 경거망동하지 말고 들어가."

"제가 뭘 할 줄 알고 그러십니까?"

"똥 누러 가는 놈이, 쌍칼 차고 가느냐? 왜? 얼굴 가린 복면으로 뒤라도 닦으려고?"

광탈은 우물쭈물하며 대답하지 못했다.

"형님이 우리 대장님도 아니고, 무슨 상관이십니까?"

"오냐, 그러면 네 대장님 깨워서 모시고 올 테니 지금 한 말 그대로 해 보거라. 훌륭하신 그분께서 뭐라 하실지 나도 궁금하구나."

매번 말문이 막히는 쪽은 해치였는데. 이번에는 광탈이 꿀 먹은 벙어리가 되었다.

"네가 한번 꼭지가 돌면 눈에 뵈는 게 없다는 건 잘 안다. 하지만 이건 아니야. 네 임금이 알기라도 하면……."

"아, 그냥 내버려 둬요!"

벼리도 모자라 정조까지 들먹이자 광탈은 벌컥 성을 냈다. 그러더니 눈 깜짝할 새 사라졌다.

"허, 녀석도 참."

해치는 정말로 벼리를 깨울까 하다가 그냥 두었다. 먹을 것에 대한 집착만큼이나 고집도 센지라, 말리면 더할 것 같았다.

"꼭 겪어 보고 알아야 한다면 그리해야지. 어쩌겠느냐."

해치는 그가 사라진 어둠 속을 바라보며 타이르듯 말했다. 광탈의 방문에 붙어 있던 넉점박이송장벌레 한 쌍에게 한 말이었다. 하지만 벌레들은 앞발을 바르작거리다가 등 밑에 감춰 둔 날개를 빼냈다.

"너희는 여기 있거라. 그 아이는 제 앞가림은 충분히 한다. 괜히 가서 방해하지 말고……."

말이 끝나기도 전에 벌레들이 다급히 날아오르자 해치는 인상을 찌푸리며 은방울을 울렸다. 그러자 작은 물방울 두 개가 떠오르더니, 날아가는 벌레 한 쌍의 꽁지 끝에 딱 붙었다.

"어쩜 저리 똑같을까, 쯧쯧."

홀로 남은 해치는 혀를 끌끌 찼다.


광탈은 단숨에 서지원의 집에 도착했다.

"와, 대단하다 대단해."

그는 혀를 내둘렀다. 집은 한눈에 봐도 거대했다. 임금이 사는 궁궐보다 조금 작은 정도로 느껴졌다.

"이런 집에 살면서 청렴결백? 웃기시네."

어쩌면 서지원은 선비라 일컫는 자들의 실체라 할 수 있었다. 그들은 입으로는 청렴하다 말하지만, 고리대금으로 백성들의 피 같은 돈을 빨아먹었다. 안빈낙도*를 좇는다지만, 실상은 노비를 부리고 소작농이 애쓴 수확을 긁어 갔다. 간혹 흉년이 들면 곳간을 푸는 부자도 있었지만, 그중 단 한 톨도

---

*     안빈낙도(安貧樂道) 가난을 편안히 여기며 도를 지키는 것을 즐거워함.

그들이 기운 건 없었다. 분명 선행은 맞지만, 이는 다음 수확을 위한 투자가 아니라고 할 수 있을까.

선비로 보이고 싶은 이들의 실상은 이 땅을 지배하며 그 자리를 누구와도 나누려 하지 않는 계급이었다. 어쩌면 선비는 지배계층의 고상한 취미 중 하나일지도 모른다.

서지원도 다르지 않았다. 그가 뇌물 사건으로 파직당하고 유배를 떠났지만, 고래 등 같은 기와집은 조금도 주저앉지 않았다. 그의 몰락은 체면 좀 상하고 권력에서 잠시 물러난 것뿐이었다. 서지원은 망해도 3년이 아니라, 3대가 넉넉히 살아갈 수 있는 부자였다.

광탈은 땅바닥에 침을 탁 뱉고는 가볍게 담장을 넘었다. 때마침 구름에 가려졌던 달이 드러났다. 담 하나를 두고 완전히 다른 세상이 펼쳐졌다. 여러 채의 건물 지붕이 마치 구불구불 이어진 산등성이처럼 펼쳐져 있었고, 달빛에 비친 정원의 이파리 하나하나에서는 윤이 나는 듯했다. 잉어들이 잠든 커다란 연못 한가운데에는 정자도 있었다. 남사당패에 있을 때 부잣집에 여러 번 가 봤지만, 이 집에 비할 게 아니었다.

그런데 화려한 외양과 달리, 어딘가 모르게 음산한 기운이 집 곳곳에 서려 있었다. 사방은 쥐 죽은 듯 고요했고, 조금 전만 해도 밖에서 연신 들리던 새소리조차 들리지 않았다. 차갑고 습기 가득한 공기가 유난히 무겁게 느껴졌다.

'킁킁.'

어디선가 풍겨 오는 퀴퀴한 냄새에 광탈은 얼굴을 찌푸렸다.

'저녁에 청국장이라도 끓인 거야? 하는 짓이 구리니까 냄새도 그런가.'

애써 아닌 척 했지만, 낌새가 심상치 않았다. 불길한 예감이 빨리 여기를 떠나라는 듯 그의 등을 떠미는 것 같았다.

'어쩌지?'

하지만 광탈은 광탈이었다. 머리보다는 가슴이 시키는 대로 따르는 사내가 아닌가. 무령이 심판대에 서서 눈물을 흘리던 모습이 떠오르자 다리가 저절로 안쪽으로 향했다. 광탈은 사랑채의 기둥을 타고 지붕 위로 올라갔다. 가지런한 기와를 사뿐사뿐 밟으며 지붕과 지붕 사이를 오갔다. 안으로 들어갈수록 불쾌한 냄새는 점점 진해졌다.

'어디선가 맡아 본 듯한 냄새인데.'

곰곰이 생각하던 광탈의 머릿속에 오래전 기억이 불현듯 스쳤다. 어렸을 때 이장하는 걸 구경한 적이 있었는데, 그때 후손들이 조상을 더 좋은 터로 모신다며 무덤에서 관을 꺼내다가 떨어뜨리는 광경을 봤었다.

'맞아. 그때 맡았던 그 냄새다!'

그런데 어찌 사람이 사는 집에서 오래된 관에서나 맡을 수 있는 냄새가 나는지 알 수 없었다. 습한 공기와 유달리 고요하고 커다란 기와집이 거대한 무덤처럼 느껴졌다. 심히 수상했다. 기지로 돌아가서 다른 대원들과 함께 다시 올까 싶기도 했지만, 그러려면 더 확실한 근거가 필요할 것 같았다. 광탈은 냄새의 근원지를 쫓아 더 깊숙이 들어갔다.

'여기다!'

썩은 내가 물씬 풍겨 나오는 곳은 조상의 위패를 모셔 둔 사당이었다. 그런데 가만 보니 일반적인 사당과는 확연히 달랐다. 개인의 사당은 대부분 서너 칸짜리로 짓고 양옆에는 돌층계를 한 개씩 놓는데, 이것은 훨씬 크고 높았다. 큰 거인이 자신을 내려다보는 느낌이랄까.

'다섯 칸은 넘겠는데. 대체 높이가 몇 척이야?'

광탈은 좀 더 다가가 현판을 올려다보았다.


「萬人祠 만인사」


"사당 이름도 이상하네. 제사 지내는 자손이 만 명은 되게 해 달라고 붙인 이름인가? 욕심이 놀부 빰쳐 먹겠네."

혼잣말을 중얼거리던 광탈의 콧속으로 새로운 냄새가 섞여 들어왔다. 희미한 피비린내였다. 그는 숨을 참고 사당 출입문 앞으로 갔다. 광탈이 문에 걸려 있는 어른 주먹만 한 자물쇠를 옷자락으로 말아서 검으로 살짝 내리치자 맥없이 부서졌다. 어느새 뒤쫓아 온 넉점박이송장벌레들이 광탈의 저고리에 발톱을 박아 넣더니 안으로 들어가지 말라는 듯, 날갯짓하며 잡아당겼다. 하지만 광탈은 그것을 알지 못한 채 안으로 들어갔다. 벌레들도 힘없이 끌려 들어갔다.

다시 구름이 달을 삼키고 사방이 짙은 어둠에 잠겼다. 그때 땅에서 거뭇거뭇한 기운이 일렁이더니 사당을 칭칭 감아 돌기 시작했다. 시커먼 띠가 온통 휘감는 모습은 거대한 뱀이 사냥감의 숨통을 죄는 것처럼 보였다. 하지만 안으로 들어간 광탈은 전혀 눈치채지 못했다.

조심스럽게 문을 닫고 벽에 등을 대고 선 광탈은 눈이 어둠에 익을 때까지 기다렸다. 벌레들은 어느새 그의 어깨 위로 올라가 같이 숨을 죽였다. 썩은 냄새는 더욱 심해져 두건을 썼는데도 숨 쉬기가 어려울 정도였다. 광탈은 눈에 힘을 빡 주고 버텼다. 때마침 구름이 달을 지나갔는지, 창백한 빛이 창호지를 뚫고 들어와 안을 비춰 주었다. 가지런한 촛대들 사이로 위패들이 놓여 있었고, 그 뒤로는 초상화가 걸려 있었다.

'무령 누님은 엄마를 닮았나 보네.'

서지원의 조상들은 하나같이 눈이 쪽 찢어졌고, 볼은 심술

주머니처럼 축 늘어져 있었다. 점만 한 눈알은 붓끝으로 콕 찍은 게 분명했고, 피부는 얽어서 멍게 같은 이도 있고, 수염이 지저분해서 잡초 같은 그림도 있었다.

'어쩜 하나같이 다 기분 나쁘게 생겼냐. 이러기도 힘들지. 그런데 잠깐……. 뭔가 좀 이상한데?'

섬뜩한 기운이 광탈의 등줄기를 타고 흐르다가 달빛과 함께 사라졌다.

'내가 너무 긴장했나?'

흉가부터 요괴 소굴까지 여러 곳을 체험했지만, 이렇게 종잡을 수 없는 곳은 처음이었다. 광탈은 마른침을 삼켰다. 지금이라도 기지로 돌아가서 다 함께 오는 게 나을 듯했다. 하지만 빈손으로 돌아가서 서지원의 집에 뭔가가 있는 것 같다는 말만 떨렁 하려니 자존심이 상했다.

'거봐. 혼자 가니까 무서웠지?'

해치가 이렇게 이죽거릴 모습까지 훤하게 보이는 것 같아 고개를 저었다.

광탈은 손을 뻗어 허공을 더듬기 시작했다. 그러자 갑자기 초상화 인물들의 눈동자가 되록되록 움직이며 서로 눈짓을 나누는가 싶더니 일제히 광탈을 바라보았다. 이내 인물들의 실룩이던 입꼬리까지 벌어지면서 초상화에서 바람 빠지는 듯한 소리가 났다.

쉬익, 쉭.

움찔 놀란 광탈이 그쪽으로 고개를 돌리자, 이번에는 반대
편에서 소리가 났다.

즈즈즛.

뱀이 혀를 날름거리는 것 같은 이 소리는 점점 커지더니
건물이 흔들렸다. 광탈은 뭔가 크게 잘못됐다는 느낌에 잽싸
게 입구 쪽으로 몸을 날렸지만 그대로 나동그라졌다. 아무리
대갓집 사당의 문이라 한들, 온갖 무술로 단련된 광탈이라면
단숨에 부술 수 있었다. 그런데 이건 도무지 문이라 할 수 없
을 정도로 단단했다.

광탈은 뒤구르기를 하면서 방바닥에 착지한 후 그대로 발
딱 일어났다. 벌레들은 그를 지키겠다는 듯, 공중으로 날아
올라 어지럽게 비행했다. 하지만 기이한 소리가 한층 거세지
며 사방에서 죄어들어 왔다. 마치 사당 전체에 소리가 빙빙
도는 듯했다.

그때, 다시 달빛이 비쳐 들었다. 광탈은 눈앞에 펼쳐진 풍
경을 보고는 그대로 얼어 버렸다. 쉭쉭거리는 소리는 뱀이
맞았다. 그것도 수많은 뱀이 서로 몸을 얽어서 거대한 실타
래처럼 된 모양이었다. 뱀들은 한 몸처럼 움직이며 빠르게
감아 돌더니 점차 일정한 형태를 갖추기 시작했다.

놀라고 있을 틈이 없었다. 이대로 있다가는 똬리에 감기는

건 시간문제였다. 광탈은 재빨리 천장으로 튀어 올라 대들보를 잡았다. 그러자 여러 마리의 뱀이 길게 뭉치더니 채찍처럼 달려들었다. 광탈은 원숭이처럼 들보 사이를 오가며 여유롭게 피했다.

"그냥 뱀이라면 저렇게 움직일 수 없지. 대체 몇 마리야?"

이만하면 됐다는 생각이 들었다. 요괴가 있다는 증거도 잡았고, 상대를 보아하니 그 기세나 수가 혼자서 맞설 수 있는 수준이 아니었다.

"얼른 가서 우리 대장님 모시고 와야겠네."

그는 사납게 덤비는 뱀의 무리를 피하면서 빠져나갈 틈을 찾았다. 그러나 사당 안은 쥐가 드나들 만한 구멍조차 보이지 않았다. 그는 들보 위에 올라앉아 쌍검을 빼 들었다. 그러고는 힘껏 발돋움해 지붕을 향해 검을 질렀다. 와르르 기왓장이 떨어지며 동시에 하늘이 보였다. 광탈이 힘껏 솟구쳐 올라 뚫린 천장으로 빠져나가려는 순간, 더 많은 뱀이 뭉쳐서 기어이 그의 발목을 낚아챘다.

"제길!"

광탈은 엉겁결에 한쪽 팔로 급히 들보를 휘감고 나머지 손으로 그 팔을 단단히 잡으며 버텼다. 하지만 아래로 끌어내리는 힘은 강했고, 들보를 감은 쪽 어깨는 강철을 물리칠 때 다친 곳이었다. 아무리 광탈이라도 어깨가 빠져 버리니 소용

없었다. 검 한 자루까지 놓쳐 버리자 이대로 있을 수 없다고
생각한 광탈은 착지할 준비를 하려고 아래를 내려다봤다. 그
순간 믿을 수 없는 광경에 그대로 굳어 버렸다. 수많은 뱀이
다글다글 모여서 거대한 뱀 한 마리가 되어있는 게 아닌가.
여러 겹으로 똬리를 틀었는데 너무 커서 사당이 터져 나갈
것 같았다. 뱀은 쉭쉭 소리를 내면서 한 방향으로 돌기 시작
했다. 쉼 없이 뿜어져 나오는 소리 속에서 간간이 이상한 말
이 베어 나왔다.

  *"비형……, 랑. 맛……, 있겠다."*

  뱀들은 어찌나 빠르게 휘도는지, 광탈의 정신이 아득해질
정도였다. 그때 들보에 대롱대롱 매달려 있는 광탈을 향해
거대한 뱀의 대가리가 서서히 올라왔다. 그것도 수많은 뱀이
얽혀 만들어진 것이었는데, 몇 마리가 주르르 미끄러지며 두
개의 동그란 구멍을 만들었다.

  그 사이로 드러난 것은 눈이었다. 눈자위는 온통 시뻘겋
고, 까만 눈동자는 세로로 길게 찢어져 있었다. 이 거대한 요
괴는 들보에 매달린 광탈을 올려다보며 눈동자를 몇 번 깜박
이고는 입꼬리를 씩 올렸다. 그러더니 이내 아가리를 쩍 벌
리는데, 온통 시뻘건 입안에서 물씬 올라오는 피비린내가 눈
이 따가울 정도로 지독했다. 광탈은 자신도 모르게 비명을
질렀다. 그 순간 넉점박이송장벌레 두 마리가 포르르 날아와

꽁지 끝에 붙은 작은 물방울을 광탈에게 떨어뜨렸다.

스르륵.

맑은 기운으로 가득한 것이 광탈에게 스며들었다.

순간 뱀은 광탈을 한입에 덥석 삼켜 버렸고, 그는 요괴의 목구멍 안으로 빨려 들어갔다. 광탈은 끝을 알 수 없는 동굴 같은 곳으로 떨어져 내려가다가, 마지막 정신을 붙잡고 검을 깊숙이 찔러 넣었다. 뱀의 내벽에 검이 박히자 피가 벌컥벌컥 솟아났다. 광탈은 검 자루를 한쪽 팔로 부여잡고 대롱대롱 매달린 꼴이 되었다. 덜렁거리는 반대쪽 어깨에 힘을 줘 봤지만 축 늘어진 팔은 도통 움직이지 않는데, 발아래에는 피 웅덩이가 부글부글 끓고 있었다.

"안 돼. 버텨!"

검이 박힌 자리에서는 피가 뿜어져 나와 광탈의 온몸을 적셨다. 쏟아지는 피에 광탈은 제대로 눈도 뜨지 못하고 있었지만, 어쩐 일인지 특유의 미소는 그의 입가를 떠나지 않았다.

"아, 내가 이렇게 가는구나. 가도 혼자는 못 가지. 같이 죽자, 이 뱀 요괴야!"

광탈은 마지막 힘을 쥐어짜며 검을 아래로 내리그었다. 그러자 요괴가 발광하는지 아래위가 뒤집히면서 심하게 흔들렸다. 펄펄 끓는 피 웅덩이에 빠지기 직전, 벌레가 떨어뜨리고 간 해치의 물방울이 순식간에 그를 감쌌고 곧이어 피 웅덩이가 파도처럼 덮쳤다.

치이익!

광탈을 감싸고 있는 물의 장막과 고인 피가 맞닿으면서 까만 수증기와 함께 고약한 냄새가 물씬 퍼졌다.

"이게 뭐야?"

광탈은 자신을 지켜 주고 있는 물의 장막이 해치에게서 온 것임을, 그리고 그것을 뿌려 준 것이 자신과 밀접한 관계가 있는 송장벌레 한 쌍인지를 전혀 알지 못했다.

일단은 피 웅덩이를 빠져나와 축축하고 꿈틀거리는 바닥을 딛고 주변을 살폈는데, 눈앞에는 뱀의 척추와 셀 수 없이 많은 갈비뼈가 주르르 이어져 있었다. 요괴도 숨은 쉬는지, 규칙적으로 들썩거릴 때마다 천장에서 끈적한 뭔가가 떨어지기도 했다.

"제길, 얼마나 큰 거야."

광탈은 피에 젖은 복면을 벗어 버리고, 검을 지팡이 삼아 한 걸음 한 걸음 앞으로 나갔다.

'제아무리 거대한 요괴라 해도 어딘가에는 약한 부분이 있을 거야. 거기로 나가서 백원이 형을 데리고 오자. 강철을 단숨에 갈랐던 형이라면 뱀 따위는 쉽게 무찌를 거야.'

광탈은 이런 생각을 하며 힘을 내려 했지만 빠진 어깨는 덜렁거리고 발바닥은 쇠꼬챙이 끝을 디디는 것처럼 아팠다.

"해치 형님 말 들을걸……."

광탈은 아까부터 참았던 말을 웅얼거렸다.


"광탈아, 안 돼!"

같은 시각, 무령은 광탈의 이름을 소리치며 잠에서 깨어났다.

그녀는 식은땀을 닦아 내며 숨을 몰아쉬었다. 웬 남자가 사당에 들어갔다가 뱀에게 잡아먹히는 꿈을 꿨다. 자신과 꿈속의 남자가 한 몸이 되어 그가 보는 것만 볼 수 있었기에, 처음에는 누구인지 알지 못했다. 하지만 쌍검을 휘두르며 들보 사이를 물 찬 제비처럼 날아다닐 수 있는 사람은 단 한 명뿐이었다.

"광탈이가 위험해!"

그녀는 다급히 밖으로 나왔다.

그때 해치는 어둠 속에 홀로 앉아 책장을 넘기고 있었다. 촛불 하나 없어도 심청이 인당수에 빠지는 장면을 읽는 데에는 아무 지장이 없었다.

"허, 어찌 저런 짓을 한단 말인가. 용왕이 잡귀도 아니고 사람 던진다고 받을 것 같아? 쳐 죽일……. 고얀 것들."

완전히 몰입해서 상상치도 못한 험한 말이 튀어나오려는

걸 겨우 참았다. 인간들은 참 이상했다. 어떻게 글자 하나로 남의 속을 쥐락펴락하는지. 그가 다급히 다음 책장을 넘기려는 순간이었다.

벌레에게 붙여 놓았던 물방울이 펼쳐지는 감각이 고스란히 느껴졌다. 해치는 책을 덮고 광탈과 벌레들이 사라진 쪽을 바라보았다.

"어쩐지 예감이 좋지 않더니 기어코……. 참으로 귀찮게 하는구나."

그가 가볍게 한숨을 쉬고 일어난 순간, 전달되던 기운이 완전히 끊어졌다. 이건 물방울이 힘을 잃었다는 신호였다. 당황한 해치는 은방울에서 물줄기를 뽑아내며 대원들을 깨웠다.

모두 일어나! 광탈이 위험하다!

그는 물결을 타고 그대로 날아올랐다.

해치의 외침이 피부를 타고 전해지자, 벼리와 백원이 벌떡 일어났고 무령은 광탈의 방이 텅 빈 걸 확인하고 황망히 달렸다.

셋 다 해치의 숙소 앞에 모여들었다. 모두 잠옷 바람이었지만, 각자의 무기를 손에 든 상태였다. 그런데 정작 그들을 깨운 해치는 보이지 않았다. 무령이 사방을 두리번거리며 말했다.

"광탈이가 방에 없어!"

"무령, 흥분하지 말고 차분히 말해 봐."

백원이 달달 떨리는 무령의 어깨를 살포시 잡아 주었다. 그제야 무령이 숨을 고르며 말했다.

"꿈에 광탈이 뱀에게 먹혔는데, 기운이 요사스러운 게 보통이 아니었어. 그래서 그 아이 방에 갔는데……."

무령이 말꼬리를 흐리며 고개를 저었다.

"언니, 진정하세요. 해치님이 가셨으니 분명 괜찮을 거예요."

"우리를 다 깨워 놓고 혼자 가신 거야."

워낙 급해서 그랬다는 걸 알기에 남은 사람들은 더욱 속이 타들어 갔다. 벼리가 계속 해치에게 위치를 물었다.

해치님, 어디십니까?

그 뒤로도 몇 번이나 해치를 불렀지만 답이 없었다. 언제부터인가 어사대 대원들은 자신들의 의사를 입과 소리로 전하기보다는 정신과 마음으로 나누는 훈련이 되어 있었다. 거리가 멀어도 그들은 바로 옆에 있는 사람처럼 듣고 말할 수 있었다. 그런데 어쩐 일인지 지금은 아무리 불러도 해치의 답이 돌아오지 않았다.

지금까지 많은 꿈을 꾸었지만 이렇게 불길한 느낌은 처음이라, 속내를 드러내는 법이 없는 무령이 발을 동동 굴렀다.

"곧 답하겠지. 우선 진정해라."

백원도 애가 탔지만 내색하지 않고 무령을 달랬다. 그러자 벼리가 물었다.

"언니, 꿈을 꾸셨다고 했죠? 무슨 단서가 될 만한 게 없을까요?"

"……사당에 들어가기 전에 현판을 읽었어. 만, 만인사야!"

무령이 생각해도 사당 이름이라기엔 뭔가 어색했던 것 같아서 생생하게 기억났다. 그러나 벼리는 심각한 표정으로 되물었다.

"만인사요?"

"그래, 분명해. 일만 만萬, 사람 인人, 사당 사祠였어."

그러자 백원이 나직이 말했다.

"꿈에 광탈이 뱀에게 당했다고 했지."

"설마!"

무령이 놀라서 벌어진 입을 손으로 가렸다. 현판에 적힌 글자는 요괴의 이름과 같았다.

"벼리야, 만인사에 대해 아는 대로 말해 다오."

백원의 물음에 벼리가 떨리는 음성으로 답하기 시작했다.

"만인사萬人巳는 조선 북쪽 함길도*에 산다고 알려진, 사람

---

* 함길도 지금의 함경도.

을 수없이 잡아먹는 요괴예요. 세종실록에도 기록되어 있습니다."

세종 19년 11월 22일에 조선이 압록강 상류와 두만강 유역을 확보한 직후, 그쪽을 드나들던 여진족과 교류가 늘어나면서 이들의 전설이나 보물 이야기도 자연스럽게 전파되었다. 그중 하나가 만인사와 관련된 이야기였다.

함길도로부터 간혹 정체를 알 수 없는 물건들이 조정으로 진상되자, 세종대왕은 당시 해당 지역의 도절제사였던 김종서에게 항간에 떠도는 소문을 자세히 조사하라 명을 내렸다.

"당시 김종서가 세종대왕께 올린 보고의 내용은 대략 이렇습니다."

「잡아먹은 사람의 수가 만 명이 되면 몸속에서 그 피가 응축되어 검푸른 빛이 나는 돌이 되는데, 이를 만인혈석萬人血石이라 부릅니다. 지닌 것만으로도 부요해지고 그걸 갈아서 먹으면 병이 낫는다고 하여 많은 이들이 갖고 싶어 합니다.……만인혈석은 만인사에게서만 나오는 게 아니라 전쟁으로 죽은 수많은 사람의 피가 고인 웅덩이 밑을 파 보면 얻을 수도 있습니다. 매우 귀한 것은 아닌데, 막상 달라고 하면 지금은 없다고 합니다.」

대부분의 요괴가 그러하듯, 소문만 무성하고 실체는 없었다. 실록에도 기록될 만큼 강력한 만인사를 광탈 혼자서 상대하고 있는 것이었다. 마음 같아서는 당장 해치를 따라 가고 싶지만, 많고 많은 사당 중 겨우 이름만 알고 있으니, 거기가 어디인 줄 알고 가겠는가.

백원이 허공을 보며 말했다.

"일단, 무장을 제대로 갖추고 여기서 다시 모이자."

그제야 잠옷 차림임을 알아챈 벼리와 무령이 황급히 몸을 돌리려 할 때였다. 해치의 말이 전해졌다.

*광탈을 찾았다. 내 광탈을 데리고 기지로 돌아갈 테니, 얼른 의원을 부르고 국무당도 깨우거라.*

안도하는 것도 잠시, 의원에 국무당까지 부르라는 말에 세 사람은 심각한 얼굴이 되어 흩어졌다.


잠시 후, 해치는 축 늘어진 광탈을 품에 안고 물결에서 내렸다. 그러고는 자신의 방에 그를 눕혔다. 신성한 기운이 강하게 어려 있는 곳이 더 나을 것 같아서였다. 무령과 벼리가 차례로 뛰어 들어왔고, 그 뒤를 국무당이 이었다. 얼마 후 광탈의 상태를 살피던 국무당의 표정이 어두워지더니 막막한 음성으로 해치에게 물었다.

"어디서 발견하셨습니까?"

"……서지원의 집 근처에 쓰러져 있었소."

그러자 무령의 얼굴이 딱딱하게 굳었고 다른 사람들도 한동안 말이 없었다. 잠시 후, 벼리가 조심스럽게 물었다.

"혹시 주변에 사당이 있었나요?"

"너무 급해서 미처 살피지 못했다."

해치가 대답을 하자, 국무당이 무겁게 입을 뗐다.

"광탈의 혼이 분리되어 다른 곳에 있습니다."

"그게 무슨 뜻입니까?"

무령이 걱정 가득한 얼굴로 물었고, 국무당은 설명을 이어 갔다.

"말 그대로란다. 육신은 여기 있는데 혼은 어딘가에서 헤매고 있구나. 이대로라면 생명이 꺼질 수도 있어."

"그러면 국무당님, 혹시 만인사를 아십니까?"

"사람을 잡아먹는 뱀 요괴 말이냐?"

국무당이 되묻자 무령은 광탈이 나왔던 자신의 꿈 이야기를 해 주었다.

무령의 이야기가 끝나고 해치는 광탈이 몰래 기지를 빠져나가려다 자신과 마주친 이야기를 대원들에게 전했다. 자신이 물방울을 붙인 존재는 벌레가 아닌 광탈이라고 바꿔 말하는 것도 잊지 않았다. 그 말을 다 들은 국무당은 지그시 눈을 감았다 뜨고는 이내 안도의 표정을 지으며 해치에게 고개를 숙였다.

"진심으로 감사드립니다. 신수님이 아니었다면 이 아이는 그 자리에서 죽었을 겁니다. 그나마 물방울이 두 개라, 육신과 혼이 분리되었어도 목숨을 건질 가능성은 여전히 있습니다."

때마침 백원이 마을에서 데려온 의원이 도착했다. 의원은 잠을 자다가 갑자기 나타난 백원에게 거의 납치당하다시피 끌려온 참이었다. 사방이 어두워 여기가 어딘지도 정확히 모르는 눈치였다. 그는 졸음이 채 가시지 않은 얼굴로 맥부터 짚었다. 한참 동안 미간을 구기고 있던 의원이 고개를 저으며 말했다.

"지금까지 살아 있는 게 신기할 지경입니다. 맥이 거의 느껴지지 않습니다. 아무래도 마음의 준비를 하시는 게……."

그 말을 들은 해치가 서늘한 숨을 내쉬자, 정수리에 허옇게 서리를 맞은 의원이 머리를 감싸고 데굴데굴 굴렀다. 뒤에서 지켜만 보던 국무당이 차분하게 말했다.

"고정하시옵소서. 광탈이 몸에 난 상처라도 치료하려면 이 자가 필요합니다."

그러자 의원의 머리에 내려 있던 서리가 싸악 사라졌다. 국무당은 놀란 가슴을 쓸어내리고 의원에게 말했다.

"괜찮소?"

괜찮지 않아도 그렇다 해야 할 것 같다고 생각한 그는 연신 고개를 주억거렸다.

"다행이오. 그럼 치료를 시작하겠소?"

의원은 겁에 질린 얼굴로 슬금슬금 광탈에게 다가갔고, 벼리가 그를 눈짓으로 가리키며 대원들에게 말했다.

"자리를 옮기시죠. 무령 언니는 여기 남아서 의원님과 함께 광탈을 돌봐 주세요."

"어? 아, 알았다."

무령은 겨우 입술을 달싹이며 대답했다. 지은 죄가 있어 어사대 대원들의 회의에 끼지 못하는 건 당연했다. 자신의 아버지인 서지원의 집에서 광탈이 사고를 당한 건 엄밀히 따지면 제 잘못은 아니었음에도 불구하고, 방에서 나가는 대원들을 제대로 바라보지 못했다. 무령은 의원을 도우며 뿌옇게 눈물이 차오르는 눈을 연신 깜박였다.


자리를 옮긴 대원들은 일제히 국무당을 바라보았다. 백원이 조심스레 물었다.

"만인사가 어떤 요괴이길래 이런 짓을 할 수 있습니까?"

"본래 만인사는 인적이 드문 곳에 살면서 지나가는 나그네들을 잡아먹는다. 하지만 그것이 사당에 있다면 아마도 업신* 노릇을 하는 게 아닐까 싶구나. 재물을 가져다주는 대신, 사람에게 섬김을 받는 것이지."

"섬김을 받는다면……. 설마, 인신공양?"

벼리가 묻자 국무당이 고개를 끄덕였다.

"사람의 영혼을 잡아먹고 그 기운을 모아 만인혈석을 만들지. 용이 세상의 양기를 모아 여의주를 만들 듯, 만인사는 반대로 음기를 모아 만인혈석을 만든다."

"한마디로 번뇌의 결정체라 할 수 있겠네요?"

벼리의 물음에 국무당이 심각한 표정으로 고개를 끄덕이며 말을 이었다.

"사특하지만 용한 기운이 있어서 인간의 욕망을 현실로 만들어 주지. 한마디로 그걸 지닌 자에게 힘과 재물을 가져다준다."

"국무당은 그걸 어찌 아시오?"

해치가 묻자, 국무당은 잠시 머뭇거렸다.

"소인이 어릴 적에 만인사를 딱 한 번 보았습니다. 제가 살던 동네에 언젠가부터 사람들이 이유 없이 죽기 시작했지요. 제 신어머니는 그것이 만인사의 소행임을 알고, 그와 맞서기 위해 치성을 드리며 연구하셨습니다.

---

*      업신(業神) 집안을 지키는 신 중 하나로 재물에 관한 운수를 담당하며 주로 뱀으로 묘사된다.

결국 제 신어머니와 전국의 내로라하는 무당 어르신들이 함께 힘을 모았지만, 끝내 소멸할 수 없었습니다. 인적이 드문 곳으로 쫓아낸 것이 전부였지요. 그때 저의 신어머니와 큰 무당 두 분을 잃었습니다. 제 평생 그렇게 강한 요괴는 처음이자 마지막이었습니다."

국무당은 점점 걱정으로 물드는 벼리의 얼굴을 살피며 정신 바짝 차리라는 어조로 말했다.

"그것은 보통 요괴와는 비교도 되지 않는 무서운 존재란다. 다른 요괴들은 단지 몸을 죽이는 걸로 끝나지만 만인사는 혼까지 빨아들여 윤회의 굴레를 끊어 버리지. 광탈이 워낙 기운이 좋으니 이렇게 버티고는 있지만⋯⋯. 한시라도 빨리 그 아이의 영혼을 찾아야 해."

벼리가 심각한 어조로 해치에게 물었다.

"광탈을 구하려면 만인사와 싸워야 하는데, 어떤 계획을 세워야 할지요?"

"일단 보여야 상대를 할 텐데, 그게 어렵단 말이지⋯⋯. 뱀이 그러하듯 만인사도 좀처럼 기적을 드러내는 법이 없다. 가을 뱀이 낙엽과 색이 똑같아서 발아래 있어도 모르는 것처럼, 만인사는 바로 옆에 있어도 기운이 느껴지지 않는다. 번뇌나 먹는 요괴들과는 비교할 수 없지. 얼마나 많은 영혼을 삼켰는지는 모르겠지만, 지금까지 상대했던 것들과는 차원이 다를 거다.”

해치의 대답을 들은 백원이 국무당을 보며 물었다.

“예전에 만인사는 어떻게 쫓아내셨습니까? 그 방법을 알려 주십시오.”

곰곰이 과거를 되짚던 국무당이 기억이 난 듯 확신에 찬 목소리로 답했다.

“그게, 만인사는 말이다. 저를 섬기는 사람을 중히 여긴다. 그 사람이 없으면 누가 살아 있는 사람을 잡아다 바치겠니. 그래서 만인사를 잡으려면 그를 모시는 인간을 먼저 잡아야 한다. 내가 어릴 적에도 그것을 섬기는 이를 붙들고 굿을 했던 게 똑똑히 기억난다.”

그 말을 들은 벼리가 침착하게 말했다.

“저희가 상대에 대해 잘 알고 맞선 적이 없었습니다. 그런데 이번에는 약점 하나를 알고 시작하니 다행입니다.”

그녀의 말에 사람들의 표정이 다소 풀렸다. 애써 밝게 생각하려는 억지가 아니라, 정말 그랬기 때문이었다. 광탈 걱정에 잔뜩 어두워졌던 마음이 다소 진정되자, 국무당이 서둘러 자리에서 일어나며 해치에게 말했다.

“육신과 혼이 떨어져 나갔으니 고통이 심할 듯합니다. 제가 광탈의 혼을 붙들고 고통을 덜어 줄 치성을 드리겠습니다.”

해치는 짧게 고개를 끄덕이며 답했다.

"소금만 더 붙들어 주시오. 우리가 지금 즉시 출발하겠소."

그때 무령이 황급히 들어오며 말했다.

"주상 전하 납시오."

≡≡

창덕궁 수구문 근처에 무령이 직접 쳐 놓은 결계는 목멱산 요괴어사대의 기지와 이어져 있었다. 정조는 별다른 보고가 없어도 푸른 달빛이 뜨는 밤이면 후원 근처를 산책하다 꼭 수구문 앞을 들르곤 했는데, 무령이 쳐 놓은 금줄의 색만 봐도 기지의 상황을 대략 짐작할 수 있었다. 정조의 눈에만 보이는 결계는 평상시에는 푸른빛으로 비상시에는 붉은빛으로 색을 바꿨는데, 이것은 무령의 분신과도 같은 금줄이 그녀의 심리를 표현하기 때문이었다.

밤늦은 시각, 심상치 않은 결계의 빛을 보고 한걸음에 달려온 정조는 어사대에게 대략의 보고를 받은 후 맥없이 누워 있는 광탈의 손을 잡았다. 온통 굳은살이 박힌 거친 손을 쓰다듬는 그의 표정이 여간 침통한 게 아니었다. 주변에 어사대와 함께 서 있던 해치가 솔직하게 털어놓았다.

"나가기 직전에 마주쳤습니다. 이럴 줄 알았으면 사력을 다해 말렸어야 했는데……."

"아니다. 누가 녀석을 말릴 수 있겠나. 자네가 빨리 발견했으니 그나마 다행일세. 그나저나 무령이 꿈에 본 게 사실이라면 이건 보통 일이 아니구나."

해치는 당장이라도 호통이 떨어질 거라 각오했건만 자신의 속상한 마음마저 헤아리는 대답에 왠지 가슴이 멨다. 축 늘어져 있는 광탈을 보고 있자니 다시 명치가 쿡쿡 쑤셨다. 후회와 안타까움이 너무 크면 몸이 아플 수도 있다는 걸 알 리 없는 해치는 가슴께를 쓰다듬었다.

정조는 잠시 생각에 잠겼다가 어사대에게 말했다.

"최근 도성 내에 기이한 살인 사건이 일어나고 있는 건 다들 알고 있겠지? 모든 시신은 이마에 구멍이 뚫려 있었고, 피는 모조리 빨려 있었다."

대원들은 동시에 광탈을 바라보았다. 얼굴에 핏기 하나 없는데, 몸은 거짓말처럼 말짱했다. 만약 그에게 해치의 물방울이 없었다면 그 시신들과 같은 모습이었을 것이다. 정조도 같은 생각이 들었는지, 잠시 숨을 몰아쉬고는 말을 이어갔다.

"그간의 살인 사건이 너무나 괴이해서 도통 단서를 잡지 못하고 있었는데 인제 보니 만인사의 소행일 가능성이 높구나. 이보게 국무당, 광탈의 육신은 혼령 없이 얼마나 더 견딜 수 있겠는가."

"예측하기 어렵지만, 정오를 넘기기 어려울 것 같습니다."

남은 시간이 너무 적어 모두 걱정스러운 표정이 되었지만, 정조는 지체하지 않고 명을 내렸다.

"모두 들어라. 새벽 동이 트기 전까지 광탈을 구한다. 그리고 이번 작전은 무령도 함께한다."

무령이 젖은 눈으로 정조를 바라보았다.

"무령, 너는 서지원의 집 주변에 은밀하게 결계를 치도록 하라. 만인사가 광탈을 삼킨 채로 자칫 도망칠 수도 있으니. 무조건 가둬야 한다."

"명심하겠습니다."

비장한 표정의 무령은 정조에게 답한 뒤, 아랫입술을 깨물었다.

"백원."

"네, 전하."

"광탈이 순식간에 당했다. 만만치 않은 상대야. 네 역할이 크다."

"명심하겠습니다, 전하."

그때 벼리가 말했다.

"전하, 이번 임무는 외딴 지방 변두리가 아닌 사대문 안, 그것도 전 이조판서의 본가를 치는 것입니다."

그녀의 말이 채 끝나기도 전에, 정조가 엄중히 명했다.

"이판을 지냈던 자와 관련이 있고, 많은 이가 주시하고 있는 사건이다. 하지만 뒷일은 과인이 다 처리할 터이니, 누구의 눈치도 보지 말고 광탈을 구해 내는 데 최선을 다하라."

이 말을 들은 대원들은 아무 말도 하지 못했다.

양반이란 세력은 원래 거미줄과 같이 촘촘한 관계를 맺고 이익을 위해 똘똘 뭉친다. 만인사의 존재 여부도 아직 확실하게 확인된 것도 아니고 서지원과 어떤 관계인지도 모른다. 만약 서지원에게서 확실한 혐의를 발견하지 못한다면 그와 손잡은 다른 양반들이 가만히 있지 않을 것이다. 게다가 어사대가 전면에 나섰다가 꼬리라도 밟힌다면 정조는 정치적으로 큰 타격을 입을 수 있었다.

하지만 광탈의 손을 굳게 잡은 정조의 용안에는 전면전도 불사하겠다는 의지가 어려 있었다. 벼리는 비장한 각오를 다지며 고개를 조아렸다.

"실망시켜 드리지 않도록 최선을 다하겠습니다."

대원들이 절을 올린 뒤, 서둘러 밖으로 나갔다. 해치도 따라나서려는데 정조가 불러 세웠다. 방에 단둘이 남자, 정조가 굳게 닫았던 입을 열었다.

"벼리에게 말하지 않은 것이 한 가지 있는데, 피해자는 주로 신분이 낮은 자들이었다. 거지가 제일 많았고 백정, 약초꾼……. 그리고 보부상들이었다. 그런데 서지원의 집에 드나들던 보부상 중 하나가 벼리의 아버지, 유해득이다."

정조의 말을 듣고 해치의 한쪽 눈썹꼬리가 살짝 올라갔다.

정조는 벼리와 했던 약속을 지금도 충실히 지키고 있었다.

"유해득에 대해 오랫동안 알아보았지만, 도무지 종적을 찾을 수 없었다. 고작 알아낸 사실은 유해득이 오가던 지역과 거래하던 집 정도였지. 그러다 알게 되었다. 유해득의 가장 큰 거래처가 서지원 가문이었다는 것을. 그 가문과 거래를 하던 유해득이 어느 날 사라진 것이다, 마치 연기처럼."

해치가 어사대에 합류한 지 얼마 되지 않았을 때였다. 벼리는 아비에 대해 말하며 혹시 저승에 있는지 알아봐 달라고 부탁한 적이 있었다. 해치는 툴툴거리면서도 염라대왕에게까지 가서 알아봤지만 소용없었다. 유해득은 저승과 이승 어디에도 없었다.

"예전에 염라대왕이 저승에 도착해야 할 영혼들이 종종 사라지고 있다고 했습니다. 만약 만인사가 서지원의 집에 오랫동안 숨어 있었다면……. 충분히 가능성이 있겠군요."

"하지만 가능성일 뿐이다. 확실한 증거도 없고 제대로 알지도 못하면서 자칫 벼리를 송두리째 흔들 수 있는 소식을 전할 수 있겠는가. 게다가 광탈의 목숨이 달린 일이다."

목울대가 눈에 띄게 불거진 정조가 잠시 쉬었다가 말을 이었다.

"자네는 유해득에 관한 단서도 찾아봐 주게. 혹시 벼리가 알게 되더라도 자칫 감정에 휩싸이지 않도록 중간에서 잘 잡아 주고."

"그런데 왜 저입니까?"

"감정에 휘둘리지 않는 신수, 그 해치가 바로 자네이지 않은가."

정조는 너무 당연하다는 듯 말했다.

"……물론입니다."

해치는 자신의 방구석에 구르고 있는 〈심청전〉을 흘긋 바라보며 여전히 쑤시는 가슴께를 쓸어내렸다.

"그런데 전하, 부탁이 있습니다."

"뭔가?"

해치는 쉽게 입을 떼지 못했다.

"허, 이 아이 상태를 보게. 지체할 시간이 없지 않은가? 어서 말하게."

해치가 한숨을 쉬더니 이마에 난 상처 자국을 쓸었다.

"아무래도 그것을 좀 빌려야 할 듯싶습니다."

"그것이라니?"

"제가 지금 뱀을 잡으러 가는데, 좀 더 큰 뱀이 만든 그것이……."

"뭐라?"

정조의 눈빛이 흔들렸다.

광
탈

　광탈은 이를 악물고 걸어가고 있었다. 분명 뱀이 자신을 꿀떡 삼켰으니 이곳은 놈의 배 속이어야만 했다.

　"하지만 이렇게 크다고?"

　너비가 10간*은 족히 넘었고, 높이 또한 그 못지않았다. 끝은 아예 보이질 않았다. 벽과 바닥은 온통 피 칠갑으로 냄새 또한 지독했다. 마치 붉은 통로를 걷는 느낌이었다. 그나마 규칙적으로 꿀렁거리니 이곳이 살아 있는 요괴의 배 속이라는 걸 일깨워 주는 듯했다.

　다행인 것은 시간이 지나면서 점점 통증이 가라앉고 몸 상태가 좋아졌다는 사실이다. 덜렁거리던 어깨가 어느새 꿰맞춰져 있고 팔에 힘을 주는 것도 힘들지 않았다. 몸은 해치의

---

* 　간(間) 거리를 세는 단위. 1간은 약 1.8m, 10간은 약 18m이다.

방에서 치료를 받고 있고 혼만 여기에 떨렁 남아 있는 걸 알리 없는 광탈은 모든 게 신기했다. 만인사는 그를 삼키자마자 혼과 육신을 분리해서 필요 없는 몸은 아가리 밖으로 토했고, 혼은 배 속에 남긴 상황이었다.

광탈이 앞으로 나갈수록 풍경이 바뀌기 시작했다. 빨갰던 벽이 점점 검은색으로 바뀌면서 초록색 이끼 같은 것이 껴 있는 게 보였다. 광탈은 눈을 가늘게 뜨고 바라보다가 슬쩍 손을 대 보았다. 축축한 것이 살아 있는 이끼가 맞았고 딱딱한 벽은 영락없는 바위였다. 게다가 바닥에는 풀포기가 하나둘 보이기 시작하더니 어느새 무성해졌고, 이제는 나무가 드문드문 보이기 시작했다.

"이놈의 요괴가 얼마나 묵었으면 배 속에서 풀이 자란대?"

국무당에게 배웠던 요괴 이야기가 떠올랐다. 귀수산이라는 거북 요괴는 어찌나 큰지, 섬이나 암초 같아 보였고 그 꼭대기에는 대나무가 자라고 있었다고 했다. 그 귀수산이 아무리 컸다고 한들 여기만은 못 하리라 싶었다.

"대나무가 아니라, 소나무였나?"

벼리가 옆에 있었다면 바로 이야기해 줬을 텐데. 그는 대원들을 떠올리며 두려움을 애써 눌렀다.

그도 그럴 것이 조금 전부터 뭔가가 자신의 주변을 맴도는 게 느껴졌다. 뒤통수가 따끔해서 뒤돌아보았지만, 아무것도 없었다. 어찌하나 보려고 모른 척하고 다시 걷자 그것도 따라오기 시작했다. 간격을 좁혀 오는 걸 보니 굳이 자신을 숨길 생각이 없어 보였다. 광탈은 가던 길을 멈추고 말했다.

"귀신이면 꺼지고, 사람이면 나와라."

말투는 심드렁했지만, 그 안에 담긴 서슬 퍼런 기운을 느꼈는지, 그것은 한동안 꿈쩍하지 않았다. 그러자 광탈은 지팡이처럼 짚고 있는 검을 단단히 쥐고 마지막 경고를 날렸다.

"나와."

그러자 빼빼 마른 남자가 나무 사이에서 슬그머니 모습을 드러냈다.

"……혹시 광탈이 아니냐?"

자기 이름을 부르는 목소리가 어쩐지 귀에 익었다. 광탈이 눈을 가늘게 뜨고 한 걸음씩 다가가자, 남자는 그만큼 물러났다. 광탈이 슬쩍 짜증 섞인 목소리로 말했다.

"그렇게 슬금슬금 물러나시면 댁이 누군지 어찌 알아봅니까?"

남자는 한참 머뭇거리다가 그에게 다가왔다.

"광탈아, 나다."

남자의 몰골은 말이 아니었다. 몸은 비쩍 말라서 거죽과 뼈만 남았고 상투는 풀어져서 머리카락이 마구 엉켜 있었지만, 광탈은 목소리를 알아들었다.

"용석 아저씨?"

광탈은 그를 와락 껴안았다. 남사당패에 있을 때, 꼭두쇠에게 맞을 때 유일하게 말려 주었던 사람이 바로 용석이 아닌가!

*"광탈아, 어쩌다 여기를 왔느냐!"*

용석은 이미 여기가 어딘지 아는 눈치였다. 광탈은 그를 안았던 팔을 풀고 두 손으로 그의 어깨를 잡았다.

"아저씨, 여기가 어디인데요?"

광탈이 어찌나 흥분했는지, 말을 쏟아내는 입바람에 용석의 머리가 풀썩거렸다. 그 순간, 그의 이마에 난 커다란 구멍이 보였다. 휑하니 뚫린 구멍 너머의 풍경이 보이자 광탈이 화들짝 놀랐다. 용석은 힘없이 웃으며 중얼거렸다.

*"헤헤, 흉하지? 이런 꼴을 보여 미안하다."*

"……어떻게 된 거예요?"

광탈이 묻자 용석은 크게 한숨을 내쉬었다.

*"나도 잘 모르겠다. 너하고 꼭두쇠가 사라지고 남사당패도 예전만 못해졌지."*

용석을 비롯해 남은 이들은 광탈이 정조의 부름을 받은 것은커녕, 꼭두쇠가 관아에 긴급 체포되어 곤장 맞아 죽은 것도 몰랐다.

"우리는 꼭두쇠가 더 큰 남사당패를 꾸리려고 너 데리고 사라진 줄 알았어. 네가 오죽 대단했냐."

용석은 옛날을 떠올렸는지 희미하게 웃었다.

"네 빈자리가 오죽 커? 관객들이 예전만 못하다고 발길을 돌리니까 사당패 식구들도 하나둘 떠났단다. 남은 우리는 입에 풀칠하기도 힘들어졌지. 그런데 어느 양반네가 잔치에 불러 준 거야. 한바탕 공연이 끝나고 배불리 대접도 받았지. 그런데 그 집 마님이 하룻밤 자고 가라고 잠자리까지 내주지 뭐냐? 한사코 사양하는데 목화솜 이불까지 깔아 주니, 입이 다물어지지 않더라. 우리가 언감생심 언제 그런 거 덮어 보겠어?"

아직도 그 포근했던 여운이 가시지 않는다는 듯 용석은 입맛을 쩝쩝 다셨다.

"까무룩 잠이 들었는데 눈 뜨고 보니 여기였단다."

"그 양반네가 누군데요?"

"음, 되게 높으신 양반님네였는데. 이름이 서, 뭐더라……."

"서지원이요?"

"맞아! 너 어떻게 알았어?"

"나도 그놈 찾으러 왔다가 여기 왔으니까요. 그러면 아저씨가 불려 간 게 언제예요?"

"너 떠나고 두 해쯤 지나서였을 거다."

광탈은 손가락을 접어 가며 셈했다.

"내가 열두 살 때 벼리가 데리러 왔고, 거기서 두 해 뒤에 아저씨가 불려 왔다라……."

차분차분 접히던 손가락이 어느 순간 멈추더니 광탈이 고개를 갸웃거렸다. 보다 못한 용석이 도와주었다.

"네가 올해로 몇 살이냐?"

"이제 열여덟 살 됐죠."

"엥. 벌써? 하아, 세월 참……. 아무튼, 그러면 4년 전 일이네. 말도 안 돼! 내가 여기 들어온 지 보름쯤 됐나 했는데……."

셈을 하던 용석은 자기가 오히려 더 놀랐다.

"하긴, 여기 있으면 해가 지길 하나, 달이 뜨길 하나. 그날이 그날 같아."

광탈은 귀신이 되면 다 그런다는 말을 차마 할 수 없었다. 하지만 뜻밖에도 용석이 먼저 말을 꺼냈다.

"암만해도 내가 죽은 것 같아. 그렇지, 광탈아?"

용석은 슬며시 이마를 가렸다.

"그런데 다른 분들은 어떻게 되셨어요?"

"나랑 똑같지. 이마에 구멍이 훤하게 뚫려서 다들 오도 가도 못하고 벌벌 떨었다. 여기 있으면 배도 고프지 않고 잠도 오지 않아. 그래서 여기가 저승 가는 길인가보다 싶어서 우리 모두 터덜터덜 걸었지. 근데 말이다, 더 이상한 건 뭔 줄 아니? 암만 걸어도 이 길이 끝나지 않는 거야."

그가 나무 하나를 가리켰다.

"저기 봐."

나무의 굵은 가지에는 검은 실 같은 게 감겨 있었다.

"정말 오래전에 저 나무 밑을 지나다가 가지에 머리카락이 걸려서 왕창 뽑힌 적이 있거든? 그런데 한참을 걸어갔는데 이 나무가 또 나오더라고. 신기하게도 한참을 더 걸어가도 계속 같은 나무가 나오고……."

용석은 말을 하다말고 목을 길게 빼고 주변을 살피다가 곧 목소리를 낮췄다.

"이상한 것들이 나타나서 사람들을 하나둘 먹어 치웠단다. 갑자기 황소만 한 개가 나타나더니 만득이를 잡아먹은 게 시작이었어. 그리고 석지는 도깨비가 나타나 한입에 꿀떡 삼켰다. 그런데 곰곰이 생각해 보니까 만득이는 평소에도 개를 무서워했잖아? 석지는 귀신, 요괴, 이런 걸 무서워했고. 그래서 염식이는 안심했지. 자기는 깊은 물을 제일 두려워하는데, 여기는 그런 게 없으니까. 하지만 갑자기 땅에서 물이 치솟더니 염식이를 그대로 쓸어 갔어."

용석은 혼잣말처럼 중얼거리며 예전에 꼭두쇠가 부러뜨린 손가락을 만지작거렸다. 밖으로 꺾인 채 굳은 모습이 광탈의 마음을 후벼 파는 것 같았다.

"아직도 많이 아파요?"

"히, 결국 나 하나만 남았지. 내가 무서워하는 건 아직 오지 않았거든. 그러니까 너도 조심해."

"그게 무슨 말이에요? 좀 알아듣게 말해 봐요."

광탈이 채근했지만, 용석은 더 모를 말만 늘어놓았다.

"이제 내 차례인가? 어쩌면⋯⋯. 내가 마지막까지 남은 건 너 때문인 듯하다."

그러면서 씩 웃는데 입꼬리가 귀까지 벌어졌다. 광탈이 화들짝 놀라서 뒤로 물러서는데 등에 뭔가가 닿았다. 그는 본능적으로 몸을 돌려 검을 앞으로 지르다가 그대로 얼어 버렸다. 등 뒤에 있던 것은 꼭두쇠였다. 온몸이 뭉개지고 꺼멓게 말라붙은 핏자국이 가득한 모습으로 나타난 꼭두쇠는 광탈의 검에 배를 찔리고도 히죽히죽 웃고 있었다.

꼭두쇠의 혼이라도 만나면 분풀이하겠다는 오랜 결심은 흔적도 없이 사라졌다. 막상 마주하니, 예전의 공포와 무력감이 생생하게 되살아났다. 도로 어린 시절로 돌아간 것처럼, 자신은 한없이 작아지는 듯했고 꼭두쇠는 거인처럼 느껴졌다. 당장이라도 몽둥이에 맞을 것 같은 생각에 정신이 아득해지는 걸 알아챘는지, 꼭두쇠가 비릿하게 웃으며 말했다.

"광탈아, 이것밖에 못 하냐?"

그가 제 배를 찌른 광탈의 검을 잡고 쑥 빼냈다. 광탈은 무력하게 지켜보다가 자기도 모르게 검 자루를 놓아 버렸다.

"하던 지랄도 멍석 깔면 안 한다더니, 왜 얼어."

잊은 줄 알았는데 지운 줄 알았는데, 어릴 적 귀에 박히게 들었던 꼭두쇠의 이 한마디가 광탈을 얼어붙게 했다.

꼭두쇠가 검날을 잡은 손을 허공에 높이 쳐들었다.

"그래, 오랜만에 흠씬 좀 맞아 보자. 도토리 두 말 값은 해야지, 이 우라질 놈아!"

광탈은 자기도 모르게 몸을 동그랗게 말고 두 팔로 최대한 얼굴을 가렸다. 꼭두쇠는 자기가 때려 놓고도 반반한 얼굴에 상처가 생기면 더 화를 냈기 때문이었다. 어릴 적에 단단하게 각인된 공포에 광탈은 숨이 턱턱 막혔다.

쌔액!

검이 공기를 가르고 아래로 떨어지는 소리와 함께 누군가 광탈의 몸을 덮쳤다.

"하지 마라. 이러다 애 죽겠다!"

용석이 악을 쓰며 대신 맞았다.

"안 비켜? 네 놈도 죽고 싶은 게로구나. 오냐, 너희 둘 다 죽어 봐라!"

꼭두쇠가 고함을 지르자, 광탈은 예전의 기억이 생생하게 떠올랐다.

여느 날처럼 그날도 꼭두쇠는 광탈을 때리고 있었고, 그것을 용석이 말리자 꼭두쇠는 눈이 뒤집혀 그에게 몽둥이를 휘둘렀다. 용석은 얼굴로 날아오는 몽둥이를 손으로 막다가 손가락이 부러졌다. 그는 손가락을 감싸 쥐고 바닥에 쓰러졌고, 꼭두쇠는 이게 다 너 때문이라며 광탈에게 다시 매질을 하기 시작했다. 그 후, 손을 심하게 다친 용석은 더는 공연을 못 하게 되었고 얼른쇠 자리도 내놔야 했다. 그는 꼭두쇠에게 따지기는커녕 온갖 잡일을 하면서 눈치를 살피는 비참한 신세가 되었다.

그제야 광탈은 이게 용석에게 제일 무서웠던 기억이라는 것을 깨달았다. 순간 가슴에서 불이 횃횃하게 타올랐다.

"네가 뭔데……. 우릴 때리냐?"

정말 하고 싶었던 말이 저절로 입 밖으로 쏟아져 나왔다.

"왜 사람을 때리냐고! 이 개새끼야!"

용석의 품 안에서 몸을 움츠리고 있던 광탈이 벌떡 일어났다.

*"어라? 이 지렁이 새끼가 밟으니까 꿈틀하네? 니들이 아주 미쳤구나. 오냐, 오늘 너 죽고 나 죽고, 한번 해 보자고!"*

꼭두쇠가 악을 쓰자, 희번덕거리던 그의 눈알이 빠져 버렸다. 눈알 끝에 붙은 살덩어리가 툭 하고 늘어지며 추처럼 덜렁거렸다. 순간 꼭두쇠는 광탈의 검을 고쳐 잡고 크게 휘둘렀다.

광탈은 그 모습을 눈 하나 깜짝하지 않고 지켜보았다. 어느 순간부터였는지, 꼭두쇠가 더는 무섭지 않았다. 오히려 추하고 더럽다고 느껴지자, 오랫동안 광탈을 옥죄고 있던 공포가 끊어져 버렸다.

"여기서 죽는 건 너뿐이다! 그리고 너, 너무 느려."

광탈은 어사대에서 갈고닦은 실력을 발휘하기 시작했다. 번개처럼 팔을 뻗어 꼭두쇠에게서 검을 뺏더니 단숨에 그어 버렸다. 그러고는 땅에 구르고 있는 용석의 배 밑에 발을 집어넣고 공 튀기듯 그를 들어 올려 저쪽으로 굴려 보냈다. 이제 공간을 확보한 광탈은 사정없이 꼭두쇠를 공격했다. 검을 지르고 한 바퀴 돌아 사선으로 베어 내는 모습이 가면만 쓰면 혼이 빠진 듯 날뛰던 과거의 광탈 모습과 똑같았다.

꼭두쇠는 너덜너덜 만신창이가 되어 땅에 쓰러졌다. 그러더니 부들부들 떨리는 손가락으로 구석에 앉아 있는 용석을 가리켰다. 그러면서 웅얼거렸다.

"쟤가 제일 무서워하는 게 뭔 줄 알아? 나? 아니거든. 저놈이 제일 무서워하는 건, 광탈이 네가 진실을 알게 되는 거야. 그거 때문에 평생 전전긍긍하며 살았지."

꼭두쇠가 알쏭달쏭한 말을 하며 씩 웃자, 용석이 악을 썼다.

*"닥쳐!"*

용석은 몸을 날려 꼭두쇠를 덮치고는 그대로 목을 꺾어 버렸다. 놀란 광탈과 눈이 마주치자 용석은 고개를 저었다.

*"믿지 마라. 다 거짓말이야. 나는 이놈이 제일 무서웠어. 그렇고말고. 다른 게 뭐 무서울 리 있겠냐?"*

용석은 축 늘어진 꼭두쇠를 내던지고는 비척거리며 광탈에게 다가갔다. 그때 갑자기 땅이 울렁거리며 비명소리와 함께 용석의 발이 땅속으로 빨려 들어가기 시작했다. 곧이어 주변은 붉게 물들었고, 고통에 몸부림치던 용석이 광탈에게 말했다.

*"으으, 너만은 꼭 살아 돌아가야 해. 나처럼 되지 말고 무서워하는 걸 이겨 내라. 미안하다."*

땅이 용석의 얼굴과 함께 주변에 번진 피까지 고스란히 흡수하자, 그 자리는 아무 일도 없었던 것처럼 말끔해졌다. 목이 꺾인 꼭두쇠도 보이지 않았다. 놀란 광탈은 그 자리에 털썩 주저앉았다.

"이겨 내라고?"

광탈의 심장이 세차게 펄떡였다.

"내가 제일 무서워하는 게 뭐야?"

은지는 이용태 집안을 완전히 손에 넣은 후, 친정을 찾아왔다. 보따리 달랑 들고 도와 달라던 모습은 간데없었고 흡사 암호랑이가 걸어 들어오는 것 같았다. 정임은 흐뭇하게 웃으며 딸을 맞이했고 하룻밤 자고 가라고 권하기까지 했다.

그날 밤, 고요한 밤, 야경꾼들의 딱따기 소리가 아련하게 울리더니 서서히 멀어졌다. 서지원의 집 안방에는 아직도 등잔이 타오르고 있었다. 두 모녀는 마주 보고 앉아 도란도란 이야기를 나눴다.

"어머니, 왜 이제야 주셨습니까? 진작 주셨다면 제가 그런 치욕을 당할 일도 없었을 겁니다."

은지가 향낭을 만지작거리며 뾰로통하게 말하자, 정임이 인자하게 웃으며 품속에서 똑같이 생긴 향낭을 꺼냈다.

"이 어미는 네가 어려서부터 정이 많고 순해서 참으로 기특했다. 하지만 너무 지나쳐서 걱정도 되었지. 흙이 가마를 통과해야 귀한 도자기가 되듯, 이번 고생은 필요한 과정이었다. 그분을 모시려면 사사로운 인정을 버리고 때로는 모질 줄도 알아야 해."

정임이 흐뭇한 표정으로 은지의 머리를 쓰다듬었다. 그러자 은지가 목소리를 낮춰 물었다.

"대체 그분이 누구십니까?"

"내가 어릴 적부터 모시던 업신이시다."

"그러면 외가댁에서 모셔 오신 겁니까?"

"그래, 정확히는 내가 시집올 때 따라오셨지."

"업신이 집을 옮겨 다신다는 말은 들어본 적이 없습니다."

"내가 올리는 제물이 마음에 드셨던 게야."

정임이 빙글 웃더니 옛일을 떠올렸다.

"내가 열 살이 되던 해였나. 집안 여자들이 모두 모여 고사를 드리고 있었다. 안방의 삼신할머니, 집터를 지키는 터주신, 부엌의 조왕신께 차례로 인사를 드리고 마지막으로 업신께 고사를 드리던 중이었다. 상 위에 시루떡을 올리자마자 쥐가 뛰어들었지 뭐냐. 제물로 바치는 음식인데, 신께서 노하시면 큰일이다 싶어서 나도 모르게 손으로 내리쳤는데 쥐가 터져 죽은 거야. 난리도 그런 난리가 없었지. 그런데 작은 쥐 하나가 운명을 바꿔 준 셈이니 인생은 정말 모르는 거다 싶었지."

"쥐가 어머니의 인생을 바꿨다는 말씀이십니까?"

"그래. 업신께서 떡보다 쥐가 입에 맞으셨는지, 그날 밤 꿈에 나타나셨다. 허연 떡 말고 뜨끈하고 붉은 걸 바치면 손에 돈이 마르지 않게 해 준다고 약속하셨어."

"으윽, 너무 징그러워요."

"어허, 겨우 쥐가 징그러우면 앞으로 그분을 어떻게 만족시킬 수 있겠어! 마음 단단히 먹어야 한다."

"그러면 쥐 말고 다른 것도 드십니까?"

은지가 눈을 동그랗게 뜨고 묻자, 정임은 혀를 끌끌 찼다.

"보통 업신들과는 비교할 수 없는 분이야. 이제는 겨우 쥐 따위로 흡족하게 해 드릴 수 없단다."

"……그러면 제상에 무엇을 바치고 계십니까?"

은지가 침을 꼴딱 삼키자 정임은 주변을 다시 한 번 살피더니 귀에 대고 속삭였다. 은지는 너무 놀라 입을 틀어막았다. 잠시 숨을 고른 그녀가 조심스럽게 물었다.

"저, 저희가 직접 잡아 드려야 합니까?"

"물론 그분께서 원하시면 직접 취하시기도 한다. 하지만 내가 정성을 다해 다듬어서 바치면 무척 흡족해하시지."

"어휴, 그래도 어찌……. 저는 도저히 못 할 것 같습니다."

그러자 정임이 얼굴을 굳히고 엄한 목소리로 말했다.

"이래서 내 너를 쫓아내 고생을 겪어 보게 한 거야. 마음 독하게 먹어라. 그것이 우리의 충성심을 증명하는 방법이야!"

은지가 마른침을 삼키고는 고개를 끄덕이고서야 정임이 굳은 표정을 풀었다.

"그분의 진정한 힘을 맛보면 너도 절로 하게 될 테니 너무 염려 말아라."

정임이 인자하게 은지의 머리를 쓰다듬어 줄 때였다.

갑자기 담장 밖에서 외치는 소리가 들렸다.

"저놈 잡아라!"

이윽고 여러 명이 뛰는 기척이 이어지더니 서지원의 집 대문을 요란하게 두드렸다.

"이리 오너라!"

문간방에서 자고 있던 하인이 허둥지둥 달려 나왔다.

"누, 누구십니까?"

몇 마디 나누지도 않았는데 대문은 활짝 열렸고 포졸들이 쏟아져 들어와 집 안 곳곳으로 흩어졌다. 우두머리로 보이는 이가 큰소리로 명했다.

"안채까지 샅샅이 뒤져라. 범인이 이곳에 숨어든 걸 야경꾼이 똑똑히 보았으니 절대 놓치지 마라!"

"네!"

포졸들은 미리 짠 듯 일사불란하게 움직였다. 어느새 안채까지 들이닥친 포졸들은 은지와 정임을 오랏줄로 묶었다.

"감히 여기가 어디라고!"

"다짜고짜 안채까지 들이닥치는 법이 어디 있소!"

정임이 꾸짖고 은지도 반항했지만, 포졸들은 들은 체도 하지 않았다. 그때, 무령이 안으로 들어서며 포졸들을 물렸다. 정임이 그녀를 알아보고는 대번에 눈을 치켜떴다.

"네 이년, 천한 발을 어디다 들이미는 것이냐!"

"어디긴 어딥니까? 연쇄 살인 사건의 범인이 숨어든 곳이지요."

무령은 눈 하나 깜짝하지 않고 답했다. 그리고 해치에 뒤이어 벼리가 따라 들어오며 차가운 목소리로 꾸짖었다.

"감히 나랏일 하시는 분에게 이년 저년이라니, 주리를 틀어야 그 건방진 입을 닫겠구나."

"나랏일이라니? 천한 기생 년이 어찌……."

벼리는 확신에 찬 걸음으로 다가가더니 두 모녀의 향낭을 낚아채듯 떼어 냈다.

"안 돼! 내놔, 그건 내 거야!"

은지가 목청을 높였지만, 벼리는 떼어 낸 향낭 중 하나를 해치에게 넘겼다. 그는 안에 든 것이 만인혈석임을 확인하고는 대번에 노여워하며 호되게 꾸짖었다.

"아까부터 천것 운운하던데, 이렇게 끔찍한 걸 지니고도 입을 놀리다니. 이승과 저승을 통틀어 가장 천한 것은 바로 너희들이다."

번뜩이는 해치의 눈과 마주치자, 향낭을 빼앗긴 정임과 은지는 감히 고개도 들지 못했다. 무수한 바늘이 온몸을 동시에 찌르는 것 같은 통증과 함께 공포까지 몰려왔다. 이것이 죄를 대하는 하늘의 기운이란 걸 모르는 그들은 얼굴이 퍼레지며 푸들푸들 떨었다. 오랏줄에 묶여 무령 앞에 무릎 꿇은 모습은 꽤 볼만했지만 시체할 시간이 없었다. 마침 백원이 정임의 막내아들을 데리고 나타났다.

"어, 어머니. 이게 다 무슨 일입니까?"

막내아들은 자신의 가족이 묶여 있는데도 어사대에게 진위를 따지기는커녕 겁에 질려 달달 떨 뿐이었다.

"어머니, 어찌합니까? 도와주세요!"

막내아들이 울부짖었지만, 정임은 고개를 숙인 채 미동도 하지 않았다. 그러자 벼리가 그녀의 턱을 움켜잡고 들어 올리며 말했다.

"네 자식 귀한 줄 안다면 남도 그런 줄 알아야지. 감히 내 식구를 건드리고 무사할 줄 알았느냐?"

떨리는 음성으로 정임이 되받아쳤다.

"하, 식구? 천것들은 밥상만 마주하면 가족이 되는구나."

"길게 말할 시간 없다. 광탈이 어디 있어?"

"제 발로 기어들어 온 걸 나보고 어쩌라고. 너희가 이러고도 무사할 줄 아느냐?"

정임은 오랏줄에 묶여 무릎 꿇은 채 벼리와 무령을 차례로 노려보았다. 벼리가 정임의 턱을 내던지듯 손을 떼고 말했다.

"무사하길 바랐다면 애초에 이 길에 들어서지 않았을 거야. 그리고 난 절대 혼자 죽지 않아."

벼리가 정임의 눈앞에 향낭을 들이밀었다. 조금 전만 해도 푸르스름하게 번뜩이던 것이 빛을 잃고 금방이라도 바스러질 것같이 낡아 버린 생김새에 정임은 흠칫 놀랐다.

"그렇게 애지중지하는 네 집안, 망하는 꼴이라도 보여 주고 가야지. 아니면 그것에게로 우리를 안내하던가."

거침없이 말하는 벼리의 말투가 어찌나 차가운지, 주변을 죄 얼릴 기세였다. 옆에서 지켜보던 해치도 놀랐다.

'유벼리……. 왜 이래.'

항상 온화하던 모습은 간데없고 새끼 잃은 어미 곰보다 더 무서워 보일 정도였다.

'광탈의 위기로 인해 이렇게 돌변하는데, 만약 만인사의 배 속에서 아버지 유해득의 영혼이라도 발견했다가는……. 사람을 죽게 한 것은 무령 하나로 족한데.'

해치는 매우 위험해질 수 있는 상황이라 직감했다. 해치는 정조의 당부가 떠오르며, 눈앞이 캄캄해졌다.

'벼리를 말릴 사람이라면 백원도 있잖아. 무령은 뒀다 뭐에 쓸 거야? 왜 하필이면 나냐고.'

자신과 정조는 아무래도 상극인 듯싶었다.

"……님, 해치님?"

"어, 어. 왜 그러느냐?"

그는 벼리가 부르는 것도 듣지 못하고 뒤늦게 답했다.

"사당 주변에 결계도 쳤고 두 모녀도 포박했으니, 잡으러 가시죠, 만인사."

어사대는 정임의 식구들을 데리고 사당으로 향했다. 가까 워질수록 악취가 짙어졌다. 이윽고 사당 앞에 도착하자 무령 이 비웃듯 말했다.

"얼마나 대단한 조상을 모신다고 이렇게 크게 지었는고."

벼리가 사당 문으로 다가가자, 백원이 앞을 가로막더니 먼 저 안으로 들어갔다. 아무 이상이 없다는 걸 확인 한 그가 나 머지 대원들에게 들어오라고 손짓했다.

어둠 속에서도 사물을 식별할 수 있는 특수 훈련을 받은 어사대에게는 구름에 반쯤 가려진 달빛만으로도 사당 안을 훑기에 충분했다.

문제는 냄새였다.

"도대체 얼마나 고약한 요괴이기에 이런 냄새를 풍기는 거지?"

눈이 화끈거려 뜨기조차 곤란할 정도라, 무령이 인상을 찌 푸리며 말했다. 해치도 얼굴을 찌푸렸다. 지독한 죽음의 내 음 때문에 요기妖氣가 제대로 구분되지 않을 정도였다. 벼리 는 아예 양손바닥으로 코를 감싸 쥐고 있었는데, 자세히 보 니 두 손을 깍지 끼고 양쪽 엄지손가락으로 관자놀이를 쓸고 있었다. 벼리가 무엇인가에 집중할 때 나오는 특유의 버릇이었다.

"이것은 요괴의 냄새가 아닙니다."

벼리는 규모만 다를 뿐, 여느 집 사당과 다를 바 없는 내부를 찬찬히 살피기 시작했다. 그 뒤를 정임의 불안한 동공이 쫓고 있었다. 제단의 뒤쪽, 안벽, 창문까지 세세하게. 그러더니 무엇인가를 깨달았다는 듯한 표정으로 주먹을 쥐고는 벽을 두드리기 시작했다.

쾅. 쾅. 쾅. 쿵…….

다른 벽들과 다른 소리를 내는 지점에서 벼리가 멈췄다. 한 번 더 주먹을 내질렀다.

쿵!

"백원 오라버니, 벽을 부숴 주세요."

그 말을 듣고 정임이 비명을 질렀다.

"하다 하다 남의 집 사당을 부수다니! 어찌 이리 극악무도할 수가 있느냐."

그녀가 입에 거품을 물었지만, 이미 백원의 청룡언월도는 벽을 향해 날아가고 있었다. 단 한 방에 벽이 우수수 조각이 되어 떨어지고 흙먼지가 날렸다. 동시에 대원들은 극한 악취에 코를 막았다.

먼지가 가라앉고 드러난 광경에 사람들은 한동안 말을 잃었다. 벽은 이중으로 되어 있었고 안에는 빈 공간이 있었는데, 그곳에는 시신이 줄지어 서 있었다. 자세히 보니 이마에 커다란 못이 박힌 채 벽에 매달려 있는 것이었다. 백원이 남은 벽을 잡아떼어 내자 더 많은 시신이 모습을 드러냈다. 해골만 남은 것부터 이제 막 썩어 가는 것까지, 상태는 다양했지만 머리에 못이 박혀 벽에 달린 자세는 한결같았다. 퀭하게 비어 있는 눈구멍과 한껏 벌어진 입에는 이곳에 너무 오래 갇혀 있었다는 원망이 고여 있는 듯했다.

"대체 누구보고 극악무도하다는 건지……."

벼리는 더는 말을 잇지 못했다. 무령은 노한 표정으로 정임에게 물었다.

"만인사는 어디 있는가?"

"내게 묻는 걸 보니, 너희도 딱히 아는 게 없는 눈치구나. 하긴 그분은 한낱 인간이 함부로 입에 올릴 수도 없을 정도로 위대하시지. 이제 곧 나타나셔서 너희들을 한입에 삼키실 거다. 각오해라!"

"광탈도 그리 했느냐?"

백원이 이를 갈며 묻자 정임은 눈을 치켜뜨고 답했다.

"그분께서 모처럼 좋은 기운을 가진 제물이 제 발로 걸어들어왔다고 어찌나 흐뭇해하시던지. 그런데 이제는 떼로 왔네? 24첩 반상이 따로 없구나. 지금까지 그래 왔듯이 더 큰

복을 내리시겠구나, 깔깔깔!"

"사람 껍데기를 쓴 짐승이 따로 없구나. 어찌 그런 짓을!"

무령이 몸서리를 치자, 정임이 표독스럽게 쏘아붙였다.

"참새가 어찌 봉황의 깊은 뜻을 알려 하느냐. 그렇게 해서라도 가문을 일으켜야 큰 인재가 나오는 법이야. 어차피 제물로 바쳐진 것들은 오갈 데 없는 걸인이거나 장돌뱅이들이다. 길게 보면 오히려 나라를 위한 일임을 어찌 모르느냐!"

그러자 은지도 말을 덧붙였다.

"멀쩡한 사내를 잡아먹은 기생 년 따위가 뭘 알겠어요, 어머니."

은지도 처음에는 벽 안에 든 걸 보고 너무 놀랐다. 정임에게 인신공양을 한다는 말을 들었지만, 이 정도인 줄은 몰랐다. 그러다 오라에 묶인 상태에서도 당당하게 꾸짖는 정임을 보면서 내심 믿는 구석이 있을 거란 생각이 들자, 졸았던 가슴이 펴졌다. 짧은 순간이었지만, 은지는 악한 기운만으로도 시댁을 휘어잡게 만들어 준 만인사의 힘을 굳게 믿고 있었다.

'만인사님, 제발 저희를 구해 주세요. 도와주신다면 사람이든 뭐든 가리지 않고 바치겠습니다!'

은지는 무령을 노려보며 속으로 빌었다.

대원들이 정임과 씨름하는 동안 해치는 기척을 죽이고 벽

안을 살피고 있었다. 그가 찾는 것은 유해득의 시신이었다.

'없으면 다행이지만, 만약 있다면……'

그가 속으로 중얼거릴 때였다. 갑자기 사악한 기척이 사방으로 둘러싸는 게 느껴졌다. 해치가 물결을 내뿜으며 다급하게 외쳤다.

"이 사당 자체가 만인사다. 밖으로 나가라!"

그러자 바닥이 울리더니 건물 전체가 심하게 흔들렸다.

"얼른 나가!"

해치는 망설이는 벼리를 답삭 안아 들어 밖으로 던져 버렸다. 동시에 파도를 일으켜 사당 기둥을 붙들고 버티는 무령을 밖으로 떠내려 보냈다. 백원은 막내아들의 덜미를 더욱 단단히 잡고는 오랏줄에 묶인 채로 버르적거리는 은지와 정임을 일으켜 세웠다. 딱히 살려 줄 생각으로 위험을 감수한 게 아니었다. 이들이 없으면 광탈을 찾기 어려워질까 봐 피하는 와중에도 챙기려 한 것이다.

하지만 정임은 몸부림치며 악을 썼다.

"더러운 손 치워라! 그분께서 너희 모두를 잡수실 테니 각오해."

정임이 미친 듯 웃자 사당 문이 저절로 닫히더니 벽과 천장에서 바람 빠지는 소리가 들렸다.

스스슷!

백원은 잡고 있던 정임의 식구들을 내려놓고 소리가 나는 곳으로 다가갔다.

"참, 말도 듣지 않는구나."

해치는 혀를 차며 백원을 향해 물을 뿜었다. 세차게 뻗어 나온 물이 백원을 감싸고는 그대로 사당 밖으로 던져 버렸다. 동시에 무수히 많은 뱀이 사방에서 기어 나왔다. 은지와 막내아들은 비명도 지르지 못하고 얼굴이 파랗게 질렸는데 정임은 목청 높여 뱀을 맞이했다.

"오, 위대하신 나의 만인사…… 악!"

뱀들은 정임의 말이 끝나기도 전에 무서운 기세로 달려들었다.

"으악!"

"사, 살려 줘!"

은지와 막내아들에게도 바글바글 모여들었다. 얽히고설킨 뱀들은 붉은 혀를 날름거리며 앞다퉈 독니를 박아 넣었다. 미처 자리를 차지하지 못한 뱀들은 그들의 입과 코로 파고들었다. 구멍이란 구멍은 가리지 않고 뱀들이 세차게 기어들어 가자, 찢어질 듯한 비명이 점점 잦아들었다.

차마 눈 뜨고 볼 수 없는 광경에 해치조차도 고개를 돌렸다. 그 와중에도 사당 곳곳에서는 뱀들이 끊임없이 쏟아져 나왔고, 건물의 안팎을 에우고는 하나로 뭉치기 시작했다.

정임은 사지가 이리저리 떨어져 나가더니 생전에 그토록 섬겼던 뱀에게 섞여 들어갔다. 자신을 섬기던 이들을 먹어 치운 수만 마리의 뱀들은 더욱 요란스럽게 하나로 모이며 뭉치더니 거대한 뱀으로 변신했다. 만인사였다.

제 모습을 드러낸 만인사가 아가리를 벌리자, 작은 뱀들이 비 오듯 떨어져 내렸다. 이윽고 사당이 요란한 소리를 내며 완전히 무너졌다. 저만치 떨어져 있던 벼리와 무령도 요괴의 거대함에 간담이 서늘해졌는데, 그 앞을 청룡언월도를 그러쥔 백원이 지키고 있었다. 그들은 만인사와 해치가 서로 마주한 모습을 보며 마른침을 삼켰다.

스스슷, 즈즛.

"해⋯⋯. 치⋯⋯."

만인사가 하는 짓을 지켜보던 해치가 기막히다는 듯 콧방귀를 꼈다.

"허, 감히 내 이름을 입에 올리다니. 네가 제법 몸을 불렸구나."

만인사는 입가 주변에 붙어 있는 정임의 머리통을 혀로 쓱 핥아 마저 삼켰다. 오랫동안 자신을 섬겼던 그녀를 해치와 상대하기 위해 주저하지 않고 잡아먹은 것이다.

"그래, 지금 먹은 요것까지 딱 9999명이다. 이제 하나만 더 삼키면 딱 만 명을 취하는데, 만 번째 손님이 신수이니 이 어

*찌 기쁘지 않은가!"*

"건방진 놈. 내 너를 당장……. 헛!"

해치의 말이 끝나기도 전에 만인사는 해치를 삼켜 버렸다. 순식간의 일이었다.

$$=\!\!=\!\!=$$

광탈은 용석이 사라지면서 한 말을 곱씹다가 결론을 내렸다.

"칫, 이 광탈님이 무서워하는 게 뭐가 있겠어? 다 무찔러 버리면 그만이지. 암!"

그는 괜히 큰소리를 치다가 불현듯 멈춰 섰다. 주변엔 안개가 내려 사방이 뿌옜는데, 그때 저 멀리서 한 사람의 목소리가 들려온 것이다.

*"도토리 두 말아."*

광탈이 두 눈을 치켜뜨고 앞을 살피기 시작했다. 짙은 안개 때문에 아무것도 보이지 않았지만 목소리는 점점 가까워지고 있었다.

*"오도카니 앉아서 뭐하는 게냐? 도토리 값을 해야지."*

과거에 꼭두쇠가 귀에 못이 박히도록 한 말이었다. 하지만 그의 음성은 아니었다. 어릴 적 자신을 괴롭히던 꼭두쇠는 용석이 데려가지 않았는가. 광탈은 마른침을 삼키며 검 자루를 움켜쥐었다. 목소리는 어느새 한층 더 가까워지더니 둘로 나뉘었다.

"쌀이나 보리도 아니고 도토리 값밖에 못 하는 불효자야."

"가뜩이나 없는 살림에 낳아 줬더니. 혼자 피둥피둥 살이 올랐구나. 양심도 없지, 원……."

남자와 여자가 번갈아 말하며 다가왔다. 광탈은 덜덜덜 떨리는 턱에 힘을 주었다. 어렴풋이 이 목소리의 주인공이 누구인지 알 것도 같았다. 그는 자기 부모가 어떤 사람이었는지 상상하는 오래된 버릇이 있었다.

'가난해서 나를 팔았을까?'

"당연하지. 먹을 게 없어서 똥도 못 누는 집에 태어나면 어쩌자는 거야. 그래서 팔아먹었지."

오랜 질문을 떠올리자 마치 답을 하듯 목소리가 들려왔다.

'딸도 아니고 아들인데 왜?'

"너니까 팔았지. 너처럼 아둔하고 많이 처먹는 새끼는 필요 없었거든."

'원래 내 이름은 뭐였을까?'

"아예 지어 주질 않았어. 어차피 내다 팔 자식인데 그런 수고를 왜 하겠니."

'애초에 아이 따위는 바라지 않았나?'

"하하하, 너를 바라지 않았지. 너를 팔고, 아주 예쁜 아이들이 줄줄이 태어났단다. 그 아이들은 애지중지 잘 키웠어. 네 동생들과 넌 비교도 할 수 없어."

그간 산처럼 쌓아 왔던 궁금증에 최악의 답이 돌아왔다. 스르르, 광탈은 다리에 힘이 풀렸다.

"어, 어떻게 그런 말을 웃으면서 할 수 있어요?"

그의 의식은 순식간에 어린 시절로 돌아가, 가장 지독한 상처 앞에 섰다. 집이 가난해서, 혹은 원치 않는 아이가 태어나서도 아니고…….

"그냥 내가 싫었다고요?"

"암, 정말 싫었지. 첫 임신이었거든. 너 때문에 배가 남산만 해졌고, 발과 손이 붓고 똑바로 누워 자지도 못했어!"

"요 배 속의 그악스러운 것이 태어나면 얼마나 먹어 댈까, 이 아이를 먹여 살리려면 가뜩이나 휜 허리가 부러지겠구나, 얼마나 빽빽 울어 대며 나를 귀찮게 할까 싶었지. 그런데 걱정했던 것들이 네가 태어나니 그대로 현실이 되었어. 그러니 어떻게 널 좋아하겠니?"

그녀의 말이 비수가 되어 광탈의 심장을 푹푹 찔렀다. 그는 터져 나오는 설움에 꺽꺽 흐느꼈다.

"많이 먹지 않을게요. 얌전히 말 잘 들을 테니까 나 버리지 말아요. 울지도 않을게요."

*"거짓말쟁이! 지금도 울고 있으면서 안 울겠다니, 너 같은 게 내 배에서 나왔다는 게 너무 끔찍해!"*

광탈은 그대로 주저앉아 하늘을 향해 얼굴을 들고 통곡하기 시작했다.

"잘못했어요, 어머니. 태어나서 미안해요."

그는 이미 청년이 아닌, 어린아이의 모습이었다. 광탈의 정신이 완전히 무너져 내렸다는 걸 깨달은 듯, 뿌연 안개를 헤치며 검은 그림자 두 개가 다가왔다. 웬만한 장정보다 머리 하나가 큰 괴물이었다. 하나는 검은색 두루마기를 둘렀고 다른 하나는 역시 검은색 치마를 입고 있었다. 다리와 팔은 각각 두 개이고 몸은 분명 사람이건만, 목부터 머리는 뱀이었다. 가지런한 비늘은 검푸르고 눈에서는 피가 눈물처럼 뚝뚝 떨어졌다. 그들은 마지막 일격처럼 모진 말을 뱉어 냈다.

*"너같이 쓸모없는 것은 저승과 이승 어디에도 있으면 안 된다. 이리 와."*

*"내가 세상에 내보냈으니, 거두는 것도 내가 하마."*

모든 것을 체념한 광탈이 베인 나무 넘어가듯 그대로 쓰러지는 순간, 반대편에서 익숙한 목소리가 들렸다.

"광탈아!"

해치였다. 괴물들은 신수의 등장에 당황했는지, 주춤 뒤로 물러났다. 해치는 쓰러져 있는 광탈을 보자 속에서 천불이 끓어오르는 것만 같았다. 그는 화급히 다가가 그의 정수리를 쓰다듬으며 속삭였다.

"여기 이러고 있지 말고 가자. 너 없으면 누가 내게 멀구슬 열매를 챙겨 주느냐?"

그러나 광탈의 초점 잃은 눈에는 아무 반응이 떠오르지 않았다. 해치는 크게 숨을 몰아쉬더니 참고 참았던 천기를 누설해 버렸다.

"요괴가 지껄이는 헛소리에 넘어가지 마라. 너를 낳아 준 진짜 부모는 목숨뿐 아니라 혼까지 걸고 너를 찾아다녔어!"

그제야 광탈이 붕어처럼 입을 뻐끔거렸다.

"……정말?"

바람 한 줌보다 가벼운 중얼거림을 용케 알아들은 해치가 얼른 답했다.

"그럼! 내가 누구냐? 선과 악을 심판하고 영혼을 천당과 지옥으로 보내는 이 해치님이 네게 거짓을 말하겠느냐. 요괴가 지껄이는 말에 흔들리지 마라."

광탈이 몇 번 눈을 깜박이자 초점이 서서히 잡혔다.

"혀, 형님?"

"그래, 나다. 이제 알아보겠느냐?"

"맨날 형님이라고 부르면 질겁하시더니, 웬일이래……."

평소처럼 장난기 가득한 말을 듣고 해치는 안도의 한숨을 쉬었다.

"광탈아, 요괴가 속살거리는 거짓을 믿겠느냐, 아니면 진심으로 널 위하는 내 말을 믿겠느냐?"

그러자 한발 뒤로 물러나 눈치만 살피던 뱀들이 대번에 독니를 드러냈다.

"안 돼! 이곳은 내가 세운 나만의 세상이야. 두려움 앞에 무릎 꿇은 저 혼령은 내 것이야. 그런데 해치 네놈이 그걸 빼앗으려 해?"

"날 삼켜서 여기로 데려온 건 너다."

해치는 크게 물결을 일으켜 광탈과 자신을 둘렀다.

"광탈아, 마음을 정했느냐?"

"정하고 말고가 어디…… 있어요. 나 구하러…… 온 형님 말 들어야지."

광탈이 흐느꼈던 여운으로 어깨를 들썩이면서도 슬쩍 입꼬리를 올리며 웃자, 해치가 그의 정수리를 쓰다듬으며 말했다.

"너도 울다가 웃으니까 못생겼구나. 먼저 가 있거라. 나는 저 녀석들 손 좀 봐줘야겠다."

"같이 해요."

"이 꼴을 하고? 아서라, 더 지체하면 네 임금님 애간장 다 녹는다."

해치가 부드럽게 미소 짓더니, 곧이어 맑은 물결이 광탈을 감싸 안고 공중으로 솟아올랐다. 뱀들이 비명을 지르며 뒤를 쫓으려 하자 해치의 목에 달린 은방울이 크게 울렸다. 청량한 소리가 울려 퍼지는 가운데 해치가 가소롭다는 듯 말했다.

"요괴가 만든 세상이라……. 그러면 부수면 되겠군!"

한편, 대원들은 각자 무기를 꺼내 들고 만인사를 에워쌌다. 해치가 잡아먹히기 직전 보낸 지시를 따르는 중이었다.

나는 만인사 속으로 들어가서 광탈을 찾을 테니, 너희는 최소한의 방어만 하면서 녀석을 묶어 두어라. 광탈이 안전해지면 신호를 보내마!

백원은 거대한 꼬리를 피하며 중얼거렸다.

"광탈만 미친 줄 알았더니, 신수도 만만치 않군."

말은 퉁명스러웠지만 광탈을 위해 요괴 배 속까지 들어가 준 것이 무척 고마웠다. 제발 둘 다 무사히 나올 수 있길 바라며 청룡언월도를 더욱 힘주어 잡았다. 무령도 초조한 마음을 애써 다스리며 주변에 친 결계를 더욱 단단하게 강화했다. 만인사는 커다란 입을 벌리고 대원들을 위협했지만, 그들은 잽싸게 피하고 빈틈을 찾아 공격하기를 반복하며 요괴를 정신없게 만들었다.

이윽고 어디선가 맑은 소리와 함께 대나무 숲을 지나온 바람처럼 시원한 공기가 주변을 감쌌다.

해치의 기운을 느낀 대원들은 번개처럼 만인사에게 달려들었다. 청룡언월도가 눈이 시리도록 푸른빛을 뿜어내자 반대쪽에서는 벼리의 칠지도가 용암처럼 붉은 기운을 뿜어냈다. 그러자 만인사를 이루고 있던 수많은 뱀들이 흩어졌다 뭉치기를 반복하면서 공격을 피해 나아갔다. 백원이 공중으로 솟구쳐 올라 거대한 만인사의 몸통을 단숨에 갈랐다. 뱀들이 도의 궤적을 따라 양옆으로 갈라지자, 그 사이에서 해치가 뛰어나왔다. 그는 숨을 헐떡이며 외쳤다.

내 뒤로 와라!

해치의 명에 백원과 벼리, 무령이 몸을 날려 한데 모였다. 그들은 서로 등을 대고 둥그렇게 서서 똬리를 틀고 있는 뱀 무리와 대치했다.

광탈은요?

무사히 구했으니 안심해라. 지금쯤이면 그 아이의 영혼이 기지에 도착했을 거야.

그제야 대원들은 내내 졸이고 있던 가슴을 쓸어내렸다. 그때였다. 어사대를 둘러싸고 있던 뱀 무리가 휘감아 돌며 하나로 뭉치기 시작했고, 곧이어 거대한 뱀의 형상이 만들어졌다. 드디어 만인사가 완전한 모습을 드러낸 것이다.

어찌나 큰지 머리만 해도 사당 건물만 했고 길이는 서지원의 집을 빙 두르고도 남을 정도였다. 하지만 그리 위협적으로 느껴지지 않았다. 예전에 상대한 강철이 워낙 컸기 때문이었다. 문제는 다른 데 있었다.

해치가 자신과 등을 맞대고 있는 벼리에게 물었다.

이곳의 상황은 어떠했느냐?

해치님의 신호를 받자마자 공격했지만 작은 뱀들이 흩어졌다가 모이기를 반복하니 일격을 가할 수 없었습니다.

그래 봐야 뱀이다. 우리는 용도 상대하지 않았느냐. 제아무리 수천 마리가 꿈틀거린다 한들, 베다 보면 끝이 있겠지.

그 말을 신호로 무령이 먼저 움직였다. 빛나는 금줄을 만인사에게 뿌리니, 그것이 아가리부터 목까지 칭칭 감겼다.

지금이야! 만인사의 목을 베어라!

그 말이 떨어지기도 전에 허공으로 도약한 백원은 마치 삼국지의 관우처럼 청룡언월도를 사선으로 그었다. 순간 금줄에 묶여 있던 만인사의 목이 떨어졌다.

쿵!

땅바닥을 구르고 있는 거대한 뱀의 대가리를 보며 어사대원들은 어느덧 자신들의 합이 잘 맞아 들어가고 있다는 생각을 했다. 바로 그때, 잘려 나간 목 부분에서 우글거리던 뱀들이 순식간에 새로운 대가리를 만들어 냈다. 그러고는 아가리를 벌려 핏빛 액체를 뱉어 냈다.

독기다. 피해!

해치는 말과 동시에 웅장한 물줄기를 뿜어 독기를 막아
냈다.

치이이.

물줄기와 독이 서로 닿자 붉은색 수증기가 피어올랐는데
독기가 어찌나 강한지 그 냄새를 맡은 벼리가 코피를 쏟았
고, 한참 떨어져 있는 무령의 피부가 벌겋게 일어나기 시작
했다.

해치가 물방울로 대원들을 감싸며 말했다.

유벼리, 괜찮나?

눈물과 코피를 동시에 쏟으면서도 벼리는 여유 있게 말
했다.

괜찮습니다. 잘 삭힌 홍어 냄새 한번 맡았네요.

그때, 백원이 무령에게 물었다.

괜찮아? 무령?

아니, 안 괜찮아. 내가 소싯적부터 내세운 건 피부 하나인
데, 저 뱀 새끼 때문에 분칠 안 먹게 생겼네.

대원들은 두 여인의 농담으로도 흐르는 긴장감을 감출 수
없었다.

만만치 않네요, 만. 인. 사.

흐르는 코피를 닦아 내며 벼리가 말을 이었다.

상대의 강점은 찌르거나 베어도 흩어지거나 뭉친다는 것입니다. 그리고 냄새 나는 독까지 뿜고 있네요. 자, 그럼 강점을 알았으니, 이제 약점을 캐 볼까요?

예전의 유벼리가 아니었다. 백동수에게 허벅지를 맞으며 전투에서도 맨 뒤에 처져 있던 어리고 유약한 아이는 이제 어디에도 없었다. 칠지도를 그러쥐고 열기를 내뿜으며 만인사에게 돌진하는 그녀의 뒷모습에 어사대 대원들은 다시 한번 그녀가 대장임을 느끼고 있었다.

더는 거칠 게 없었다. 벼리의 칠지도는 뜨거운 열기를 뿜어내며 투박하지만 위협적인 공격을 이어 갔고, 백원의 청룡언월도는 푸른 검기를 띠고 현란하게 허공을 갈랐다. 한 몸처럼 붙어 있던 뱀들이 검의 궤적을 피해 일사불란하게 흩어졌다가 다시 뭉치기를 반복했다. 그 사이로 무령이 금줄을 날려 뱀들을 옥죄면 청룡언월도가 짚단 베듯 갈랐다. 그에 비해 칠지도는 불의 기운으로 주변을 태우니 금줄이 없어도 상관없었다. 해치는 뒤쪽에서 물을 뿌리며 어사대를 지원하고 있었다. 대원들은 해치가 만들어 준 단단한 물방울을 방패 삼아 마음 놓고 적들을 유린했다. 그런데 문제가 있었다.

백원이 청룡언월도로 한 마리를 베면 잘려 나간 몸통 부분에서 눈과 입이 돋아나니, 하나를 죽이면 둘이 살아나는 셈이었다. 반면 칠지도는 영험한 힘으로 아예 태워 버리니 칠지도 근처의 뱀들은 더는 재생되지 않았다. 그러니 백원을 둘러싼 뱀의 수는 갈수록 늘어났다.

미쳐 버리겠네.

해치가 광탈이나 할 법한 말을 뱉으며 식은땀을 흘렸다.

몸을 이루는 개체수가 늘어 덩치가 더 커진 만인사는 더욱 기세를 올려 백원을 집중 공격했다. 그를 상대하는 무리가 있는 반면, 또 다른 몇몇 무리는 물방울에 들러붙어 독을 뿌리기 시작했다.

치익!

핏빛 액체가 물방울에 닿자, 표면이 타들어 가며 거품이 부글부글 끓어올랐다. 그러자 뱀 무리는 그 부분에 집중적으로 송곳니를 들이박았다. 독이 해로운 건 뱀에게도 마찬가지였다. 아가리를 비비는 대로 녹아들어 가면서 메케한 탄내가 번졌다. 그런데도 뱀들은 꾸역꾸역 몰려들었다.

결국 백원을 둘러싼 막이 뚫렸다. 백원이 급하게 쳐 내려 했지만, 청룡언월도는 자루가 길어 근접전에 취약했다. 그 틈을 노리고 뱀 한 마리가 백원의 팔을 휘감았다. 백원이 품에서 단검을 꺼내 휘둘렀지만 뱀은 몸뚱이가 반으로 잘리면서도 청룡언월도를 잡은 팔에 기어이 독니를 박아 넣었다. 엄청난 통증과 함께 혈관을 타고 진홍색 독이 퍼져 가는 게

선명하게 보였다. 팔 근육에 경련이 일었고 백원은 그만 청룡언월도를 놓치고 말았다. 그러자 물방울을 뚫고 들어온 뱀의 무리가 일제히 청룡언월도에 달라붙었다. 날과 자루를 구분하지 않고 사정없이 물어뜯었다. 순식간에 자루 끝이 부러지고 날의 이가 빠져 나갔다. 무기를 공격했던 뱀들은 이제 그것의 주인에게로 몰려들었다. 백원은 더 이상 저항하지 못하고 독기에 경련을 일으키고 있었다. 그때였다.

해치님, 제 물방울을 열어 주세요!

무령이 백원에게 달려가며 외쳤다. 백원 옆으로 바짝 붙자, 해치가 재빨리 막을 열었다. 무령은 금줄로 백원의 몸통을 낚아채듯 안으로 들였다. 그 틈으로 뱀 여러 마리가 머리를 들이밀었지만, 어느새 달려온 벼리가 칠지도를 휘두르자 모두 재가 되어 흩어졌다. 무령은 백원의 팔에 박혀 있는 뱀의 꼬리를 잡으려 했다.

뱀은 이미 몸 중간까지 백원의 팔 속으로 파고 들어가 있었고, 무령이 이를 맨손으로 잡으려는 순간, 백원이 얼른 쳐냈다.

"위험하다."

그는 심한 고통에 숨 쉬는 것조차 어려웠지만, 그 와중에도 무령의 맨손을 걱정했다. 무령은 초조하게 입술을 깨물며 방도를 찾았다. 뱀은 꿈틀거리며 더욱 안으로 파고 들어가고 있었다.

"아, 금줄!"

무령이 금줄로 뱀의 꼬리를 꽁꽁 감아, 있는 힘껏 잡아당기자 그것은 그악스럽게 몸부림치다가 겨우 뽑혔다. 그녀는 반동으로 튕겨 나오는 대가리를 물방울 밖으로 내던지고는 자신의 옷고름을 뜯어 백원의 겨드랑이 부근에 단단히 묶었다. 독이 번진 상태를 살피며 무령이 말했다.

"심장까지는 퍼지지 않아야 할 텐데."

백원은 몹시 고통스러운지, 눈을 감고 숨을 몰아쉬었다.

"청룡언월도가……."

본인의 목숨이 위태로운 상황에서도 백원은 연신 이 말만 읊조렸다. 청룡언월도는 그에게 있어서 무기를 넘어선 하나의 상징이었다.

상태가 어떠냐?

해치가 묻자, 무령이 떨리는 소리로 답했다.

위중합니다.

그녀의 답을 들은 해치는 거대하고 두꺼운 물의 벽을 만든 뒤, 그 안으로 대원들을 불러들였다. 백원의 상태는 심각했다. 몸은 불덩이였고, 뱀이 파고든 상처의 주변은 붉게 부풀어 올라, 이미 여러 개의 물집이 잡혀 있었다.

"사람의 혼을 빨아먹는다더니 이 정도로 독할 줄이야."

해치가 이를 갈았다. 자신의 물결을 뚫는 요괴가 또 있을 줄은 몰랐다. 오래전, 수라가 뚫고 들어와 마음대로 헤집었던 악몽이 떠올랐다. 만인사도 분명 수라와 관련이 있을 거란 생각이 들었다.

두 번은 당하지 않는다!

크르르르.

해치는 맹수가 목을 울리는 소리를 내더니, 결심한 듯 품에서 무언가를 꺼냈다. 그것은 말로 다 형언할 수 없는 영롱한 빛을 뿜어내고 있었는데, 순간 그 빛을 바라본 벼리와 무령은 눈이 머는 줄 알았다. 그 빛의 주인공은 바로 여의주였다.


만인사를 상대하러 출발하기 직전, 해치는 어사대 기지에서 정조와 독대했었다.

"전하, 부탁이 있습니다."

"뭔가?"

"그게……."

"이 아이, 광탈이 상태를 보게. 지체할 시간이 없지 않은가? 어서 말하게."

"아무래도 그것을 좀 빌려야 할 듯싶습니다."

"그것이라니?"

"제가 지금 뱀을 잡으리 가는데, 좀 더 큰 뱀이 만든 그것이 필요할 듯싶습니다."

"알 수 없는 소리만 반복하는구나. 시간이 없다 하지 않았느냐."

"좀 더 큰 뱀이라 함은, 용입니다."

"설마, 강철이 용에게 빼앗은 그 여의주를 말하는 것이냐?"

"제 눈에는 만인사나 용이나 모두 뱀으로 보입니다. 광탈의 목숨이 걸려 있는 상황인데, 저희는 만인사의 힘을 정확히 알지 못하고 있습니다. 만일에 대비하여 강력한 비기祕器가 필요할 듯싶습니다. 반드시 되돌려 드릴 테니, 강철과의 전투에서 얻은 여의주를 빌려주십시오. 광탈의 영혼을 구한 뒤, 승리하여 돌아오겠습니다."

순간 정조의 눈동자는 흔들렸고, 그 안에 비친 해치의 모습은 단호했다. 그 단호한 모습 그대로 지금 해치는 빛을 내뿜는 여의주를 품고 있었다.


여의주의 강한 빛에 적응한 벼리와 무령의 눈에는 믿을 수 없는 광경이 펼쳐지기 시작했다. 온몸에 독이 퍼져 당장이라도 죽을 것 같던 백원이 자리에서 일어나 앉아 있는 것이 아닌가. 그의 표정은 평온했고 마치 당장이라도 일어나 싸울 수 있다는 듯, 옅은 미소까지 머금고 있었다.

반면, 조금 전까지 육중한 꼬리로 물의 장막을 후려치던 만인사는 여의주의 기운을 읽은 듯 슬금슬금 똬리를 풀며 몸을 뒤로 빼고 있었다. 그러나 무령이 쳐 놓은 결계 탓에 도주하지 못해, 언뜻 봐도 독 안에 든 쥐처럼 잔뜩 긴장한 모습이었다.

만인사에서 무령으로 시선을 돌린 벼리가 놀란 듯 말했다.

언니, 피부가…….

어? 내 피부가 왜?

자신의 얼굴을 매만진 무령이 깜짝 놀랐다. 조금 전까지 화상이라도 입은 듯 화끈거리던 피부가 다시 매끈한 도자기처럼 돌아와 있는 게 아닌가.

벼리야.

네, 언니.

너……. 코피 멎었다.

순간 벼리는 자신의 메말라 있는 코를 매만지며 흥분된 어조로 해치에게 물었다.

해치님, 이것이 무엇이옵니까?

여의주다. 이무기가 수천 년의 세월 동안 끌어모은 세상의 맑은 기운. 이것으로 오늘 우리는 적을 물리치고 전우를 살린다.

이것으로 대체, 어찌 저 만인사를 물리칠 수 있습니까?

*너희는 잠자코 있거라. 내 직접 상대할 테니.*

순간 해치는 오른쪽 옆구리에 여의주를 끼고, 왼손을 들어 물의 장막을 걷어 냈다. 그리고 심판장에서 죄인을 대할 때의 매서운 눈빛으로 만인사를 노려보았다.

"네, 이놈! 한낱 미물인 주제에 수많은 죄 없는 인간들의 영혼과 육신을 유린한 죄. 억겁의 세월 동안 지옥의 끝자락, 아수라에서 불타는 것이 마땅하다. 그것도 모자라 하늘의 신수와 이승에서 공무를 수행하는 자들에게 독까지 뿜어 대니, 내 즉시 이 자리에서 판결과 동시에 너의 숨통을 끊으리라.

다만 지금이라도 잘못을 뉘우치고 잡아먹은 영혼을 토해 내고 지옥에서 온 심판자 앞에 무릎을 꿇는다면 지옥에서 불타는 형벌의 기간을 정해 주리라. 어쩌겠느냐!"

인간의 말을 알아듣는지, 만인사는 대가리를 처박고 몸을 떨기 시작했다.

'흐느끼는 것인가.'

벼리가 되뇌었을 때, 놀라운 속도로 거대한 만인사의 꼬리가 날아와 해치를 하늘 높이 날려 버렸다.

*해치님!*

순간 매우 놀란 벼리는 분노한 눈빛으로 칠지도를 그러잡고 만인사를 향해 달리기 시작했다. 그런 벼리의 눈앞에 곡선을 그리며 그림자 하나가 지나갔다. 무령이었다. 어느새 그녀는 금줄을 쏘아 올려, 만인사의 목을 감고 하늘로 솟구쳐 올라가고 있었다.

*벼리야! 내가 시선을 끌 테니, 괴물의 아가리에 칠지도를 처박거라.*

뱀의 목을 베어 봐야 또 다른 머리가 만들어질 테니, 아예 식도부터 내장까지 모두 녹여 버리자는 작전이었다.

문제는 만인사의 독이었고, 해치가 날아가 버린 지금, 벼리와 무령을 감싸고 있는 물방울이 얼마나 버텨 줄지가 관건이었다.

무령이 현란하게 금줄을 날려 만인사의 두 눈을 공격했다.

*벼리야, 지금이야! 뱀의 시야를 가렸어.*

그때 벼리는 번개같이 달려오던 두 발을 멈추고 정승처럼 우뚝 서버렸다.

*벼리야, 뭐해? 지금이라니⋯⋯.*

무령도 말을 잇지 못하고 벼리가 바라보는 곳에 시선을 빼앗겼다. 무령이 쏘아 댄 금줄에 시력을 잃은 만인사가 요동을 치고 있는데, 그 위 허공에 해치가 영롱한 여의주를 쳐들어 올린 모습으로 둥둥 떠 있는 것이 아닌가.

*해⋯⋯ 치님? 어떻게 하실 작정이십니까?*

*크르르르르, 이것이 여의주의 힘이다.*

말이 끝나기가 무섭게 해치는 솟구쳤다 내려오며 도저히

두 눈으로 보고도 믿을 수 없는 장면을 만들었다.

= =

"이거였습니까? 여의주의 힘이……."

"그렇다, 적의 머리가 박살나지 않았느냐."

"신수님, 이제 전하를 어찌 보려 하십니까."

"어찌 보다니, 똑바로 봐야지."

벼리와 해치의 대화에 망연자실한 무령과 어느덧 힘을 되찾은 백원이 넋을 놓고 있었다. 그들의 앞에는 으깨어져서 죽어 있는 만인사의 머리와 하늘에서 내려온 듯한 별빛이 땅 위에서 함께 빛나고 있었다.

조금 전, 허공에 떠 있던 해치는 여의주를 쳐들고 온몸에 정기를 모으기 시작했다. 하늘의 구름이 어지러이 흩어지고 땅에 있는 작은 돌과 흙이 자글자글 소리를 내며 솟아올랐다. 그리고 갑자기 모든 준비를 마쳤다는 듯 정적이 찾아왔다.

이때, 정적을 깨고 해치가 만인사의 대가리를 향해 수직으로 낙하했다. 곧이어 두 신수의 기운이 어우러진 여의주를 대가리에 강력한 힘으로 내리찍었다.

꽝!

순간, 천지가 진동하는 소리와 함께 만인사의 대가리가 그대로 함몰되며 여의주는 산산조각이 났다. 만인사의 눈과 입에서는 빛이 퍼져 나오고, 함몰된 대가리 여기저기도 으깨지며 터져 나갔다.

대가리가 없어진 몸통은 휘청거리더니 그대로 무너져 내렸다. 만인사를 이루고 있던 뱀들은 검은 먹이 물에 풀어지듯 스르르 사라졌다.

만인사의 대가리는 여의주의 파편과 함께 땅 위로 떨어졌고, 잠시 뒤 그 위로 사뿐하게 내려선 건 해치였다. 순간 바람이 불며, 그의 도포 자락이 날렸는데 해치는 반쯤 고개를 숙이고 벼리를 바라보며 옅은 미소를 지었다.

"전하께서 가만히 계시지 않을 겁니다."

나지막한 목소리로 백원이 말했다.

"가만히 있으면 안 되지, 내가 광탈을 살렸는데."

═ ═

"큰 실망을 드려 송구하옵니다."

광탈의 일탈과 백원의 부상, 부러진 청룡언월도에 깨진 여의주까지, 그간의 상황을 소상히 보고하는 벼리는 원래도 작

광탈       

은 얼굴이 반쪽이 되어 있었다.

사건의 실체를 알아내고 만인사를 제거했으며 그의 하수 인이었던 주범들까지 처치했지만, 성공한 임무라 하기에는 잃은 것들이 너무 많았다.

정조가 아무 대답이 없자, 벼리가 천천히 고개를 들었다. 용안에는 여러 가지 감정이 섞여 있었다.

"벼리야."

"네, 전하."

"실망은 노상 하고 있고 앞으로도 그럴 것이다. 너도 대장 이니 잘 알지 않느냐?"

그 말을 들은 벼리의 눈앞이 뿌예졌다. 겨우 네 명, 해치까지 합하면 다섯인데 각자 따로 노는 모양이 꼭 자갈들 같았다. 그나마 깊은 갈등이 없는 것만으로도 다행이랄까.

"혼자 애쓰지 말고 나누거라. 못하면 다그치고 꾸짖는 것도 주저하지 말아야 진정한 대장이란다."

잘못하는 부하들을 꾸짖는 것이 대장의 자격임을 설명하는 정조는 정작 잘못을 뉘우치는 자신의 부하는 다그치지 않았다. 항상 그랬다. 부족하고 모자라고 실망시켜도 정조는 한 번도 자신들을 꾸중하거나 나무란 적이 없었다. 언제나 다정한 위로와 가슴 벅찬 응원만 해 줄 뿐이었다. 이것이 진정한 지도자의 덕목임을 벼리는 가슴 깊이 새기고 있었다.

"명심, 또 명심하겠습니다."

사건의 보고를 들은 뒤, 정조는 이번 사건의 관련자 처리 문제로 안건을 돌렸다. 연쇄 살인 사건의 주범인 정임과 그의 가족은 만인사에게 먹힌 후 요괴와 같이 소멸했는지 흔적을 찾을 수 없었다. 가해자는 사라졌고 피해자만 남았는데, 정임에게 희생된 사람이 너무 많아서 현장 조사만도 한참 걸릴 것으로 예상했다.

한동안 침묵을 지키던 정조는 꺼내기 어려운 이야기를 벼리에게 들려주었다. 벼리의 아버지인 유해득과 서지원 가문의 관계, 또한 피해자 중에 유해득이 있을지도 모른다는 것 등등.

"너를 오작인* 삼아 현장으로 보낼 터이니 그리 알라."

정조는 어떤 위로도 덧붙이는 설명도 없었다. 벼리는 바르르 떨리는 입매에 힘을 꽉 주고 말했다.

"최선을 다해 살피어 다시는 실망하시는 일이 없게 하겠습니다."

정조는 지그시 벼리를 바라보았다. 7년 전 머리가 까치집이 되어 제 아비를 도와 달라고 하던 소녀가 저리 컸나 새삼

---

\*     오작인(仵作人) 지방 관아에서 시신을 검시하고 매장까지 맡았다. 비록 신분은 천민이나 상당히 전문적인 업무를 수행했다.

스러웠다. 어린 것이 격쟁에 나설 만큼 아비를 천도시켜 달라던 그 간절한 염원이 코앞에 와 있는지도 모른다. 벌컥거리는 심장 때문에 저고리의 앞섶이 떨리는지도 모르고 벼리는 굳은 표정으로 다음 임무를 나심했다.

다음 날, 벼리는 무령과 함께 서지원의 집으로 향했다. 원래는 혼자 가려 했는데 무령이 굳이 같이 가 주겠다며 따라나섰다. 벼리는 신경 써 주는 마음이 고마워서 현장으로 가는 동안 살갑게 이말 저말을 걸었다. 무령도 귀 기울이며 맞장구를 쳐 주는데, 어딘가 이상했다. 붉은 입술에 걸린 미소가 어색했기 때문이었다. 신당에서 손님들 대할 때나 짓는거라 어딘가 모르게 찜찜했다.

벼리는 오작인, 무령은 조수라 둘러대고 서지원의 집으로 들어섰다. 집 안은 발칵 뒤집어져 있었다. 모든 세간은 마당 여기저기에서 뒹굴고 있었고 관가에서 나온 많은 이들이 부지런히 다니며 구석구석 조사하고 있었다. 벼리는 치열한 싸움을 벌였던 사당으로 곧바로 향했다. 그곳에는 유달리 사람들이 많았다.

"볼수록 끔찍하군."

"인두겁을 쓰고 이런 짓을 저지르다니. 보다 보다 이렇게 처참한 장면은 처음일세."

현장 경험이 많은 이들도 혀를 내두를 만했다. 사당에서 꺼낸 시신이 50구가 넘었다. 하나같이 머리에 대못이 박혀 있었고 피가 모조리 빠진 채였다.

시신들은 입은 옷이나 혹은 옷이 벗겨져 있는 경우 골반의 모양으로 남자와 여자로 구분했다. 천으로 입과 코를 가리고 바닥에 주르르 놓여 있는 시신을 침착하게 살피는 벼리와는 달리, 무령은 흘끔흘끔 벼리를 훔쳐보고 있었다. 시선은 시신에게 고정한 채 벼리가 넌지시 물었다.

"제게 하실 말씀이라도 있으세요?"

무령은 무거운 표정이었지만 고개를 저었다. 벼리는 오직 일에만 집중했다.

반 시진*쯤 지났을까. 벼리가 한 남자의 시신 앞에서 멈췄다. 그러더니 시신이 입고 있는 조끼 안쪽을 떨리는 손으로 조심스럽게 들췄다. 조끼 안감에는 검은색 실로 수놓은 물고기 두 마리가 있었다.

보부상들은 죽을 때까지 서로를 돌봐 주겠다는 의미로 친한 동료와 옷을 바꿔 입는데, 벼리의 아비인 유해득은 이어수라는 동료와 바꿔 입었었다. 이어수는 '이어二魚'라는 두 글자가 자신의 이름 중 두 글자와 뜻은 달라도 발음은 같다

---

*     반 시진(時辰) 약 1시간.

며, 본인 물건이나 옷에다 물고기 두 마리를 표시해 두곤 했다. 해득은 의형제의 증표라며 내내 그 조끼만 입고 다녔다.

"아, 아버지."

벼리가 가느다란 신음 같은 말을 흘렸다.

두 사람은 체격 차가 컸다. 꽉 끼는 조끼를 입은 유해득과 자루 같은 저고리를 입은 이어수는 서로를 보고 껄껄 웃었고, 그 옆에서 어린 자신도 신나서 웃던 추억이 고스란히 떠올랐다. 그런 아버지가 조끼가 헐렁해지도록 쪼그라들어서 이렇게 누워 있다니⋯⋯. 벼리는 눈을 질끈 감았다.

무령은 올 게 왔다는 듯, 크게 숨을 들이켰다. 그녀는 어제 꿈에서 이 장면을 미리 보았다. 꿈이 맞지 않기를 빌고 또 빌었지만 결국 소용없는 짓이 되어 버렸다. 무령은 벼리에게 다가갔다. 울면 눈물을 닦아 주고 너무 흥분하면 달래 주려 따라왔던 터였다.

하지만 벼리는 입술만 깨물 뿐, 어떤 감정도 내비치지 않았다. 가만히 지켜보던 무령이 조심스럽게 물었다.

"네 아버님이라 말하고 시신만이라도 다른 곳으로 옮기는 게 어떻겠니?"

그러자 벼리가 고개를 저었다.

"살인 사건에 연루되셨으니, 수사 절차대로 진행합니다. 아버지께서도 그걸 바라실 겁니다."

"……어. 그래, 그게 좋겠구나."

너무 차분한 태도에 무령이 반 박자 늦게 대답할 정도였다.

하지만 천하의 유벼리라도 제 아비의 시신에 손을 대는 건 힘들었다. 그녀는 경험이 많고 실력 좋은 오작인에게 검시를 부탁했다. 그는 절차대로 진행한 뒤, 보관소에 시신을 보냈다. 그제야 벼리는 시신을 향해 두 번 절을 올렸다.

"아버지……. 다시 오겠습니다."

그녀는 잔뜩 쉰 목소리로 말한 뒤, 서지원의 집을 나왔다.

기지로 돌아오는 내내 어두운 표정인 벼리의 손을 무령이 꼭 잡아 주었다. 어찌나 차가운지 산 자의 것이 아닌 듯했다.

"혹시 아버님의 혼을 만났니?"

제발 그랬길 바라며 물었지만 벼리는 고개를 저었다. 잠시 침묵이 흐르다 벼리가 읊조리듯 말했다.

"우리 아버지는 무엇을 무서워하셨을까요?"

만인사의 배 속에서 어떤 걸 봤기에 혼을 잡아먹힌 건지. 하지만 정답을 아는 이는 소멸해 버렸기에 무령도 대답해 줄 수 없었다.


그날 밤, 벼리는 불 꺼진 방에 홀로 앉아 있었다. 무령에게 소식을 들은 백원과 광탈은 무척 안타까워했지만 다가가지 못하고 발만 동동 굴렸다. 아비 혼령의 천도라는 오랜 염원이 무너진 그녀를 함부로 위로할 수도 없었기 때문이었다.

하지만 벼리는 슬픔이 아니라 생각에 잠겨 있었다. 만약 아비가 만인사에게 잡아먹힌 것이라면 7년 전에 마을 어귀에서 만난 건 어찌 된 일인지, 도통 이해가 되지 않았다.

'만인사가 제물로 받은 육신을 삼킨 뒤 혼령을 잡아먹지 않은 상태라면, 그 혼령은 만인사의 몸 밖으로 나와 세상을 좀 돌아다닐 수 있나?'

그럴 일은 없을 것 같았다. 광탈이 만났던 용석이라는 자는 배 속에서 오랫동안 헤맸다고 했으니까. 문득 떠오른 가정에 벼리의 눈이 커졌다.

"설마……."

그러다가 이내 고개를 세차게 흔들었다.

"아니지. 가능성이 없지 않아. 내가 비형랑의 자손이라면 아버지랑 어머니 중 한 분도 마찬가지잖아!"

그때 방문 밖이 소란스러워졌다. 한차례 물줄기 소리가 들리더니 들어가겠다, 안 된다, 하며 실랑이를 벌이는 소리가 들렸다. 벼리가 방문을 열자 백원과 광탈에게 양팔을 붙잡힌 해치가 소리쳤다.

"벼리야! 네 아비는 소멸되지 않았다!"

벼리는 어안이 벙벙한지 한동안 멍하니 있다가 말까지 더듬으며 물었다.

"그, 그게 무슨……, 말씀이십니까?"

"휴우, 우선 숨 좀 돌리고…….."

해치가 가쁜 숨을 몰아쉬고는 팔을 잡은 손길을 뿌리쳤다.

"얘들이, 이제 친군 줄 알아. 내가 편하냐? 쯧."

언짢은 표정을 지으며 백원과 광탈을 번갈아 째려보더니, 벼리를 보고는 송곳니를 드러내며 환히 웃었다.

"내가 지금 염라한테 다녀오는 길이다. 명부를 확인하고 왔다."

"명부요?"

"그래. 소멸한 혼은 명부에서도 아예 이름이 지워진단다. 정임과 가족들, 셋 다 싹 없어졌어. 그런데 네 아비는 아직 있더라. 유해득, 맞지?"

"그게 참말입니까? 네, 맞습니다! 유, 해 자, 득 자!"

해치가 크게 고개를 끄덕이자 벼리가 그 자리에 주저앉았다.

"감사합니다. 정말 감사합니다."

내내 졸였던 가슴이 탁 풀어지면서 눈물이 터져 나왔다. 입은 웃는데, 눈은 우는 모습에 해치가 몹시 당황하여 눈이 화등잔처럼 커졌다. 그래도 소설책 읽은 가락이 있는지라 적소에서 빛을 발했다. 해치는 벼리의 등을 토닥이며 말했다.

"그간 고생 많았다. 네 정성이 지극하여 하늘이 돌보셨나 보다."

말투나 손짓은 몹시 서툴렀지만, 벼리에게는 큰 위로가 되었다. 등을 토닥이던 해치의 표정은 인자했으나 머릿속은 그렇지 않았다.

'그런데 벼리야, 네 아비의 혼령은 과연 어디에 있단 말이냐. 옷을 바꿔 입은 그 시신은 과연 너의 아비이더냐?'

복잡한 생각을 감춘 채, 해치는 〈심청전〉에서 읽었던 문구를 흉내 내며 계속 같은 말을 반복했다.

"그간 고생 많았다. 네 정성이 지극하여 하늘이 돌보셨나 보다."

≡

만인사 사건으로 나라 안팎은 매우 시끄러웠다. 유교 국가에서 조상을 모시는 사당 속에 시신을 숨기고 삿된 귀신을 섬기다니. 소식을 들은 사람마다 경악을 금치 못했다. 서지원과 뒤에서 손을 잡고 있던 무리조차 그에게 등을 돌렸다. 전국 각지에서 그를 엄벌해 달라는 상소가 줄을 이었다. 게다가 피해자는 신분이 낮았고 가해자는 이름만 대면 아는 양반이니, 민심 또한 잔뜩 성이 났다.

만인사를 소멸시킨 뒤 얼마 지나지 않아, 이번 사건과 관련된 어전 회의가 열렸다. 인정전 안, 좌우로 늘어선 신하들이 모처럼 한목소리를 냈다.

"요괴를 섬기고 사람을 죽이는 등 동서고금을 막론하고 이보다 끔찍한 범죄는 없었습니다. 일벌백계 一罰百戒 하여 본으로 삼도록 하여 주시옵소서!"

그러면서도 형벌에 대해서는 의견이 갈렸다. 최근까지 서지원과 손잡고 그의 복귀를 꾀했던 이들은 오히려 적극적으로 사형을 주장했다. 선을 긋는 정도가 아니라, 연결 고리의 뿌리를 뽑아 버리려는 계산이었다. 반면 유배형을 주장하는 이들도 있었다. 그들은 서지원이 부인이자 주범인 정임이 무슨 일을 하는지 몰랐을 가능성이 높다는 의견을 내놨다. 하지만 그 속내에는 이 엄청난 사건을 지배층 전체의 문제가 아닌, 귀신 들린 한 아낙네의 문제로 축소하려는 의도가 숨어 있었다.

그들의 주장을 차분히 듣던 정조가 입을 열었다.

"공들의 의견은 잘 들었다. 일벌백계하여 살아 있는 자들에게 귀감이 되는 것, 매우 중요하다. 또한 가담 정도를 신중히 파악하여 억울함이 없도록 하는 것도 역시 중할 것이다. 하지만……."

잠깐의 적막을 삼킨 징조가 다시 말을 이었다.

"하지만! 누구 하나 죽은 이를 말하는 자가 없다. 억울하게 죽은 이들은 오직 나만의 백성이더냐, 아니면……, 우리의 백성이더냐?"

신하들은 모두 고개를 숙이고 있었기 때문에 정조의 표정을 볼 수 없었다. 그러나 거칠게 갈라지는 목소리에서 그의 슬픔과 분노가 느껴졌다.

"말하라. 죽은 이들이 과인만의 백성이던가?"

정조가 물었지만, 누구 하나 쉬이 대답하지 못했다.

"이판, 그대에게 있어서 백성이란 어떤 존재요?"

"아뢰옵기 황공하오나, 〈맹자〉에 이르기를, 백성이란 만물의 근원이며, 재상과 임금이 섬겨야 할 존재라 하였나이다. 하여……."

이조판서는 더 이상 말을 잇지 못했다.

잠깐의 침묵을 깨고, 정조가 입을 열었다.

"그렇소. 맹자께선 모름지기 백성이 가장 귀하고, 사직은 그다음이며, 임금이 제일 가볍다 하였소. 또한 백성으로 하여금 살아 있는 사람들을 도와 돌아가신 이를 장사 지내는데 부족함이 없게 하는 것이 왕도의 시작이라고 했거늘, 어찌 그대들은 만물의 근원이고 우리가 섬겨야 할 백성에 관한 논의는 단 한마디도 없단 말인가……. 그러고도 그대들이 일국의 재상이라 말할 수 있겠는가."

자신의 처지를 얹어서 갑론을박하던 신하들의 얼굴이 붉어졌다. 이때부터 인정전에서 오가는 말의 내용은 달라졌다.

"아직 신원이 파악되지 않은 시신이 있다고 들었습니다. 모든 피해자의 신원이 파악될 때까지 수사를 중단해서는 아니 될 듯하옵니다. 전하."

"그러하옵니다, 전하. 서지원의 집 근방에 있는 걸인들에게 증거물을 보여 주어 밝혀지지 않은 피해자의 신원을 조사하는 것은 어떻겠나이까?"

정조는 사뭇 달라진 신하들의 의견에 한층 누그러진 표정으로 귀를 기울였다. 좋은 건의는 적극적으로 받아들이고 모자란 부분은 더 보태기도 하며, 왕과 신하는 한마음으로 죽은 이들을 위한 논의를 이어 갔다.

"신원이 파악된 자는 하루빨리 유족을 찾아 주어 장례를 치를 수 있도록 하라. 그리고 생계가 막막한 유족은 자립할 수 있도록 지원을 아끼지 말라. 또한 유족이 없는 자의 경우 나라에서 장례를 지원하라."

이윽고 서지원에 대한 형벌로 이야기가 다시 넘어갔다. 유배형과 사형이 팽팽하게 엇갈렸다. 유래가 극히 드문 거열형*

*      거열형(車裂刑) 죄인의 팔과 다리를 각각 다른 수레에 묶고 끌어서 찢어 죽이는 형.

까지 입에 오르내렸다.

정조 또한 사형에 힘을 싣자 서지원에 대한 판결이 거의 확정되려는데, 누군가 입을 열었다.

"전하께서 백성을 어여삐 여겨 추호라도 틀림이 없이 가해자에게 엄벌을 내리시려는 뜻은 신하 된 자로서 감복할 따름입니다. 하오나 서지원이 귀양을 간 동안 부인과 나눈 서찰들만 봐도 그가 삿된 일에 대해 알고 있었다고 볼 만한 단서가 없습니다. 관련된 이들의 증언 또한 그러하옵니다. 하여 적극 가담했다는 증거 없이 서지원에게 사형을 내리신다면 그것은 나수의 심증이 물증이 되어 버려 판결에 영향을 미친 처벌이 아니겠습니까? 전하께서는 정당하고 일관성 있는 법 집행을 이끌어 주셔야 함을 잊지 마시옵소서."

정조와 신하들 앞에서 정면으로 반대하고 나선 이는 바로 정약용이었다.

그는 충성과 순종을 구분할 줄 알았다. 정조가 옆구리에 끼고 가르쳤지만 진정한 충성은 임금에게 바른 소리도 서슴없어야 한다는 미덕임을 성심껏 실천했다. 심지어 초계문신* 제도가 임금과 똑같은 생각을 가진 인재를 찍어 낸다고 비판한 전력까지 있으니, 가만히 구경만 하다가 정조의 판결에 네

*     초계문신(抄啓文臣) 정조의 지도하에 교육 및 연구 과정을 밟던 문신.

네, 할 사람이 아니었다.

인정전은 잠시 침묵에 잠겼다. 정조는 모두가 순종만 할 때, 아니라고 할 줄 아는 정약용을 바라보며, 만인사로 어지럽고 답답했던 가슴이 조금 트이는 느낌이었다.

이후에도 이어진 설전 끝에 드디어 서지원에 대한 판결이 내려졌다.


한편, 뇌물을 바친 죄로 받은 서지원의 귀양형은 거의 끝나 가는 상태였다. 서지원은 함께 처벌받은 큰아들과 하루빨리 귀환하여 불안한 입지를 다질 생각뿐이었는데, 갑자기 날벼락이 떨어졌다. 가족이 다 죽은 것도 모자라 아내가 수많은 이들의 목숨을 빼앗은 살인자였다니. 사당에서 50구가 넘는 시신이 나왔다는 소리를 들었을 때는 도대체 이게 무슨 소리인가 싶어 머릿속이 하얘졌다. 서지원은 정임이 어떤 짓을 했는지 까맣게 몰랐다며 결백을 주장했지만, 모른다는 것도 죄라는 호통이 돌아왔다.

그래도 사형은 면했다. 서지원과 큰아들 서완종은 장 20대와 함께 무기한 유배형이 떨어졌다. 말이 20대지, 임금이 직접 내린 형이기에 매품팔이를 사는 짓은 상상도 할 수 없었다. 형의 집행은 공개로 치러졌는데, 성난 군중이 욕하며 돌까지 던지는 가운데 서지원 부자는 질질 끌려 나와 옷이 벗겨졌다. 형 집행인은 힘을 다해 내리쳤다.

"하나요!"

구령에 맞춰 곤장이 떨어졌다.

"으악! 아버지 살려 주세요!"

서지원은 집안이 망하고 하체가 완전히 벗겨진 채 심한 매를 맞는 것보다, 바로 옆에서 자식이 몸부림치며 맞는 걸 지켜봐야 하는 것이 더 괴로웠다. 다섯 대가 넘기도 전에 서지원 부자는 엉덩이가 터지고 피투성이가 되었다. 그나마 서지원은 타박상을 심하게 입은 것으로 끝났는데, 큰아들 서완종은 상태가 좋지 못했다. 허리가 골절되어 발가락조차 까딱거리지 못하는 신세가 되어 버린 것이다.

그런 몸 상태로 부자는 유배길에 올랐다. 이번에는 육지가 아니라 섬이었다. 바닷가에 도착하자, 나뭇잎 같은 작은 조각배가 기다리고 있었다.

"이렇게 작은 배로 갈 수 있겠는가?"

서지원이 묻자 뱃사공은 난처하다는 표정으로 답했다.

"바다가 워낙 험해서 그리로 가려는 배가 없습니다. 다른 편이 없으니, 불편하시더라도 그냥 타라고, 이 우라질 놈아!"

뱃사공이 말을 끝냄과 동시에 노를 쳐들어 두 부자를 때리려는데, 서지원은 얼마 전 맞았던 곤장이 떠올라 자신도 모르게 주저앉으며 바지에 오줌을 지렸다. 매를 맞아 곪아 버린 엉덩이가 더욱더 쓰려 왔다.

서지원은 다리를 전혀 움직이지 못하는 아들을 둘러메다시피 해서 배에 올랐다. 거친 파도에 꼴까닥 넘어갈 뻔한 적이 몇 번인지 셀 수도 없었다. 겨우겨우 도착한 곳은 무인도였다. 그곳의 생활이 너무 고단해서 섬사람들이 모두 떠났다고 했다. 배를 태워 준 이는 곡식 자루를 던져 주며 석 달 뒤에 다시 올 테니 아껴 먹으라고 하며 떠나갔다.

서지원은 배가 수평선에서 점이 되어 사라질 때까지 멍하니 바라보다가 아들의 앓는 소리에 겨우 정신을 차렸다. 몇 채 없는 집들은 폭삭 주저앉기 직전이었다. 그나마 좀 나은 집을 골라 아들을 뉘고 곡식 자루를 열었다. 그는 풀풀 겨만 날리고 그나마 남은 것은 벌레가 죄 먹어 버린 자루 안을 들여다보고는 한동안 멍하니 서 있었다. 자신이 흉년에 양민들에게 꿔 준 곡식이 딱 이랬다는 게 떠올라 자업자득인가 싶었다. 도저히 이걸로는 둘이 석 달을 버틸 수 없었다.

먹을 물을 찾은 건 꼬박 이틀이 지나서였다. 불을 피우고 죽을 쑤고, 거동이 불편한 아들의 피똥을 받아 내며 살기 위해 몸부림치다 보면 까만 밤이 몰려왔다. 하늘을 가로지르는 은하수를 보고 있으니 멋진 시의 구절이 아닌, 쌀밥이 떠올랐다.

"아, 아버지."

이제는 앓는 소리도 제대로 내지 못하는 아들이 힘겹게 그를 불렀다.

"오냐."

서지원이 다가가자 아들은 힘없이 속삭였다.

"배, 고파……."

아들이 남긴 마지막 말이었다. 서지원은 그를 부둥켜안고 오열했다. 얼마나 울었을까. 가슴 한쪽에서 입이 줄었다는 안도감이 들었다. 그리고 그는 더 크게 울었다.

땅을 팔 힘도 없어 아들의 시신은 대강 모래로 덮어 두었다. 그는 구들장이 죄 깨진 방에 멍하니 앉아서 어디서부터 잘못된 건지 헤아려 보았다.

'내가 왜 이러고 있지? 이건 다 정임 때문이야. 내가 그 여자와 결혼만 하지 않았어도 승승장구하여 임금 위에 있을 사람인데.'

지원은 자신을 정임의 집에 장가들인 부모를 한없이 원망했다. 그는 힘없이 쓰러져 잠든 후 꿈을 꾸었다.

서지원은 꿈속에서 하얀 나비를 종일 쫓아다녔다. 산도 넘고 물도 건너고 마침내 무릉도원처럼 환상적인 곳에 다다랐을 때, 다소곳이 등지고 앉아 있는 한 여인을 보았다.

'뉘시오, 낭자. 이런 아름다운 곳에서 꽃보다 더 향기로운 내음을 풍기고 있구려. 나 한번 돌아봐 주오.'

등지고 있던 여자가 고개를 돌렸다. 하얀 얼굴의 백옥 같은 피부. 또렷한 눈동자의 미인은 알 수 없는 미소를 짓고 있었다.

'아름답구려. 낭자의 이름은 무엇이오?'

그녀가 이름을 말하려 하자, 목소리 대신 다른 소리가 들려왔다.

툭. 투둑. 투투두두둑. 쏴아.

'낭자, 낭자……'

"앗 차가워!"

꿈에서 깬 서지원은 천장 사이로 느닷없이 떨어지는 장대비에 몸을 급히 구석으로 피했다.

밤새 쏟아지는 비를 보고 있자니, 두렵기도 하고 마음이 허전하기도 했다. 슬픔과 절망도 밀려왔다. 그런 요동치는 감정 속에서 꿈속의 여인을 떠올려 보았다.

'분명히 어디서 본 듯한 여자인데. 분명히 어디서 본 듯한……'

무령이었다. 얼마나 오래된 과거였던가. 짐승이 따로 없다고 했는데. 있는 듯 없는 듯 조용히 지내라고 했는데. 잊고 지냈던 딸아이가 난데없이 왜 꿈에 나타나 자신을 보고 미소 짓던가.

서지원은 피식 웃더니 손으로 힘껏 자신의 따귀를 때렸다.

때리고 또 때리고 코피가 터지고 귀가 먹먹해질 정도로…….
그가 스스로를 때리는 소리는 텅 빈 섬에 내리는 빗소리에
묻혀 버렸다.

송
장
벌
레

　광탈은 혼이 돌아오자마자 정신을 차렸지만, 한동안 이부자리는 벗어나지 못했다. 그가 이틀 만에 미음 한 수저를 뜨고서야 다들 한시름을 놓았다. 백원은 혹여 몸에 만인사의 독이 남아 있을까 걱정했지만, 다행히 별 탈 없었다.

　문제는 청룡언월도였다. 만인사의 집중 공격을 받고 자루가 부러지고, 날의 이가 군데군데 빠져 버렸다. 대원들 모두 청룡언월도를 보고 할 말을 잃었고, 백원도 충격이 큰 듯했다. 가뜩이나 말수가 적었는데, 이제는 묵언 수행에라도 들어간 것처럼 아예 입을 닫고 밤낮없이 연무장에서 살다시피 했다.

　광탈은 자기가 생각해도 엄청난 사고를 쳤던지라, 백원에게 머리를 조아렸다. 하지만 그는 괜찮다는 듯, 한 손으로 어깨를 지그시 눌러 주고는 연무장으로 향했다. 백원의 힘이 어찌나 셌던지, 광탈은 어깨가 으스러지는 줄 알았다. 한쪽 어깨를 붙잡고 광탈이 뭐 마려운 강아지마냥 불안해하자, 벼리가 다독여 주었다.

"백원 오라버니는 마음을 갈무리할 시간이 필요한 거야. 네게 화가 났다면 어깨로 끝났겠니?"

"……그렇겠지? 하긴 우리 대장님은 틀린 적이 없으니까. 형 마음이 빨리 정리되었으면 좋겠다."

"광탈아."

"응?"

"더 급한 게 있지 않아?"

광탈은 입에 풀을 발랐는지 아무 말 없이 먼 산을 바라보았다.

"야."

벼리가 그의 옆구리를 찌르자, 광탈은 고슴도치처럼 더 웅크렸다.

정조는 광탈이 정신을 차린 뒤로 기지에 좀처럼 오지 않았다. 만인사 사건을 조사하느라 시간이 없었기 때문이었는데, 그 사실을 모르는 광탈은 전전긍긍 눈치만 보는 중이었다.

"무령 언니 벌 받은 거 보니까 무서워서 그래?"

"아, 아니!"

무서운 건 맞는데, 벌 때문은 아니었다. 천하디 천한 광대를 자식 대하듯 하며 여기까지 이끌어 준 선하였다. 그런데 큰 잘못을 저질러 실망을 드렸으니 이 죄를 어찌할지, 도무지 마주할 엄두가 나지 않았다.

"혼자 찾아뵙기 두려우면, 같이 가 줄게."

"아, 아니야. 혼자 갈 수 있어. 근데 몸이 아파서…… 조금만 더 나으면 갈게, 응?"

그녀가 대답하지 않자, 광탈은 이불 속으로 쏙 들어가 버렸다. 벼리는 한숨을 쉬고는 자리에서 일어났다.

벼리가 나간 뒤, 광탈은 이불 속에서 불안감에 뒤척거리다가 갑갑한 마음에 창문을 열었다. 마침 해치가 지나가는 게 보였다. 광탈은 벼룩처럼 튀어 나가서 그의 뒤를 따라갔다.

"형님, 우리 부모님을 어떻게 알아요?"

"어허, 천기누설이라 하지 않았느냐."

"어차피 누설했잖아요. 조금 하나, 더 하나 별 차이 없을 거 아닙니까?"

"더 하면 나보다는 네가 다친다. 죽은 네 부모가 참 좋아도 하겠다."

"도, 돌아가셨어요?"

말문이 막힌 해치는 눈을 굴리다가 버럭 화를 냈다.

"정말 모기보다 집요하구나! 너는 잠도 없냐?"

갑자기 솟아난 물결이 광탈을 답삭 감아올리더니 그의 방으로 시원하게 내달렸다.

"저녁 먹고 이제 치웠는데 무슨 잠을 자요!"

광탈이 몸부림쳤지만, 물줄기는 광탈을 이부자리 속으로 쏙 집어넣었다.

어느새 창문 너머 방안으로 쑥 들어온 해치가 말했다.

"배 꺼지기 전에 얼른 자. 너는 죽었다가 살아난 것과 진배 없다. 네가 빨리 회복하지 못하면 어사대 전력에 큰 차질을 빚을 수도 있어."

해치가 정곡을 콕콕 찌르자 광탈은 마지못해 누웠다. 말마따나 체력이 예전만 못했기 때문이었다. 자신이 그 짓만 저지르지 않았어도 백원과 청룡언월도가 다칠 일도, 여의주가 깨질 일도 없었을 거란 미안함도 있었다.

해치는 광탈이 시무룩해 하는 모습이 안쓰러워서 그의 정수리를 마구 헝클어뜨렸다.

"아, 하지 말아요."

"쓸데없는 생각 말고 어서 주무셔요, 광탈 아씨."

"아씨! 뭐야!"

해치는 웃으며 광탈의 방을 나와 자신의 처소로 향했다. 낮에 읽다 만 〈구운몽〉이나 마저 읽으며 잠을 청하려 했다.

그가 소설을 읽게 된 건 광탈 때문이었다.

'형님은 몰라도 한참 모르십니다. 사람의 기분은 강물 같

아서 매일 같을 수가 없습니다.'

광탈이 한 말이 자꾸 맴돌았다. 알 듯 말 듯 헷갈려서 벼리에게 그 뜻을 물었더니 빙글 웃으며 그를 세책점*으로 데리고 갔다.

'제가 백 마디 설명하는 것보다 이게 훨씬 나아요. 혹자는 잡스럽다고 하지만, 재미있는 이야기 속에 사단칠정**이 녹아 있답니다.'

벼리가 권해 준 것은 소설이었다.

해치는 콧방귀를 뀌며 책장을 넘기다가 어느새 폭 빠져들었다. 심청이가 아버지 심봉사를 찾았을 때는 코끝이 시큰해졌고, 관운장이 술잔이 식기 전에 돌아왔을 때는 손에 힘이 너무 들어가 책을 구기기도 했다.

"아, 깜빡했다. 오늘까지 반납해야 했는데……."

세책점 주인장이 눈을 세모꼴로 뜨고 자신을 째려볼 게 뻔했다. 거기까지 생각이 미치자 해치는 광탈보다 더 시무룩해졌다. 인간 세상에서 임금에게 눈칫밥 먹고 사는 것도 모자라, 세책점 주인장 눈치까지 봐야 하는 신세라니. 〈구운몽〉이고 뭐고 싹 다 귀찮아졌다.

---

\*        세책점(貰冊店) 돈을 받고 소설책을 빌려주는 오늘날의 책 대여점.

\*\*     사단칠정(四端七情) 성리학에서 말하는 인간의 선천적인 네 가지 도덕적 능력과 일곱 가지 자연적 감정.

그가 어깨를 늘어트리고 방에 들어가자, 넉점박이송장벌레 두 마리가 기다리고 있었다.

"측은하여 모른 척했더니 끝을 모르고 기어오르는구나! 여기가 어디라고 들어와!"

예민한 해치가 노하여 호통쳤다. 인간들이 자신을 업신여기는 것도 모자라 이제는 벌레마저 이러는구나 싶은 생각에 해치는 몹시 화가 났다. 어찌나 그 기운이 매서웠던지, 방 안에 있는 모든 것들이 소멸해 버릴 것만 같았다. 고작 벌레 두 마리가 버틸 수 있는 기운이 아니었다. 하지만 그들은 잔뜩 옹송그리면서도 물러나지 않았다. 해치가 그르르 목을 울리며 날카로운 송곳니를 드러냈다.

"너희가 벌레로 태어난 이유가 저승에 가지 않으려고 도망쳐 다녔기 때문이지? 이번에도 도망가면 지옥에 떨어질 거다."

그들은 아무 말도 하지 못했다. 저승사자를 피해 온 천지를 떠돌던 고단함이 주마등처럼 스쳤다. 결국은 잡혀서 송장이나 먹어 치우는 벌레로 환생했건만 전생을 잊지 않았다. 놓지 못한 인연을 되찾겠다는 그악스러운 집념 때문이었다.

"너희의 한이 큰 건 안다. 하지만 전생의 기억을 버리지 못하는 것은 하늘의 순리에 역행하는 것이야."

해치는 물끄러미 벌레들의 혼을 바라보았다. 맑아야 할 혼은 미련으로 물들어 회색빛을 띠었고, 섭리를 따르지 않은 죄로 점점 소멸하고 있었다. 냉혹한 현실에 벌레들은 파르르 등껍질을 떨었다. 하지만 그들의 대답은 단호했다.

"상관없습니다."

썩은 살을 뜯어 먹던 주제에 그 비장함은 태산 못지않았다.

"어리석다. 너희도 보지 않았느냐? 임금에게 듬뿍 사랑받고 나라를 위해 훌륭한 일도 하고 있어. 게다가 나도 있고. 내 친동생처럼 여기고 잘 돌봐 줄 테니, 이제 그만 됐다. 돌아들 가라."

신수에게 동생 인간이라니, 가당치도 않은 말이었다. 그런데도 너무 자연스럽게 나온 말에 해치 자신과 벌레 모두 당황하여 한동안 침묵이 흘렀다.

하지만 벌레들은 포기하지 않았다.

"다른 건 바라지 않습니다. 딱 한 번만 인간의 모습으로 만나게 해 주십시오. 꼭 하고 싶은 말이 있습니다."

하지만 돌아온 대답은 물세례였다. 벌레들은 재빨리 날아올라 가까스로 피했다. 만약 해치가 마음만 먹었다면 절대 피할 수 없었으리라. 단지 겁만 주려는 걸 눈치챈 벌레 하나가 대범하게도 바로 앞까지 날아와 사정했다.

"막무가내로 조르는 게 아닙니다. 만약 소원을 들어주신다면 해치님께서 수라와의 전투 중 잃으신 뿔의 행방에 대해 알려 드리겠습니다."

"저희가 괜히 송장벌레겠습니까? 수많은 사체를 다루면서 죽은 이들에게 많은 것을 주워들었……."

말이 끝나기도 전에 해치가 벌레 바로 앞에 얼굴을 들이밀었다. 뿜어내는 허연 입김에 주변이 하얗게 얼어 버렸다.

"보자 보자 하니까 이것들이……. 감히 신수에게 조건을 걸고 거래를 제안하다니. 정녕 소멸당하고 싶으냐!"

"……이미 산 것도 죽은 것도 아닌 처지라 눈에 뵈는 것도 없습니다."

"하아."

해치가 길게 한숨을 내쉬었다. 질기기가 쇠심줄보다 더한 것이 광탈이 누굴 닮았는지 안 봐도 뻔했다.

"네 정보를 어떻게 믿지?"

"확실치 않은 이야기를 아뢰면 자식에게 해를 끼칠 수 있다는 정신머리는 남아 있습니다."

해치는 서로를 부둥켜안고 가느다란 더듬이를 달달 떨고 있는 그들을 바라보다가 입을 뗐다.

"딱 한 번이다."

시원한 허락이 믿기지 않는 듯 벌레 부부는 한동안 멍하니 있다가 절을 올렸다. 해치는 연달아 방바닥에 머리를 콩콩

찍는 그들을 보고 있지니 한동안 잠잠했던 명치가 또 쿡쿡 쑤셨다.

"불경하구나. 감히 신수의 잠을 방해하다니! 이만 썩 물러가거라."

해치는 손을 휘적거리며 벌레들을 쫓아냈다.


다음 날 광탈이 저녁상까지 뜨는 둥 마는 둥 물리자 벼리가 걱정스럽다는 듯 물었다.

"어디 아프니?"

무녕은 자신이 만든 음식이 맛이 없어서 그런가 싶어, 광탈 앞에 놓인 반찬들을 조금씩 먹어 보았다.

"아뇨, 그냥 입맛이 없어서요."

모두 못 들을 말을 들었다는 듯, 입이 떡 벌어졌다. 광탈에게 입맛이라는 개념이 있었다니.

광탈은 자리에서 일어나, 제 방으로 향하며 말했다.

"에휴, 내가 꼭 알아야 할 것이 있는데, 그걸 아는 분이 입을 안 열어 주시네."

해치는 광탈의 말을 외면한 채, 황탯국을 사발째 들이켜며 말했다.

"밥 한 끼 굶는다고 안 죽는다. 어허, 시원하다!"

그러자 벼리가 신기한 듯, 미소 지으며 말했다.

"어머, 소설 열심히 읽으시더니, 이제 인간 다 되셨네요? 뜨거운 국 드시고 시원하시다니."

"소설을 읽어서가 아니라, 내 상대해 보니, 인간들 자체가 역설이더군. 뜨거운 거 먹고 시원하다 하고, 사랑하기 때문에 헤어지자 하고……."

다시 황태국을 들이켜는 해치에게 무령이 눈을 동그랗게 뜨며 말했다.

"이젠 사랑도 아십니까? 어디 마음에 두시고 있는 처자라도 있는 겁니까? 제가 보기엔 있는 것 같은데."

"컥!"

마시던 황태국을 토해 내며 해치가 기침을 하기 시작했다. 그 모습이 어찌나 귀여웠던지 함께 있던 대원 모두가 모처럼 크게 웃었다.

등 뒤에서 들려오는 웃음소리에 광탈이 잠깐 걸음을 멈추더니, 이내 쿵쾅거리며 제 방으로 들어갔다. 해치가 부모 일에 대해 입을 다물자, 자신도 일종의 단식 농성을 하던 중이었던 것이다.

"어떻게든 알아내고야 말겠어."

지금까지 꼭두쇠의 말만 믿고 부모를 내내 원망하며 살았다. 그런데 해치의 말대로 내내 자신을 찾다가 돌아가셨다면 부모님께 씻을 수 없는 죄를 지은 셈이 아닌가.

순간 가슴이 메어 왔다. 그런데 자세히 느껴 보니 메어 오는 건 가슴이 아니라 배였다. 이 와중에 배에서는 연신 천둥소리가 났고, 먹은 게 없으니 죽을 것만 같았다.

"해치는 뭐 땜에 저리 입을 다물고 있대. 내가 이제부터 형님이라고 불러 주나 봐라."

광탈은 고픈 배를 움켜쥐고 이리저리 뒤척이다가 잠이 들었다.

그때였다. 이 순간을 기다렸다는 듯 문틈으로 하얀 연기 같은 것이 스며들었다. 어떤 기척도 없이 들어선 연기는 두 가닥으로 갈라지더니 사람의 형체를 갖추기 시작했다. 남자와 여자였다. 살구색 두루마기를 입은 남자는 훤칠했고 진달래색 치마에 옅은 옥색 저고리를 입은 여인은 곱디 고왔다. 하늘에서 노닐던 선남선녀가 땅에 내려온 듯, 매우 아름다운 한 쌍이었다. 그들은 방에 누워 있는 광탈을 애틋하게 바라보았다. 그러고는 살금살금 곁으로 다가와 앉았다. 남자가 광탈을 향해 손을 뻗자 여자가 조심스레 말렸다.

*"곤히 자는데, 깨우지 마세요."*

하지만 광탈은 그들이 들어올 때부터 깨어 있었다.

'꿈인가?'

몸은 가위눌려 꼼짝할 수 없었고, 눈을 감고도 그들이 보였기 때문이었다. 비몽사몽이라고 하기에는 너무 생생했다.

끙!

다시 정신을 모으고 온몸에 힘을 주었지만, 소용없었다.

'이건 잡스러운 귀신의 술수가 아니다.'

광탈은 차원이 다른 거대한 기운에 눌려 있다는 걸 깨달았다.

그때, 만지지 말라고 하던 여인이 아주 조심스러운 손길로 광탈의 얼굴을 쓰다듬었다.

"*어쩜 이리 잘 자라 주었는지. 이목구비는 당신을 쏙 빼닮았습니다.*"

"*허허, 도자기 같은 피부는 꼭 그대를 닮았구려.*"

남자까지 들러붙어 광탈의 손을 잡고 조물조물했다. 본래 귀신은 음의 기운이 극에 달한 존재라, 곁을 스치기만 해도 뼈가 시렸다. 이들도 다르지 않았다. 매우 스산하고 습한 기운에 밀려 몸에 있던 양기가 쏙쏙 빠져나갔다. 그러나 너무 지극하달까? 그들의 손에선 시린 음기를 이기고도 남을 다정함이 담뿍 묻어났다. 한참을 그렇게 바라보던 여자가 광탈의 댕기 머리를 살포시 잡았다. 광탈은 벌컥 화가 났다.

'귀신 주제에 이 광탈님의 몸에 손을 대?'

평소라면 단번에 일어나 쌍검으로 물리쳤겠지만, 어찌 된 영문인지 조금도 움직일 수 없었다. 눈먼 고양이 달걀 어르듯, 쓰다듬는 손길이 너무 애틋한 탓이었다.

"상투 올릴 나이가 지났는데……."

여자가 물기 어린 목소리로 한탄하자, 남자가 다독이며 위로했다.

"배필이야 때가 되면 만나겠지요."

"하지만……. 제가 곁에 있었다면 어떻게든 올려 줬을 겁니다."

결혼하지 않아도 열다섯 살에 성인식을 치르고 나면, 남자들은 대개 상투를 올렸다. 나이 열여덟에 광탈처럼 댕기 머리를 하고 다니는 경우는 드물었다. 그들의 속닥거림을 들으며 광탈은 피식 웃을 뻔했다.

'아니, 내 부모도 아니고 자기들이 뭐라고…….'

귀신이 별걱정을 다 한다고 생각하는데, 갑자기 여자가 울음을 터뜨렸다. 곧이어 남자도 손등으로 눈시울을 찍었다.

"아가, 우리는 널 팔지 않았단다. 어떻게 그럴 수가 있겠니?"

"그럼, 눈에 넣어도 안 아픈 내 새끼. 할 수만 있었다면 품에 넣어 꼭꼭 여미고 키웠을 거다."

"시간을 되돌릴 수 있다면 여린 발바닥에 흙 묻을까, 땅에 내려놓지도 않았을 거야."

광탈은 얼음물을 뒤집어쓴 기분이었다.

'대체 뭐, 뭐라는 거야!'

어떻게든 눈을 뜨고 싶었다. 벌떡 일어나 그게 무슨 뜻이냐고 묻고 싶었다. 그러나 야속하게도 몸은 뜻대로 움직여주지 않았다.

*"너를 잃고 숨 한번 제대로 쉰 적 없단다."*

*"조선 팔도를 다 뒤졌어."*

*"발이 닳고 허리가 끊어질 때까지 찾아다녔지."*

*"내 새끼가 행여 흉한 놈들에게 붙잡혀 가, 굶고 몹쓸 짓당하지 않을까. 내장이 녹고 뼈가 으스러져 죽었지만, 너를 두고 저세상으로 갈 수 없어서 계속 이승을 떠돌았단다."*

그러자 허공에 커다란 비단 같은 물결이 일더니 이들의 과거가 펼쳐졌다.


근방에서 가장 잘생긴 총각과 아리따운 처녀가 결혼해 고운 아이가 태어났다. 어찌나 미모가 뛰어난지, 이마에는 해님이, 뒤통수에는 달님, 어깨에는 오송송 별이 박힌 것만 같았다. 소문을 듣고 찾아와 아이를 보고 가는 사람이 있을 정도였다.

아이가 돌 되던 날, 부부는 온 동네에 떡을 돌린다고 분주히 움직이고 있었다. 희고 곱게 빻은 쌀가루에 팥고물을 듬뿍 뿌리고 시루에 올리고 불을 피웠다. 그런데 돌아서니, 잘

자고 있던 아이가 없어졌다. 그날 이후, 옹달샘과 같이 퐁퐁 솟아나던 행복은 사라지고 그들에게는 지옥이 펼쳐졌다. 부부는 호랑이에게 물려 간 것만 아니길, 차라리 유괴이길 바랐다. 호랑이가 물어 가면 그길로 끝이지만 사람이 데려간 거면 목적이 있으니 목숨만은 붙어 있을 테니 말이다.

잃어버린 아들을 찾아 헤맨 지 10년이 지났다. 하지만 부모와 자식 사이를 커다란 장막으로 가린 듯, 머리꼭지조차 볼 수 없었다. 결국 슬픔을 이기지 못한 부인이 몸져누웠다.

"제가 죽으면 그냥 두세요. 장례 치른다고 우리 아가 찾는 거 멈추지 마셔야 합니다."

그녀가 남편의 손목을 부여잡고 남긴 유언이었다. 어찌나 간절했던지, 남편의 손목에 생긴 멍 자국은 보름이 지나도 가시질 않았다. 그는 홀로 남았지만 죽은 부인과 아들을 위해 하루하루 악착같이 버텼다. 그러나 인간이 견뎌 내기에는 너무 가혹한 아픔이었다. 결국 그도 부인을 따라 숨을 거두었다.

*"서방님, 고생 많으셨습니다."*

이승을 떠돌던 아내가 그를 맞아 주었다.

다시 만난 기쁨도 잠시, 그들은 길을 떠났다. 아이가 많이 자라서 생김새가 바뀌었어도 한눈에 알아볼 자신이 있었다. 만나면 꼭 안아 주고 자식이 명을 다할 때까지 돌봐 주리라,

거듭 다짐하며 조선 팔도를 누볐다. 혹시나 해 만주 벌판도 뒤지고, 배를 타고 가는 선원에게 붙어 멀리 섬나라까지 다녀왔지만 소용없었다. 그러는 사이, 하늘의 추적도 만만치 않았다. 저승사자는 기어코 이들을 잡아서 심판대에 세웠다.

염라대왕은 엄히 꾸짖었다.

"내 너희의 마음을 모르는 것은 아니나, 사람이 죽으면 이승을 떠나 저승으로 와야 하는 것. 그런데 어쩌자고 순리를 거슬렀느냐!"

그러나 부부는 오히려 목에 핏대를 세웠다.

*"생때같은 자식이 어디서 어떻게 지내는지도 모르는데, 순리?"*

그들은 매우 점잖고 순박한 사람들이었다. 그런데 하필이면 심판대에서 염라대왕에게 평생 할 욕을 다 쏟아 내 버렸다. 저승사자가 흠칫 놀라 몸을 사릴 정도였다. 그간의 한을 한참이나 쏟아 낸 부부의 시근덕거리는 소리가 다 들릴 정도로 심판장이 고요해졌다. 얼굴이 대추보다 붉어진 염라대왕이 지옥 불이 뚝뚝 떨어지는 눈으로 그들을 노려보았지만, 부부는 고개를 꼿꼿이 세웠다.

마침내 시선을 피한 건 염라대왕이었다. 그는 깊은 한숨을 내쉬었다. 선하디 선한 부부는 본래 단란한 가정을 꾸려 천수를 누려야 하는 명운이었다. 그런데 언젠가부터 세상의 순리가 뒤틀리고 애꿎은 피해자들이 생겨나기 시작했다. 이것이 다 수라 때문이었건만, 그때의 염라는 그가 지옥을 빠져나가기 위해 힘을 키우고 번뇌를 모으고 있었기에 세상의 법칙이 어긋나고 있다는 것을 추호도 알지 못했다. 그저 천계의 관리들이 일으킨 단순한 오류라 생각했던 것이다. 그것이 하늘의 오류라 해도 무턱대고 이들을 용서할 수도 없는 노릇이었다.

한참 고민하던 염라대왕이 수염을 실룩이더니 붓을 들었다.

「憂 근심 우」

"자고로, 내가 근심 걱정을 하면 형제들이 괴로워한다*는 말이 있다. 하물며 부모와 자식 간에는 더하지 않겠는가!"

그 말을 듣고 부부는 무너지듯 주저앉았다.

"안타까운 사정을 모르는 바는 아니나, 너희의 근심이 넘쳐서 아들에게까지 흘러간다면 그 또한 업보가 아니겠느냐. 그러니 이제 그만들 하여라."

그 말을 들은 부부는 두 손을 맞잡고 꺼이꺼이 울기 시작

* 　　아유우환, 형제역우(我有憂患, 兄弟亦憂) 〈소학〉에 나오는 말로, 나에게 근심과 걱정이 있으면 형과 아우도 또한 근심한다는 뜻.

했다.

"판결하겠다. 너희 부부는 오랜 세월 저승의 업무를 방해하고 순리를 어지럽혔다. 망자는 마땅히 전생의 기억을 잊고 다음 생으로 옮겨 가야 하거늘, 사사로운 인연에 얽매여 그것을 거부하고 도주한 죄, 가볍지 않다. 또한 법정에서 과인을 모욕한 죄 또한 간과할 수 없다. 하여⋯⋯."

부부는 눈물범벅이 된 얼굴을 들어 애절하게 염라를 쳐다보았다.

"너희를 다음 생에 벌레로 태어나게 할 것이며, 전생의 기억에서 헤어 나오지 못하게 하는 형벌을 내릴 것이다."

순간 판결을 들은 부부의 표정이 밝아졌다. 벌레가 됐든, 먼지가 됐든 다시 태어나 아들을 찾을 기회가 주어졌기 때문이었다. 그들은 형벌을 가장한 염라대왕의 자비에 허리를 접으며 감사함을 표했다. 겨우 기회를 얻은 것뿐인데도 저리 좋아하는 영혼들을 보고 있자니, 염라대왕의 짠한 마음은 더 커졌다. 기왕 베푸는 거 조금 더 해 주기로 했다.

"네 아이는 성인이 되어 지옥의 신수인 해치를 만나 큰일을 하고 있다. 앞으로 쌓을 공덕이 어마어마할 테지. 그러니 너희도 그의 부모답게 다음 생을 위해 최선을 다해서 덕을 쌓아라. 그러면 훗날 좋은 연으로 만나 그 복을 길게 누릴 수도 있을 것이야."

염라대왕은 무심한 표정으로 외쳤다.

"다음!"

허공에 펼쳐진 물결이 이들의 과거를 보여 주고는 연기처럼 사라졌다. 저것은 해치의 재판장에서 익히 보던 것이 아닌가. 그제야 광탈은 이 모든 것이 귀신의 장난질이 아니라 해치의 은덕임을 깨달았다. 애틋하게 쓰다듬으며 우는 저들은 진짜 자신을 낳아 준 부모였다. 묻고 싶은 말이 너무 많았다. 하고 싶은 말은 더 많았다. 그것을 쌓아 올리면 태산泰山보다 높을 것이고, 늘어놓는다면 장강長江보다 길 것 같았다. 그런데 세차게 몰려온 충격에 그 말들이 단 한 마디도 떠오르지 않았다.

'도토리 두 말에 판 게 아니라, 잃어버린 거였구나. 죽어서도 잊지 못해 벌을 받을 만큼 날 찾아 이승을 떠돌았구나.'

오직 이 생각만 소용돌이치듯 맴돌았다. 바위보다 크고 단단했던 설움이 뿌리째 흔들리더니 봄날 얼음처럼 눈물이 되어 녹아내렸다. 광탈은 어떻게든 일어나서 그들의 품으로 파고들고 싶었다.

'나 때문에 애간장이 끊어졌어요? 얼마나 아팠을까. 그런데 벌레로 태어났으니 또 얼마나 힘들었을까. 내가 죄인이네. 내가 불효자야.'

요괴어사 2

감겨 있는 눈꼬리에 볼을 타고 주르르 흐르는 것을 여인이 살뜰하게 닦아 주며 그의 머리에서 댕기를 풀어내고는 곱게 빗겨 주었다. 그러고는 야무지게 상투를 틀었다.

"아가, 임금님 잘 모시고 열심히 일해야 해. 공덕을 많이 쌓으면 우리 언젠가는 다시 만나 또 연을 맺을 수 있다 하셨어. 이 엄마가 그때는 네 손을 절대 놓지 않을게."

"이 아빠가 품에 끼고 금이야, 옥이야, 아껴 줄게."

그들은 광탈을 껴안고 절절하게 속삭였다.

그때 방바닥에서 물이 솟아나더니 이제 시간이 다 됐다는 듯 부부를 감쌌다. 물결이 당기는 대로 끌려가는 부부의 손가락이 광탈에게서 하나씩 톡톡 떨어져 나갔다.

"아가, 몸조심해라. 아니다 싶으면 절대 무리하지 말고, 알겠지?"

"그래, 엄마 말씀이 맞다. 너무 버겁다 싶으면 신수님 뒤에 숨어. 강한 분께 도움을 받는 건 부끄러운 게 아니야."

부부의 눈에서는 눈물이 흘렀지만, 입에는 미소가 머물러 있었다.

"건강하고 행복해야 한다."

그들은 물결에 휩쓸려 사라지면서도 당부를 멈추지 않았다. 홀로 남은 광탈은 마음으로 연신 고개를 끄덕였다.

'네, 꼭 그럴게요. 힘들면 해치님 뒤에 숨고, 임금님 말씀

잘 들어서 공도 많이 세우고 다 할게요. 그러니까 꼭 다시 만나요.'

방바닥 아래로 물결이 사라졌고, 순간 광탈은 거짓말처럼 몸이 움직여졌다.

"하아."

자리를 박차고 일어난 광탈은 이내, 쏟아지는 울음을 참지 못하고 무릎을 꿇었다. 방바닥을 주먹으로 치며 아이처럼 엉엉 우는 소리에 대원들의 방에 하나둘, 불이 켜졌다.


다음 날, 광탈은 알현을 청했지만 정조는 허하지 않았다. 청하고 거절당하기를 몇 날 반복하고 광탈은 깊은 밤에 홀로 찾아갔다.

"전하, 잘못했습니다. 제가 경거망동해서 모두를 위험에 빠트렸습니다. 다시는 이런 일이 없도록 호되게 벌을 내려 주십시오."

그러나 정조는 침전에 앉아 밀린 상소문을 살필 뿐, 들은 체도 하지 않았다. 예전 같았으면 광탈은 막무가내로 치대거나 그것도 통하지 않으면 징징거렸으리라. 하지만 지금은 입을 닫고 찬찬히 정조를 살폈다.

정조를 침전에서 보는 건 처음이었다. 당장 행차해도 될 것 같은 차림은 옛날부터 암살당할 뻔한 적이 많아서 생긴 습관이라 들었다. 그런데 막상 보니까 너무 답답해 보였다. 오죽했으면 저러실까 싶은 생각도 들었다. 답답한 건 옷뿐 아니었다. 두꺼운 안경을 끼고도 눈살을 찌푸리며 글자를 읽는 모습을 보고 있자니 저러고도 잠이 올까 싶고, 그런 생각이 드니 돌덩이를 얹은 것처럼 가슴이 무거웠다.

'산 백성과 죽은 백성까지 돌보느라 밤늦도록 저리 애를 쓰고 계셨는데……'

광탈은 입을 다물고 한쪽 구석으로 가서 무릎을 꿇었다. 그리고 정조가 일을 마친 뒤 불을 끄고 자리에 누울 때까지 미동도 하지 않고 옆을 지켰다.

하지만 아무리 비형랑의 자손이라 해도 다리에 피가 통하지 않으면 저리기 마련이다. 광탈은 연신 손가락에 침을 묻혀 코끝을 찍으며 버텼지만 소용없었다. 나중에는 저절로 끙끙 앓는 소리가 새어 나왔다. 워낙 잠귀가 밝은 정조가 더는 참지 못하고 벌떡 일어났다.

"어허, 시끄럽구나. 뭐하는 게냐?"

"전하를 지키고 있습니다."

"뭐라?"

"정말 몰랐어요. 얼마나 불안하시면 용포를 입은 채로 잠자리에 드실까. 저도 신하라면 신하인데, 전하께서 이렇게 고생하시는 줄도 모르고 지금까지 잠만 퍼질러 잤어요. 그것도 모자라 사고니 치고. 정말 잘못했어요. 이제 다시는 속 안 썩일게요. 전 오늘부터 전하의 침전을 지키겠습니다. 이제부터 저만 믿고 편히 주무세요."

그러면서 벌떡 일어나다가 저린 발을 잡고 픽 쓰러졌다.

"허, 아주 믿을 만하구나."

정조는 눈살을 찌푸렸지만, 목소리는 한결 풀려 있었다.

"내 너를 찾을 때까지 기지로 돌아가 기다리거라."

정조가 하명하자, 결국 광탈은 어깨를 축 늘어뜨리고 터덜 터덜 기지로 돌아갔다.


그날 이후, 광탈은 많이 달라졌다. 더는 사람 곁을 맴돌며 치대지 않았다. 해맑은 건 여전했지만 뭔가 애써서 과하게 굴던 모습이 아니었다. 먹성은 한결같았지만, 걸신스럽게 탐하지 않았다. 그리고 더는 이룰 게 없다며 멀리하던 훈련을 시작했다. 어찌나 진지한지, 저러다 말겠거니 했던 백동수도 다시 볼 정도였다. 발은 더 빨라졌고, 검기는 더 날카로워졌다.

무령과 벼리는 광탈이 너무 변한 것이 오히려 불안해서 그를 유심히 살폈다. 반면 해치는 알쏭달쏭한 말을 하며 빙글거렸다.

"괜히 신경 곤두세우지 마라. 숭숭 뚫렸던 마음이 꽉 채워져서 그런 거야."

벼리가 그 말을 듣고 무슨 뜻이냐는 듯 갸우뚱거릴 때, 훈련을 마치고 땀에 젖은 광탈이 사뿐히 달려와 무령에게 물었다.

"무령 누님, 혹시 전하께 연락 온 거 없어요?"

"재판 이후로 전하와 연락 끊겼어. 벼리야, 혹시 전하께 온 연락 없어?"

벼리가 고개를 가로젓자, 광탈의 얼굴에 살짝 초조함이 어렸다. 그러자 벼리가 말했다.

"됐어. 잘못한 건 교훈 삼는 게 최선이고, 더 나아지려고 노력하면 돼. 그게 지금 우리가 할 일이지."

그 말을 들은 해치가 고개를 갸웃거렸다.

"백원이 다쳐, 청룡언월도 부러져, 자기도 죽을 뻔해. 이 모든 잘못이 다 광탈이 때문인데 왜 '우리'라고 하는 거냐?"

해치의 말 한 마디 한 마디가 광탈의 가슴을 과녁 삼아 날아와 팍팍 꽂혔다. 벼리가 작게 한숨 쉬며 해치에게 말했다.

"어사는 임금님의 눈과 귀입니다. 하나 돼서 움직이니, 잘한 것도 다 같이 한 것이고 못한 것도 역시 함께 나눠야 합니다. 광탈이를 제때 돌보지 못한 저의 잘못이 가장 크다고 생각합니다."

"엥? 그래서 부하 잘못은 대장 책임이다?"

"당연하죠."

"그럼, 진짜 잘못은 너희 임금님이 했구먼. 네 말에 따르면 부하들이 잘못한 건 다 너희 임금님 때문이네."

"어험!"

묵직한 헛기침 소리에 뒤를 돌아보니 정조였다.

벼리가 일어나 얼른 예를 갖추는데, 해치는 자리에서 일어나지도 못하고 돌이 된 듯 굳어 버렸다. 광탈이 버선발로 뛰어나가 정조의 코앞에 섰다.

"전하, 오셨습니까."

오랜만에 기지에서 뵈니 그리 반가울 수 없었다. 이제야 화가 풀린 건가, 광탈은 설렘으로 가슴이 두근거렸다. 하지만 정조는 해치를 내리 쏘아보며 말했다.

"부하들도 제때 거두지 못한 이 무능한 대장을 뭐가 좋다고 그리 반기느냐?"

해치는 먼 산을 바라보며 나지막이 말했다.

"말 꺼내자마자 오시는 걸 보니, 양반은 못 되시는……."

"뭐라?"

"아니, 양반이 아니라, 임금님이시라는 말씀입니다, 전하."

"흠."

정조는 한참 동안 해치에게 고정했던 시선을 떼어 광탈에게로 옮겼다.

"광탈아."

"네, 전하."

"흙은 뜨거운 가마를 거쳐야 도자기로 만들어진단다. 이번 일을 반면교사反面教師 삼아 큰 것을 담을 그릇으로 다시 태어나거라."

그러자 광탈이 눈을 끔뻑이며 물었다.

"전하, 저는 사내인데 어찌 그리 말씀하십니까?"

엉뚱한 대답에 세 사람은 영문을 몰라 광탈을 바라보았다.

"가마는 여자가 타죠. 저 같은 사내대장부는 말을 타······. 아야!"

정조는 굵은 손가락으로 광탈의 이마에 딱밤을 놓았다. 가뿐하게 활시위를 50회나 당기는 손이니 그 아픔이 오죽하랴. 정조는 머리를 부여잡고 앓는 소리를 내는 광탈을 바라보며 말했다.

"마음이 채워진 거지, 머리가 채워지려면 아직 멀었구나."

그리고 주변을 둘러보며 말했다.

"내 해치와 긴히 할 말이 있으니, 모두 물러가 있거라."

한낮을 내리쬐던 볕도 기울어 서산으로 넘어가고 있었고, 정적 가득한 목멱산 어사대 기지 안 정자에는 심각한 표정의 정조와 해치만이 서로를 마주하고 있었다. 둘 사이에 놓인 보자기 위에는 석양빛을 몇 배로 영롱하게 받아내며 빛나는 조각들이 놓여 있었다.

"반드시 돌려줄 것이라 했었다."

"네, 지금 그 약속 지키고 있습니다."

"산산이 깨어졌구나."

"형상만 다를 뿐, 본질은 그대로이옵니다."

"입에 담지 못할 욕이라도 듣고 싶은 것이냐……?"

"제가 광탈이를 살렸습니다."

"흠……. 잘 듣게 해치. 앞으로 어떤 일이 일어나도 지금처럼만 해 주게. 이 여의주 아니라, 내 면류관이 깨져도 상관없어. 어떻게든 우리 어사대 식구들 잘 지켜 주게나. 이번 일 정말 고맙네."

생각지 못한 정조의 반응에 해치는 알 수 없는 표정을 지으며, 여의주 조각을 감싼 보따리를 동여매어 공손히 정조 앞에 내밀었다.

"말씀 받들겠습니다. 그리고 다시 한 번 말씀드리지만, 기氣, 즉 형상만 바뀐 것이지, 리理, 본질은 그대로입니다."

"알겠네, 이리 내놓게."

"전하……."

"……?"

"자고로 신물은 두 손으로 받으셔야……."

"……. 진정 죽고 싶은 게로구나."

말과 달리 정조의 표정에는 웃음기가 서려 있었고, 장난스럽게 눈치를 보며 말을 꺼낸 해치도 송곳니를 보이고 있었다. 달이 고개를 들고 파란 바람이 불어오는 정자에서 임금과 신수는 한참을 껄껄대며 웃었다.

백원

　백원은 만인사와의 싸움 이후 몸을 어느 정도 회복했지만, 마음은 그렇지 않았다. 광탈이야 홀로 뛰어들어 만인사를 상대했으니 그럴 수 있었다. 하지만 자신은 남은 대원들과 함께 연합했음에도 불구하고 전투력과 무기를 모두 상실해 버렸다. 다행히 해치가 미리 준비한 여의주의 치유 덕에 저승행은 면할 수 있었으나, 어사대의 제일 무장으로서 체면이 말이 아니었다. 그래서 의원에게조차 환부를 보이려 하지 않아서 정조에게 혼이 나기도 했다. 정조는 백원에게 스스로를 돌보지 않음은 곧 어사대의 전력에 차질을 빚는 것이니, 재활을 소홀히 할 경우 유배를 보내겠다고 으름장을 놓았다.

　그렇게 꾸준한 치료로 상처는 다 나았지만, 청룡언월도를 똑바로 바라볼 용기가 없었다. 백원은 뱀이 파고들어 움푹 팬 흉터가 남은 팔뚝을 쓸었다. 이토록 자신에게 실망했던 건 실로 오랜만이었다.

'이게 무슨 꼴인가.'

모두 이만한 게 다행이라 했다. 그러나 백원은 아니었다.

'문제는 내 실력이다.'

어사대에 들어와서 무술을 배운 과정은 한마디로 일취월장이었다. 정조뿐 아니라 당대 최고의 무사 백동수조차 흡족해했다. 하지만 정작 백원 자신은 무예의 길에 들어선 후 처음으로 벽을 만난 것 같았다.

그는 연무장으로 향했다. 동이 트기 직전이라 가장 어둡고 추웠지만, 속이 타들어 가는 백원에게는 전혀 문제가 되지 않았다.

'다시 초심으로 돌아가자.'

그는 맨 처음에 배웠던 맨손 무예의 보법步法부터 다시 시작했다. 새벽 기운을 단전까지 들이마시며, 주먹을 내지르는 각도와 내딛는 깊이까지 하나하나 헤아려 신중하게 발을 움직였다. 잔잔하게 흐르는 물처럼 매끄럽지만 때로는 떨어지는 폭포처럼 강한 동작이 이어지면서, 그가 딛는 땅마다 깊이가 다른 발자국이 새겨졌다.

해가 중천에 닿았을 때, 누군가 다가오는 기척이 느껴졌다. 스승, 백동수였다.

"훈련도 좋지만 밥은 먹고 해야지."

"스승님."

"저 멀찍이 걸어오는데 하도 기합 소리가 커서 눈앞에 적이라도 만난 줄 알았다. 뭘 그리 열심이더냐?"

"제가 넘어진 이유를 찾고 있었습니다."

"넘어진 이유라……. 하던 훈련 계속 한번 해 보거라."

그는 한동안 백원이 훈련하는 모습을 지켜보더니 손에 든 목검으로 각도를 잡아 주면서 지도를 시작했다. 벼리를 가르칠 때와 달리, 두 사람의 수업에서는 대화가 거의 오가지 않았다. 척하면 착이라고 두 무사는 시선을 나누거나 몸으로 보여 주는 것만으로도 충분히 통했다. 그렇게 점심도 들지 않고 온종일 이어진 훈련을 마친 뒤, 백동수가 먼저 입을 열었다.

"언제까지 무령에게 부엌을 맡길 셈인가?"

그 말을 듣고 백원이 피식 웃자, 백동수는 정색하며 말을 이었다.

"자네가 웃는 걸 보니 나도 기분이 좋기는 하지만, 농으로 한 말은 아닐세. 배식은 군사의 사기를 좌우하는 아주 중요한 요소이지. 무령이 취사를 맡은 이후, 어사대의 사기가 많이 꺾여 있네."

그의 표정이 수업할 때보다 더 진지해 보였다. 백원은 더 짙게 웃으며 물었다.

"오늘 저녁으로 올챙이국수* 드릴까요?"

순간 백동수의 눈이 동그래졌다.

"옥수수는 내가 갈지. 그런데 총떡**도 같이 할 수 있나?"

"메밀가루는 넉넉한데 고기가 없습니다."

"광탈이 있잖은가. 아니면 김치만 썰어 넣어도 돼."

백동수의 증조할아버지는 평안도 절도사까지 지낸 인물이었는데, 정치적 소용돌이에 휘말려 역적으로 몰려 죽었다. 영조 때 복권되기는 했지만 이미 집안은 기울 대로 기운 뒤였다. 하지만 송곳은 결국 뚫고 나와 자신의 존재를 드러내는 법. 그는 '검의 신선'이라 불리던 김광택에게 검을 배우고 의술까지 익혔으며, 본인이 서얼*** 출신이기에 같은 신분의 이덕무와 어울리며 학문까지 겸비했다.

영조 47년, 무과에 급제했지만 급제한 자에 비해 관직이 턱없이 부족한 당시 상황에서 한미한 출신에 인맥도 없는 백동수에게 기회가 주어질 리 없었다. 그는 막막한 생계를 꾸려 가기 위해 강원도에서 농사를 지으며 10년을 보냈다.

서얼 등용을 허한 것은 영조 때부터였으나 실제로 등용되

---

\* 올챙이국수 옥수수로 만든 묵 요리로 모양이 올챙이 같다. 냉콩국이나 양념장에 비벼 국수처럼 먹는다.

\*\* 총떡 메밀 반죽을 얇게 부치고 그 위에 돼지고기나 김치 양념 등을 올려서 말아 먹는다.

\*\*\* 서얼 양반이 정실부인이 아닌 자에게서 얻은 자녀.

는 일은 드물었다. 양반들이 능력이 출중한 그들에게 제 밥 그릇을 빼앗길 리 없었으니까. 이에 정조는 인재라면 서얼 이라도 가리지 않으며 고위 관직까지 오를 수 있도록 나아 갈 수 있는 길을 넓혀 배려했다. 그리고 마치 본보기 삼듯 이 덕무와 박제가를 왕의 정책 연구 기관인 규장각의 검서관檢 書官에 등용하면서 본격적인 물꼬를 트게 된다. 그즈음, 백동 수도 그들의 추천으로 임금의 친위 부대인 장용영壯勇營에 들어가게 되었다.

조선의 벼슬아치들은 인맥과 혈연으로 똘똘 뭉친 집단이 었다. 아침에 조정에 들어서면 '사돈, 무고하셨소?'라고 묻는 게 인사라는 농담이 있을 정도였다. 서얼은 제아무리 재주가 뛰어나도 그들 사이에 섞일 기회는커녕 가문에 기댈 수도 없 는 처지였다. 그런데 정조는 오히려 이것을 장점으로 봤다. 당색에 물들지 않은 뛰어난 인재들을 각각 규장각과 장용영 에 나누어 투입함으로써 문과 무, 양쪽 모두를 다스리길 꾀 했다. 정조는 이렇게 왕권을 강화해 나갔던 것이다. 이를 통 해 기회를 얻은 서얼들은 자신을 믿고 발탁해 준 왕에게 더 없이 충성을 다했다. 그들에게 정조는 찬란한 태양이나 마찬 가지였다.

백동수 또한 예외가 아니었다. 그의 충심은 본인도 그 깊 이를 헤아리기 어려울 만큼 확고했다. 하지만 정조에게 요괴어사대라는 말을 들었을 때, 백동수는 제 귀를 의심했다. 아니, 무슨 말을 들은 건지 이해가 되지 않았다. 목멱 기지에 들어가서 정약용을 만나고서야 약간 실감이 났다. 게다가 대원들을 가르치는 건 절대 쉽지 않았다.

기이한 능력을 갖춘 오합지졸들.

이것이 백동수가 요괴어사대에게 받은 첫인상이었다. 하지만 주군의 명이라면 잿물을 마다하랴. 그는 자신의 혼을 갈아 넣는 심정으로 최선을 다했고, 결국 걸출한 제자들을 탄생시켰다. 그중 가장 가르치기 힘들었던 것은 단연 벼리였다. 그녀는 천하의 몸치인 까닭에 차차 나아지리란 희망을 접게 되었지만, 어느 날 신수가 그녀에게 칠지도를 선물했다. 그 이후 백동수의 눈에는 벼리가 검을 다루는 것이 아니라, 검이 그녀를 다루는 기적이 보였고, 이 모든 것이 하늘의 뜻이라는 것을 깨닫게 되었다.

반대로 제자 중 으뜸은 백원이었다. 언젠가는 백원이 자신을 넘어설 거라 믿어 의심치 않았다. 자신은 보지 못하는 망자들의 모습도 보고 벨 수 있으니, 살아 있는 사람만을 상대하는 자신에 비해 훨씬 더 출중한 능력을 가졌다고 생각하고 있었다. 그런데 그가 임무 중에 부상을 입었고 청룡언월도가 부서졌다는 말을 듣고 어찌나 놀랐던지. 백원이 다시 연무장에 나타나기까지 내내 염려를 내려놓지 못했다.

백동수는 백원과 함께 목멱 기지의 본당으로 향하며 말했다.

"멀리 뛰려는 개구리가 잔뜩 움츠리는 것처럼 누구나 초심을 찾을 때가 있지. 나에게 초심이란 강원도에서 먹은 음식이라네. 많은 이가 입에서 살살 녹는 쌀밥을 좋아하지만, 나는 영 먹은 것 같지도 않고 헛헛해. 거칠어서 입천장이 까지고 꽉꽉 씹혀야 뭘 좀 먹은 기분이 드네."

"스승님, 그럼 올챙이국수는 없던 걸로 할까요?"

순간 백동수의 얼굴이 굳으며 나지막이 백원에게 말했다.

"이 사람아, 내 얘길 끝까지 듣게. 자네가 해 주는 음식은 맛으로 먹는 게 아니야. 마음으로 먹는 게지. 딴소리 말고 오늘 저녁부터 취사는 자네가 맡게."

표정 없는 백원을 가끔씩 웃음 짓게 하는 유일한 존재는 바로 스승 백동수였다. 시도 때도 없이 농을 던지는 광탈과 달리, 근엄한 표정, 진지한 호령으로 항상 자신의 임무에 충실하지만 표정 하나 바뀌지 않고 인간미를 드러내는 그의 모습에 백원은 항상 존경의 마음을 품고 있었다. 스승과 제자가 서로 의지하고 존경하는 아름다운 모습이었다.

"스승님, 혹시 초심으로 돌아가고자 하셨던 연유를 여쭤도 되겠습니까?"

"왜긴 왜겠나. 더 강해지기 위해서지. 이보게 백원, 무공을 수련하다 보면 말이야, 마치 자기가 세상에서 가장 강한 존재인 양 착각할 때가 있지. 바로 그때 찾아와, 나보다 더 강한 상대가. 그 상대에게 무참히 패해 무릎을 꿇고 나면 그때 고민하게 되지. 나의 문제점은 무엇인가. 그 수많은 고민 끝에 다다르는 결론은 다시 시작한다, 즉 초심을 찾는 거라네. 그렇게 한 번 더 다져진 기초는 절대 흔들리지 않고, 더욱더 안정적이고 높은 금자탑을 세울 수 있지. 너무 비장할 필요는 없어. 고절한 무공을 배우려면 어깨에 힘을 빼고 마음을 비워야 하네. 그래야 채울 공간이 생기지. 명심하게. 마음은 비우고 배는 채운다."

백동수는 산이 쩌렁쩌렁 울리도록 시원하게 웃었다. 무령의 형편없는 음식에 질렸던 그는 오랜만에 수제자의 솜씨를 맛볼 생각에 발걸음이 빨라졌다.

잠시 후, 기지 안에 고소한 기름 냄새가 퍼지고 막걸리까지 돌았다. 광탈과 해치는 코가 삐뚤어지도록 낮술을 했지만, 백원은 한 방울도 입에 대지 않았다. 그는 저녁상을 차린 뒤, 다시 연무장으로 향했다. 커다란 보름달이 떠오른 연무장에서 그는 눈을 감고 발놀림에 집중했다.

'왜 초심으로 돌아가려 하는가?'

그는 끊임없이 자신에게 물었다.

'아니지, 아니야. 돌아가야 하는 나의 초심은 과연 무엇

인가?'

단전에서 끌어올린 깊은숨을 내쉬며 몸을 움직이자 시간은 가장 강렬했던 기억으로 그를 이끌며, 절대 잊을 수 없는 목소리가 들렸다.

'자, 잘못했습니다. 용서해 주세요!'

사람들에게 맞고 넘어지면 다시 일어나 빌기를 반복하던 형의 모습이 보였다. 어린 백원이 악을 쓰며 달려가려 하자, 형수가 그를 붙잡았다.

'도련님, 안 됩니다.'

형수는 흐느끼며 백원을 으스러지도록 안았다.

'형님, 제발 일어나지 마세요.'

적당히 맞고 쓰러지면 더는 때리지도 않을 텐데. 왜 그는 계속 일어나서 매를 버는 걸까. 그녀의 품에 눌려 눈과 귀가 막히자, 형이 동네 사람들에게 맞는 모습도, 살려 달라고 비는 소리도, 더는 들리지 않았다. 겨우 여덟 살이었던 백원이 할 수 있는 건 없었다. 가슴이 조여 오면서 까무룩 정신을 잃은 것이 형에 대한 마지막 기억이었다.

고요했던 호흡이 거칠어지면서 땀이 후두두 떨어졌다. 한 치도 어긋남이 없었던 발자국이 어느샌가 어지러이 찍혀 있었다.

이튿날 저녁, 백동수에게 보고를 받은 정조는 빙글 웃었다.

"처음 고꾸라진 것 치고는 꽤 좋은 자세구나."

최악은 좌절하여 그 자리에 퍼질러 앉는 것이다. 하지만 아무 생각 없이 툭툭 털고 가던 길을 다시 가는 것 또한 나쁘다. 반면 백원은 자신이 왜 넘어졌는지를 파고드는 중이었다. 넘어진 이유를 알고 다시 일어나면 더 단단하리라.

말하지 않아도 정조의 속내를 정확히 읽은 백동수는 조심스럽게 말했다.

"당분간 저는 한발 물러나 있겠사옵니다. 백원이 어떤 경지까지 오르게 될지 기대가 되옵니다."

정조도 고개를 끄덕이며 동의했다.

"잠시 밖에서 기다리거라. 과인과 함께 목멱 기지로 가자."

백동수를 물린 뒤, 정조는 사도 세자의 유품이 담긴 상자를 꺼냈다. 하도 어루만져서 그의 손길이 지나간 자리가 좀 더 반질반질한 것 외에는 7년 전, 어머니 혜경궁 홍씨에게 받았을 때 모습 그대로였다. 정조는 상자를 열고 안에서 책 한 권을 꺼냈다.

청룡언월도가 부러진 건 정조에게도 무척 충격이었다. 마치 아버지의 옥체가 상한 것만 같아, 그 뱀을 잘근잘근 씹어 주지 못 한 게 한이었다. 하지만 그가 남긴 유품은 청룡언월도만이 아니었다. 때와 상황에 따라 다른 걸 쓰면 그 또한 흡족해하시리라 믿었다.

"이제 이 비기를 꺼내야 할 때인 듯싶습니다."

정조는 조심스럽게 책을 품에 넣었다. 백동수와 함께 수구문 쪽으로 향하는 그의 발걸음은 유달리 빨랐다.

시리게 빛나는 달빛 아래, 쉬지 않고 움직이는 백원의 몸에서는 모락모락 김이 피어오르고 있었다. 어찌나 집중하고 있었던지 그는 두 사람이 먼발치에서 자신을 보고 있는 줄도 몰랐다. 백동수가 기척을 내려 했지만, 정조가 고개를 저었다. 두 사람은 그가 초식招式 하나를 마칠 때까지 묵묵히 기다렸다. 이윽고 둘은 기척을 느낀 백원과 눈이 마주쳤다. 그가 서둘러 예를 갖추자 정조가 물었다.

"무엇을 깨달았느냐?"

"아뢰옵기 송구하오나, 소인, 깨달은 바가 없사옵니다."

"……."

"처음에는 타고난 재능이 있음에 감사했고 강해지는 제 자신이 대견했습니다. 하지만 그것은 여기까지일 뿐, 더 나아가야 할 때임을 깨달았습니다. 하오나 무엇을 어떻게 해야 할지 도무지 모르겠습니다, 전하."

"그러라고 스승이 있는 게 아니겠는가."

그 말을 들은 백원은 면목 없다는 듯 백동수를 한 번 바라보고는 고개를 숙였다.

정조는 달아오른 백원의 뺨을 보며 말했다.

"스승은 사람만이 아니다. 너를 스치는 바람, 떨어지는 잎새에도 배울 것이 있는 법. 세상 만물이 네 스승이 될 수 있음을 어찌 모르느냐."

정조의 목소리는 한없이 부드러웠지만 그 안에 뼈가 든 것처럼 단호했다.

"백원아."

정조의 부름에 그가 용안을 바라보았다.

"이제는 과인뿐 아니라, 하늘의 달과 별, 신수와 짐승까지 모든 만물을 네 스승으로 모시거라."

말을 마친 정조는 그의 대답을 기다리지 않고 책을 내밀었다.

〈무예도보통지*〉

백원에게는 무척 익숙한 책이었다. 이것을 쉼 없이 파고들

---

* 〈무예도보통지(武藝圖譜通志)〉 정조가 직접 방향을 잡고 규장각 검서관 이덕무, 박제가와 장용영 장교 백동수에게 명하여 만든 군사 무예 훈련서.

어 오늘날까지 이르렀으니 말이다.

"받았으면 안을 봐야지."

임금의 말에 백원은 침착하게 책장을 넘겼다. 〈무예도보통지〉는 역시나 익히 봐 왔던 것과 똑같았다.

"무언가 다름이 있느냐?"

"송구하오나 잘 모르겠습니다."

백원의 솔직한 대답을 들은 정조가 씩 웃더니 뒤돌아섰다.

"다르고, 같고의 문제일까? 어쩌면 어느 것이 먼저이고, 나중일까에 대한 문제일 수 있겠지."

"송구하오나 전하, 무슨 말씀이신지……."

정조는 고개를 저으며 백원의 말을 끊었다.

"오늘 이 순간을 위해 준비해 왔던 비급이다. 쉽게 알아내면 무슨 의미가 있겠느냐. 꼼꼼하게 살피고 거듭 따져서 깨달아라. 그것이 비급을 얻은 자의 몫이니."

정조는 이 말을 남기고 백동수와 함께 자리를 떠났다.


그날부터 백원의 새로운 수련이 시작되었다. 그는 해가 뜨기 전에 일어나 수련하고 깨끗이 씻은 뒤, 제일 좋은 옷을 입고 정조가 하사한 책을 폈다. 아침부터 저녁까지 밤이 새도록 삽화의 동작 하나하나, 사지를 뻗는 각도와 몸통의 움직임, 그리고 글자까지 기존의 〈무예도보통지〉와 비교하며 읽었지만 역시나 특별한 건 없었다. 그는 잠시 벼리를 떠올렸다. 워낙 영민한 그녀라면 자신이 놓치고 있는 걸 알아챌 수 있지 않을까 싶었다. 그러나 알아내는 건 자신의 몫이라던 임금의 말을 떠올리고 도로 주저앉았다. 심지어 식음까지 최소한으로 줄이자, 부엌과 밥상은 다시 무령의 몫이 되었다. 참다못한 벼리와 국무당, 광탈까지 음식 만드는 걸 도우면서 그럭저럭 먹고 살게 되었지만, 백원의 손맛은 따를 수 없었다.

그러기를 한 달, 백원의 면벽 수련 같은 생활에 다른 대원들도 하나둘 동참하기 시작했다. 말로 표현하지는 않았지만, 만인사가 벅찼다면 수라는 오죽하겠냐는 두려움을 다른 대원들도 느꼈다. 그러던 중에 백원을 보며 다른 대원들도 주저앉기보다는 계기로 삼아야 한다는 깨달음을 얻은 것이다.

'더 강해져야 한다.'

단 하루도 허투루 넘겨서는 안 된다는 절박함이 그들을 채찍질했다. 백동수도 퇴궐 후에는 하루도 거르지 않고 목멱기지에서 생활했다. 예전과는 달리 대원들의 수련을 관찰하고만 있었는데 그것은 스승이 제자를 앞에서 끌어 주는 단계는 지나갔다는 뜻이자, 뒤에서 지켜보며 밀어 주겠다는 암묵적인 행동이었다. 물론 벼리는 예외였다. 오히려 전보다 더 많은 시간을 낼 수 있게 된 셈이니 더 치열하게 가르쳤다.

목멱 기지는 열기로 가득한 겨울을 보내고 있었다.

그날도 여느 때와 다르지 않았다. 하루 수련을 마친 백원은 등잔 심지에 불을 붙이고 정조에게 하사받은 책을 펼쳤다. 본디 훈련서는 두고두고 봐야 하기에 튼튼하게 만들어진다. 여러 번 손길을 거쳐도 찢어지거나 상하지 않도록 두꺼운 종이를 쓰거나 배접지*를 대서 만들었다.

아무리 조심히 다뤘지만, 수없이 그의 손길을 타면서 책장 모서리는 반들반들 윤이 나고 배접지 귀퉁이가 서서히 벌어지고 있었다.

'이렇게 될 때까지 봤는데도 실마리도 잡지 못하다니.'

백원은 습관처럼 튀어나오는 자책감을 꾹 누르며 두툼한 겉표지를 넘겼다. 제일 먼저 정조가 직접 지은 서문이 시작되었다. 책장을 넘겨 본문으로 들어가려던 손이 순간 멈췄다. 다른 장에 비해 손자국이 덜 남은 것이 지금까지 제일 덜 읽은 부분임을 알려 주었다.

'본디 서문은 책의 내용과 지은 목적을 적은 글인데. 어찌 그간 이걸 소홀히 했을까!'

미처 깨닫지 못한 사실을 발견하자, 심장이 두근거리기 시

---

*　　　　배접지(褙接紙) 글씨나 그림을 표구할 때 원본을 튼튼하게 하려고 뒷면에 덧붙이는 종이.

작했다. 그는 한 글자 한 글자 아로새기듯 읽어 내려갔다.

「우리나라 군대 훈련 제도는……. 활 쏘는 것 한 가지뿐 기타 창이나 칼 다루는 방법 같은 것은 없었다. 선조께서 왜구를 평정하고 나서…….」

임진왜란을 겪은 선조부터 시작하여 효종을 거쳐 정조에 이르기까지, 오랜 세월 동안 병법서를 더욱 완성도 있게 만들어 가는 과정에 대해 쭉 쓰여 있었다. 글을 따라 내려가던 그의 시선이 어느 한 구절에서 멈췄다.

「급기야 선왕조 기사년에 와서 소조小朝께서 모든 일을 대신 처리하시면서…….」

'선왕조라 함은 영조대왕을 일컫는 것이고, 소조라 함은 사도 세자 저하를 말하는 것인데…….'
백원은 왠지 정조가 말한 깨달음의 비밀이 자신이 지금껏 허투루 읽었던 이 서문에 있을지도 모른다는 생각을 하며 그 다음 문장을 읽어 나갔다.

「소조께서……, 죽장창 등 12기를 더 보태 〈도보〉를 만들고 훈련하도록 하였다……. 내 그것을 이어받고는 또 6기를 더하여……, 이름하여 〈무예도보통지〉라 하였다.」

'사도 세자께서 만드신 〈도보〉를 이어받아 〈무예도보통지〉가 만들어졌다. 사도 세자께서 만든 〈도보〉라 함은 〈무예신보武藝新譜〉인가?'

〈무예신보〉는 사도 세자가 생전에 만든 무예서이다. 사도 세자는 어릴 때부터 병서를 즐겨 읽었고, 정법과 속임수를 적절하게 안배하는 신묘한 지혜에 뛰어났다. 이론뿐 아니라, 실제 활쏘기와 말타기에도 능했다. 게다가 힘깨나 쓰는 무사들도 무게를 감당하지 못하는, 효종 때 만들어진 청룡언월도를 15세 무렵에 자유자재로 다루었으니, 말 그대로 하늘이 내린 장사라 할 수 있었다. 그런 사도 세자의 모든 정수가 담긴 무예서가 바로 〈무예신보〉이다.

다음 장으로 넘기려던 찰나, 급한 마음에 손길이 거칠었는지 간신히 버티던 배접지가 짜작 소리를 내며 떨어져 나갔다.

'이런, 아직 깨닫지도 못한 주제에 책을 상하게 하다니!'

그가 몸집에 맞지 않게 허둥거리며 책상 아래로 떨어진 배접지를 조심스럽게 집어 올리다가 멈칫했다. 배접지는 주로 폐기한 문서나 장부, 인쇄가 잘못된 종이를 쓰기 마련이라

이 종이에도 뭔가가 잔뜩 쓰여 있었다. 그중 익숙한 글자가 눈에 들어왔다.

「왼손으로 자루를 잡은 채, 오른손을 오른쪽 옆구리에 끼고…….」

월도 사용법의 맨 처음 준비 자세였다. 그런데 곁들인 삽화는 기존의 것과 달랐다. 백원은 천천히 심호흡을 하며 다른 책장의 배접지를 조심스럽게 모두 뜯어내고는 순서에 맞게 나열했다.

제목은 〈무예신보〉. 서문에 언급되었던, 사도 세자가 직접 지었다던 무예서였다. 그런데 제목의 한자가 자신이 아는 한자와 달랐다. 기존의 〈무예신보〉의 '신'은 '새로울 신新'자를 썼는데, 여기에는 '귀신 신神'자를 써 놓은 것이 아닌가. 더욱더 놀라운 것은 필체와 그림의 모양이 간격도 맞지 않고, 낙서도 돼 있는 것이 국가가 제작한 정식 인쇄본이 아니었다.

그는 두근거리는 심장을 달래며 배접지에 적힌 〈무예신보〉의 서문을 읽어 내려갔다. 그리고 맨 첫 장에 적힌 사도 세자의 서문을 보는 순간, 전율에 휩싸였다.

「……절절하게 맺힌 한과 설움으로 구천을 맴돌고 있는 백성들이 너무 불쌍하여 견딜 수 없었다……. 훗날 사악한 것들에 맞서 싸우는 이들에게 나의 병법이 조금이라도 도움이 되길 바라는 마음을 다해 이 책에 담는다. 부디 익히고 닦기를 쉬지 않고 노력할지어다.」

이것은 사도 세자가 직접 써 내려간 무예서의 원문이었고, 또한 보통 사람을 위한 훈련서가 아니었다. 남들이 보지 못하는 것을 보고 베지 못하는 것을 베는 비형랑의 후손들, 바로 자신들을 위한 책이었다.

'훗날을 내다보신 거였어! 살아 있는 적들을 대비하기 위한 〈무예신보武藝新譜〉가 아닌, 죽은 요괴들을 대비하기 위한 〈무예신보武藝神譜〉. 행여나 남들 눈에 띌까, 전하께선 이 비급을 배접지로 만들어 교묘하게 감춰 보관하셨던 거로구나…….'

이 모든 것을 깨닫는 순간, 백원의 온몸에는 식은땀이 흘렀다.

그는 땀이 흐르는 손바닥을 옷에 문지른 후, 가지런히 펼쳐 놓은 종이를 향해 큰절을 올렸다. 그러고는 반쯤 엎드린 채 들여다보았다. 첫 시작은 기존에 익히던 것과 같으나 중간에 동작이 추가되었는데, 그것이 매우 범상치 않았다. 백원은 숨소리조차 죽이며 시간 가는 줄 모르고 오랫동안 집중했다.

마지막 장까지 모두 살펴본 백원은 가부좌를 틀고 앉아 눈을 감았다. 들어오고 나가는 숨결을 통해 새로운 깨우침이 온몸을 훑고 지나더니 단전에 고이기 시작했다. 한참의 시간이 흐른 뒤, 그는 고개를 들어 벽에 걸어 놓은 청룡언월도를 바라보다가, 결심을 굳힌 듯 자리에서 일어나 성큼성큼 다가갔다. 그는 비단보를 조심스럽게 거두고 청룡언월도의 자루를 단단히 쥐었다. 처참하게 이가 나간 날을 보고 있자니 가슴이 옥죄였다.

"송구하오나, 이 순간만큼은 함께해 주시기를 청하나이다."

그는 청룡언월도를 들고 연무장으로 향했다.

하늘에는 초승달이 떠 있는데, 그 어느 때보다 크고 긴 것이 땅과 가깝게 느껴졌다. 그는 달빛 아래 청룡언월도를 바로 세우고 자세를 잡았다. 정적을 깨고 낮지만 우렁찬 그의 기합 소리가 산천을 흔들었다.

「무예신보 월도 제2장: 신월상천세 新月上天勢
초승달이 떠오르듯, 오른 주먹으로 정면을 찌르고 한걸음에 뛰어올라 뒤를 돌아본다.」

백원은 자루를 왼쪽 어깨에 메어 날을 위로 했다. 그러자 청룡언월도의 날이 초승달 모양으로 빛나면서 말 그대로 새로운 달이 떠오르는 것처럼 보였다. 곧이어 폭발적으로 도약하자, 화강암으로 만든 연무장 바닥이 부서지면서 자갈처럼 흩어졌다. 공중에서 청룡언월도를 쳐들고 양발을 뻗자, 여느 때보다 강한 기운이 실려 공기를 가르는 게 느껴졌다. 이번에는 그의 기합 소리가 하늘에 울려 퍼졌다.

「무예신보 월도 제8장: 용광사우두세 龍光射牛斗勢
　용의 발톱이 별 사이를 갈라내듯, 기운을 실어 내려 긋는다.」

우주의 유성이 땅 위로 떨어지듯 무서운 속도로 착지하며 별빛을 담은 검기를 초식대로 내리꽂았다. 청룡언월도는 바닥에 닿기 전에 멈췄지만, 그 기운이 어찌나 강했던지 연무장 주변의 숲이 뒤로 누울 지경이었다.

「무예신보 월도 제5장: 금룡전신세 金龍纏身勢
　황금 용이 몸을 휘감듯!」

달빛을 머금은 청룡언월도가 백원의 온몸을 감아 휘두르

는데, 마치 여의주를 품은 용이 궤적을 일으키며 하늘로 승천하는 것 같았다. 순간 백원을 중심으로 돌풍이 일면서 연무당 주변의 나무들이 뽑혀 나가기 시작했다.

「무예신보 월도 제4장: 지조염익세 鷙鳥斂翼勢
사나운 매가 날개를 거두듯!」

백원은 오른손에 든 청룡언월도를 몸 뒤로 감추나 싶더니, 허리의 탄력을 이용해 순간 앞으로 내질렀는데, 말 그대로 사나운 매가 날개를 거두다가 비장의 발톱을 날리듯, 상대의 허점을 찌르는 치명적인 초식을 완벽하게 펼쳤다. 그 무거운 청룡언월도를 다뤄 내는 속도는 일반인이라면 눈으로 좇을 수도 없을 정도로 빨랐다.

백원의 기척을 듣고 잠잠히 뒤를 쫓아온 백동수는 먼발치에서 그를 홀린 듯 바라보고 있었다. 눈앞에 펼쳐지는 광경은 도무지 보고도 믿을 수 없을 지경이었다.

본디 월도란 검처럼 베는 것이 아니라 월등한 무게와 크기로 찍어 으깨는 것에 가깝다. 그런데 지금 백원이 펼치고 있는 초식은 그런 월도의 특성을 이해하고 만든 건지 의심스러울 정도였다. 상대에게 치명상이 될 동작들이 좌우 종횡을 번갈아 반복하더니, 때에 따라서는 그 순서를 바꿔 어긋나거나 당기는 등 매우 변칙적이었다. 일반 무사라면 맨손으로도 하기 힘든 동작을 눈앞의 백원은 저 크고 무거운 월도를 휘두르며 해 내고 있는 것이다.

'전하께서 하사하신 비급에 저런 초식이 있었던가…….'

쏴아아아!

청룡언월도가 가르는 곳마다 대기가 몸살을 앓는 것처럼 바람이 몰아쳤다. 전과는 비교할 수 없는 강력한 기운이 자신의 전신을 맹렬하게 휘도는 걸 만끽하는 순간, 백원은 정조가 책을 하사하며 했던 말을 떠올렸다.

'하늘의 달과 별, 신수와 짐승까지 모든 만물을 네 스승으로 모시거라.'

말 그대로였다.

신월상천세는 달이요, 용광사우두세는 별, 금룡전신세는 신수였다. 그리고 짐승인 매를 뜻하는 지조염익세까지. 만물에서 배우라는 것은 그저 철학적 교훈이 아닌, 구체적 지침이었음을 깨닫고 백원은 희미하게 미소 지었다.

「단전의 기운을 실어 바다에 잠긴 교룡이 솟아오르듯, 장교출해세 長蛟出海勢 하라.」

청룡언월도에 퍼져 있던 기운을 갈무리하며 단전에 집중

하자, 아랫배가 뭉근하게 달아오르기 시작했다. 그는 두 손으로 자루를 단단히 그러쥐고 자신에게 물었다.

'초심으로 돌아가서 얻고자 했던 것이 무엇인가?'

모자라고 싶지 않아서. 더 강해지고 싶어서……. 여러 답이 스쳐 갔지만 더는 의미 없었다. 자신에게서 구하던 답은 밖으로 향했다. 오래도록 바랐던 소원은 자아를 떠나 전혀 생각지 못한 곳으로 뻗었다. 단전에서 응축된 기운이 손끝을 타고 다시 청룡언월도로 흘러 들어갔다.

'물아일체*.'

바로 그때였다. 그간 잠잠했던 청룡언월도의 날에 푸른빛이 어리더니 웅 하고 몸을 울었다. 그리웠던 감각이 백원의 온몸을 타고 밀려 들어왔다. 반가움과 기쁨이 한차례 훑고 지나간 것도 잠시, 백원은 좋고 나쁜 감정을 단번에 다스린 뒤, 완벽하게 무심한 상태가 되어 청룡언월도를 들어 올리기 시작했다. 그 모습이 마치 긴 용이 바다에서 솟구쳐 올라가는 것처럼 보였다. 순간 찰나의 궤적을 따라 청룡언월도가 땅 위로 떨어졌는데, 검기가 수직으로 내리꽂히자, 굉음과 함께 천지가 흔들렸다.

콰광!

---

*    물아일체(物我一體) 외부의 대상과 자아가 어떠한 구별도 없이 하나 된 상태.

이 모든 과정을 지켜보던 백동수는 사방으로 튀는 연무장 바닥의 파편을 피하며 가득 피어오른 먼지가 가라앉길 기다렸다. 이윽고 불어온 바람이 누런 장막을 걷어 내며 드러난 광경을 본 그는 입을 다물 수 없었다. 날카로운 번개가 지나간 것처럼 거대한 연무장 바닥은 두 동강이 나 있었고, 그 끝에는 백원이 서 있었다.

불가사리

국무당은 범상치 않은 꿈을 꿨다며 정조에게 뵙기를 청했다. 정조에게 예를 올리는 모습에는 연륜에서 우러나오는 차분함이 감돌았고, 목소리에는 여전히 총기가 어려 있었다.

"전하, 소인이 지난밤에 범상치 않은 꿈을 꾸었습니다."

꿈속에서, 국무당은 달리고 있었다. 사방에는 불화살이 날아다니고 사람들은 이리저리 뛰며 비명을 질렀다. 마치 전쟁이라도 난 것 같아서 뒤를 돌아보니 무척 기괴하게 생긴 요괴가 쫓아오고 있었다. 시퍼런 몸통은 곰 같은데 창같이 뾰족한 털로 덮여 있었고 꼬리는 범을 닮았다. 길게 늘어진 코는 뱀처럼 꿈틀거렸고 소처럼 큰 눈은 온통 시뻘겠다.

병사들이 창과 검을 빼 들어 일제히 달려들었지만 달걀로 바위치기가 따로 없었다. 요괴가 괴성을 지르자 땅이 웅웅

하며 울렸고 병사들은 낙엽처럼 쓰러졌다. 사람들은 극심한 공포에 사로잡혀 비명을 지르며 달렸다. 국무당 또한 마찬가지였다. 지금까지 수많은 요괴와 원귀를 봐 왔던 큰무당이라는 자각은 온데간데없었다. 오직 죽음에 대한 두려움만이 그녀를 지배했다. 그런데 옷자락이 뭔가에 잡혀서 마음껏 도망칠 수 없었다. 내려다보니 작은 아이가 그녀의 옷을 부여잡고 매달리다시피 따라오고 있었다. 뒤에는 거대한 요괴가 쫓아오고, 아이는 다리가 짧아 자꾸 처지기만 하니 환장할 노릇이었다.

쿵쿵쿵쿵!

요괴는 성큼성큼 달려오는데 아이에게 발목을 잡혔으니 미칠 것만 같았다. 불쑥, 끔찍한 생각이 들었다.

'애만 없다면.'

국무당은 너무 흉측한 마음에 깜짝 놀랐지만, 몸은 달랐다. 살고자 하는 본능만 남은 듯, 아이를 모질게 떼어 냈다. 아이는 놀람과 절망에 찬 얼굴로 올려다보며 외쳤다.

'이모!'

하지만 기어코 아이를 떼어 낸 국무당은 다시 앞을 향해 달렸다. 이러면 안 된다고, 이 무슨 짓이냐고 스스로에게 외쳤지만 두 다리는 멈추지 않았다. 당장이라도 아이에게 돌아가고 싶었지만 마치 누군가에게 빙의된 듯, 몸은 본능대로 움직이고 있었다. 괴로운 마음에 흘긋 뒤를 돌아보았다. 아이는 길바닥에 쓰러진 채 목 놓아 외치다가 이내 밀려든 사람들 사이로 사라져 버렸다. 몸은 여전히 앞을 향해 달리면서도 고개는 자꾸 뒤로 돌아가 그 모습을 보니 마음이 천 갈래, 만 갈래 찢어지는 것 같았다.

'어찌 사람의 탈을 쓰고 이런 짓을 한단 말인가!'

국무당이 절규하는 순간, 갑자기 바닥이 꺼지면서 깊은 땅속으로 빨려 들어갔다. 눈을 떴는지 감았는지 알 수 없을 정도로 사방은 어두웠고, 뜨겁게 달군 온돌방에 있는 것처럼 더웠다. 게다가 똑바로 몸을 펼 수 없을 정도로 강한 요기까지 풍기니, 두려움에 다리가 후들거릴 정도였다. 코앞도 보이질 않아 손으로 허공을 더듬는데 시뻘건 불 두 덩어리가 피어올랐다. 조금 전, 병사들을 날려 버리고 사람들의 뒤를 쫓던 요괴의 눈이었다. 그것은 한참 동안 국무당을 노려보더니 입을 열었다.

*"고작 인간의 왕이 낸 문제 하나 풀었다고 만족하기는 이르지. 오랜 잠에서 나를 깨운 자에게 전하라. 아직 시험은 끝나지 않았다고."*

마치 쇠를 긁는 것같이 거칠고 날카로운 음성이었다. 국무당은 올올이 솟아오르는 소름을 쓸어내리며 말했다.

"소인이 매우 미련한지라, 누구에게 전해야 할지 모르겠습니다."

*"쇠로 땅을 가른, 바로 그자 말이다. 반드시 혼자 와야 한다. 내 기다리고 있겠다."*

이 말을 마지막으로 국무당은 꿈에서 깨어났다. 그녀는 악몽의 여운이 아직도 생생한지, 손끝이 가늘게 떨리고 있었다. 이야기를 다 들은 정조가 물었다.

"땅을 갈랐다면……. 설마 백원을 말하는 것이냐?"

그날 백원이 일으킨 엄청난 굉음은 요괴어사대의 새벽을 깨웠고 '일취월장'이라는 표현을 넘어서는 그날의 사건은 이미 정조에게까지 보고된 터였다.

"저희도 그렇게 생각합니다."

"저희라니?"

"무령도 저와 똑같은 꿈을 꾸었습니다. 처음에는 요괴가 백원의 강한 기운을 느끼고 도전장을 내밀었다고 생각했습니다. 그런데 자꾸 시험이란 말이 마음에 걸려 목멱산신께 여쭈었습니다."

"답은 들었는가?"

"꼭 가라 하셨습니다."

정조는 골똘히 생각에 잠겨 한동안 말이 없었다.

"곰의 몸에 뾰족한 털, 꿈틀거리는 코라면……. 꿈에 본 요괴가 혹시 불가사리인가?"

"그렇습니다."

"혼자 백원을 불가사리에게 보낸다? 상대에 대한 정보는
있고?"

"그것이……. 불가사리는 입에서 입으로 전해져 내려오는
이야기만 스무 가지가 넘습니다. 그만큼 생겨난 연유와 성질
에 대해 의견이 분분하옵지요."

적을 알아야 제대로 대비할 수 있는 법이다. 그런데 국무
당의 말대로 불가사리에 관한 이야기는 시대와 지역마다 너
무 달랐다. 누구는 힘없는 백성들을 죽인 요괴라 하고, 또 누
구는 사악한 기운을 막아 주는 신수라며 굴뚝에 새겨 넣거나
그림을 그려 걸어 놓기도 했다. 그림조차 주황, 빨강, 파랑에
누런 황토색 등등, 그리는 사람마다 달랐다. 이름의 뜻도 세
가지였다. 죽일 수 없다 하여 불가살不可殺, 스님의 설법을
들으면 죽는다 해서 불가살佛家殺, 또는 불火로 태워 죽이는
것이 가능하다 하여 그렇게 부르기도 했다.

불가사리의 탄생 설화도 제각각이었는데, 자식 없는 노부
부가 밥알을 뭉쳐 만든 인형으로부터 비롯됐네, 수배령을 피
해 형제의 집에 숨어 있던 승려가 만들었네, 부모를 잃고 친
척 집에 더부살이하는 아이가 만들었네 하는 이야기까지 있
었다.

이쯤 되면 실존을 띠나서 이야기 속의 불가사리가 과연 한 존재인가 의심해도 될 지경이었다. 국무당은 머릿속에 펼쳐진 여러 단서를 갈무리하고 말했다.

"워낙 다양하지만, 제가 꾼 꿈과 비슷한 이야기가 있습니다."

몽골의 침략으로 초토화된 고려 말, 부모를 잃고 친척 집에 더부살이하는 아이가 있었다. 전쟁으로 먹거리가 귀한지라, 아이는 눈칫밥을 먹으며 힘들게 살았다. 너무 외로웠던 아이는 굶어 죽지 않을 만큼만 주는 밥알을 조금씩 떼어 내 짐승 모양으로 빚은 뒤 말을 걸며 친구처럼 대했다.

'전쟁 때문에 엄마 아빠가 돌아가셨어. 이 세상에 쇠붙이가 없었다면 무기도 없고, 적이 쳐들어오지도 않았을 텐데……'

어린아이의 순수하고 지극한 마음이 닿은 것일까. 밥알을 뭉친 반죽이 되똑되똑 걸어가더니 반짇고리 안으로 들어가 바늘을 넙죽 먹어 버렸다. 하는 짓이 신기해 아이가 가위를 주자, 그것도 아작아작 깨물어 먹는 게 아닌가. 밥알 뭉치는 쑥쑥 자라 나중에는 나라 안에 있는 쇠를 모조리 먹어 치우고 거대한 괴물이 되었다. 왕은 괴물을 물리치기 위해 갖은 방법을 썼지만 소용없었다. 두꺼운 철갑을 두른 듯 흠집 하나 낼 수 없었고, 그것이 싼 똥조차 단단해서 옥석玉石이 갈려 나갔다. 마침내 왕은 군대를 보내 전면전을 펼쳤다. 난데

없이 전쟁에 휘말린 마을 사람들은 공포에 질려 이리저리 도망갔지만, 화가 난 괴물은 병사들과 백성들을 모조리 죽이고 사라졌다.

여기까지 국무당의 이야기를 다 들은 정조는 무거운 한숨을 쉬었다.

"참혹한 전쟁으로 지친 백성들의 바람이 모여 만들어진 이야기이니 다양하게 변형되었나 보군."

"소인이 불가사리를 피해 도망가던 여인이 되어 보니, 가히 그 심정을 알 것 같았습니다. 참으로 끔찍했습니다."

"흠, 구전 속 괴물이 현실에 나타났다……. 그리고 그 괴물이 백원을 찾는다……."

하긴 이상할 것도 없었다. 염라를 독대했고 해치로부터 여의주를 받았으며, 어사대를 위협하던 강철을 활로 직접 쏴 죽이기도 했다. 이 마당에 불가사리가 아니라, 손오공에 저팔계까지 나타났다 해도 그러려니 할 판이었다.

"해치는 뭐라 하는가?"

"저, 그것이……."

국무당은 차마 임금 앞에서 입에 담을 수 없는 단어를 골라내느라 머뭇거렸다. 암만해도 신수가 광탈에게 너무 물들었다는 생각도 잠시 스쳤다.

"아직 남은 일이 있어 소멸시키지 않았더니 주제를 모르고 오라 가라 한다며 화를 냈습니다. 그리고 워낙 종잡을 수 없는 성정이니 조심하라는 당부도 곁들였습니다."

"아무튼 가라는 뜻이구나."

정조는 국무당을 물린 후, 늦은 밤이 되어서야 고심 끝에 목멱 기지로 향했다. 언제나처럼 백원은 연무장에서 훈련을 하고 있었다.

정조는 멀찍이 떨어져 숨소리조차 감추고는 그 모습을 바라보았다.

괄목상대<sup>*</sup>.

바로 지금을 표현하기 위해 만들어진 말이 아닌가 싶었다.

정조는 눈앞에 펼쳐진 장면을 보며 두 주먹을 불끈 쥐었다. 지난 세월 아버지의 유품이었던 〈무예신보〉를 수없이 읽어 보았다. 머리로도 그려 보고 야심한 시각, 몸으로도 시연해 보았지만, 도무지 표현되지 않고 채워지지 않는 그 무엇이 있었다. 그런데 지금, 아버지가 만든 그 비급 속 그림이 책을 찢고 나와 현실에서 춤을 추고 있는 것 같은 모습에, 정조는 벅찬 감동이 차올라 어쩔 줄 몰랐다. 다만 여기저기 이가 나간 청룡언월도의 모습이 가슴 아프게 다가올 뿐이었다.

'아직 시험이 끝나지 않았다……. 대체 무슨 소리인지. 하

---

*      괄목상대(刮目相對) 눈을 비비고 본다는 뜻으로, 상대의 실력이 놀랄 만큼 늘었다는 뜻.

긴 그것이 섭리 아니겠는가. 문제가 있다면 해답 또한 반드시 있겠지.'

백원을 보낼 결심을 굳힌 정조는 연무장을 떠났다. 잠시 후 해치의 거처에 두 개의 그림자가 마주 앉았다.

"야심한 시각에 어쩐 일로……."

"국무당의 꿈 얘기는 들어서 알 테고, 불사가리에게 백원을 보낼 때 자네가 동행해 주었으면 하는데."

"아뢰옵기 송구하오나, 그건 좀……."

정조의 미간에 주름이 생겼다.

"저도 백원을 도와주고 싶은 마음은 굴뚝같으나, 불가사리와 제 사이가 그다지 좋지 않아서……."

해치는 정조의 눈치를 살피며 말을 이어 갔다.

"그리고 그 자와의 관계 때문만은 아니고, 국무당의 꿈에 말하길 반드시 혼자 오라 했다 하더이다. 거기엔 분명 연유가 있을 것입니다. 보고받으셨겠지만 백원은 이전의 그가 아닙니다. 이미 인간계를 벗어난 신공을 지닌 자이지요. 믿고 보내셔도 될 것이라 사료되옵니다."

해치의 답을 들은 정조의 미간에 주름이 더욱 깊어졌다.

"아……. 그러고 보니 근처까지 데려다주는 건 괜찮을 듯싶습니다. 어차피 백원은 불가사리가 어디 있는 줄도 모르고, 갈 길이 구만리이니. 근처까지……. 그 다음은 자기 일은 본인 알아서."

잠시 뒤 정조가 표정을 풀며 말했다.

"그리하라. 그리고 이것을 전해 주라."

그러고는 비단으로 곱게 감싼 거대한 무엇인가를 해치 앞에 들이밀었다.

"활과 화살이다. 대원들이 강철과 싸울 때 내가 직접 사용했던……. 이것으로 강철의 혀를 날려 버렸지. 이 활은 아버지께서 무공을 수련할 때 즐겨 쓰시던 유품이다. 청룡언월도를 하사했을 때 검과 백원이 하나가 됨을 내 느꼈기에, 사연 있는 이 활도 백원이라는 주인을 만나면 몇 배 더 강력한 무기가 되지 않을까 싶은 생각이 든다. 어차피 청룡언월도의 날도 상한 터, 이 활이 백원에게 큰 도움이 될 게야."

"명심하겠습니다. 그리고 전하, 드릴 말씀이 있습니다."

"고하거라."

해치가 이마에 난 흉터를 습관처럼 만지작거리며 말했다.

"백원이 이번에 이룬 성과를 보며 저 또한 깨달은 바가 있습니다."

"그래? 잘려 나간 뿔이 다시 돋아날 방법이라도 찾았는가?"

해치는 쓸쓸한 표정으로 고개를 저었다.

"그건 아닙니다만……."

한동안 침묵 끝에 해치가 무겁게 입을 떼었다.

"제가 없어지지 않는 이상, 뿔도 소멸되지 않습니다. 1000년 전, 수라와의 전투에서 잃었던 뿔을 다시 찾으러 가고 싶습니다. 이승이든 저승이든 어딘가에 반드시 있을 겁니다."

순간 정조는 제 눈을 의심했다. 해치의 얼굴은 장난기와 건방기로 잘 빚어져 있다고 생각했는데, 그의 표정에서 처음으로 진정성을 본 것이었다.

정조가 되물었다.

"뿔을 찾으면, 무엇이 달라지는가?"

"전하, 손오공에게 여의봉이 있고, 용에게 여의주가 있다면 저의 상징은 뿔입니다. 모든 정기와 힘의 원천이지요. 그것을 찾을 수만 있다면, 앞으로는 우리 대원들이 위기에 빠지거나 부상을 입는 일은 없을 거라 사료되옵니다."

임금의 얼굴이 밝아졌다.

"과인이 도와줄 건 없는가?"

"백원이 홀로 시험에 임하는 것처럼 이 또한 저 혼자 감당해야 할 몫인 듯싶습니다. 그래도 살펴봐 주시니 감읍할 따름입니다."

더없이 공손한 모습이었다. 정조는 사람이 갑자기 변하면 죽는다는 말을 떠올렸다가 이내 떨쳤다.

'……애는 사람이 아니지.'

다음 날, 백원이 떠날 채비를 하는데 무령이 조용히 찾아왔다. 그녀는 반듯하게 접은 봉투를 내밀었다.

"불가사리를 죽이는 방법은 불이라고 했어. 불의 기운을 모은 부적이니까 급할 때 날리고……. 아, 그리고 이건 가면서 먹어."

진밥과 고두밥을 번갈아 지은 후에 겨우 만든 주먹밥이었다.

"네가 가르쳐 준 대로 된장에 달달 볶아서 머위 잎으로 싼 거야. 이틀 지나면 쉴 테니까 그전에 먹고……."

걱정에 잠긴 무령이 눈을 내리깔고 주절주절 말을 늘어놓자, 백원은 묵묵히 봉투와 먹거리를 봇짐에 넣었다.

"부적은 품에 넣고 다녀. 불가사리 나타나면 봇짐 뒤질 시간이 어디 있다고!"

무령의 목소리가 조금 높아지자, 백원은 화급히 부적을 꺼내 저고리 주머니에 넣었다. 그 모습을 보고 무령이 자기도 모르게 한숨을 쉬자 백원이 굳게 다물었던 입을 뗐다.

"지금도 내가 가지 않길 바라?"

무령은 국무당과 의견이 달랐고 끝내 동의하지 않았다.

"불가사리는 힘없는 백성까지 죽이고 사라졌어. 그런 요괴가 부른다고, 그의 소굴로, 아무런 정보 없이, 혼자서 찾아가는 너도 그렇고, 그걸 또 허락하신……."

"무령."

그가 다소 엄한 어조로 말을 자르자, 무령은 입을 다물었다.

"사명을 가진 자는 멈춰 있지 않는다."

무령은 대꾸하지 못했다. 요괴어사대의 사명은 엄중했고, 안전을 바라며 할 수 있는 일이 아니었기 때문이다.

"시험이 남았다면 치러야지, 도망간다고 해결이 되겠어?"

어디 하나 틀린 데가 없는 대답에 무령은 계속 고개를 숙일 뿐이었다.

"간다."

그런데도 반응이 없자 백원은 두 손으로 무령의 얼굴을 감싸더니 살포시 고개를 들어 올렸다. 놀라서 커다래진 무령의 눈동자와 눈을 맞춘 백원이 싱그레 웃으며 말했다.

"내 다녀오마."

무령은 순간 얼음이 되어 아무 반응도 하지 못했다.

그가 방문을 열고 나오자, 밖에는 벼리와 광탈, 국무당이 기다리고 있었다. 광탈이 아직 웃음기가 가시지 않은 백원과 뒤따라 나오는 무령의 붉어진 얼굴을 번갈아 보더니 톡 끼어들었다.

"부적 준다고 들어간 사람이 왜 얼굴이 부적 색이 되어 나와? 둘이 안에서 뭐 해⋯⋯. 아야!"

벼리가 그의 뒤통수를 제법 세게 내리고는 백원에게 봉투를 내밀었다.

"조심해서 다녀오세요. 광탈이 항상 대기하고 있을 테니 무슨 일 있으면 주저 말고 연락하시고요."

봉투 안에는 이 문서의 주인이 파발을 이용하도록 왕이 친히 허락한다는 내용의 종이가 들어 있었다. 백원은 살짝 고개를 끄덕이며 벼리가 주는 걸 받았다. 그리고 광탈의 머리를 장난스레 쓰다듬어 헝클어트리고는 국무당에게 허리 숙여 인사했다.

"불가사리가 만나자고 했으니 분명 길을 인도할 것이야. 몸조심해서 다녀오게."

국무당은 주름진 손으로 그의 어깨를 두드려 주었다.

대원들과 국무당은 사도 세자의 유품인 거대한 활과 군데군데 이가 빠진 청룡언월도를 비껴 멘 백원의 모습이 사라질 때까지 바라보았다.


국무당의 말대로 일단 출발은 했지만 어디로 가야 하는지는 몰랐다. 대단한 영검을 지닌 국무당과 무령이 똑같은 꿈을 꾸었으니, 분명 요괴가 자신을 찾는 것은 맞을 터인데 그것을 만나러 어디로, 어떻게 가야 할지 백원은 막막하기만 했다. 일단 백원은 무작정 발길 닿는 대로 가 보기로 했다.

"어험!"

헛기침 소리에 뒤를 돌아보니 해치가 먼 산을 보며 따라오고 있었다. 백원이 뚱하게 물었다.

"어인 일이십니까?"

"네가 요새 춤 실력이 좀 는 건 사실이다만, 갈 길은 구만 린데 두 발로 떠나는 걸 보니, 도착하기도 전에 힘 다 빠져 불가사리 밥이 될까 해서."

"설마……. 저를 그곳까지 데려다주겠다는 말씀입니까?"

"나도 나름 볼일이 있어 가던 차에 뭐, 겸사겸사하는 거니까 너무 감동하지는 말고."

소 닭 보듯, 둘은 어사대에서 제일 어색한 사이였다. 심지어 사적인 말을 나눠 본 기억이 없을 정도였다. 그런데 같이 가자니, 고맙지만 편치 않은 마음이었다. 해치 또한 마찬가지라 백원의 난처한 표정을 보고는 쯧쯧 혀를 차며 목에 건 은방울을 울렸다. 커다란 물줄기가 뿜어져 나와 그들 주변에 구름처럼 일렁였고, 해치가 백원 쪽으로 등을 내밀며 말했다.

"타!"

"네?"

"안 업혀?"

"……그냥 걸어갈까요?"

선택의 여지가 없었다. 백원이 머뭇거리다가 마지못해 등에 업히자 해치가 퉁명스럽게 말했다.

"두 손으로 나를 꼭 껴안는 게 제일 안전하긴 한데…… 서로 불편하니 옷자락 정도로 하자."

"말 타는 것과 비슷하다면 굳이 잡을 필요가 없을 겁니다."

백원의 말이 끝나기도 전에 해치는 물결을 일으키며 수직으로 치솟았다. 분명 일부러 그러는 게 맞았지만, 백원은 굵은 다리로 해치의 허리를 옭죄며 버텨 냈다. 해치는 비명을 지르며 더 빨리 날아올랐고, 백원은 떨어지지 않으려 이를 악물고 안쪽 허벅지에 더욱 힘을 주었다. 둘의 기 싸움을 알 리 없는 물결은 시원하게 하늘을 갈랐다.

그렇게 산을 넘고 바다를 건너, 허허벌판으로 들어섰다. 제대로 숨 쉬기 힘들 정도로 빠르게 나는데도 풀 한 포기 보이지 않는 벌판은 끝없이 이어졌다. 이윽고 해가 질 무렵이 되어서야 땅에 내려앉았다.

"여기가 어디입니까?"

백원이 주변을 살피며 물었다. 지는 해가 온통 모래뿐인 땅을 주황색으로 물들였다.

"사막이라는 곳이다. 메마르고 메말라서 모래밖에 없지."

해치가 길게 숨을 내쉬며 말했다.

"내가 더 다가가면 불가사리 녀석이 좋아하지 않을 거다.

물기라면 질색을 하는 놈이지. 밤새 걸어가면 녀석이 있는 곳에 도착할 것이다. 볼일을 마치면 데리러 오겠다."

"어느 쪽으로 가야 합니까?"

"이제 곧 어둠별\*이 뜨니까 그걸 쫓아가."

마치 백원에게 손을 흔드는 것처럼 물결이 일렁이더니 서서히 떠올랐다. 그러자 백원이 허리를 숙이며 말했다.

"데려다주셔서 감사합니다. 조심히 돌아가십시오."

예상치 못한 백원의 말에 수줍은지, 해치는 괜히 딴청만 부렸다.

"주제도 모르고 나를 걱정하는 게냐? 너나 잘해라. 크흠."

해치는 요란하게 모래바람을 일으키며 말했다.

"그리고 돌아갈 때는 꼭 옷깃을 잡도록 해라."

해치는 양쪽 옆구리를 아픈 듯 쓸어내리며 떠나온 곳으로 되돌아갔다.

사막에 홀로 남은 백원은 해가 완전히 저물기를 기다리고 있었다. 잠시 후 어둠이 내리고 지평선 너머에 모습을 드러낸 별을 따라 걷기 시작했다. 뜨거웠던 사막은 급속도로 식어서 차갑기 그지없었다. 가도 가도 모래 산일 뿐, 사방은 고요해서 자신의 발소리와 숨소리밖에는 들리지 않았다. 문득

---

\*     어둠별 태양계의 두 번째 별인 금성. 초저녁에 보이면 어둠별, 새벽에 보이면 샛별이라 부른다.

황량하기 그지없는 것이 꼭 제 마음 같다는 생각이 들었다.

 하나밖에 없는 형이 죽은 뒤, 백원은 말 그대로 고아가 되었다. 그런 그를 거둬 준 존재는 다름 아닌 형수였다. 혼례를 치르지도 못한 채 신랑이 죽었으니, 그녀가 원하면 얼마든지 없던 일이 될 수 있었다. 그런데 형수는 진심으로 백원의 형을 사랑했다. 마음으로는 이미 부부의 연을 맺었다며 스스로 과부가 되어 어린 시동생을 키웠다.

 그녀는 천을 염색하는 일을 하며 생계를 이어 갔다. 염료 만드는 것부터, 긴 천을 물들이고 헹궈서 말리는 것까지, 남정네에게도 힘든 일인데 보수는 쥐꼬리만 했다.

 사정이 이러하니 일하려는 사람이 드물어 자리는 쉽게 얻을 수 있었다. 형수는 식물에서 염료를 추출하는 일을 맡게 되었다. 그러나 어디에나 새내기에게는 제일 고된 일이 주어지는 법. 형수의 몫은 잎에서 노란색, 껍질에서 쥐색, 줄기에서 홍색 등 다양한 색을 얻을 수 있는 멀구슬나무에서 가장 색이 짙은 줄기로부터 홍색 염료를 뽑아내는 일이었다. 일을 시작한 지 얼마 되지 않아 그녀의 손과 발, 종아리는 검붉은 물이 들어 때가 낀 것처럼 보였다. 독성을 가진 나무라 염료 추출에, 천 염색에 온갖 일을 하다 보면 피부가 쉬이 헐었고 추운 날씨에도 찬물에 손발을 담가야 하니 고되기가 이루 말할 수 없었다.

그런 형수를 보며 백원은 형을 잃은 슬픔을 접어 가슴 한 구석에 묻었다. 형수가 일하러 나가면 집을 치우고 남의 집 꼴을 베어다 주고 얻은 걸로 밥상을 차려 놓았다. 형수가 펄쩍 뛰며 말렸지만, 백원의 고집은 꺾을 수 없었다. 고생하는 형수에게 잡곡이라도 뜨거운 밥 한 그릇 차려 드리는 게 어린 그의 소명이었다. 그때부터 그는 각종 산나물에 몇 가지 안 되는 양념으로 맛을 내는 비법을 스스로 터득해 갔다. 백원은 하루빨리 커서 형처럼 솜씨 좋은 백정이 되고 싶었다. 그렇게라도 해서 키워 준 은혜를 갚겠다는 마음으로 하루하루 살아 냈다.

다행히 소원은 생각보다 일찍 이뤄졌다. 백정이라고 다 짐승을 잡는 일만 하는 건 아니었다. 뼈와 살을 분리하는 거골장去骨匠, 가죽을 떼어 내는 거모장去毛匠, 그리고 가죽을 활용하여 물건을 만드는 피색장皮色匠이 있었고, 피색장은 소속된 곳이나 작업 과정에 따라 네 가지 이상으로 분류될 정도로 다양했다.

백원은 그중 가죽신을 만드는 주피장周皮匠 밑에 들어가 일을 배우기 시작했는데, 재단하는 솜씨가 남달라서 금세 눈에 띄었다. 조금씩 몸값이 높아질 즈음, 그는 짐승의 살로부터 가죽을 떼어 내는 거모장 자리를 원했다. 돈을 더 벌 수 있기 때문이다. 하지만 거모장들은 말할 틈도 주지 않고 내쫓으려 했다.

"웬만한 어른도 울고 가는 게 이 일이다. 아이가 할 수 있는 일이 아니야."

"일단 한번 봐 주십시오."

백원은 쟁쟁한 거모장들 앞에서 눈 하나 깜짝하지 않고 신들린 듯한 칼 솜씨로 가죽을 벗겨 냈다.

"어허, 머리꼭지에 피도 안 마른 것이 제법이구나. 내일부터 나올 수 있겠느냐?"

"시금부터 하면 안 됩니까?"

백원은 열 살 때부터 장정 몫을 하더니 열다섯이 넘어서는 일대에서 알아주는 백정이 되었다. 이제 조금만 더 자리 잡으면 죽은 형이 흐뭇해할 만큼 살 수 있을 것 같았다. 그런데 형수가 그 무렵부터 기침을 달고 살았다.

"컹컹!"

개가 짖는 것 같은 기침 소리를 들으면 그의 심장도 덜컹거렸다. 이제는 자신이 버는 돈이 더 많다며 형수를 집에서 나오지도 못하게 했지만, 병은 날로 깊어졌다. 백원은 하루가 멀다 하고 의술이 뛰어난 의원들을 집까지 모셔 왔지만 열이면 열, 맥을 짚자마자 고개를 저었다.

"맛있는 거 많이 해 드려라."

먹고 죽은 귀신은 때깔도 곱다는 뜻으로 한 말이었다. 겨우 먹고살 만해졌는데 마른하늘에 날벼락도 유분수지, 하늘이 복을 준다는 말은 양반이나 평범한 백성이 지껄이는 것에 불과했다. 혼례복을 입었다는 이유만으로 결혼식 날 양반들에게 맞아 죽어야 하는 백정에게 하늘이란, 이 불행 저 불행을 한 사람에게 쏟아붓는 고약한 존재였다.

하지만 백원은 포기하지 않았다. 하늘이 주지 않으면 자신이 만들겠다고 결심했다. 돈을 아끼지 않고 좋은 약재를 사들였다. 못된 심마니가 더덕을 산삼이라고 속였지만 따지지 않았다. 그럴 시간에 형수에게 하나라도 더 해 주고 싶어서였다. 그날도 온갖 약재를 먹여 키웠다는 닭을 고았다.

"컹, 컹컹, 헉헉!"

형수의 방에서 들리는 기침 소리가 오늘따라 유난히 크고 길게 이어지는 듯했다. 백원은 아궁이에 장작을 더 넣으면서 흐르는 눈물을 훔쳤다.

'천지신명님, 진짜로 계신다면 제발 우리 형수님 좀 살려 주십시오. 무병장수해야 합니다. 그래야 나중에 제가 형님을 뵐 때 면목이 서지요. 제발……'

너무 절박해서 늘 부정하던 신을 붙들고 빌었다. 닭을 끓일 때에는 내내 울며 기도하느라 몰랐다. 푹 익은 것 같아 불을 줄이고 김치를 썰다가 문득 깨달았다. 너무 조용했다. 기침 소리를 들은 게 한참 전인 것 같았다. 백원은 심장이 꺼지는 것 같은 불안한 기운에 김치 썰던 칼을 내던지고 형수의 방으로 득달같이 달려갔다.

'제발, 한 번만이라도 자비를……'

애가 닳도록 빌었건만, 형수는 잠자듯 죽어 있었다.

그 뒤로 백원은 하늘을 올려다보지 않았다. 부모님과 형도 모자라 형수까지 잃은 후, 그의 하늘은 이미 무너져 내렸기 때문이었다.

가족들을 따라가고 싶다는 생각도 수없이 했다. 하지만 그랬다가는 형님 부부를 뵐 낯이 더더욱 없을 것 같았다. 하는 수 없이 살아가며 모래알 같은 밥을 목구멍에 억지로 쑤셔 넣었고 습관처럼 짐승을 잡았다. 형수가 있을 때처럼 살지 않으면 하늘처럼 자신도 무너질 것 같아서였다.

그러던 어느 날, 벼리와 국무당이 찾아왔다. 언제나처럼 백원은 묵묵히 할 일만 했다. 손님이 고기를 골라 가리키면 그것을 주고 돈을 받을 뿐이었다. 그런데 벼리가 희한한 이야기를 꺼냈다.

"저희는 하늘의 섭리를 좇아……."

하늘이라는 말에 무표정했던 백원의 얼굴에 금이 가려는 순간, 국무당이 나서서 벼리의 말을 막았다. 그리고 마치 속을 들여다본 것처럼 말했다.

"떠난 분들을 마음에 붙들고 있으면 어찌 쉬시겠는가."

"…… 그쪽이 신경 쓰실 일이 아닌 듯싶습니다."

"죽은 이들을 위해 신경 쓰는 것이 바로 나의 일이네. 기침소리 멎은 지 오래니 이제 자책하지 마시게."

그제야 백원은 뼈를 바르던 칼을 내려놓고 그녀를 제대로 바라보았다. 국무당은 인자한 목소리로 말했다.

"잘 지내길 바라는 마음은 매한가지인 법이지. 그러니 자네가 책망으로 세월을 보낸다면 그 분들 마음이 얼마나 아프겠나. 저승에서라도 편히 쉬셔야지 않겠는가."

백원은 뭐라 말해야 할지 갈피를 잡을 수 없었다. 형님 내외가 이런 자신을 보면 어떻게 생각할지 헤아려 본 적이 없었다. 국무당의 한마디에 자기 연민에 빠져 있었음을 깨달았다.

"……자책하지 않는 방법을 모릅니다."

"모르면 배우면 되지."

아주 단순하지만, 진실한 울림이 담긴 국무당의 말이었다. 백원은 그렇게 어사대에 합류했다.

백원은 다른 대원들처럼 어릴 적부터 남다른 능력이 발현되지 않았다. 단지 덩치가 좋고 힘이 센 정도였다. 그런데 백동수를 만나자마자 물 만난 물고기가 되었다. 그의 재능은 날로 성장했고 활, 검, 청룡언월도까지, 다룰 줄 아는 무기가 늘어 갈 때마다 전에 없었던 생기를 뿜어냈다.

백원의 변화엔 성취감뿐 아니라 대원들의 역할도 컸다. 걸신들린 광탈은 말할 것도 없고, 손맛을 모르는 무령은 밥때가 되면 신당 문까지 닫고 기지로 올라왔다. 자신이 차린 밥상을 기쁘게 받아 주는 대원들을 보고 있으면 형님 내외가 와서 먹어 주는 것 같았다.

'흐뭇하다.'

그들과 지내면서 머리로만 알던 말을 날마다 마음으로 느꼈다.

그리고 무령이 눈에 들어오기 시작했다. 어쩌면 무령과 백원은 서로의 사막을 단번에 알아보았는지도 모른다. 적어도 백원은 그랬다. 자신처럼 텅 빈 무령의 마음속이 익숙하게 느껴졌고 마주하고 있으면 숨길 게 없어서 편했다.

하지만 거기까지였다. 지금까지 연을 맺는 사람마다 잃었기에, 거기에 무령까지 더하고 싶지 않았다. 그래서 절대 선을 넘지 않았다. 그건 무령 또한 마찬가지였다. 서로 섞이지는 않지만 매끄럽게 지내는 물과 기름처럼 백원은 그렇게 요괴어사대에 섞여서 살았다.

그러던 어느 날 해치가 나타났다. 백원에게 있어서 하늘이란 무심해서 야속한 존재였는데, 해치는 거기서 뚝 떨어진 신수답게 하찮다라는 말을 입에 달고 사람을 무시했다. 게

다가 단 하나 먹는 음식이 멀구슬 열매였으니, 백원으로서는 그를 곱게 보려야 볼 수 없었다.

하지만 요괴와 싸우면서 도움을 많이 받았다. 그가 없었다면 진즉에 죽었을지도 모르고 또한 해치의 태도도 은근히 바뀌었다. 오늘 비명을 지르면서까지 자신을 이곳에 데려다주지 않았는가. 미워하려야 미워할 수 없는 신수. 이런 생각을 하는 백원의 입가에 옅은 미소가 지나갔다.

그렇게 지나간 상념을 쫓다 보니 지난 세월, 자신이 가장 궁금해했던 질문이 떠올랐다. 국무당이 자신을 어사대 대원으로 택한 이유였다. 무령과 광탈은 벼리의 선택이었지만, 자신을 점찍은 것은 국무당이었다. 하루는 소나무 아래 앉아 자신이 차려 준 고깃국 반상을 맛있게 먹던 국무당에게 물어보았다.

"그때 왜 저를 뽑으셨습니까. 당시의 저는 귀신을 볼 줄도, 무기를 다룰 줄도 몰랐습니다."

"왜, 어사대 생활이 마음에 들지 않느냐?"

"그게 아니라……. 감사하고 황송한 마음에……."

"나는 미래를 내다보지 않니."

가뜩이나 부리부리한 백원의 눈이 동그래졌다.

"요괴를 베는 저의 모습을 보신 겁니까?"

"아니, 냄새를 맡았다."

"네?"

"그저 구수한 국 냄새를 맡았을 뿐이야. 우리에게 상을 차려 줄 사람이 필요했다. 장작도 패고 군불도 떼고……. 그런데 네가 뼈를 발라내는 모습을 보고 있자니, 그건 기술이 아니라 예술이더구나. 그래서 집안일 할 사람을 얻고자 데려온 것인데, 어사대의 기둥이 되었구나. 백원이 너는 내가 뽑은 게 아니라 하늘에서 우리에게 주신 선물인 게야."

국무당은 농인지 진담인지 구분할 수 없는 미소를 지으며, 여느 때처럼 백원이 차린 밥상을 맛있게 먹어 주었다.


머릿속을 스치는 수많았던 기억이 밤하늘에 별이 되어 펼쳐졌다. 백원은 이내 마음을 가다듬고는 모래 속으로 푹푹 꺼지는 발에 힘을 주었다. 현실로 돌아와 보니 등에 멘 청룡언월도의 무게가 새삼스럽게 느껴졌다.

'시험이라…….'

불안하고 두려운 마음을 뒤로한 채, 그는 소처럼 우직하게 앞으로 나아갔다.

서서히 먼동이 터 오고 이내 해가 강렬한 빛을 뿜어냈다. 밤새 식었던 모래가 빠르게 데워질 무렵이었다. 그가 디딘 곳 근처의 모래알들이 슬근슬근 움직이면서 이내 소용돌이치기 시작했다. 백원은 즉시 활을 빼 들어 살을 끼웠다. 모래가 빠르게 맴돌며 꺼져 들어간 곳에서 구멍 두 개가 보이는 가 싶더니 땅이 꿈틀거렸다. 이윽고 두껍고 긴 주둥이 같은 것이 땅에서 슬금슬금 솟아나 백원에게 다가와서는 두 개의 구멍을 벌름거렸다. 마치 누구인지 확인하는 것 같았다.

*"네가 땅을 가른 자인가?"*

단순히 소리만 큰 게 아니었다. 강력한 요기가 땅을 울려 일대가 지진이 난 것처럼 흔들렸다. 백원은 대답하지 않았다. 물음을 던진 상대도 답을 기다릴 필요 없다는 듯 부르르 땅을 울리며 그 모습을 드러냈다.

쇠를 먹고 컸다더니, 불가사리의 모양새는 구전으로 전해 내려오는 말 그대로였다. 곰 열 마리쯤을 합친 것 같은 거대한 몸통에는 털 대신 쇠바늘이 빼곡하게 돋아나 긴 꼬리까지 뒤덮여 있었다. 네 개의 다리에는 철갑을 두르고 있었으며, 바짝 올라간 사나운 눈매에 두툼하고 길게 꿈틀거리는 코까지, 언뜻 보면 바늘 돋친 코끼리*처럼 보이기도 했다.

불가사리는 자신을 겨눈 활 대신, 백원이 어깨에 메고 있는 청룡언월도를 바라보고 있었다. 날이 깨져 있는 모습이 마치 부상을 입은 무장 같달까. 불가사리의 눈에 알 수 없는 감정이 스쳐 지나갔다.

---

\* 1411년, 일본의 왕 원의지가 태종에게 코끼리를 선물했는데, 관리를 밟아 죽여 섬으로 귀양을 간 일화가 있다.

시야를 가득 채우는 요괴와 마주한 백원의 화살촉은 조금도 흔들리지 않았고, 잔뜩 당겨진 시위는 얼른 놓아 달라고 애원하는 것 같았다. 폭주하기 직전인 걸 아는지, 내내 불던 바람마저 멈춰 버렸다. 사방이 고요한 가운데 두 존재는 치열하게 대치하고 있었다.

다시 한 줄기 바람이 불어온 순간, 불가사리가 등에 돋아난 바늘을 곧추 세웠다. 그와 동시에 백원의 화살이 바람을 가르며 튀어 나갔다. 불가사리가 앞발을 들어 빠르게 날아오는 화살을 번개처럼 쳐 냈고, 그 화살이 땅에 떨어지기도 전에 백원은 연이어 살을 쏘아 댔다. 어찌나 빠르고 정확한지, 마치 오랜 세월 동안 활을 다뤘던 궁사 같았다.

활을 떠난 살들은 순식간에 불가사리를 덮쳤는데, 다급하게 왼쪽 앞발로 그것을 막았지만 살의 기운이 어찌나 강한지 철갑을 뚫고 불가사리의 다리에 모두 박혔다. 불가사리는 포효하며 절기 시작했고, 살을 모두 소진한 백원은 청룡언월도를 단단히 그러잡고 불가사리를 향해 솟구쳐 올랐다.

콰광!

푸른 검기를 내뿜는 백원의 청룡언월도가 사선을 그으며 불가사리의 왼쪽 어깨를 내리치자, 번개 같은 불꽃이 일면서 천둥소리가 났다. 쇠로 된 벽을 친 듯 강렬한 통증이 손을 타고 올라왔지만, 백원은 이를 악물고 다시 한 번 도약했다. 솟아오른 자리에는 흐릿한 잔영이 남을 정도로 빠른 속도였다.

꽝!

이번에는 청룡언월도가 불가사리의 정수리를 정통으로 내리치자 요괴의 몸이 크게 휘청거렸다. 자세를 고쳐 잡은 불가사리가 크게 울부짖으며 긴 코를 휘둘러 백원을 공격했다. 백원이 그것을 막으려 했지만 어찌나 강한 힘이었는지 청룡언월도와 함께 300보 거리 밖으로 날아가 버렸다.

잔뜩 흥분한 듯 씩씩거리던 불가사리는 몸을 공처럼 말더니 등에 돋친 쇠바늘을 백원이 있는 하늘을 향해 쏘아 올렸고, 수만 개의 바늘이 창공을 뒤덮자 순식간에 먹구름이 낀 것처럼 세상이 어두워졌다. 정신을 차린 백원이 몸을 날려 피하려 했으나, 워낙 그 수가 많았다. 순간 백원은 청룡언월도를 그러잡고 천지가 떠나갈 듯 호령했다.

"금룡전신세金龍纏身勢!"

태양 빛을 머금은 청룡언월도가 백원의 온몸을 감아 휘도니, 순간 백원을 중심으로 돌풍이 일며 날아오는 쇠바늘을 쳐 내기 시작했다.

잠시 후 돌풍과 함께 일었던 모래바람이 걷히기 시작했다. 청룡언월도를 쥐고 있는 백원의 어깨에는 바늘 수십 개가 꽂혀 있었다. 그는 불가사리의 눈을 똑바로 바라보며 어깨에 박힌 바늘을 손으로 쓸어내렸다. 바늘이 떨어져 나간 자리에서 뜨거운 피가 솟아올라 둥근 원을 그리며 옷을 적셨지만, 백원은 신음 한 자락 내뱉지 않고 재빨리 요괴를 향해 달리기 시작했다.

믿을 수 없는 속도에 당황한 불가사리가 거리를 재고 있을 때, 백원의 시선은 이미 요괴의 품 안을 훑고 있었다. 찰나의 순간, 불가사리의 발가락 사이가 맨살인 걸 발견했다. 불가사리도 백원의 시선을 눈치챘는지, 얼른 발톱을 감추며 몸을 돌려 바늘로 뒤덮인 꼬리를 휘두르려 했다. 그러나 백원이 훨씬 빨랐다.

백원은 짙은 모래 먼지 속에서도 오므라드는 발톱과 옆으로 치고 들어오는 꼬리가 또렷하게 느껴졌다. 순간 숨 쉬듯 자연스럽게 〈무예신보〉의 동작을 펼쳐 냈다.

"월야참선세 月夜斬蟬勢!"

달밤에 허물을 벗으려고 나무에 매달린 매미를 껍질과 그 안에 든 몸체까지 두 번 베어 내듯, 백원의 청룡언월도는 날카롭지만 묵직하게 불가사리를 향해 날아들었다. 예리한 검기는 발가락 하나를 베어 냈고, 그 검기의 움직임에 육중한 힘이 실리며 백원을 향해 날아오는 꼬리까지 사정없이 튕겨 냈다.

엄청난 충격이 백원의 전신을 휘감았다. 하지만 이 얼얼한 감각은 그를 더욱 춤추게 했다.

발가락이 잘려 나간 불가사리는 눈이 뒤집힌 채로, 미친 듯이 백원을 향해 긴 코를 휘둘렀다.

'정면으로 막았다간 다시 또 날아간다.'

백원은 불가사리의 공격을 요리조리 피하며 규칙적인 흐름을 파악했다. 빈틈을 본 백원은 때를 놓치지 않고 불가사리의 아가리 속으로 뛰어들었고, 청룡언월도의 날을 위로 향한 채 그대로 요괴의 입천장을 올려 찍으려 했다.

그때, 서늘한 살기가 백원의 척추를 덮쳤다. 요괴가 코를 아래로 말아 그 끝으로 백원의 등 뒤를 노린 것이다. 백원의 허리가 으깨어질 찰나였다.

"창룡귀동세蒼龍歸洞勢!"

백원은 빛의 속도로 청룡언월도를 뒤로 보내 코를 쳐낸 뒤, 그대로 몸을 돌려 상대를 마주했다.

'푸른 용이 몸을 돌리 듯 뒤를 막고 앞을 향한다!'

불가사리는 놀라 뒷걸음질 쳤지만, 백원은 더 이상 상대에게 거리를 허락하지 않았다. 불가사리와 거리가 멀어지면 날아오는 쇠바늘과 긴 코를 상대해야 하니, 무조건 붙어 싸워야 승산이 있다 판단했다.

'약점이 어디인가.'

밟아 죽일 듯 쿵쿵대는 불가사리의 아랫배 사이를 뛰어다니며, 상대의 허점을 찾았다. 철갑을 두른 요괴의 기둥 같은 다리가 쉴 새 없이 눈앞을 오갔다.

'잠깐, 왜 다리에는 철갑을 두른 거지? 그건 몸통과 달리 다리에는 쇠바늘이 나지 않았다는 것?'

순간 그의 시선은 바늘로 뒤덮인 배와 철갑을 두른 뒷다리 사이에 멈췄다.

'찾았다!'

백원은 회심의 미소를 지으며, 청룡언월도의 칼끝을 불가사리의 사타구니에 겨누고는 길게 심호흡을 하며 외쳤다.

"물物. 아我. 일一……."

쾅!

백원의 외침이 끝나기 전에, 불가사리는 그대로 주저앉아 버렸다. 배를 깔고 엎드린 불가사리의 주변에는 뿌연 모래바람만이 건조한 공기를 헤집고 있었다.


백원은 눈을 떴지만 감은 것과 진배없이 캄캄했다. 귀를 기울였지만 아무 소리도 들리지 않았다. 깊이 숨을 들이쉬어 봤지만 아무 냄새도 맡을 수 없었다.

'내가 죽은 것인가?'

감각을 되살리려 두 주먹을 움켜쥔 순간, 손에 청룡언월도가 느껴지지 않았다.

'이런……'

발바닥으로 딛고 있는 자리를 몇 번 문질러 보니 딱딱한 흙바닥이 느껴지는 것이, 조금 전에 요괴와 싸웠던 무거운 사막은 아닌 것 같았다.

뜨거웠던 흥분은 식어 버리고, 차가운 공포가 밀려오기 시작했다. 그걸 알아챈 듯, 동굴의 울림 같은 불가사리의 목소리가 들려왔다.

"*두려운 게로군. 보이지 않고 들리지 않고 상황에 대해 아는 것이 전혀 없을 때, 인간은 그때를 가장 두려워하지.*"

백원은 대답하지 않았다. 그러자 불가사리는 나지막이 웃었다.

"*생각보다 제법이야. 아주 마음에 들어. 자네가 시험을 통과하길 바라네. 진심으로 말일세.*"

그 말을 들은 백원이 처음으로 요괴를 향해 입을 열었다.

"비겁하게 숨지 말고, 당장 눈앞에 나타나라."

주먹을 꽉 움켜쥔 백원의 단단한 팔뚝을 따라 굵은 심줄이 돋아 올랐다.

"*시험은 아주 간단해. 지켜 준다고 했지? 한번 해 보게.*"

요괴의 알 수 없는 말이 끝나자, 비명과 함께 웅성거리는 소리가 들리더니 눈앞이 서서히 밝아졌다.

한 남자가 보였다. 비단으로 만들어진 관복을 차려입은 남자가 온 얼굴이 피투성이가 되어 갓을 쓴 한 무리의 양반들에게 빌고 있었다.

"자, 잘못했습니다. 용서해 주세요!"

자세히 보니 그 남자는 다름 아닌 자신의 형이었다. 두 손 모아 싹싹 빌면서 양반들에게 맞아 넘어지면 다시 일어났다.

"형님!"

어린 백원이 달려가려 하자, 형수가 와락 껴안았다.

"놔요, 놔!"

아무리 어려도 워낙 힘이 장사인 백원을 형수가 당해 낼 순 없었다. 그녀는 간절하게 속삭였다.

"도련님, 제발, 가만히 계세요. 우리에게 불똥이 튈까 봐 일부러 저러는 겁니다. 그러니까 제발……."

형수는 흐느끼며 백원을 으스러지도록 안았다.

백원의 부모는 어린 그를 두고 돌림병에 걸려 죽었다. 그때부터 나이 차가 많이 나는 형을 아버지처럼 여기고 컸다. 백원의 형은 성품이 싹싹하고 솜씨가 좋은 백정이라, 멀리서도 손님이 찾아왔다. 게다가 질이 나쁜 고기를 허튼 값에 팔지도 않고 무게 한번 속이는 일이 없으니, 손이 큰 양반들까지 단골이 되었다. 그러던 중 형이 늦장가를 들게 되자 평소에 그를 좋게 보았던 동네 유지가 고운 혼례복을 보냈다.

하지만 혼례복은 양민에게까지만 허용된 옷이었다. 백원의 형은 백정 따위가 입을 수 없다며 손을 저었지만, 유지도 고집을 꺾지 않았다.

"일생에 딱 하루, 백성도 사대부가 입는 옷을 허락받는 경사스러운 날이 아닌가. 자네처럼 성실하고 정직한 자가 아니면 누가 입겠는가? 또 거절하면 나도 언짢아질 걸세."

이쯤 되니 선물해 준 그의 심기를 거스를까 걱정된 형은 결국 혼례복을 입기로 했다. 그리고 혼례 당일, 신랑과 신부가 맞절을 하려는 순간, 큰 소리가 들리며 한 무리의 유생들이 문을 박차고 들어왔다.

"허어, 삼강오륜이 땅에 떨어진 지 오래라 하나, 어찌 이런 일이 우리 마을에서 있을 수 있단 말인가. 천하디 천한 것들이 감히 양민이 입는 혼례복을 입어?"

술 냄새를 풍기며 얼굴이 벌게진 선비들은 고래고래 소리를 지르며 행패를 부리기 시작했다.

"소 잡아서 돈 좀 버니까 눈에 뵈는 게 없냐?"

여러 입이 한 말을 쏟아 내며 분노에 불이 붙었다. 혼례상이 엎어지고 병풍이 쓰러졌다.

"저 천한 년이 입고 있는 옷부터 잡아 찢어야겠구먼."

유생들이 달려들어 신부가 입고 있던 혼례복을 찢으려 하자 백원의 형이 달려들어 그들을 몸으로 막았지만, 화가 난 무리는 몰매를 퍼붓기 시작했다.

잠시 후, 포졸들이 조리돌림*이 났다는 얘기를 듣고 달려 왔지만, 양반 가문의 선비들인 데다 워낙 기세가 대단해서 선뜻 나서지 못했다.

한 포졸이 구경하는 사람에게 다가가 물었다.

"이게 다 무슨 일이오?"

"백정 놈이 양반이나 입는 옷을 입고 혼례를 치른다고 선비들이 와서 저러고 있지 뭐요. 뭐해요, 저러다 사람 죽겠소. 나서서 말려라도 봐요!"

"백정 놈이 혼례복을 입어? 아니 왜 그런 짓을 해서 화를 불러?"

"아휴, 입고 싶어 입은 게 아니고, 최 진사 어르신께서 직접 혼례복을 선물로 주시면서 꼭 입으라 하셔서 어쩔 수 없이 입은 거예요. 안 입어도 뭐라 그래, 입어도 지랄이야, 우리 같은 천한 것들은 조선 땅에서 어찌 살란 말이오."

"아니, 그러면 진사 어른의 뜻이라고 밝히면 될 거 아닌가. 왜 말도 못하고 처맞고 있어?"

"아이쿠야, 포졸 나리. 저 맨 앞에서 제일 지랄하는 선비 얼굴 좀 똑바로 보시오. 저이가 최 진사 댁 셋째 아들 아니오."

선비의 얼굴을 확인한 포졸이 황당한 표정을 지으며 말

---

\*     조리돌림 죄 지은 사람을 벌하기 위해 끌고 돌아다니면서 망신을 주는 공동체의 자발적 형벌.

했다.

"아니, 어떻게 이런 일이."

"이게, 단순히 혼례복이 문제가 아니고. 왜 예전부터 서원의 유생들이 제사 지내는 데 필요한 비용이라고 마을 사람들한테 싹 다 돈을 뜯어 가고 있지 않소. 근데 저치가 손님이 많아서 돈을 꽤 모았지만 세금도 안 내고 군역도 안 지는 백정인지라, 돈을 걸을 명분이 없는 거라. 거기에 배알이 뒤틀려 앙심을 품었다가 술 처먹고들 와서 혼삿날 이 난리를 치는 거 아니오?"

"아니, 유생들이 백성들한테 돈 걸고 이러는 거, 나라님이 엄금하는 거 아니야?"

"아이고 포졸 나리. 이 나라에 법이 있기나 하오. 법이 있는데 지금 눈앞에서 사람이 죽어 나가요? 구경만 하고 있을거요?"

"아……. 그것이 참……."

백정 나부랭이를 구하려고 서원에서 공부하는 유생들 앞에 나설 포졸은 없었다. 그들도 뒷짐 지고 서서 구경만 했다.

에워싼 사람들 사이로 언뜻언뜻 보이는 형의 모습은 너무나도 처참했다. 속옷까지 홀딱 벗겨진 그는 얼마나 많이 맞았는지, 몸 곳곳에는 시커멓게 멍이 들어 있고 얼굴은 퉁퉁부어 핏빛 바가지 같았다.

백원은 이미 기절한 어린 자신과 핏빛으로 범벅된 형을 번갈아 보았다. 하지만 그뿐, 할 수 있는 건 아무것도 없었다. 뻔히 눈앞에 보이는데도 다리가 땅에 박혀 버린 것처럼 움직이지 않았다. 백원은 질끈 눈을 감아 버렸다.

그때 날카로운 무엇인가가 백원의 눈꺼풀을 억지로 벌렸다. 불가사리의 발톱이었다. 백원이 괴로움에 몸부림쳤지만, 압도적인 힘에 눈을 감을 수도, 고개를 숙일 수도 없었다. 그는 꼼짝없이 불가사리가 재연한 환상을 지켜볼 수밖에 없었다. 불가사리가 귀에 대고 속삭였다.

*"지켜 준다며?"*

그 말을 들은 백원의 눈동자에 핏발이 섰다.

*"뭐 해? 복수해야지?"*

불가사리가 백원의 손에 청룡언월도를 쥐여 줬다. 그때 땅에 딱 붙어 있던 발이 자유로워지는 걸 느꼈다. 백원은 청룡언월도를 그러잡고 자신의 형을 폭행하는 무리에게 향했다. 걸음걸음마다 거칠게 팬 발자국을 보면서 불가사리가 나직이 말했다.

*"그렇지. 지금이야. 죄 없는 네 형을 괴롭혔던 저 부조리한 놈들, 모두 베어 버려! 너의 복수가 죽은 형을 평안케 할 거야."*

그때였다.

웅, 우웅!

백원이 쥐고 있던 청룡언월도가 몸을 떨며 울기 시작했다. 백원은 이가 빠져 반쯤 망가져 있는 청룡언월도를 내려다보았다.

웅, 웅!

마치 죽은 사도 세자의 영혼이 자신의 발걸음을 붙잡는 듯했다. 요괴의 수작에 넘어가 대의를 그르치지 말라는 간절함이 울려 나오는 것 같았다.

'죽여 주십시오, 세자 저하. 이번만은 저하의 뜻을 따르지 못하겠나이다.'

백원은 손에서 울리는 진동을 외면하며 아직도 형을 때리고 있는 유생들에게 한 걸음씩 다가갔다.

불가사리는 쐐기를 박듯 백원에게 외쳤다.

*"그렇지! 지금이야. 청룡언월도 던져 버리고 형이 처맞은 것처럼 너의 강하고 단단한 주먹으로 저놈들의 면상을 으깨 버려! 어서!"*

웅웅웅!

청룡언월도는 아까보다 더 세차게 울리기 시작했다. 눈앞에서는 피떡이 된 형이 마지막인 듯 숨을 내쉬고 있었고 최 진사의 셋째 아들이 발등으로 걷어차려는 순간이었다.

*"죽여! 어서 죽여!"*

웅웅웅웅웅.

백원은 울부짖는 청룡언월도를 집어던져 버리고 두 주먹을 불끈 쥔 뒤, 단전에 호흡을 모았다. 그러고는 최 진사 셋째 아들의 멱살을 양손으로 그러잡았다. 주변의 유생들과 포졸, 마을 사람들은 난데없이 나타난 거구의 장사 출현에 모두 말을 잇지 못했다. 최 진사 아들의 발은 이미 허공에 떠 있었고, 범에게 목덜미를 물린 하룻강아지처럼 얼굴은 사색이 되어 있었다.

얼마의 침묵이 흘렀을까, 불가사리의 비릿한 미소 위에 백원의 단호한 호령이 떨어졌다.

"그만!"

엄청난 사자후가 울려 퍼졌다. 폭풍처럼 몰아친 기운에 백원의 형을 둘러싸고 있던 유생들은 뒤로 나자빠졌고, 구경꾼들은 너무 놀라 자리에 주저앉아 버렸다. 뒤에서 지켜보고 있던 불가사리의 몸에 돋아난 바늘들이 흔들릴 정도였다.

사자후에 쓰러진 유생들과 사람들은 고막이 아픈지 두 손으로 귀를 움켜쥐고 바닥을 나뒹굴었지만, 숨이 끊긴 자는 없었다. 백원이 쥐었던 멱살을 푸니 감나무에서 감 떨어지듯 최진사 아들의 육신이 바닥에 나뒹굴었다.

백원은 형에게 다가갔다. 이제는 훌쩍 커 버린 동생이 한쪽 무릎을 꿇고 앉아 과거의 형을 안아 올렸다. 너른 품을 느낀 형이 움찔거리더니 힘없는 손으로 백원의 몸을 더듬었다. 그러고는 희미하게 웃으며 말했다.

"잘 커 주었구나. 고맙다."

"……형님. 어찌 나를 알아보시오."

내내 참았던 눈물이 백원의 뺨을 타고 흘러내렸다.

"제가 그때 너무 어려서 형님도 지키지 못하고, 형님 떠난 후에 형수님도 귀히 모시지 못했습니다. 용서해 주세요."

"……용서라니, 그게 무슨 말이야."

형의 퉁퉁 부은 두 눈에 눈물이 맺혔다. 눈을 힘겹게 뜨고는 동생을 어루만졌다.

"내가 너를 지켜 주지 못하고 먼저 떠난 것이……, 그것이 미안하지. 어찌 네가 내게 미안하다 말해. 우리 다음 세상에서 다시 만날 수 있다면, 그때는 이 못난 형이 동생을 두고 떠나는 일은 없을 거야."

형은 가쁜 숨을 몰아쉬었다.

"이제는 나와 형수에 대한 아픔을 잊고……, 네 할 일을 하렴."

백원을 매우 자랑스럽다는 듯 흐뭇하게 바라보던 형은 머리부터 조금씩 모래색으로 물들기 시작했다. 그는 옅은 미소를 머금은 채 모래성이 무너지듯 순식간에 허물어졌다. 바닥에 쓰러져 있던 사람들도 알알이 모래알이 되어 흩어졌다.

백원은 눈을 질끈 감고 숨을 크게 들이마시고는 천천히 일어났다. 조금 전까지 품에 안고 있던 형의 잔해가 우수수 떨어져 내렸지만, 백원의 얼굴에서는 조금의 미련도 찾아볼 수 없었다.

그의 말간 얼굴을 본 불가사리는 신음을 내뱉었다. 자신이 만든 환상 앞에 백원은 더할 나위 없이 굳세고 강건했다. 사사로운 감정에 얽매여 살생하지 않고 악행을 멈췄으며, 내내 품고 있던 아픔을 디디고 우뚝 선 모습. 그의 등 뒤로 후광이 비치는 듯했다.

사막에는 어느새 석양이 내리고 있었고, 백원을 마주하던 불가사리는 앞발을 바닥에 펴고 고개를 숙였다.

"불가사리, 귀인을 뵈옵니다. 알아뵙지 못하고 시험하려 했던 점, 용서해 주시길 비나이다."

"나를 시험한 연유가 무엇이냐?"

그러자 불가사리의 커다란 눈에 녹물이 괴었다.

"저는 실패했습니다. 화를 이기지 못하고 사람들을 닥치는 대로 죽였습니다."

분노로 가득한 괴성이 들리더니 동시에 그가 오랫동안 품어 왔던 진득한 괴로움이 백원에게 전해졌다. 무령과 국무당이 꿈으로 봤던 그 장면이었다.

고려 말, 봉골과의 전쟁에서 부모를 잃은 소년은 이모에게 얹혀살게 되었다. 넉넉지 않은 살림에 먹기보다 굶는 날이 많았고 그마저도 눈칫밥이었다. 이모 내외는 조카를 무척 귀찮아했고 심하게 구박했다. 소년은 꽉꽉 차오른 외로움을 달래려고 쌀보다 겨가 더 많이 섞인 밥풀을 조금씩 모아 두었다가 그것으로 작은 짐승 인형을 만들었다. 그리고 힘들고 외로울 때마다 인형에게 슬픈 이야기를 들려줬는데, 소년의 한 많은 눈물이 인형 위로 떨어지던 날, 그것이 꼼지락꼼지락 움직이기 시작했다. 극한 고독이 모여 탄생한 불가사리는 소년의 마음이 고스란히 반영된 존재였다. 자신을 놀랍고도 사랑스럽게 바라보는 소년을 보며 불가사리는 생각했다.

'쇳조각이 없었다면……. 전쟁도 없었을 테고, 그러면 내 주인이 이리 고통받지 않았을 텐데.'

그때부터 쇠를 먹어 치웠다. 인간들이 싸우지 못하게 하고 싶었다. 소년의 이모네에 있는 바늘부터 시작해서 젓가락, 숟가락, 부지깽이, 솥뚜껑까지 먹어 치웠고, 마을에 있는 낫, 곡괭이, 심지어는 쟁기까지 모두 먹어 버렸다. 그럴수록 몸은 점점 거대해졌고, 몸에서는 먹은 쇠붙이가 돋아나기 시작했다.

그런데 어느 날부터 불가사리는 뭔가 이상하다는 걸 느꼈다. 마을 사람들이 자신을 보면 비명을 지르며 도망가는 것이었다. 인간에게 평화를 주려고, 세상에서 전쟁을 없애려고 하는 일인데, 왜 자신을 두려워하는지 도무지 이해되지 않았다. 마음을 말해 보려 했지만 인간들은 그의 언어를 이해하지 못했다. 얼마 후, 불가사리는 군대를 마주했다.

군인들이 들고 있는 칼과 방패를 보는 순간, 불가사리의 눈이 뒤집혔다. 저것들은 이 세상에 없어야 할 것들이었다. 흥분한 불가사리는 칼이며 방패며 창이며 닥치는 대로 먹어 치웠고, 그 앞을 상대하는 군인들은 추풍낙엽처럼 떨어져 나갔다. 먹으면 먹을수록 더욱더 마주하는 군대의 규모는 커져만 갔고, 불가사리는 어느새 고려를 위협하는 괴물이 되어 있었다. 빨리 이런 상황을 끝내고자 닥치는 대로 쇠를 삼키던 불가사리 눈에 어느 날 겁에 질린 아이들의 모습이 들어왔다. 그런데 그중에 자신을 만들어 준 어린 소년, 주인의 모습이 있었다.

주인은 자신을 알아보지 못하고 겁에 질린 채 이모의 치맛자락을 붙잡고 뛰고 있었다. 불가사리는 소년을 향해 뛰었다. 그리고 말하려 했다. 나는 너를 해치려는 게 아니라고. 사람을 구하고자 하는 거라고. 그때 이모가 소년을 내팽개치고 냅다 달렸고, 바닥을 뒹굴던 소년은 도망가던 사람들의 무리에 그대로 깔려 버렸다.

불가사리는 비명을 지르며 제 앞을 가로막은 군대를 헤치고 소년이 사라진 곳으로 급히 달렸다. 하지만 인파가 휩쓸고 지나간 그 자리에는 온몸이 짓밟혀 숨이 끊어진 소년의 주검이 놓여 있었다. 불가사리는 눈에서 녹물을 뿌리며 울부짖었고, 분노가 끓어오른 그는 주변에 있던 사람들과 군인들을 모두 죽여 버렸다.

"쇳조각으로 인해 죽어 가는 사람이 아무도 없길 바랐는데, 제가 수많은 사람을 죽여 버렸습니다."

"그래서 어찌되었나?"

"저는 고려인들에게 몽골보다 더 무서운 존재가 되었고, 이를 요괴의 출현으로 여긴 천계의 신수들이 저를 이곳에 가두었습니다. 그때부터 저는 500년간 벌을 받고 있습니다. 이 바짝 마른 모래 속에서 분노와 슬픔으로 범벅된 가슴이 바스러질 때까지."

"천계의 신수들이라 하면……. 그중에 해치도 포함되나?"

불가사리는 대답 대신 고개를 주억거렸다.

"그런데 벌을 받고 있는 죄수가 참회는 하지 않고 나를 찾은 이유는 무엇인가?"

"얼마 전, 청명한 기운으로 가득한 쇠가 땅을 가르는 소리를 들었습니다. 그 울림에는 예전의 저처럼 세상을 구하겠다는 간절한 마음이 담겨 있었습니다. 그때 그런 생각을 했습니다. 나와 똑같은 죄를 지을 자가 탄생했구나. 그래서 시험해 보고 싶었습니다. 나와 같은 길을 걸을 실패자일지, 아니면 자신의 감정을 다스리고 세상도 다스릴 수 있는 영웅인지를요."

"……."

백원의 깊은 한숨이 한차례 지나자, 요괴의 말이 이어졌다.

"저의 신통력으로 귀인의 삶을 읽어 보았습니다. 어디에 사는 누구인지, 어떤 사연이 있으며 어떤 일을 행하고 있는지. 인간의 임금이 내린 시험을 막 통과하고 큰 힘을 얻으셨더군요. 그래서 더욱 확인하고 싶었습니다. 하늘이 준 그 힘을 통제할 수 있는 자일지. 힘에는 책임이 따르는 법이니까요."

"그래서 시험이 끝나지 않았다?"

"네, 맞습니다. 귀인을 이곳으로 부르기 위해 전우들의 꿈에 제 뜻을 전하고 기다렸습니다. 당신의 무공은 생각보다 강했고, 가장 두렵고 아픈 부분을 마주했지만 스스로를 통제하는 정신은 강철 같은 당신의 육신보다 더 단단했습니다. 그 모습을 보며 다시 한번 제 지난날의 과오를 참회하게 되었습니다."

"이제 남은 것은 여기서 계속 죗값을 치를 것이냐, 아니면 내 손에 소멸될 것이냐. 둘 중 하나겠구나."

"소멸되는 것은 두렵지 않습니다. 다만 기회를 주신다면 죗값을 치르고 맑은 영으로 천도되어, 언젠가 그 아이를 만나 제 어리석음을 용서받을 수 있도록 노력하겠습니다. 허락해 주시겠습니까?"

불가사리의 온몸에 돋아난 쇠바늘이 얌전히 누웠다. 백원은 잠잠히 있다가 청룡언월도를 거두고는 짧게 고개를 끄덕였다.

감격한 불가사리는 자리에서 일어나 다시 고개를 숙여 예를 갖추었다. 그러고는 백원을 뚫어져라 바라보기 시작했는데, 불가사리의 커다란 눈동자에 균열이 생기더니 조각조각 갈라지기 시작했다. 눈을 시작으로 코와 머리 온몸으로 균열이 번지며 조금 전 백원의 품에서 허물어졌던 형처럼 가루가 되어 흩어지기 시작했다. 불가사리의 몸으로부터 허물어져 나온 쇳가루는 사막의 모래와 함께 섞여 원을 그리며 빠르게 맴돌았다. 점점 몸집을 불려 나가던 모래는 용오름이 되어 하늘로 뻗어 오르다가 어느 순간 방향을 바꿔 빠른 속도로 백원을 덮쳤다. 놀란 그가 재빨리 피하려 했지만, 발이 모랫바닥에 깊이 파묻혀 꼼짝할 수 없었다.

세찬 모래 기둥은 백원을 대번에 삼켜 버렸다. 발이 땅에 파묻혀 있지 않았다면 모래바람에 휩쓸려 버렸을 것이다. 청룡언월도는 모래 기둥이 가져가 버렸다. 빙글빙글 돌면서 공중으로 솟아오르던 청룡언월도가 금세 시야에서 사라졌다.

백원이 가늘게 뜬 눈 안으로 모래와 함께 쇳가루가 파고들었다. 질끈 눈을 감고 코와 입을 소매로 가렸지만 소용없었다. 가느다란 모래만큼이나 작은 쇳가루가 코와 입으로 쏟아져 들어오자, 백원은 눈으로 볼 수도, 숨을 쉴 수도 없었다. 쇳가루는 감은 눈꺼풀을 그대로 통과해서 눈 안쪽을 가득 채우고는 온몸의 피부를 뚫고 침입했다. 전투에서 이미 경험했던 불가사리의 바늘이 온몸을 찌르는 듯한 고통이 되어 그를 덮쳤다. 몸부림칠수록 쇳가루가 더욱 그악스럽게 파고들어 몸 구석구석을 가득 채웠다.

그때 불가사리의 음성이 들려왔다.

*"귀인을 도와, 많은 생명을 앗았던 저의 죄를 갚고 싶습니다. 받아 주신다면 저의 모든 걸 바치겠습니다."*

그 말이 끝나는 순간, 휘몰아치던 쇳가루가 백원의 내면을 빼곡히 채웠고, 극심한 고통에 그는 결국 의식을 잃어 버렸다.


웅웅!

손을 울리던 익숙한 감각에 백원은 눈을 떴다. 그제야 자신이 정신을 잃었다는 걸 깨달았다. 몸을 일으키자, 후두두 모래가 떨어졌다. 불가사리가 몸을 파고들던 감각이 생생하게 떠올라 절로 몸서리가 쳐졌다. 다시는 경험하고 싶지 않았다. 다행히 입과 콧속, 눈에 남은 가루는 없는 듯했다.

순간, 모래 기둥에 휩쓸려 날아간 청룡언월도가 생각난 백원은 벌떡 일어나려다가 멈칫했다. 어찌 된 영문인지 이해할 수 없다는 듯 한동안 굳어 있었다. 청룡언월도가 그의 바로 옆에 놓여 있었기 때문이다. 그런데 이가 빠지고 반쯤 떨어져 나갔던 날이 멀쩡한 것이 아닌가. 아니, 오히려 상하기 전보다도 더 단단하고 날카로웠다.

백원은 한 번 더 자세히 살피고는 자루를 잡고 휘둘러보았다.

윙, 윙!

바람을 가르는 소리가 예전보다 훨씬 더 묵직했다. 그런데도 무게는 너무 가벼워져서 낯설게 느껴질 정도였다. 백원이 도무지 믿기지 않아서 아래 위로 더 찬찬히 살피자, 청룡언월도는 자신의 존재를 말해 주는 듯 웅 하고 다시 울었다. 손바닥을 통해 전해지는 진동도 너무나 익숙했다.

백원은 혼란스러운 마음을 다잡고 〈무예신보〉 월도 제1장 용약재연세*를 취했다.

---

*        용약재연세(龍躍在淵勢) 용이 못에서 솟구쳐 오르듯 취하는 자세. 월도를 시작하는 동작으로, 왼손으로 자루를 잡아 도를 바로 세운다.

그러자 날 끝부티 청명한 기운이 어리더니 청룡언월도 전체가 푸른빛으로 밝게 빛났다. 이전에 체험해 보지 못한 강력한 검기였다. 백원이 전광석화의 속도로 오른 주먹을 앞으로 내지른 뒤, 즉시 다음 동작인 신월상천세 자세를 취하려는 순간이었다. 예기銳氣 어린 파란 쇠바늘이 촘촘히 백원의 피부를 뚫고 솟아올랐다.

좌라락, 좌르륵!

열을 지어 나란히 솟아오르는 쇠바늘이 단숨에 백원의 몸을 감쌌다. 그러더니 두루마기 형태로 늘어져 완벽한 이린갑*이 되었다.

곧이어 두피에서 돋아난 쇠바늘이 머리카락 사이로 튀어나와 물샐틈없이 그의 머리를 감싸며 투구가 되었다. 백원은 숨 쉬는 것도 잊고 갑자기 돋아난 갑옷을 내려다보았다. 그때 한 줌의 모래바람이 그를 향해 날아들었고, 곧이어 투구 양옆에서 물고기 비늘 같은 쇳조각이 돋아나 백원의 코와 입을 감쌌다. 당황한 것도 잠시, 숨을 쉬는 데 전혀 불편함이 없었고, 콧속에 맴돌던 흙 내음도 사라져 훨씬 기분이 상쾌했다.

"하, 후."

---

\*      어린갑(魚鱗甲) 작은 금속 조각을 물고기 비늘처럼 촘촘히 이어 붙인 조선 후기의 갑옷.

길게 숨을 들이켜니 사막의 건조한 공기가 정화되어 폐부 깊숙이 스며들었다.

그 순간 뒤에서 말소리가 들렸다.

"건방진 요괴 녀석이 드디어 주인을 만났구나."

해치가 사막의 신기루처럼 홀연히 나타났다.

"백 장군, 이제야 나랑 겸상할 정도의 모양새를 갖추었구려. 음하하."

백원은 이게 다 무슨 일인지, 설명해 주길 바라는 눈빛으로 그를 쳐다보았다. 그러자 해치가 턱짓으로 갑옷을 가리켰다.

"네가 입고 있는 것 말이다. 어떤 무기도 뚫을 수 없을 정도로 단단하지만, 아무것도 입지 않은 것처럼 편할 테야, 그렇지?"

해치의 말을 듣고 백원이 청룡언월도를 휘두르며 움직여 보니, 그의 말대로 갑옷은 움직임에 따라 피부처럼 자연스럽게 늘어나고 줄어드는 것이 마치 자신의 몸 같았다. 게다가 근육이 움직이는 대로 힘을 실어 주니, 전보다 더 높게 뛰어오르며 자세도 빠르게 바꿀 수 있었다. 몇 번의 초식을 취한 백원이 오른손으로 갑옷을 쓰다듬으며 만족스럽다는 듯 해치에게 말했다.

"그렇습니다, 안 입은 느낌입니다……. 그러면 청룡언월도가 제 모습을 되찾은 것도 불가사리 덕분입니까?"

"제 모습? 그래, 모습을 되찾았지. 하지만 중요한 건 형상이 아니라 청룡언월도에 파고든 불가사리의 힘이야. 이제 너를 지켜 주는 건 죽은 사도 세자의 혼령만이 아니라는 거지."

백원의 눈동자가 흔들렸다.

"불가사리의 힘이라시면……?"

"아, 그걸 내가 어찌 다 알겠나? 그 힘을 찾아내고 발휘하는 게 주인의 몫이지. 내가 볼 땐, 잘 쓰고 활용할 걸세. 자네는 그런 힘을 가질 자격이 있어."

해치가 흐뭇하게 웃으며 칭찬했다. 백원은 그 격려가 환상 속에서 만났던 형처럼 느껴져 코끝이 아려왔다.

"가자, 네 임금에게 자랑해야지."

해치가 백원의 손을 끌어당기는 순간, 손가락까지 두른 갑옷에서 번쩍 불꽃이 일었다.

"앗, 뜨거워! 불가사리 이놈이 사막에 가둬 놓으니 처먹을 쇠가 없어 번개까지 잡아먹었나. 아이고 저려라. 하여튼 성질머리하고는 참……."

놀란 해치는 불꽃에 덴 손을 호호 불었다. 백원이 당황해서 괜찮냐고 묻자 해치가 툴툴거렸다.

"당연히 아무렇지 않지. 생채기 하나 없다. 감히 요괴 주제에 건방지기가 그지없구나."

그 순간, 백원의 귓가에 더는 낯설지 않은 목소리가 들렸다.

*'저자가 이 사막에 저를 가두었습니다. 그렇다고 해서 일부러 그런 건 아닙니다. 사특한 것이 닿으면 반응하는 저의 본능 때문이었지요.'*

투구가 울리며 나는 소리였다. 불가사리의 목소리에는 해치가 자신을 만진 것에 대한 불쾌한 기색이 덕지덕지 묻어났다. 불가사리와 해치 사이에 얽힌 사연이 떠오른 백원은 웃음을 참느라 입꼬리에 힘을 주었다.

이윽고 해치의 은방울이 청명한 소리를 내며 물결을 뿜어냈다. 해치와 백원은 목멱 기지로 향했다.

해
치
의
뿔

 백원과 해치는 목멱 기지로 무사히 돌아왔다. 게다가 백원이 불가사리의 힘까지 얻어 왔으니, 모두 기뻐했다. 대원들은 그의 성장에 뒤지지 않기 위해 어느 때보다 열심히 수련하며 한 걸음씩 나아가고 있던 중이었다.

 해치는 대원들이 훈련하는 걸 지켜보다가 조용히 기지 밖으로 나갔다. 한참을 거닐다 아름드리나무 밑에 자리를 잡고 앉은 해치 앞으로 넉점박이송장벌레 두 마리가 포르르 날아들었다. 그들은 해치를 향해 납죽 절을 하더니, 날개를 접었다 펴며 더듬이로 한쪽 구석을 가리켰다. 벌레들이 몸으로 전하는 이야기를 알아들은 해치가 미소 지었다.

 "축하한다. 정말 잘됐구나."

 그는 동그랗게 뭉친 먹이 안에다 가지런히 낳은 알을 보며 자기 일처럼 기뻐했다.

"애썼다. 이번에는 끝까지 잘 키울 수 있을 거야."

그러자 벌레들은 감사하다는 듯 몇 번이고 몸을 웅크렸다 폈다 하며 움직였다.

"뭐, 내가 뭘 도와줬다고. 그나저나 나한테 할 말이 있는 거같은데? 해 보거라."

해치의 말이 끝나자 그들은 기다렸다는 듯, 날개를 파르르 떨며 더듬이로 무언가를 말하기 시작했다. 한껏 귀를 기울이던 해치의 표정이 시시각각 변하다가 이내 딱딱하게 굳었다.

"그 말이 사실이렷다?"

이 말에 벌레들은 머리를 작게 까딱거리더니 앞발을 들어 한동안 바르작거렸다.

"중요한 단서를 알려 줘서 고맙다. 고생했어."

해치는 굳었던 표정을 풀며 칭찬했다. 그러고는 곧바로 뒤돌아 가다가 멈칫했다.

사람뿐 아니라 신수에게조차 세상은 호락호락하지 않았다. 뿔을 잃고 벌레에게 정보를 얻는 신세가 아닌가. 이런 일을 겪고 나니 자꾸 약하고 작은 존재에 신경이 쓰였다.

해치는 손끝에서 물방울을 뽑아내서는 벌레들이 알을 낳은 자리로 보냈다. 날아간 물방울은 밥상보 덮듯 동그랗게 그 위를 덮었다.

"이 정도면 새끼들이 다 자랄 때까지는 안심해도 될 것이야. 나머지는 너희들 몫이다."

씩씩하게 살라는 작별 인사를 건네고 돌아선 해치의 표정은 다시 심각해졌다.

그날 밤, 염라대왕이 해치를 찾아왔다.

"해치, 어찌 이럴 수 있단 말인가! 광탈의 부모를 잡았으면 저승으로 곧바로 보내야지. 서로 만나게 하다니?"

염라대왕이 꾸짖었지만 해치는 귀를 판 손톱을 호호 불며 딴청만 피웠다.

"자네 지금 내가 우스운가? 인간들과 어울리더니 이제는 위아래 구분도 못 하는 게야?"

그제야 해치가 염라대왕을 똑바로 바라보며 물었다.

"저승이 왜 존재합니까?"

"뭐? 뭐라는 거야, 지금?"

"대왕님, 우리가 하는 일이 뭡니까? 이 우주의 섭리가 모든 만물에 잘 깃들 수 있도록 노력하는 게, 우리 같은 존재의 의무잖아요. 그런데 그 섭리가 미치지 못하거나, 보살펴 주지 못하면 마땅히 나서서 그들을 품는 것이 도리 아닙니까. 거 대왕님, 학을 보라는데 왜 깃털을 세고 있습니까. 생때같은 자식 잃고 오랜 세월을 헤맨 그 사연을 헤아려야지, 저승에 좀 늦게 왔다고 벌레로 환생을…… 아이고야. 이러니까 망자들이 점점 우리를 등지는 거 아닙니까? 융통성이 없어,

쯧."

염라대왕은 잠시 말문이 막혔지만, 그렇다고 잠잠히 입을 닫고 있을 성정은 아니었다. 그는 다시 따져 물었다.

"알았다. 부모와 만나게 해 준 건 자비라 치자. 그러면 광탈을 유괴했던 자는 왜 심판도 하지 않고 나에게 보냈나?"

"용석이 말입니까?"

"그래, 남사당패에서 얼른쇠 하던 그 녀석!"

해치가 작게 한숨을 쉬었다.

"광탈이 꼭두쇠에게 맞을 때 말려 주던 유일한 사람입니다. 남사당패에서 그나마 정 붙이고 산 사람인데, '광탈아, 실은 저자가 너를 유괴한 사람이야.'라는 말을 꼭 해 줘야 하겠습니까? 그 아이로서는 몇 되지 않는 따뜻한 추억이니 지켜 주는 게 낫다 싶었습니다. 광탈이가 눈치챌까 봐, 그래서……. 심판이야 이승에서 하나, 대왕님이 계신 지하에서 하나, 상관없지 않습니까."

염라대왕은 입이 떡 벌어졌다. 영혼에 대한 배려나 헤아림은 약에 쓰려고 해도 없던 해치가 아닌가. 그저 옳은 것과 그른 것을 분간해 내기만 했던, 얼음처럼 차가웠던 해치가 인간의 왕이나 할 법한 말을 늘어놓고 있었다. 이게 무슨 조화인가.

"대체 이승에서 무슨 일을 겪은 게야?"

염라대왕이 놀라서 물었다. 겪은 일이 너무 많은 해치는 말을 고르느라 머뭇거렸다.

아비처럼 보듬고 뒤를 든든히 받쳐 주며, 진정한 우두머리가 무엇인지 보여 준 임금이 먼저 떠올랐다. 항상 해죽거리며 형님이라 부르는 광탈의 목소리가 들리는 듯도 싶었다. 평소에는 소 닭 보듯 지내지만 필요할 때에는 기막히게 합이 맞는 백원은 또 어떠한가. 신뢰를 가득 담아 자신을 바라보는 벼리의 맑은 눈도 함께 떠올랐다.

"대왕님."

"……왜 목소리를 깔고 그러나."

해치의 표정이 너무나도 진중해서 염라대왕은 살짝 당황했다.

"사람에게 배운 적 있습니까?"

염라대왕에게 사람은 이끌어 줘야 할 열등한 존재였다. 그런데 배운 적이 있냐고 물으니 의아했다. 해치는 눈살을 찌푸린 염라대왕을 똑바로 바라보며 말을 이었다.

"무리를 이끄는 우두머리가 어떠해야 하는지, 같이 밥 먹고 사는 이를 어찌 대해야 하는지, 이들과 지내면서 깨달았습니다. 그리고 전장에서 등을 맞댄 전우와 나누는 감정이 얼마나 짜릿한지도……."

해치는 마저 설명하려다 입을 다물었다. 벼리에 대해서는 도저히 말로 표현할 수 없는 무언가가 있었다. 그녀에게 배우고 느낀 것을 명확히 알려면 과실이 익듯 시간이 필요하리라.

여기까지 생각이 미치자, 개미가 지나가는 것처럼 얼굴이 간질간질했다. 해치는 알 거 없다는 듯 손을 휘휘 저은 후 책상 위의 책을 펼쳤다. 염라대왕은 해치의 손에 있는 책을 보며 말을 걸었다.

"웬일이야. 우리 신수님이 책도 읽고⋯⋯."

그러다가 책의 제목을 확인하고는 눈살을 찌푸렸다.

"전우치 그 녀석이 책으로 나왔어?"

염라대왕이 머리를 디밀자, 해치는 헛기침을 하며 돌아앉았다.

"뿔, 찾으러 간다며?"

염라대왕의 물음에 책장을 넘기던 해치의 손이 멈췄다.

"국무당의 기도가 저승까지 닿았다네. 이번에는 꼭 찾아."

염라대왕의 말을 듣자, 해치는 정조가 생각났다.

'이승의 왕은 언제나 어사대에게 무사히 돌아오라고만 했는데⋯⋯.'

해치는 그것이 얼마나 따뜻한 말인지, 새삼 느껴지면서 서서히 심통이 달아올랐다.

"지옥을 너무 오래 비우시는 거 아닙니까? 그러니 죄수가 도망가지."

지옥에서 도망친 수라 이야기였다. 그 말이 끝나기 무섭게 주변이 대낮처럼 밝아졌고 세상이 쪼개지는 것 같은 천둥소리가 났지만, 해치는 눈 하나 깜짝하지 않았다. 염라대왕의 얼굴은 꽈리보다 붉어졌다.

"좋은 걸 배웠나 했더니, 고얀 것도 배웠구나. 내 지금은 수라 때문에 참는다마는, 일 끝나고 나면 너부터 잡을 것이야!"

콰르릉!

염라대왕은 더 거센 천둥을 울리고는 씩씩거리며 사라졌다.

그간 뿔을 찾을 생각을 안 한 건 아니었다. 하지만 그리 쉽게 행동으로 옮겨지지 않았다. 우선 수라에게 뿔을 잃었다는 사실을 받아들일 수 없었다. 요괴를 심판해야 할 천계의 신수가 심판의 상징을 요괴에게 잡아 뜯기다니. 수많은 전우의 죽음, 가슴과 이마에 동시에 남은 상처는 1000년 동안 그를 괴롭혀 왔다. 그러나 여의주에 의지해 힘겹게 만인사를 물리치고 나니, 더는 미룰 수 없다는 생각이 들었다.

다음 날 새벽, 해치는 떠날 채비를 마치고 방문을 열었다. 조용히 나설 작정이었다. 그런데 다 같이 어울려 시끌벅적하게 출발하는 게 버릇이 된 건지 쓸쓸한 느낌이 들어 뒤를 돌아보았다. 새벽안개에 뽀얗게 잠긴 목멱 기지는 한없이 평화

로워 보였다.

"내 다녀오마."

그는 혼잣말로 기지를 향해 인사를 고하고 걸음을 옮겼다. 목멱산을 막 벗어나려 하는데, 안개 속에서 사람 모양의 그림자가 어른거렸다. 곧이어 모습을 드러낸 이는 국무당이었다.

"아이고 놀랐잖아. 기척 좀 하시지."

"이것도 가져가십시오."

국무당은 정성스레 준비한 보따리 하나를 건넸다.

"이건 무엇이오?"

"꼭 필요하실 겁니다."

"국무당께서는 신수의 미래도 내다봅니까?"

"네, 아주 잘 보입니다."

순간, 놀란 듯 눈을 동그랗게 뜬 해치가 곧 입을 열었다.

"크험, 뭐가 보이오?"

점사를 보러 오는 이들이 묻던 말을 신수가 하다니. 해치의 얼굴에 어린 염려를 읽은 국무당은 미소 지으며 답했다.

"조심해서 다녀오십시오."

"조심하면 다녀올 수는 있는 거죠?"

불안한 눈빛의 그가 재차 묻자, 국무당은 대답 대신 어미가 자식 손에 쥐여 주듯, 떨리는 그의 손에 보따리를 꼭 쥐여 주었다. 해치는 얌전히 보따리를 받으며 돌아섰다.

"그럼 잘 다녀오리다. 나 없다고 다들 기죽지 말고."

"기죽을 사람 없으니, 저희 걱정은 하지 마십시오. 꼭 원하는 바를 이루고 귀향하시길 치성 드리겠습니다."

신수에게 고향이라니. 짧았지만 함께해 왔던 이 목멱 기지가 자신의 고향이라는 국무당의 말에 해치의 마음 한 구석의 감정이 더없이 울컥 치밀었다.

＝＝＝

동해 푸른 바다 위에 붉은 해가 떠오를 때쯤, 바다에서 뭔가 꼬물거리며 해안으로 올라왔다. 초록색 천을 둘둘 감아 만든 것 같은 해초 뭉치였다. 크기는 서너 살 먹은 아이만 한 것이 파도를 따라 이리저리 떠밀리다가 백사장까지 올라왔다. 잠시 후, 겹겹이 말려 있는 해초 사이로 게 눈 같은 게 삐죽 솟아오르더니 사방을 살폈다. 주변에 아무도 없는 걸 확인하자, 둥근 몸체에서 가느다란 팔과 다리가 쑥쑥 돋아났다. 그러더니 발딱 일어나 맴을 돌며 짧은 팔을 휘젓기 시작했다.

"허허허!"

갑자기 들리는 웃음소리에 해초 뭉치가 화들짝 놀라더니

바다를 향해 데굴데굴 굴러갔다.

"멈춰라!"

엄히 명하는 목소리에 해초는 얼어붙은 듯 멈췄다가 그대로 납작 엎드렸다.

"해, 해치님 아니십니까? 이곳엔 어인 일이십니까?"

"왜? 내가 못 올 데를 온 것도 아니고."

"아니 그런 뜻이 아니라……."

"장자마리*야, 네가 춤을 추면 풍년이 온다지? 잘하고 있는데 왜 멈추느냐."

"헤헤, 제가 아직 어려서 그런지, 그다지 성과가 좋지 못합니다."

"올해 몇 살이냐?"

"오늘이 제가 귀 빠진 날인데, 딱 삼천 살 됐습니다. 저희 세계에서는 삼천 살부터가 성년이지요. 어엿한 어른이 된 기념으로 춤을 추고 있었어요."

그러면서 활짝 웃는데, 입안에 깨알 같은 이빨이 조르륵 나 있는 게 제법 귀여웠다. 해치는 장자마리가 몇 살이 돼야 어른 취급을 받는다는 걸 처음 알았지만 상관없었다. 오히려

---

\*　　장자마리 동해안 쪽에서 전해오는 도깨비로 온몸에 해초를 두른 모습이다. 다산과 풍요의 상징이며, 해안에 올라와 춤을 추면 그 해 풍년이 들고 아이들이 많이 태어난다는 전설이 있다.

국무당의 예지력에 감탄할 뿐이었다. 그녀가 준 보따리 안에는 물 도깨비의 생일에 어울릴 법한 것들이 들어 있었다.

해치는 선하게 웃으며 말했다.

"오, 축하한다. 어른이 된 생일날인데 그냥 지나칠 수야 없지. 어서 앉아 보거라. 내가 좋은 선물을 가져왔다."

"우아, 감사해요. 근데 해치님은 몇 살인데 저한테 말을 놓으십니까?"

"네?"

"몇 살인데 말을 놓으시냐고요?"

해치는 잠시 자신의 나이를 더듬어 보았다. 인간의 세월로 꼽아 본 적 없어서 한참 걸렸다. 2000년은 족히 넘었지만, 아직 삼천 살은 아니었다. 그럼, 장자마리가 형뻘이란 말인가! 하지만 인간들도 한두 살 차이는 그리 따지는 것 같지 않았다. 그러니 1000년쯤이야 뭐. 이런 생각에 잠겨 있는 해치에게 장자마리가 작게 쫑알거렸다.

"요괴가 신수 나이를 물었는데, 답이 없는 걸 보니……."

"뭐? 너 지금 뭐라고 했느냐?"

자신의 속마음을 들킨 듯 해치가 정색하며 묻자, 장자마리는 도토리보다 작은 눈을 빠르게 깜빡이며 말을 돌렸다.

"아무것도 아닙니다. 이제 막 어른이 된지라, 혼잣말하는 아이 적 버릇을 버리지 못해서 그랬습니다. 그래서 해치님은 몇 살이냐고요?"

'하아……. 뿔만 아니면 이 발칙한 물 도깨비를 당장 말린 미역으로 만들어 버렸을 텐데.'

해치는 길게 한숨을 쉬고는 슬그머니 말을 높였다.

"아, 그것이……. 워낙 지내 온 세월이 오래인지라, 정확히 기억나지 않는구려. 그대가 이제 막 성년이 되었다니, 내 존대는 하리다."

"아, 그러시군요. 인간의 모습을 하고 계신 것이 너무나 어려 보여서요. 이리 대접해 주시니 감사할 따름입니다."

해치는 구렁이 담 넘어가듯 나이 이야기를 넘기고는 보따리를 풀었다.

"와, 이게 다 뭡니까?"

"안동 송화주요. 솔잎과 국화, 금은화, 인동초까지 넣어서 100일이나 숙성시켰소. 아주 귀한 거요."

장자마리는 엉겁결에 술을 받아서 조심스럽게 마셨다.

"크으, 정말 향기가 끝내줍니다."

"좀 독하지요? 그래도 다음 날 머리 아픈 것도 없고 속도 편할 거요."

"저건 또 뭡니까?"

장자마리는 찬합에 가지런히 담긴 음식을 보며 군침을 삼켰다.

"송화다식*이라고 안주로는 찰떡궁합이지요."

인간의 음식이 무엇인지 알 리 없는 해치는 국무당이 싸준 술과 다과를 자기가 아는 가장 멋진 말들로 포장해 그럴듯하게 꾸며댔다. 참과 거짓을 분별하는 신수가 할 짓은 아니었다.

"궁합? 궁합!"

얼굴이 벌게진 장자마리가 갑자기 흥분하더니 발딱 일어났다. 그러고는 허리를 앞뒤로 튕기며 허공을 찔러 댔다.

'이것이 술 한 잔에 벌써 취했나⋯⋯.'

해치는 미간을 찡그렸다. 장자마리는 풍요와 함께 다산을 상징하는지라, 출산에 관련된 단어만 들으면 흥분한다는 건 익히 알고 있었다. 하지만 그 흥분을 저리 흉측하게 표현할 줄이야. 해치는 장자마리를 물줄기로 쏴서 바다에 처넣고 싶은 걸 꾹 참느라 손끝이 아릿할 지경이었다.

"아이코 이런⋯⋯. 그대가 춤추는 동안 여기 있는 술과 음식을 내가 다 먹을 참이오."

"안 돼요!"

장자마리는 구르듯 달려와 다식을 입에다 쓸어 넣었다.

"아이고, 안 뺏어 먹을 테니 천천히 드시오."

*       송화다식(松花茶食) 송홧가루를 꿀이나 조청으로 반죽해 다식판에 박아
낸 과자.

해치는 껄껄대며 기분 좋게 연신 술을 따라 주었고, 장자마리는 주는 대로 족족 마시며 감탄했다.

시간이 얼마나 지났을까. 한껏 들떠 있던 장자마리가 갑자기 차분해지며 자신의 삶을 이야기하기 시작했다.

"해치님, 사람들이 용왕제를 지낼 때면 용왕님이 먼저 술을 음미하고, 상을 물린 뒤에야 우리 차례가 옵니다."

"이런, 한 상에 앉아 어울려 먹으면 흥도 나고 좋을 텐데 말이오."

그 말을 듣더니, 장자마리가 갑자기 눈시울을 붉히기 시작했다.

"저희 같은 요괴들이 언감생심 어찌 용왕님과 겸상을 한단 말입니까. 술 찌꺼기라도 남겨 주시면 감사하죠. 하지만 작년까지만 해도 저는 미성년이라 술은 구경도 하지 못했답니다. 그런데 성년을 맞이한 첫 생일에 이렇게 거한 상을 받다니. 이게 웬 복인지."

장자마리가 말을 할 때마다, 푸슬푸슬 송홧가루가 흩날렸다.

"정말 고맙습니다, 해치님. 다 헛소문이었나 봅니다. 이렇게 좋으신 분인 줄도 모르고……."

"소문?"

"네, 바다에 사는 이들은 해치님이 성질은 요괴 못지않고 행실은 인간보다 못하다 하여, 취급 자체를 하지 않고 있습니다. 천계에 친구 하나 없는 외톨이, 독불장군이라 떠들어 댑지요."

"감히 어떤 놈이! 내가 친구가 왜 없어. 목멱산에 가면 한가득인데!"

해치가 참아 왔던 기운이 순간 폭발하자 장자마리가 몸을 콩벌레처럼 웅크렸다.

"아! 아……. 그대에게 화낸 게 아니니, 어서어서 마저 드시게."

장자마리는 아예 술병을 옆에 가져다 놓고 술병을 기울이며 해치에게 이말 저말을 늘어놓았다.

"그런데 말입니다. 목멱산 그분들도 해치님을 친구라 여길까요?"

해치는 당연하다는 말이 혀끝에 걸렸다가 쏙 들어갔다. 어찌 된 일인지, 장자마리의 질문에 쉽게 답이 나오지 않았다.

백원은 별식을 만들 때마다 항상 해치를 불렀고, 무령도 그에게 지극했다. 광탈은 말할 것도 없고, 그를 향한 벼리의 눈은 언제나 초롱초롱했다. 정조는 예전보다 많이 누그러졌고, 국무당은 목멱 기지가 그의 고향이라고 했다. 무엇보다 서로 목숨 걸고 싸운 사이 아닌가.

하지만 그들은 인간이고 자신은 신수였다. 그들은 이승에 살며 자신은 저승에서 왔다. 종도 다르고 소속도 다르며 태생도 다른……. 그저 수라를 상대하겠다는 목적으로 뭉친 사이, 어찌 보면 가족이라 하기엔 한계가 있는……. 결국 자신은 이방인이었다. 머릿속이 복잡해졌다.

그때 장자마리가 알아들을 듯 말 듯 작게 말했다.

"신수라는 놈이 어찌 인간 흉내를 내누?"

"뭐라?"

"콜록콜록, 네?"

이 요괴가 어찌 목멱산에 있는 동료들이 인간인 걸 알고 있단 말인가. 그리고 지금까지 그가 떠벌렸던 말투와는 분명 다른 느낌이었다.

"지금 뭐라 한 거요?"

"아니 제가 무슨 말을 했다고 그러십니까? 아무 소리 안 했는데요?"

해치가 긴가민가하면서 되물으려는데, 장자마리가 술병을 수직으로 세우고 떨어지는 술을 벌컥대며 들이붓기 시작했다. 저러다가는 완전히 취해 뻗을 것만 같았다. 마음이 바빠진 해치가 슬금슬금 눈치를 살피다가 넌지시 물었다.

"저, 우연히 들은 얘긴데……. 옛날 옛적에 말일세. 내 뿔이 이 근처에 떨어졌다던데, 혹시 아는 바가 있는가?"

장자마리는 자꾸 꼬이는 혀에 잔뜩 힘을 주며 말했다.

"아, 1000년 전 말이죠? 수라가 조기 조 하늘 위에서 뿔을 쥐고 있는 거, 제가 이 두 눈으로 또또키 봤습니다. 그게 해티임 거였구나."

이 말을 들은 해치는 돌처럼 굳어 버렸다. 수라에게 뿔을 뜯긴 것까지는 기억이 나지만, 엄청난 고통과 함께 그 후 정신을 잃었었다. 장자마리의 말에 따르면, 그간 세상 어디를 찾아도 없던 뿔은 수라의 손에 쥐어진 채 이곳 동쪽 세상의 끝까지 온 것이었다.

"수라가 내 뿔을 손에 쥐고 있었다?"

"네, 요렇게. 칼처럼 요렇게 거꾸로 그러쥐고 비형랑이랑 둘이 한판 붙었는데요, 와! 용과 호랑이가 싸우는 줄 알았죠."

"자, 잠깐! 내 뿔을 무기로 사용했다고?"

"녜. 비형랑이 몇 대 처맞고 정신을 못 챠리더라고요."

해치는 떨리는 가슴을 간신히 진정시키며 말했다.

"그래서?"

"그런데 비형랑이 뒷발로 착 걷어차니까 수라가 들고 있던 뿔을 팍 하고 놓친 거죠!"

"그럼 내 뿔은? 내 뿔은 어디로?"

그러자 장자마리가 휘파람 소리를 길게 뽑아내며 서쪽 산 등성이를 가리켰다.

"죠기로 날아가던데요."

"어디, 어디?"

해치가 그쪽을 보고 목을 길게 빼며 다시 묻자, 장자마리가 입을 가리고 킥킥 웃었다.

"왜 웃는 거요?"

애가 닳은 해치가 다급히 묻는 말에 장자마리는 손가락 하나를 올려 입에 대고는 쉿 했다. 그리고 옆에 찰싹 붙어서 해치의 도포에 초록색 물을 들였다.

"해티님께만 알려 드리는 겁니다."

진한 술 냄새가 풍겨 왔다.

"충분히 잘 들리니, 좀 떨어져서······."

"어허! 낮말은 멍게가 듣고 밤말은 해삼이 듣습니다."

해치는 눈을 질끈 감고 계속하라는 듯, 손을 휘휘 저었다.

장자마리는 잠시 입을 옴죽거리더니, 손가락을 쪽 뻗어 산 너머를 가리켰다.

"조기 무지개 보이십니까?"

분명 비가 온 적이 없는데, 구불구불 이어지는 산줄기에 커다란 무지개 하나가 떠 있었다.

"아니, 조금 전만 해도 없었는데······."

"바로 조기 무지개가 산등성이에 맞닿아 있는 조리로 날아 갔습니다."

그 말이 끝나기 무섭게, 해치는 온몸으로 물줄기를 뿜아내더니 하늘로 날아올랐다. 어찌나 빠른지 그의 잔상은 순식간에 장자마리의 시야에서 사라졌다.

그 모습을 보며 장자마리가 또박또박한 말투로 말했다.

"신수여, 지척에 있는 뿔을 찾아 왜 그리 헤매 다니는 거요."

홀로 남은 장자마리는 양손에 미역 줄기를 잡고 폴짝폴짝 춤을 추었다. 취기 때문일까. 조금 전보다 더 흥이 나고 춤사위도 고왔다.


한편, 다급히 무지개가 걸린 곳에 도착한 해치는 한동안 멍하니 서 있었다.

"젠장, 장자마리 이 녀석. 대체 어느 쪽이야!"

가까이서 보니, 무지개는 어마어마하게 커서 양 끝의 간격이 너무 넓었다. 아무리 해치라 해도 두 군데를 한꺼번에 돌아보기 힘든 거리였다. 게다가 장자마리와 너무 오랜 시간을 보냈는지, 해가 커다란 바위들을 주황색으로 물들이며 빛을 지워가고 있었다. 이대로라면 완전히 어두워질 때까지 이각\*도 남지 않았다.

낭패도 이런 낭패가 없었다. 그는 잠시 망설이다가 우선

---

\*      이각(二刻) 일각(一刻)은 약 15분으로 이각은 약 30분.

무지개의 왼쪽 끝으로 날아갔다. 여기서부터 오른쪽 끝까지 쭉 훑는 수밖에 없었다. 왼쪽 끝에는 딱히 눈에 띄는 건 없었다. 사람의 발이 닿지 않는 깊은 산은 온통 나무뿐인 데다가 여기저기 덩굴이 늘어져 있어서, 땅바닥이 보이지 않았다. 저것들을 하나하나 들춰 볼 수도 없는 노릇인데 무지개는 서서히 옅어지기 시작했다.

"큰일이군. 표식을 해 놔야겠어."

해치는 거대한 물기둥을 일으켜 자신이 서 있는 곳에 소용돌이치게끔 만들어 놓고는 반대편 무지개 끝으로 날아갔다. 지금 표식을 모두 해 놓지 않으면 자신의 뿔을 영영 찾을 수 없을 것 같다는 불안이 엄습해 왔다.

'사라지지 마라. 제발.'

이천 살이 넘도록 무엇인가를 이토록 간절히 바란 적이 없었다. 그제야 치성을 드리는 사람의 심정이 조금은 이해되는 것 같았다. 그는 힘을 최대로 끌어올려 반대편 무지개 끝이 완전히 사라지기 직전에 겨우 도착했다. 물결에서 내리는데, 다리가 후들거릴 정도였다.


이곳도 역시, 인간의 발자취는커녕 짐승의 흔적조차 찾을 수 없었다. 더군다나 자신의 뿔이 내뿜을 만한 신기는 말할 것도 없거니와, 요기조차 느껴지지 않았다. 벌레만도 못한 미역 줄기 요괴의 말만 믿고 산을 헤매게 될 줄 누가 알았던가.

'하아, 정말 고되다. 장자마리야, 뿔을 못 찾으면 그 흉측한 춤도 다시는 못 출 줄 알아라.'

그런 생각을 하고 있을 때였다. 삐죽삐죽 솟았다가 가라앉는 산줄기 사이에 완만한 선이 보였다.

"저긴 분명 산세는 아니구나."

인간이 만들어 놓은 마을 같았다. 해치가 다시 물줄기를 일으켜 그곳에 도착하자, 완전히 해가 져서 사방이 어둑어둑해졌다. 하지만 그런 것에 구애받을 해치가 아니었다. 그는 너와집*이 옹기종기 모여 있는 곳으로 저벅저벅 다가갔다.

"이런……. 사람들이 떠난 지 오래군."

호롱불 하나 비추지 않는 집들의 기둥은 지붕의 무게를 이기지 못하고 주저앉기 직전이었다. 먼지가 쌓인 부뚜막에는 마른 풀이 무성했고 깨진 구들장 사이에는 자라다 만 대나무가 삐죽 튀어나와 있었다.

"이 깊은 산속까지 들어와 집까지 지으며 살아가려 했다니. 인간이란 존재는 대체……. 알다가도 모르겠다."

"자신의 속도 모르면서 어찌 남의 속을 알려 하시오?"

---

\*　　　너와집 나뭇조각으로 지붕을 올린 집.

갑자기 들려온 목소리에 해치가 급히 뒤를 돌아보았다. 웬 노인이 서 있었는데, 이곳의 빈집보다 더 빨리 폭삭 주저앉을 것 같은 모습이었다. 해치는 놀란 가슴을 내색하지 않으려 애썼다. 노인이 자신의 바로 뒤로 다가올 때까지 기척조차 느끼지 못했기 때문이었다.

"누구시오?"

해치가 잔뜩 경계하며 묻자 노인은 클클, 가래 끓는 소리를 내며 웃었다. 그러더니 작게 중얼거렸다.

"대뜸 누구냐, 이럴 줄 알았는데……. 존대도 할 줄 아네."

탁하고 작은 목소리라 알아듣기 힘들었다. 하지만 좋은 말은 아닌 듯하여, 해치는 미간을 잔뜩 찌푸리며 물었다.

"뭐라 하였소?"

"말은 무슨. 몸이 좋지 않아 기침이 끊이지 않은 것뿐이오."

그러면서 보란 듯 어깨까지 들썩이며 기침을 해댔다. 그러다 기침이 멎자, 허연 수염 사이로 보이는 입술이 벙싯거렸다. 해치는 더욱 의심스러운 눈초리로 노려보았다.

"혹시 이곳의 산신이시오?"

"어이쿠, 그런 말씀 마시오. 이 산 저 산 타고 다니는 약초꾼입니다. 그런데 어인 일로 이 야심한 시각 첩첩산중에서 선비는 나와 이렇게 마주하고 있는 거요?"

어느새 노인의 목소리는 완연히 맑아져 있었다. 하지만 해치는 목소리의 변화 따위는 느끼지 못했다.

"소중한 것을 찾고 있었습니다."

"소중한 것이라……."

이상한 기운이 느껴지지만 않는다면 상대가 누구인들 상관있으랴. 어둠 속에 길을 잃었다면 횃불을 든 이에게 고개를 숙이고 길을 묻는 게 옳다. 해치는 경계를 늦추고는 노인에게 공손히 물었다.

"이 지역을 잘 아시는 분 같은데, 혹시 약초를 캐러 다니시다 신령스러운 그 무엇인가를 마주친 적이 있으신지요?"

정말 염라대왕에게도 이만큼 존대해 본 적이 없었다. 해치의 말을 들은 노인은 부드러운 눈빛으로 그를 바라보며 답했다.

"신령스러운 것이라면 매일, 매 순간 마주치지요. 천년을 자라난 고목은 세상의 역사를 품고 있고, 나를 스치는 바람은 먼 세상의 이야기를 들려줍디다. 온 천지가 신령스러운데, 그대는 무엇을 찾기에 이곳에서 신령스러움을 묻는 겁니까?"

순간 해치는 확신했다. 인간의 숨결도 신의 기운도 느껴지지 않는 눈앞의 이 형상은 자신이 찾고 있는 비밀의 열쇠를 가지고 있는 존재라는 것을. 이 노인이 누군지는 중요하지 않았다. 중요한 것은 자신이 뿔을 찾느냐 못 찾느냐일 뿐. 크게 숨을 가다듬은 해치는 정중함을 담아 노인에게 물었다.

"뿔이 있는 곳을 알고 싶습니다."

그 말을 들은 노인은 껄껄 웃으며 하늘을 가리켰다.

"저기 있소이다."

해치가 급히 고개를 들어 밤하늘을 쭉 훑었다. 하지만 매일 보는 달과 별뿐, 다를 게 없었다. 그래도 해치는 한 번 더 인내심을 발휘하며 이리저리 둘러보았으나, 역시 마찬가지였다. 다시 노인을 향한 해치의 얼굴에는 의문이 가득했다.

"이 양반아. 저기 있다고 했지, 하늘에 있다고는 안 했소."

고분고분 따랐건만, 노인이 자신을 놀리는 것 같았다. 해치가 꽈리처럼 빨개진 얼굴로 노인을 바라보자 그가 나지막이 중얼거렸다.

"저 달과 별들을 보고도 떠오르는 게 없소?"

해치가 다시 하늘을 살폈다. 유심히 보니 하늘은 평소보다 어두웠고 수많았던 별들도 자취를 감췄다.

그런데 가느다란 그믐달 주변에 유난히 크고 밝은 별 세 개가 그 빛을 비추고 있었다. 해치가 하늘을 보며 고개를 갸웃거리자, 나직이 노인의 목소리가 들려왔다.

"그믐달 모양의 계곡 위에 별 세 개가 떠 있는 곳을 찾으시오."

"그믐달 모양의 계곡이라니요?"

해치가 하늘에서 눈을 떼고 노인을 바라보았을 때 그 자리에는 아무도 없었다. 해치는 당황해서 주변을 살피다가 멈췄다. 그러고는 한동안 자리에서 꼼짝하지 않고 장승처럼 서 있었다. 한낱 미역에 지나지 않은 장자마리에게 결정적인 단서를 얻었고, 약초를 캐는 촌부는 몇 마디로 그의 못난 마음을 한 겹 덜어 냈다. 한없이 작아지고 겸손해지는 느낌이었다.

찌르르르.

가을벌레들이 다가오는 겨울을 느끼며 마지막 울음을 짜냈다. 해치는 잠시 눈을 감고 그 소리를 음미했다.

'송장벌레들은 잘 지내고 있겠지?'

예상대로 염라대왕은 타박했지만, 그들과 광탈을 만나게 해 준 건 아무리 생각해도 잘한 일 같았다. 그 행위가 이리 가슴을 뿌듯하게 할 줄이야. 선한 일을 해서 그 보답을 받는 느낌이었다.

'선을 권하고 악을 벌한다.'

하늘의 섭리로 심판만 하다가 그 섭리 안으로 자신이 들어와 보니 그 전에는 보이지 않던 것들이 보이고, 느낄 수 없었던 감정들이 싹터 왔다. 가슴 없이 머리만으로 행해 왔던 자신의 지난날이 한없이 부끄러워지는 순간이었다.

그때 해치의 머릿속이 열리고 심장이 뛰기 시작했다. 자신이 세상의 제일인 줄 알았건만, 떨어지는 낙엽도 자신을 스치는 바람까지도 스승이 될 수 있다는 생각을 하고 나니, 마치 누에고치가 껍질을 벗고 나비가 되어 하늘을 날아오르듯 영혼이 한없이 맑아지는 느낌이었다.

해치는 엷은 미소를 지으며 하늘을 올려다보았다. 이 순간을 기다렸던 것일까? 그믐달 옆에 있던 별 하나가 조금씩 흔들리더니 길게 꼬리를 늘어뜨리며 땅으로 떨어졌다.

'저기다!'

해치는 자신이 노인을 만난 자리에 커다란 물기둥으로 표식을 해 둔 다음, 또 하나의 물술기를 타고 오르며 별의 궤적을 쫓았다.


그곳 역시 깊은 산속이었다. 별은 떨어진 뒤에도 빛을 잃지 않고 반짝이고 있었는데, 해치가 빠르게 다가가 보았더니 별이 아니라 외딴집에서 새어 나오는 불빛이었다. 해치는 망설이지 않고 성큼성큼 집으로 갔다. 싸리나무로 만든 울타리 안의 아담한 마당은 풀 한 포기 없이 잘 정리되어 있었고, 그보다 더 작은 집은 소박했지만 옹골차 보였다.

해치는 울타리에 바짝 붙어, 헛기침을 하며 말했다.

"흠, 흠……. 지나가는 나그네입니다."

그때 방에서 새어 나오던 불빛이 살짝 흔들렸고, 해치는 말을 이었다.

"날이 저물어 길을 잃었습니다. 실례이오만, 밤이슬 피할 곳을 청합니다."

그러자 불빛에 여리여리한 그림자가 비치더니, 방문이 살그머니 열리며 여인의 목소리가 들렸다.

"어쩌다 이 깊은 산중을 헤매게 되셨습니까?"

"실은 찾는 것이 있어서……."

그가 말끝을 흐리자, 주인이 문을 활짝 열었다.

"날도 차고 밤이 깊으니 들어오시지요."

놀랍게도 해치를 맞이한 이는 소복을 입은 아리따운 여인이었다. 해치가 길을 잃을 리도 없지만, 만약 여인과 단둘이 있을 줄 알았다면 차라리 밤이슬을 택했으리라. 하지만 이 또한 뿔을 찾는 관문이라 여긴 그는 조심스럽게 여인을 따라 방으로 들어갔다.

불빛 아래에서 여인을 본 해치는 눈을 의심했다. 지금껏 선계를 거니는 선녀를 수없이 많이 봤지만, 이 여인처럼 눈에 띄는 미인은 처음이었다. 곧고 가지런한 가르마를 따라 쪽 진 머리는 윤이 돌았고, 비록 소복을 입었지만 가늘고 호리호리한 체격 때문인지 궁궐의 여인들이 입은 그 어떤 옷보다 화려해 보였다.

하지만 해치는 마음 한 터럭도 흔들리지 않았다. 오직 이 여인의 사소한 동작 하나, 말소리 하나도 놓치지 않고 새기겠다는 의지만이 불타올랐다.

"몹시 시장하실 텐데, 잠시만 기다리십시오."

여인은 기척 하나 내지 않고 나가더니 부엌으로 들어갔다. 잠시 후, 여인은 작은 소반을 들고 방으로 들어왔다. 그 위에는 달랑 사발 하나 놓여 있었는데, 그걸 본 해치의 눈이 살짝 커졌다. 안에는 멀구슬 열매 몇 알이 들어 있었다.

쪼글쪼글 말라붙은 모양이 이승에 막 왔을 때, 광탈이 건네주었던 것과 똑같았다. 남쪽 끝에서 따왔다며 있는 대로 생색냈지만, 알고 보니 약방에서 사 온 것이었다. 그 능청스러운 얼굴이 떠올라, 해치의 표정에는 잔잔한 미소가 감돌았다. 멀구슬 열매를 한참 들여다보던 해치가 여인에게 물었다.

"갈 곳 잃은 저를 이리 맞아 주시는 당신은 누구십니까?"

"중요한 건 제가 누구인지가 아니라, 당신의 뿔이 어디 있냐는 거겠지요."

해치는 자신이 바로 찾아왔음을 확신했다.

"네, 그렇습니다. 제가 조금 전에 만난 어르신과 연관이 있는 분 같은데, 누구시냐 묻지 않겠습니다. 다만 그믐달을 닮은 계곡에 관한 이야기를 듣고 싶습니다. 이렇게 간청드립니다."

여인은 감정이라곤 찾아볼 수 없는 무심한 얼굴로 그에게
물었다.

"뿔은 왜 찾으려 하십니까?"

"네?"

"뿔을 왜 찾으려 하시냐고 여쭈었습니다."

"그건……."

막상 아는 답도 급히 물으면 대답하지 못할 때가 있다. 스
스로가 그리도 염원했던 소망, 그 소망을 이루려는 이유가
뭐냐고 질문받았을 때 정작 그 이유를 찾기 어려운 느낌, 바
로 그런 상황이었다.

해치는 대답을 기다리고 있는 여인에게 눈빛으로 양해를
구한 뒤, 지그시 눈을 감고 스스로에게 물었다.

'왜 그것을 찾으려 하는가.'

짓밟힌 자존심 때문인가? 그런 마음도 없지 않았다. 하지
만 어사 대원들과 부대끼며 못 볼 꼴, 못난 꼴까지 다 들킨 마
당이라 더는 중요하지 않았다. 그러다 강철과 만인사와 싸우
며 느꼈던 한계를 떠올렸다.

이윽고 해치가 눈을 뜨고 차분하게 대답했다.

"적을 상대하기 위해서입니다."

"그 적은 누구이며, 왜 상대하려는 겁니까?"

"적은……. 수라입니다. 그는 오직 세상을 파괴하려는 염

원으로 가득 찬 존재입니다. 그로부터 세상을 구하기 위해서입니다."

그러자 여인은 온화하게 미소 지으며 고개를 저었다.

"아니, 그런 거 말고 진짜 이유를 말씀해 보세요."

"네?"

"세상을 구하기 위해서 뭐 이런 것 말고, 진짜 이유 말입니다."

순간 해치는 망치로 뒤통수를 얻어맞은 듯 멍해졌다.

"세상을 구하기 위해서가 아니라 당신에게 모욕감을 안겨 준, 당신의 상징을 뽑아 버린 수라에게 복수를 하기 위해서 아닙니까?"

아니라면 거짓말이다. 해치는 순간 멍해진 머릿속이 복잡해지는 것을 느꼈다.

'내가 뿔을 찾으려는 진짜 이유는 무엇인가. 세상을 지키기 위해서인가. 아니면 나의 개인적 복수 때문인가.'

초점을 잃고 이리저리 구르던 그의 두 눈동자가 사발에 담겨 있는 멀구슬 열매에 멈췄다.

'원래 사람들은 같이 먹으면서 친해지는 법이거든요. 동장군처럼 쌀쌀맞게 굴지 맙시다, 형님.'

광탈의 능청스러운 목소리가 귓가에 울리는 것 같았다. 동시에 장자마리가 건넨 말도 떠올랐다.

'목멱산 그분들도 해치님을 친구라 여길까요?'

자신 없어서 대답 못 했었다. 자신은 그들과 다른 이방인이기 때문이었다. 종도, 사는 세상도, 그리고 소속도 다른…….

처음 염라대왕이 이승에 자신을 떨궈 놓았을 때 해치는 어사대를 수라에 맞서기 위한 도구 이상으론 생각하지 않았다. 하지만 그들은 그러지 않았다. 어사대 대원들은 인간이 아닌 자신을 인간으로 대해 주었고, 도구로 여기는 자신을 전우로 생각했으며, 가족이 없는 자신을 형제처럼 대해 주었다. 해치는 깨달았다. 섞일 수 없는 이방인이라는 마음은 오직 자신에게만 있을 뿐, 그들에겐 없는 감정이었다는 것을.

작은 사발 안에서 오그랑쪼그랑 마른 멀구슬 열매들이 서로를 맞대고 있었다. 볼품없고 각각 다르지만 하나의 그릇에 담긴 멀구슬 열매, 이것은 전우이자 가족인 자신과 어사대의 모습이었다.

1000년 전, 해치가 가장 아팠던 것은 뽑힌 뿔이 아니라 자신의 전우들이 모두 수라에게 죽어 나간 것이었다. 순간 그의 무의식 속에 잠겨 있던 뜨거운 무엇인가가 솟구쳐 올라왔다. 이제 다시는 잃지 않겠다. 나의 형제들을. 사발에 담긴 멀구슬 열매 위로 해치의 눈물이 떨어졌다.

"이번에는 지키고 싶습니다."

"누구를요?"

"제가 뿔을 찾고자 하는 진짜 이유는, 나의 전우들을 지키기 위함입니다."

말을 하는 해치의 표정은 더 굳건해지고 있었다.

"이번에는 절대 저의 사람들을 잃지……."

그가 마치 다짐을 하듯 한 번 더 말하며 멀구슬 열매로 향해 있던 시선을 들어 여인을 바라보았다. 그런데 조금 전 만났던 노인이 그랬던 것처럼 여인은 사라지고 없었다.

'안 된다. 아직 답을 듣지 못했는데, 이렇게 가 버리면……'

해치가 벌떡 일어나 문을 박차고 밖으로 나왔다. 역시나 아무도 없었다. 그런데 바깥의 풍경이 사뭇 달랐다. 마당에는 해치보다 더 키가 큰 풀들이 빼곡히 뒤덮여 있었고 울타리는 간데없었다. 놀라서 뒤를 돌아보니, 집도 주인처럼 사라진 뒤였다.

"허허, 신수도 이렇게 홀리다니."

너무 허탈해서 헛웃음만 나왔다. 그토록 바랐지만 결국 뿔을 찾지도 못하고 밤새 사특한 이들에게 여기저기 끌려 다닌 것만 같았다. 서서히 동이 트기 시작했지만, 산안개가 짙게 깔려 한 치 앞도 보이지 않았다. 그게 마치 자신의 처지 같아, 해치는 기운이 빠졌다.

'돌아가서 어찌 얼굴을 들 수 있겠는가.'

불쑥 솟아오르던 못난 생각이 순간 허깨비처럼 사라졌다.

정조가 떠나는 어사대에게 무사히 돌아오라고 당부했던 말에는 자신도 포함될 거란 믿음이 들어서였다.

'조심히 다녀오라 했으니, 조심히 돌아가면 되는 거 아니야?'

뿔이야 없으면 없는 대로, 더욱 힘을 합해 싸우리라. 그리고 이제부터 목숨을 건 대원들과 함께 자신도 소멸을 각오하고 맞서리라.

비장한 결심으로 마음을 갈무리 짓자, 느껴 본 적 없는 벅찬 기운이 그의 가슴 안에 가득 들어찼다. 사람들이 그것을 '용기'라 부른다는 걸 모르는 해치는 깊이 숨을 들이마셨다가 내뿜으며 물결을 일으켰다. 여인을 만난 자리에 마지막 물기둥을 표식으로 남긴 해치는 하늘로 날아올랐다. 순식간에 자욱하던 산안개가 걷히더니 주변이 선명하게 보였다.

하늘 위에서 내려다보니, 그가 밤새 헤맸던 곳은 산줄기가 꺾인 깊은 계곡이었다. 그런데 그 형세가 마치 어젯밤에 본 그믐달과 같았다. 뭔가 심상치 않음을 느낀 그는 더 높이 떠올라 보았다. 그러자 계곡은 점점 그 모양을 갖추었고, 그 위쪽을 중심으로 밝게 빛나는 세 개의 점이 해치의 눈에 또렷이 들어왔다. 그것은 다름 아닌, 자신이 어제부터 표시해 놓은 물기둥의 소용돌이였다. 어제 무지개가 닿아 있던 왼쪽 끝, 노인을 만났던 오른쪽 끝, 그리고 그 가운데가 방금 자신이 솟구쳐 올라온 곳, 이는 어제 하늘에서 본 세 개의 별과 위치가 똑같았다.

'그믐달 모양의 계곡에 별 세 개가 떠 있는 곳……'

그 순간 벼락같은 깨달음이 그를 관통했다.

「心 마음 심」

어제 만난 노인이 말한 그곳은 다름 아닌 바로 자신의 마음이었던 것이다.

'나의 뿔이 있는 곳은 이 세상이 아니라, 내 마음속이었구나!'

하늘의 섭리는 가장 안전한 곳에 뿔을 보관하고 스스로 준비될 때까지 기다리고 있었음을 해치는 알게 되었다.

그때, 해치의 뿔이 있던 자리에서 영롱한 빛이 감돌기 시작했다. 이마에서부터 간질간질한 기운이 느껴진다 싶더니 그 전율이 온몸의 혈관을 타고 돌며 심장을 요동치게 했다.

번쩍.

머릿속에서 불꽃이 일었다. 순간 눈앞이 열리고 자신이 경험하지 못한 세상이 펼쳐졌다.

넓이와 깊이를 헤아릴 수 없이 끝이 없는 밤하늘이었다. 별과 달을 품은 우주, 그 우주를 품고 있는 수많은 우주들이

겹겹이 보이기 시작했다. 그것은 혼돈에 빠진 이 세상과는 달리 한 치의 어긋남 없이 질서 정연히 움직이고 있었다. 질서가 어우러져 내는 소리는 해치의 귀를 즐겁게 해 주었고, 장단에 맞춰 조심스레 한 걸음씩 발을 내디딜 때마다 새로운 우주를 맛보게 되었다.

출렁.

자신을 감싸는 물결에 휩쓸려 미끄러지듯 밤하늘을 달리고 있던 해치는 한참이 지난 후에야 이곳이 은하수인 것을 깨닫게 되었다. 문득 발밑을 내려다보니 우주가 오롯이 자신을 비추고 있었는데, 해치는 그토록 애타게 찾아 왔던 뿔을 은하수에 비친 스스로의 모습에서 발견한 것이다. 그때서야 해치는 알 수 있었다. 내가 보고 느끼는 이 공간이 바로 나의 마음心이었음을. 해치가 송곳니를 드러내며 미소 지으니 물 속에 비친 자신도 따라 웃었다.

잠시 눈을 감았다 뜬 해치의 시야에 그믐달 모양의 계곡과 세 개의 물기둥이 뚜렷이 들어왔다. 그리고 내려다본 발밑에는 자신을 받쳐 주던 물결이 사라지고 없었다.

"물의 신수가 물의 도움 없이 하늘에 서 있다."

각성으로 인해 한층 더 높은 경지에 다다름을 느낀 해치는 기쁨을 이기지 못하고 하늘 위로 한없이 솟구쳐 올랐다.

수
라

　땅과 하늘이 맞닿은 지평선 너머에는 이승과 저승, 어디에
도 속하지 않은 틈새가 있었다. 이곳에 인간은 절대 다다를
수 없고 저승에 속한 이들은 얼씬도 하지 않았다. 시간은 흐
르지 않고 절망이나 고통, 희망과 기쁨도 없는, 신조차 관여
하지 않는 그런 곳이었다.

　모두에게 잊힌 이 틈새의 입구에 붉은 안개가 어리기 시작
하자, 한 사내가 서서히 모습을 드러냈다. 백지처럼 하얀 얼
굴에 석류보다 붉은 입술, 도포 자락 아래로 삐져나온 탐스
러운 꼬리, 그는 길달이었다.

　요괴어사대를 대할 때의 표독스러움은 간데없고, 표정과
몸가짐은 엄숙하기까지 했다. 길달은 몸가짐을 단정히 한 후
바닥에 엎드렸다. 그의 모습은 신에게 기도를 올린 후, 응답
을 기다리는 신도처럼 경건했는데 조아린 자세 그대로 미동

조차 하지 않았다.

　길달은 오늘도 강한 번뇌와 몇 가지 소식을 가지고 수라를 기다리고 있었다.

　얼마 지나지 않아 주변에 옅은 보라색 안개가 피어나더니, 마치 비가 내리기 전 일렁이는 구름에서 나는 소리 같은 것이 들려왔다.

　"왔는가?"

　"네, 수라님께 바치기 위해 이곳저곳에서 번뇌를 모아 왔습니다."

　길달이 고개를 들어 앞을 바라보았다. 수라는 항상 안개 속에서 모습을 드러내지 않았다. 길달도 아직 그의 실체를 본 적이 없었다.

　침묵을 허락이라 여긴 길달이 입을 벌렸다. 입 사이 간격이 점점 넓어지더니, 위아래 턱뼈가 떨어져 나가는 소리와 함께 걸쭉한 액체가 주르르 쏟아졌다.

　"크헉, 컥."

　길달은 사람 머리만 한 구슬을 힘겹게 토해 냈고, 뒤이어 몇 번 헐떡이며 배와 목을 꿀렁거리자, 더 많은 구슬들이 쏟아졌다.

　그러자 안개 속에서 수없이 많은 촉수가 뻗어 나와 길달이 토해 낸 구슬을 감아서 제자리로 돌아갔다. 잠시 후, 맛을 음미하는 것 같은 소리가 들렸다.

"흠, 이번 건 제법 지독하군."

길달은 쉬지 않고 구슬을 토해 냈지만, 촉수가 거둬 가는 속도가 훨씬 빨랐다.

"꺽꺽."

길달이 숨넘어가는 소리를 내며 마지막 구슬을 토해 놓았지만, 그것마저 게 눈 감추듯 가져갔고, 뒤이은 촉수는 아쉬운 듯 길달의 몸을 더듬고 그의 입 주변과 혀를 핥았다. 촉수가 스치고 간 몸이 사시나무처럼 떨리자, 음산한 웃음소리가 퍼졌다.

"무엇이 그리 두려우냐? 너는 내가 제일 아끼는 수하인데 설마 잡아먹을까."

"아, 아니옵니다. 두렵지 않습니다."

한동안 침묵이 흐른 뒤 보랏빛 안개 속에서 수라의 음성이 이어졌다.

"내게 할 말이 있구나."

수라는 길달의 마음이라도 읽은 듯 나지막이 말했다.

"네, 다름이 아니옵고 비형랑의 자손 중 하나가 비급을 깨우쳤습니다."

"비급?"

"죽은 사도 세자가 완성해 놓은 신공을 체득했다 합니

다. 그리고 불가사리의 도움을 받아 이전보다 훨씬 강한 힘을……."

"그리될 때까지 지켜만 보진 않았을 테고."

수라의 무거운 음성에 길달의 하얀 얼굴은 더욱더 백지장이 되었다.

"뭐라 말씀을 드려야 될지 송구스럽습니다. 무령이 신사 주변에 결계를 쳐 놓아 직접 확인하지 못하였고, 목멱산 인근 요괴들에게 결과만 전해 들었습니다."

길달은 당장이라도 불호령이 떨어질 걸 각오하고 잔뜩 움츠렸지만, 수라는 미동도 없었다. 오히려 그는 여전히 여유로운 것 같았다. 하지만 길달은 더욱 긴장하며 눈치를 살폈다. 더한 이야기가 남아 있었기 때문이다. 한소끔 뜸을 들인 길달은 어렵게 그 다음 보고를 이어 갔다.

"그동안 중도를 지키던 요괴가 저쪽에 붙었습니다. 조금 전 말씀드린 비형랑의 후손에게 힘을 실어 준 불가사리가 그렇습니다. 그리고……. 목멱대왕은 해치에게 뿔이 있는 곳을 알려 주었다 합니다."

뿔 이야기가 나오자마자, 주변의 공기가 서늘해졌다. 그 서늘함이 한기로 변하며 길달의 얼굴에는 차가운 얼음이 맺혔다. 길달은 결심인지 두려움인지 모를 떨리는 음성으로 말했다.

"제게 맡겨 주십시오. 어떻게든 막아 보겠습⋯⋯."

"무슨 수로?"

날카로운 수라의 목소리가 길달의 말을 낚아챘다. 길달은 대꾸하지 못했다. 강철부터 만인사까지, 자신의 수하들이 어사대에게 무참히 도륙당했다. 그런데 그들 중 가장 전투력이 강한 백원이 비급을 터득하고, 해치마저 뿔을 찾았으니 더 이상 혼자서는 상대할 수 없으리라. 결국 수라가 개입하는 방법밖엔 없었다.

순간 수라의 촉수가 날아와 길달의 목을 감쌌다. 죄어들지도 않고 갖다 대기만 했을 뿐인데 대번에 피가 배어 나와 온몸을 적시기 시작했다.

"흐흐흐⋯⋯, 흐흑."

감히 범접할 수 없는 수라의 힘 앞에 무력해진 길달은 미동도 하지 못하고 피눈물만 흘리고 있었다.

"길달, 눈물을 거두어라. 내 마음이 아프지 않느냐."

촉수를 통해 전해지는 수라의 목소리에 길달은 공포와 위로의 감정이 뒤섞여 정신이 아득해져 왔다.

"너의 근심, 두려움, 모두 내게 맡겨라. 1000년의 세월 동안 우리가 벼려 왔던 그 세상, 이제 코앞에 와 있지 않느냐."

피와 눈물로 범벅이 된 길달은 이미 눈이 뒤집히고 호흡이 가빠 와 몸을 가눌 수 없었다.

"부조리한 것들을 처부숴 버리고 우리가 꿈꿔 왔던 정의를 세우는 날……. 그 영광이 우리를 기다리고 있다."

수라의 속삭임에 길달은 허공으로 붕 떠오르는 듯했다. 두려움에 절어 있던 마음이 조금씩 편안해졌다.

"개미들이 흙을 파내 애써 집을 지어도, 물을 부어 버리면 그만이다. 그러니 어사대가 노력하게 두어라. 나중에 무너지면 그 허망함이 더욱 클 테니, 이 또한 즐겁지 않겠느냐."

수라가 말을 이어 가자, 길달의 머릿속에는 그가 늘 들려주었던 세상이 그려졌다. 그곳은 자신 같은 존재들이 더 이싱 어둠에 숨지 않아도 되는 세상이었다.

"신세계……. 멋진 신세계."

길달은 환하게 미소 지으며 중얼거렸다. 그리고 수라에게 자신을 온전히 맡겼다.

"만인사의 죽음은 결코 헛되지 않았다. 때가 되면 싹이 나고 무럭무럭 자랄 테니, 너는 흔들리지 말고 계속 전진하라."

수라의 말이 끝나자, 길달의 목을 감싼 촉수가 스르르 풀렸다. 어느새 바닥에는 한 마리의 여우가 곤히 잠들어 있었다.

"그래, 뿔 잃은 해치를 상대하는 것은 재미가 없지. 이 날을 위해 준비한 것들을 서서히 깨울 때가 왔구나."

안개 속에서 흘러나오는 말과 함께 촉수들이 스멀스멀 어둠으로 사라졌다.

인당수

　캄캄한 바닷가에 횃불 여러 개가 흔들리고 있었다. 바람이 잠짐해지니 파도도 얌전해졌다. 물결이 사람들 발목을 간질이며 찰싹거렸다. 마을 사람들은 삼삼오오 모여 해루질*을 하고 있었다.

　횃불이 맑은 물 아래까지 비추자 주먹만 한 전복이 움찔거리는 게 보였다. 그러면 다른 사람이 잽싸게 잡아서 메고 있던 망태에 쏙 넣었다. 낮에는 구멍에 숨었던 낙지도 바위에 붙어 있던 소라도 불빛을 향해 옴죽거리며 다가왔다. 한마을에서 나고 자란 이들은 말 한마디 나누지 않으면서도 척척 손발이 맞았다. 따라 나온 개들도 눈치가 있는지, 바다에 들어가지 않고 모래사장에서 뛰어다녔다.

*　　해루질 밤에 얕은 바다에 횃불을 밝혀 그 빛을 보고 몰려든 어패류를 잡는 일.

"어이, 김 씨! 불 좀 똑바로 들어. 자꾸 흔드니까 고기 다 도 망가잖아."

"아니, 불씨가 튀어서……."

김 씨라 불린 남자는 머쓱해서 뒷머리를 긁었다. 그러더니 망태기를 메고 자기 뒤를 따르고 있던 소년에게 화풀이를 했다.

"단숨에 확 낚아채야지. 그러다가 낙지 다리 떨어지면 어쩌려고 그래!"

그러면서 꿀밤을 때리려 하자, 소년이 몸을 움찔거렸다. 그러자 망태기도 기우뚱 기울었다.

"야, 망태기 쏟아진다!"

남자는 기어코 소년의 머리를 쥐어박았다. 그런 풍경이 일상인 듯 누구 하나 별스럽게 여기지 않았다. 나이 지긋한 어른이 헛기침 한 번 하는 게 전부였다. 이마저도 해루질에 방해된다는 꾸중일 뿐, 소년을 때렸다고 나무라는 게 아니었다. 이제 막 청년티가 나기 시작하는 소년은 죄송하다는 듯 헛기침한 어른에게 고개를 꾸벅거렸다.

그때, 개 한 마리가 멈추더니 허공을 가만히 바라보았다. 그러자 다른 개들도 뭔가 느꼈는지 잠잠해졌다. 맨 처음 낌새를 느끼고 멈췄던 개가 이를 드러내자, 옆에 있는 개들이 짖기 시작했다. 해루질에 집중했던 이들도 하나둘 고개를 돌렸다. 자세히 보니 개들은 여러 갯바위가 모여 있는 곳을 향해 짖고 있었다.

"들짐승이라도 나왔나?"

"이 녀석들아, 조용히 해! 고기 다 도망간다."

사람들이 웅성거렸지만, 개들은 아랑곳하지 않고 더욱 격렬하게 짖었다. 그곳은 커다란 송편 모양의 바위 일곱 개가 뭉쳐 있어서 송편 바위라 불렸다. 갯바위와 가장 가까이 있던 김 씨가 횃불을 들어 그쪽을 비추며 살폈지만 딱히 보이는 건 없었다.

"모처럼 날도 좋고 잘 잡히는데, 왜 저런대?"

김 씨는 개들을 쫓으려 첨벙첨벙 모래사장 쪽으로 올라갔다. 그때, 들고 있던 횃불이 일렁이자 갯바위에 드리워진 음영도 심하게 흔들렸다.

"어?"

그가 걸음을 멈췄다. 단순히 그림자가 흔들렸다고 하기에는 갯바위가 너무 크게 움직인 것 같았다. 김 씨는 바위 쪽으로 횃불을 쭉 내밀었다. 그러자 개들이 일제히 짖는 걸 멈추고 낑낑 앓는 소리를 냈다. 개들의 잔뜩 말린 꼬리를 보고 그제야 사람들은 뭔가 잘못됐다는 생각이 들었다.

김 씨도 무서웠지만, 티는 내기 싫었다. 괜한 객기가 솟아 그는 갯바위 쪽으로 몇 걸음 더 다가갔다.

"어이, 그냥 와."

"그래, 많이 잡았으니까. 이쯤에서 돌아가자고."

싸한 분위기에 마을 사람들이 말했지만 김 씨는 멈추지 않았다. 아까부터 자꾸만 바위 하나가 움찔거리는 것 같았다. 그는 최대한 팔을 뻗어 횃불을 들이댔다.

"하나, 둘, 셋……."

그는 눈으로 하나하나 더듬으며 바위를 세어 보았다.

"왜 여덟 개지?"

김 씨가 횃불에 부신 눈을 감았다 뜬 순간이었다. 제일 높이 있는 바위가 덜컹 움직이더니, 동그란 모양의 무언가가 쑥 솟아올랐다. 김 씨는 너무 놀라서 뒷걸음질을 쳤다. 곧이어 똑같이 생긴 것이 또 하나 튀어나왔다. 그러고는 커다란 갯바위가 몇 번 꿈틀거리더니 이리로 다가오기 시작하는 게 아닌가.

김 씨는 횃불을 당장 내던지고 도망가고 싶었다. 하물며 비명이라도 질러야 할 텐데 나오니 않았다.

'사람이 너무 놀라면 꼼짝도 하지 못한다는 말이 이런 경우구나.'

몸과 함께 굳어 버린 머리는 이런 생각이나 하고 있었다. 이 와중에도 바위는 꿈틀거리며 김 씨 쪽으로 다가오고 있었다. 이 모습을 본 마을 사람들은 소리를 지르며 물 밖으로 나오기 시작했고, 꽁지가 빠져라 도망갔다.

오직 김 씨만이 가만히 서서 바위가 다가오는 걸 바라보고 있었다. 그런데 바위에서 또 뭔가 솟아났다. 양옆으로 길쭉한 것 네 개씩, 위에는 더 굵고 큼지막한 것 두 개가 뻗어 나왔다.

그건 커다란 게처럼 보였다. 맨 처음에 돋아난 것은 두 개의 눈, 나중에 양옆으로 뻗어 나온 것은 다리 같았다. 그리고 가장 크고 굵은 다리는 두 쪽으로 갈라져 꼭 집게발처럼 보였다.

그런데 자세히 보니 게의 눈인가 싶었던 것은 사람의 머리였다. 그것들은 각각 다른 방향을 향해 있었다. 하나는 물 밖으로 뛰쳐나오는 사람들을, 다른 하나는 횃불을 들고 멍하니 서 있는 김 씨를 보고 있었던 것이다. 사람 얼굴 모양의 눈 하나가 씨익 하고 웃자, 그것을 신호로 갯바위처럼 생긴 게가 김 씨를 덮쳤다. 집게발이 허공을 가르며 김 씨를 집게 사이에 끼우더니 번쩍 들어 올렸다.

김 씨는 겁에 질려 부들부들 떨면서 바지에 오줌을 지렸다. 게의 눈 노릇을 하는 것 같은 두 머리가 뚝뚝 떨어지는 노란 물을 보자 대번에 인상을 구겼다. 뒤늦게 김 씨가 비명을 지르자 그게 자극이 되었는지, 집게가 더욱 조여졌다.

오도독!

뼈 부러지는 소리와 함께 귀가 찢어질 듯한 비명이 선명하게 울려 퍼졌다. 공포에 사로잡힌 사람들이 비명을 치며 도망쳤다. 아까 망태기를 들고 있던 소년은 달리는 사람과 부딪혀 그대로 엎어졌는데, 망태기가 발에 걸려 도로 넘어졌다. 그때 소년의 코앞으로 뭔가 떨어졌다.

텀벙!

꽤 묵직한 게 떨어지는 소리와 함께 소년의 얼굴에 그대로 물이 튀었다. 손으로 얼굴을 문지른 후 내려다보았더니, 조금 전에 거대한 게에 잡혔던 김 씨의 머리였다. 소년이 놀라서 비명을 지르는 순간, 머리 위로 커다란 것이 빠르게 지나갔다. 게의 다리였다.

사람들은 비명을 지르며 내달렸지만, 물에 잠긴 하반신은 뜻대로 움직여 주지 않았다. 커다란 집게발이 허공을 가르며 내려와 사람들을 주르르 집게 사이에 끼우더니 그대로 들어 올렸다.

"으악!"

"사람 살려!"

게는 양 집게로 사람을 잡고는 그대로 분리해 버렸다. 마을 사람들의 동강 난 몸 조각이 소년의 머리 위를 지나 텀벙텀벙 소리를 내며 물에 빠졌다. 소년은 눈을 부릅뜬 채 아무 소리도 내지 못했다. 그 순간 게가 집게로 소년을 집었고 비명도 지르지 못하고 축 늘어진 소년을 품은 뒤, 바다 깊숙이 모습을 감췄다.

조금 전만 해도 사람들이 해루질하던 바닷가에는 조각조각 잘린 신체들이 떠다니고 백사장에는 붉은 피가 흩뿌려져 있었다. 그 난리 중에 목숨을 건진 사람은 단 한 명뿐이었다.

마을에는 줄초상이 났고 혼자 살아남은 사람은 바위가 움직였다느니, 큰 게가 사람들을 다 죽였다느니, 헛소리를 늘어놓았다. 관아에서 나온 관리가 그와 이야기해 보려 했지만 이미 실성했는지라, 도무지 정상적인 대화가 되지 않았다. 지역이 워낙 외딴 어촌이다 보니, 관은 멀고 조사는 미미했다.

요괴가 나타났다는 소문이 마을에 퍼지고 여기저기서 곡소리가 울렸지만 먹고 사는 일을 멈출 수는 없었다. 얼마 후, 어부들은 무거운 마음으로 배를 띄웠다. 물질을 하러 나선 해녀들도 작은 조각배에 몸을 실었다. 해녀들이 탄 배에선 평소라면 배가 깨지라고 수다가 오가야 하는데, 그날은 유난히 조용했다. 겉으로 표현하지 않을 뿐, 혹시 게 모양의 요괴가 나타나지 않을까 하는 두려움에 절어 있었다. 그중 제일 나이 지긋한 이가 분위기를 띄우려 입을 열었다.

"돌구 엄마, 방울 바꿨네?"

"전에 쓰던 게 오래돼서 그런지, 소리가 너무 작아서요."

해녀들은 사람을 해치는 물고기는 방울 소리가 들리면 근처로 오지 않는다고 믿었기에 물질을 나갈 때면 항상 방울을 달고 다녔다.

"너무 커서 가라앉기 딱 좋겠다."

농담 한마디에 어두웠던 얼굴들에 피식피식 웃음이 피어났다. 그리고 사람들의 시선은 자연스럽게 옆에 앉아 있던 돌구 엄마의 먼 친척이라는 처녀에게로 향했다. 돌구 엄마는 왕방울을 두 개씩이나 달았지만 처녀는 아무 것도 달고 있지 않았다.

처녀는 10년 전, 남동생과 함께 이 마을에 들어왔다. 처음 왔을 때는 키가 어른들 허리께에 닿을락 말락 했는데 이제는 어엿한 어른이 되었다. 돌구 엄마는 이 처녀를 나라님에게 바쳐도 아깝다며 시집보내지 않았다. 하지만 말로만 아끼는 것이 뻔했다. 이들 남매에게 이름도 지어 주지 않고 아주 살뜰하게 부려 먹었기 때문이다. 해녀들은 물질을 끝내고 집에 가면 밀린 살림도 해야 했는데, 돌구 엄마는 그녀를 부엌으로 내보내고 자기는 아랫목에 누워 뜨끈하게 몸을 지졌다. 물에 들어갈 때 차는 방울도 그렇다. 자신이 달고 있던 걸 물려줄 법도 한데, 그러지 않았다. 아마도 새것을 살 때, 전에 쓰던 걸 넘기고 좀 더 싸게 산 게 틀림없었다.

무엇보다 가장 기가 막히는 것은 오늘 그녀를 물질에 데리고 왔다는 사실이었다. 갯바위에서 목숨을 잃은 사람 중에는 그녀의 어린 남동생도 있었다. 그런데 시신을 찾을 길이 없다며 장례도 치러 주지 않았다. 처녀의 눈이 통통 부은 걸 보니 슬퍼할 틈도 주지 않고 강제로 데리고 나온 게 틀림없었다. 시커먼 속이 뻔히 보였다. 하지만 누구 하나 돌구 엄마를 나무라지 않았다. 이곳에서는 일상이라는 듯, 모두 자연스러웠다.

작은 배가 해녀들을 바다 한가운데 떨렁 내려놓고 사라졌다. 그녀들은 시퍼런 바다 안으로 자맥질해 들어갔다. 컴컴한 바닷속에서도 해녀들은 바위와 해초 사이에 숨어 있는 조개와 문어, 전복 등을 기막히게 찾아냈다.

"호이, 호오이."

수면 밖으로 머리를 내민 해녀들은 숨비소리를 뱉어 냈고 몇 번의 호흡 뒤에는 다시 자맥질이 이어졌다. 그 사이로 짤랑짤랑 방울 소리가 들렸다.

며칠 일을 나가지 못했던 걸 보상이라도 받듯, 해녀들은 망이 넘치도록 문어와 전복을 잡았다. 얼마 후, 그만 나가자는 눈짓을 주고받은 해녀들이 부지런히 발을 놀리며 가장 가까운 바위섬으로 다가갔다. 섬에서 햇볕에 몸을 말리며 배가 데리러 올 때까지 기다리기 위해서였다. 돌구 엄마의 친척 처녀가 제일 먼저 바위섬에 도착했다. 그녀는 헤엄도 제일 잘 치지만 채집 솜씨가 남달랐다. 감이 얼마나 좋은지 숨어 있는 해산물을 족족 잡아 올리는 데 당할 자가 없었다. 하지만 그녀가 잡는 건 고스란히 돌구 엄마의 차지였다.

맨 뒤에서 무리를 쫓아가던 돌구 엄마가 바위섬에 제일 먼저 올라간 처녀를 향해 외쳤다.

"저, 저, 쉴 때만 제일 빠르지!"

목소리에는 심술이 따개비처럼 덕지덕지 붙어 있었다.

처녀는 억울한 듯 대답했다.

"다 채웠어요."

"그럼, 거기다 쏟아 놓고 다시 들어가. 배 오려면 멀었으니까. 먹기는 소처럼 처먹으면서 일은 돼지만도 못하게 하니? 게을러빠져서는!"

돌구 엄마의 타박에 그녀는 망을 비우고 다시 바닷속으로 들어갔다. 추워서 파란 입술이 달달 떨리는데도 누구 하나 말려 주는 사람이 없었다.

그때였다.

"아악!"

방울 소리와 함께 날카로운 비명이 들리며 돌구 엄마가 이내 거품과 함께 물속으로 가라앉았다.

"돌구 엄마!"

해녀들이 놀라 돌아보니 퍼런 바닷물이 벌겋게 물드는 게 아닌가.

"이, 이게 무슨 일이야?"

당황한 것도 잠시, 해녀들은 돌구 엄마 구할 생각은 하지 않고 허겁지겁 바위섬을 향해 헤엄쳤다. 처녀도 당황한 건 마찬가지였지만 차마 돌아설 수 없었다. 그녀는 일단 머리를 집어넣어 물속을 살폈다. 피가 흐드러진 사이로 사력을 다해 휘젓는 돌구 엄마의 팔과 다리가 보였다. 그녀는 너무 놀라서 입을 벌리다가 물을 삼켰다. 수면 위로 고개를 내밀고 몇 번 컬럭거리고는 작살을 굳게 잡고 숨을 가득 들이켰다. 그 와중에 해녀들은 모두 바위섬에 올랐고, 그들 중 다시 자맥질해 들어가는 처녀를 말리는 이는 아무도 없었다.

처녀는 온통 붉어진 바다를 헤엄쳐 돌구 엄마가 있던 곳으로 내려갔지만, 아무것도 보이지 않았다. 얼마나 더 찾았을까. 그녀의 숨이 한계에 다다랐는지 몸이 꿀렁거렸고 다시 호흡을 채우려 수면 위로 올라가려던 순간, 갑자기 물속이 뒤집히는 것처럼 크게 일렁였다. 그녀도 중심을 잃고 센 물살에 떠밀려 빙글빙글 돌았다. 너무 놀라서 호흡이 더욱 짧아졌다. 처녀는 사력을 다해 수면 위로 올라가 다급히 머리를 내밀었다. 공포에 가득 찬 머릿속은 아무 것도 헤아릴 수 없었고, 급하게 숨을 헐떡이자 폐부가 찢어지는 것처럼 아팠다. 그렇게 헐떡이고 있는데 갑자기 동산만 한 물결이 일었다. 이 물결에 휩쓸려 처녀는 바위섬에서 순식간에 멀어졌다. 동시에 바위섬과 일대를 뒤덮을 만한 엄청난 물보라가 솟구쳤다. 순간 하늘이 컴컴해졌다.

고래의 두 배는 됨직한 커다란 물고기가 수면을 뚫고 하늘로 치솟아 올랐다. 굵은 몸통을 흔들며 높이 오르는 모습에 모두 입이 쩍 벌어졌다. 물고기의 검은 몸은 비늘 하나 없이 매끈했고 넓적한 입 양옆에는 긴 수염이 달려 있었다. 영락없는 메기 모습을 한 거대어는 부드러운 반원을 그리며 하늘을 가르다가 아래로 떨어졌다. 바위섬에 바짝 모여 있던 해녀들은 거대어의 쩍 벌어진 아가리가 자신들의 머리 위로 내려오는 걸 꼼짝없이 보고 있을 수밖에 없었다. 비명도 잠시, 거대한 물고기는 바위섬과 함께 사람들을 통째로 삼키고는 수면 아래로 가라앉았다.

몸집답게 파문도 크게 일었다. 홀로 남은 처녀는 산등성이처럼 큰 파도 몇 개를 미끄러지듯 타고서야 겨우 정신을 차렸다. 덜덜 떨리는 팔다리를 놀리며 헤엄쳤다. 그런데 갈 데가 없었다. 배를 타고 왔을 만큼 먼 바다였고, 근처에 발 디딜 만한 유일한 곳인 바위섬은 보이지 않았다. 사방은 온통 햇살이 부서지는 수평선뿐이었다.

모든 상황이 막막했다. 숨은 가빠 왔고, 팔과 다리는 천근

만근 무거워서 놀리기 힘들었다.

'너무 힘들다……'

이제는 가물가물한 어린 시절이 떠올랐다. 배부르게 먹여 준다는 말에 신이 나서 돌구 엄마를 따라나섰다. 입 좀 덜겠다고 어린 딸과 아들을 보내던 부모님의 눈물이 떠올랐다. 돌구 엄마는 새빨간 거짓말쟁이였다. 배부르게 먹는 건 돌구네 식구뿐, 자신들은 그들의 머슴이 되어 쉴 틈 없이 일하고, 굶어 죽지 않을 만큼만 먹을 수 있었다.

'억울해?'

'아니, 힘들어.'

'속상하니?'

'아니, 그저 힘들 뿐이야.'

망망대해에서 홀로 생각했다. 너무 힘들고 고되면 아무 생각도 감정도 없어진다는 걸 사람들은 알까? 웃고 떠들며, 때로는 다투는 사람들이 신기하게 느껴지기도 했다.

'그만하자.'

열심히 물을 젓던 몸이 그 생각을 충실히 따랐다. 그녀는 하늘을 보고 물 위에 누웠다. 일렁이는 파도에 몸을 맡기고 흔들거리니 이리 편할 수 없었다. 귓구멍 안으로 들어올락 말락 하는 물결이 간지러웠다. 눈부신 하늘을 보다가 스르르 눈을 감았다.

그리고 얼마 지나지 않아, 그녀가 누운 물 아래에 검은 그림자가 어른거리기 시작했다. 아까 바위섬을 삼킨 거대한 물고기였다. 그것은 바닷속에서 먹이를 물까 말까 망설이듯 맴돌다가 입을 쩍 벌렸다. 물고기는 여자를 한입에 삼키고는 유유히 넓은 바다로 빠져나갔다.

잠시 후, 해녀들을 데리러 온 배가 도착했다. 뱃사공은 몹시 당황했다. 자신이 바로 온 건지 길을 되짚어 봤지만, 수십 수백 번을 다닌 길이었다. 그런데 바위섬이 감쪽같이 사라져 보이지 않았다.

"이게 웬일이래?"

그가 배에서 벌떡 일어나 주변을 두리번거렸다. 그러자 해녀가 쓰던 물건들이 하나둘 보이기 시작했다. 그 사이로 허연 팔 한쪽이 떠다니고 있었다.

"으악!"

뱃사공이 놀라 소리를 지르자 조각배가 심하게 흔들렸다. 그때 배 밑에서 사람이 떠올랐다. 팔 하나가 떨어져 나간 돌구 엄마였다. 그녀는 숨만 겨우 붙어 있었다.

두 번이나 이런 일을 겪고 나니 마을 사람들은 극심한 공포에 시달리게 되었다. 이 와중에 제일 바쁜 건 마을 무당이었는데, 아무리 기도를 해 봐도 뾰족한 답을 찾지 못했다.

"보이는 게 없는데…… 용왕믹이기*가 잘못됐나?"

그녀는 성황당에서 제를 올렸지만 아무런 기운도 느껴지지 않았다. 결국 바닷가에서 굿판을 벌이기로 했다. 모두 모여 부지런히 음식을 나르며 준비하던 중 이를 주관하던 무당이 갑자기 주저앉았다. 그녀는 바다를 바라보며 한참 동안 식은땀을 비 오듯 흘렸다. 주변 사람들이 괜찮으냐고 물어보고 흔들어도 봤지만, 그녀의 시선은 바다에 고정되어 있었다. 뒤늦게 나타난 촌장이 놀라서 물었다.

"자네, 왜 그러는가?"

그제야 무당은 입을 열었다.

"요, 용왕님이 사라지셨습니다."

"뭐라? 아니, 그게 말이 되는가!"

"왜 말이 안 됩니까. 사람도 지저분하면 자리를 옮기는데…… 용왕님께서 바다를 버리셨습니다."

무당은 넋이 나간 표정으로 중얼거리며 돌아섰다.

"이를 어쩌나. 우린 이제 다 죽었네, 다 죽었어."

사람들은 그녀가 비척거리며 신당으로 들어가는 걸 눈으로 좇을 뿐, 할 수 있는 게 없었다. 무당은 그날로 머리를 싸매고 누웠고, 마을은 더 큰 공포에 잠겼다.

---

\*      용왕먹이기 주로 정월 대보름에 용왕에게 지내는 제사.

그러나 산 사람은 어떻게든 살아야 했다. 촌장은 마냥 손 놓고 있을 수는 없다며 여기저기 수소문했다. 용하다고 소문 난 무당과 연락이 닿았고, 그녀가 온다는 소식에 사람들이 마을 어귀까지 나가 맞이했다.

"흠, 이게 웬 비린내야."

무당은 대번에 인상을 찌푸리고 코를 막으며 마을에 들어섰다. 여기저기를 흘끔거리던 그녀가 슬금슬금 뒤로 물러났다.

"아, 아니…… 당신들 대체 무슨 짓을 한 거야?"

무당은 사시나무처럼 몸을 떨더니 그대로 뒤돌아 달렸다. 이후 무당이 마을에 들어오지도 않고 도망쳤다는 소문이 퍼지자, 도전해 보겠다는 듯 여러 무당이 제 발로 찾아왔지만 다 소용없었다. 어떤 이는 코피를 쏟으며 쓰러졌고, 또 어떤 이는 액막이로 가져왔던 부적까지 뿌리며 도망갔다.

≡≡

그날도 무령은 기지 살림을 대강 마치고 국무당과 함께 신당으로 내려왔다. 그녀를 기다리던 손님들의 안색이 대번에 환해졌다. 사람들은 차례대로 들어와 자신들의 고민을 털어놓았다.

정조와 약속한 만큼의 시간이 흐른 후, 남은 손님들을 돌려보내고 신당을 닫을 준비를 하고 있을 때였다. 밖에서 두런두런 사람들 떠드는 소리가 들렸다. 여종이 이제는 문 닫았다고 돌려보내려 했지만, 무리는 막무가내였다.

"여기 나이 지긋하신 만신*님이 계시다고 들었습니다."

무령이 아니라 국무당을 찾아온 사람들이었다. 국무당이 내다보니 아는 얼굴들이었다.

"자네들이 웬일인가?"

"아이고, 여기 계셨네!"

무당 셋이 엄마 찾아 헤매던 아이처럼 울면서 달려왔다.

"어머니, 저희가 얼마나 찾았다고요."

"사방으로 돌아다녔습니다."

그들의 하소연을 들은 국무당이 차분하게 답했다.

"허, 다른 사람도 아니고 무당들이 그러면 쓰나."

"그러게 말입니다. 그런데 정말 기이하게도 어머니의 자취를 누가 싹 지운 듯 절대 알 수가 없었어요. 아무리 기도를 해봐도 어느 쪽에 계신지 기운조차 느낄 수 없었다니까요. 목멱산 근처에서 어머니를 봤단 말만 듣고 이 잡듯 샅샅이 뒤져 여기까지 왔습니다."

---

* 만신 무당을 높여 부르는 말. 보통 무당들과는 격이 다른 큰 신을 모시는 무당을 뜻하기도 한다.

아무래도 목먹 기지의 결계 때문인 듯했다. 그렇다고 이들에게 요괴어사대에 대해 발설할 수 없는 노릇이니, 국무당은 안쓰러운 표정으로 웃을 뿐이었다. 무령은 재빨리 다과상을 차렸다.

"일단 안으로 드시지요. 이것 좀 드시면서 말씀 나누세요."

무당들은 벌컥벌컥 식혜를 들이켜며 잠시 숨을 돌렸다. 그동안 국무당은 무령에게 이들과의 인연을 들려주었다.

"자네를 만나기 전이었지. 10년도 훨씬 넘었나? 얘는 어머니 손을 잡고 신당으로 찾아왔고, 얘는 기도터에서 만났고, 이 아이는……."

국무당은 말끝을 흐렸다. 이내 마주했던 무당이 국무당과의 인연을 말해 주었다.

"저는 사대부집 맏며느리였습니다. 어려서부터 헛것이 보였고 1년에 한두 번은 모질게 아팠습니다. 처음에는 지병인가 했는데, 집 앞을 지나던 스님이 신병이라며 신내림을 받을 것을 권하셨죠. 저희 아버지께서는 말도 안 되는 미친 소리라며 제가 아픈 사실을 숨기고 남편에게 시집보냈습니다. 어렵게 아이도 낳고 행복하게 사는가 싶었는데 다시 신병이 도졌습니다. 정말 죽을 것 같더라고요. 내로라하는 한양의 의원들 손도 거쳐 봤지만 병명조차 알아내지 못하니, 저희 남편도 신병임을 거부할 수 없었습니다. 그런데 워낙 큰 장군신이 내린 끼닭에 웬만한 무당들은 내림굿을 해 줄 수조차 없었습니다. 그때 저의 신어머니가 되어 주신 분이 바로……."

그때 옆에 앉아 있던 무당도 거들었다.

"맞습니다. 저도 역시 그랬고, 많은 이들의 신어머니가 되어 주셨고, 다른 무당이나 승려들은 엄두도 못 내는 빙의 들린 이들의 퇴마까지 해 주신 분입니다."

"어머니, 저희 모두 어머니 아니었으면 죽었습니다."

세 명의 무당이 모두 고개를 숙였고, 잠시 뒤 조심스럽게 이야기를 꺼냈다.

"항상 가르쳐 주시고, 도와주시고, 그런데 이번에도 염치 불구하고 이렇게 찾아뵈었습니다."

그녀들의 표정에서 다급함을 느낀 무령은 국무당을 바라보았다.

"무슨 급한 일이라도 있는 겐가?"

국무당의 질문에 그들은 근심에 잠긴 표정으로 조심스럽게 한숨을 쉬고는 답했다.

"기이한 요괴들이 나타나 사람을 해치고 있습니다."

"요괴라니?"

국무당과 무령, 두 사람 모두 놀란 표정을 감출 수 없었다.

"살아남은 사람들 말을 들어 보니 두 마리였습니다. 처음 바닷가에 나타난 건 바위만 한 게였다고 합니다."

"커다란 게가 나타나서 사람을 해쳤다? 듣도 보도 못한 일이구나."

국무당이 미간을 좁히자 다른 무당이 말했다.

"그리고 두 번째는 거대어인데, 물질 나간 해녀들과 바위섬까지 통째로 집어삼켰다 합니다."

"과장된 것이 아닌가? 혹 고래나……."

"있던 바위섬이 사라진 건 확실합니다. 고래는 거대하긴 하나, 섬을 집어삼키지는 못하지요. 살아남은 여인의 증언대로라면 꼭 메기처럼 생겼다 합니다."

옆에 있던 무당이 말을 이어받았다.

"어머니, 바다에 사는 거대한 메기라면 딱 하나지 않습니까? 바닷속 큰 동굴에 살면서 움직일 때마다 밀물과 썰물을 만들어 낸다는……."

"그거야 전해지는 얘기지. 그것이 사실이라 해도 그 존재는 딱히 부르는 이름이 없을 정도로 사람들 일에 관여하지 않네. 그런데 난데없이 나타나 사람들을 해치다니. 그럴리가……."

국무당이 옳고 그름을 따져 정리하자 무당들은 울상을 지었다.

"어머니도 이러시는데 저희는 오죽 황당하겠습니까. 여러 번 청을 받고 마을 어귀까지 갔으나 얼마나 귀기가 거센지, 제상 한번 차리지 못하고 바로 어머니를 찾게 되었습니다."

"관에서는 어찌 대응했다 하는가?"

"워낙 풍랑에 어부들이 많이 죽어 나가는 마을이라, 별로 신경 쓰는 것 같지 않습니다. 게나 메기 얘기 따위를 어느 관리가 믿어 주겠습니까? 관할 수령이 관찰사에게까지 보고하였다 하나, 워낙 요사스럽고 괴기스러운 일이라 임금께 장계조차 올리지 않았다 합니다."

"어머니, 한번 가셔야 할 것 같습니다. 이러다가 마을 하나가 통째로 다 죽어 나갈 것 같습니다."

신당에는 한동안 침묵이 흘렀다. 곧이어 살짝 잠긴 목소리로 국무당이 입을 열었다.

"자네들도 알다시피, 난 땅에서 산신을 모시고 있잖나. 내가 가면 용왕님께서 반기지 않으실 듯하네."

그 말을 들은 무당 중 하나가 결연한 표정으로 말했다.

"실은……. 그분께서 바다를 떠나셨습니다."

그 말을 들은 국무당의 얼굴에 깊은 주름이 패었다.


벼리는 정조에게 이 사건에 대해 소상히 보고했다. 듣는 내내 정조는 애써 침착하려 했지만, 마을 하나가 쑥대밭이 된 사건을 해당 수령이 아닌 다른 경로를 통해 보고받고 있다는 사실에 매우 불편해하고 있었다. 가뜩이나 예민한 성정이 낯빛까지 바꾸었다.

"네가 수고가 많구나."

"망극하옵니다, 전하."

"장계를 올리지 않은 해당 지역 관찰사는 내 엄중히 문책하겠다. 나의 하명이 떨어지면 곧바로 관에서 움직일 것이야. 그 전에 끝내야 한다. 만약 상황이 예상보다 심각하거나 너희의 힘만으로 해결될 수 없다 판단되면, 지체하지 말고 결계를 통해 나에게 알리라."

"명심, 또 명심하겠습니다. 전하."

"해치가 없는 상황이니 어느 때보다 조심하고, 그리고 선봉에는 백원을 세우도록 하라."

정조는 속내를 감추지 않았다. 백원을 앞세우라는 뜻은 백원의 실력과 신무기를 시험해 보고 싶다는 뜻이었다. 큰절을 올리고 물러나는 벼리의 마음이 뜨거웠다. 지난번 임무에서 광탈이 죽다 살았고, 백원이 심한 부상을 당했다. 이 모든 것의 책임은 자신에게 있는 것. 다시는 그런 실망을 끼치지 않겠다는 비장한 각오가 그녀의 온몸에 흐르고 있었다.

사건 현장으로 향하는 어사대는 예상보다 속도가 나지 않았다. 국무당이 워낙 노쇠하고 다른 무당들도 동행했기 때문이다. 발이 빠른 광탈은 복장이 터져 죽을 지경이었다. 하지만 요즘 철들었다는 소리를 많이 들은지라 티 내지 않으려고 무진 애를 쓰며 따라갔다.

한편, 마을에는 밤에 몰래 짐을 싸는 사람들이 생겨났다. 촌장이 밤에도 불침번을 서며 이탈을 막았다. 농사도 그렇지만 바다 일이라는 게 다 같이 협동해야 수확이 좋은 법이다. 그간 죽은 사람들만으로도 암담한데, 여기서 더 없어지면 마을도 끝장이었다.

"가긴 어딜 가!"

"그럼 여기 앉아서 고스란히 죽으란 말입니까? 배도 못 띄워, 물질도 못 해."

"그래서 딴 마을로 가려고? 이곳 출신인 걸 알면 잘도 받아 주겠구나. 부정 탄 동네에서 왔다고 몰매 맞고 쫓겨나지 않으면 다행이지. 조금만 기다려 보게. 아주 용한 무당을 수소문했으니 곧 도착할 걸세."

하지만 온다던 사람은 감감무소식이었고 권위로 누르는 것도 한계가 있었다. 며칠 가지 않아, 죽음의 공포에 사로잡힌 이들은 촌장에게도 눈을 부라리기 시작했다. 마을에는 하루가 멀다 하고 왁왁 악쓰는 소리가 끊이지 않았다. 아이들은 그런 어른들이 무서웠지만, 바다에 들어가지 못하게 되면서 일을 돕지 않게 된 것은 좋았다. 그래서 싸움이 나면 슬금

슬금 눈치를 보다가 우르르 몰려 나갔다.

"우리 당산나무에 가서 놀래?"

"그러자."

마을 어귀 성황당 옆, 이곳을 수호하는 나무 근처에서 놀면 왠지 마음이 놓일 것 같았다.

"우리 비석치기 할래?"

"이번에는 내가 먼저 시작할 거야."

아이들은 비석치기 재미에 빠져들며 금세 활발해졌다. 마침 헛맞춘 비석 하나가 땅에 구르다가 비단신을 신은 발을 툭 쳤다. 아이들은 땅에 박고 있던 얼굴을 들어 신발의 주인을 올려다보았다.

"와, 정말 예쁘다."

순진한 아이들이 마음속 말을 저절로 쏟아 낼 정도로 아름다운 여인이었다.

"누구세요?"

"촌장님이 불러서 왔지."

"아, 용한 무당이 온다더니, 맞으세요?"

어른들이 하는 말을 주워들었던 아이 하나가 톡 나섰다.

"아닌데."

여인이 활짝 웃으며 답했다.

"그러면 왜 오셨어요?"

"받을 게 있어서."

아이들은 고개를 갸웃거렸다.


성황당 안에 누워 있던 마을 무당은 아이들 떠드는 소리를 듣고 자리에서 일어났다. 남들보다 예민해서인지 용왕님이 사라진 걸 안 다음부터 온몸이 두들겨 맞은 것처럼 아팠다. 그녀는 내심 짚이는 게 있었는지 미간에 힘을 주다가 이내 고개를 저었다.

"그럴 리가 없지."

심란해서인지 오늘따라 유난히 아이들 노는 소리가 거슬렸다. 돌 장난을 하는지 탄식과 환호가 번갈아 들렸다.

"여기가 어디라고……. 이 녀석들이!"

마을 무당은 혼을 내려고 방문을 확 열었다. 그런데 아이들 옆에 낯선 여인이 서 있는 게 보였다.

"뉘시오? 여긴 당산나무 계신 곳이라 외지인은 함부로 오면 안 됩니다."

그러자 여인이 서서히 고개를 돌려 무당을 바라보았다.

"섭섭하네."

예상치 못한 젊은 여인의 대꾸에 가뜩이나 예민했던 무당의 눈이 뒤집혔다.

"뭬야? 젊은 년이 얻다 대고 반말이야. 남의 마을 성황당

앞에 왔으면 곱게 조아릴 것이지, 뭐, 섭섭하네? 이년이 경을 쳐야 정신을 차리려나."

"경을 칠 사람은 남았고?"

순간, 당장이라도 머리채를 잡을 것처럼 굴던 마을 무당은 움찔하며 말을 멈췄다. 그러자 여인이 보조개를 보이며 말했다.

"나를 외지인 취급하면 안 되지. 특히나 너는 말이야."

무슨 소리인가 싶어 마을 무당이 눈살을 찌푸리고 여인을 뜯어보려는데, 그녀가 한 걸음씩 다가오기 시작했다.

"가까이서 보면 알아보시려나?"

햇빛이 여인을 스치자 희고 긴 목덜미가 반짝이기 시작했다.

"에구머니나! 써, 썩, 물러가거라."

깜짝 놀란 마을 무당이 호통을 치려 했지만, 목소리가 시원하게 나오지 않았다. 커진 무당의 동공 속에는 물고기의 비늘로 빼곡히 덮인 여인의 목덜미가 어려 있었다.

'사람이 아니다!'

무당의 머릿속에 이런 생각이 스치자, 그걸 이제 알았냐는 듯 여인이 피식 웃었다.

"너도 신기가 많이 떨어졌군. 아니지, 애초에 없었던 게야. 그렇지 않고서야 어찌 내게 그런 짓을 했을꼬?"

여인은 한 발, 또 한 발, 무당에게 가까이 다가갔다. 겁에 질린 사람을 방 안으로 몰아가는 모습이 마치 맹수가 먹이를 구석으로 모는 것처럼 보였다. 이윽고 여인까지 완전히 방으로 들어가자 절로 문이 닫혔다. 그 모습을 지켜보던 아이들은 별일 아니라는 듯 다시 비석치기를 시작했다. 방 안에서 쿵쿵거리는 기척과 함께 가느다란 신음 소리가 들렸지만, 이내 곧 아이들이 떠드는 소리에 묻혀 버렸다.

마을 안에서는 노인, 사내, 아낙네 할 것 없이 바닷가에 다 모여 마을에 남아야 한다는 촌장 파와 떠나야 한다는 탈주 파로 나뉘어 악을 쓰고 있었다.

"신력이 대단한 무당이 온다니까!"

"하! 언제?"

"그리고 오면 뭐 해? 마을에 들어오지도 않고 도망가는걸."

"그럼 어쩌자고!"

"왜 나한테 물어요? 당장 바다에 들어갈 수도 없는데. 이러다간 요괴한테 죽기 전에 굶어 죽습니다."

결국 몇몇이 멱살을 잡고 땅에 뒹굴었다. 그때였다.

촤락!

서로 드잡이하는 사내들에게 누군가 찬물을 뿌렸다.

"개싸움 말리는 데야 물벼락만 한 것이 없지."

물을 뿌린 건 낯선 여인이었다. 그녀는 등 뒤로 마을 아이들을 조르르 달고 있었다. 이제 스무 살이나 됐을까? 얼굴은 앳되고 아름다운데, 풍기는 기운이 워낙 강해서 도저히 나이를 가늠할 수 없었다. 예전 같으면 물 뿌렸다고 성질을 내거나, 예쁘다고 희롱하는 이도 있었을 텐데, 움직이는 사람이 아무도 없었다. 여인에게서 감히 범접할 수 없는 기운이 느껴졌기 때문이다.

"누, 누구시오?"

"무당 찾는다며? 그래서 왔지."

촌장이 얼른 다가갔다.

"아, 오시는 줄 알았으면 마중을 나갔을 텐데……. 보다시피 마을에 우환이 깊어 정신이 없었습니다."

나이 지긋한 촌장이 굽신거리자 마을 사람들도 덩달아 꾸벅 허리를 숙였다. 그러자 여인이 대뜸 외쳤다.

"용왕님이 노하셨구나. 떠나셨어!"

그녀가 툭 던진 말에 마을 사람들의 얼굴이 대번에 굳었다. 다른 무당들은 마을에 들어오지도 못하고 도망갔는데, 저이는 사정을 들어 보기도 전에 상황을 파악한 걸 보니 정말 용하다 싶었다. 그런데 마을에서 제일 나이 든 노파가 그녀를 유심히 바라보다가 입이 떡 벌어지며 말했다.

"너, 너는······. 설마?"

노파가 그 말을 하자 여인이 매섭게 노려보았다. 여인과 눈이 마주친 노파는 벌벌 떨며 말했다.

"애들아, 저, 저것의 말을 들으면 안 돼, 저건 귀신이야!"

"촌장, 아직 살 만한가 보지? 노망난 노인네가 떠들게 내버려 두는 걸 보니. 난 그냥 가야겠다."

그 말을 들은 촌장이 재빨리 손짓하며 눈을 부라리자, 노파의 자녀들이 노파의 양팔을 잡고 거의 끌고 가다시피하며 자리를 벗어났다. 소동이 정리되자, 촌장이 여인에게 손바닥을 비비며 말했다.

"저, 초면에 실례가 많았습니다. 연로하신 어른이시니 이해해 주시길 바랍니다. 만신님, 마을에 와 보셔서 알겠지만 상황이 좋지 않습니다. 이제 저희는 어찌해야 합니까? 만신님께서 도와주지 않으시면 저희는 다 죽습니다."

"맞아, 다 죽지. 그런데 몇몇은 살아."

"네?"

마을 사람들은 제 귀를 의심했다.

"용왕님께서 이 바다를 떠나셨어. 너희도 알지?"

"예, 맞습니다. 마을 무당이 그렇게 말했습니다."

"걔도 이제 곧 죽을 거야."

섬뜩한 예언에 한층 더 짙은 두려움이 몰아쳤다. 아름다운 여인은 표정하나 변하지 않고 계속 말을 이어 갔다.

"너희는 살고 싶지? 그러려면 용왕님을 다시 모셔 와야 해."

"용왕님을 다시 모셔올 수만 있다면 뭐든 하겠습니다, 만 신님."

"쟤, 쟤를 바쳐야 해."

여인은 손가락을 들어 한 곳을 가리켰다. 마을 사람들이 일제히 그녀의 손끝을 바라보다가, 눈이 커지다 못해 입까지 벌어졌다. 아직 기저귀도 떼지 않은 아기가 아장아장 걷고 있었다. 여인은 고개를 돌려 마을 사람들을 바라보며 말했다.

"바다만큼 소중한 걸 바쳐야지 용왕님을 되찾을 수 있어."

너무 어이없는 상황에 말을 잃은 사람 중 가장 먼저 정신을 차린 건 아이의 엄마였다. 아이를 번쩍 들어 품에 안고는 다급하게 외쳤다.

"대체 무슨 소리를 하는 거요. 이 젖먹이를 바치라니. 어르신들, 설마 저 여자의 말을 믿으시는 건 아니죠?"

그녀가 간절히 동조를 구했지만, 사람들은 머뭇거릴 뿐, 입을 떼지 못했다. 그러자 여인은 한쪽 입꼬리를 올리며 비웃는 듯한 미소를 지었다. 그러면서 길게 숨을 들이켰다가 내쉬었다 하는 모습이 꼭 마을 사람들 속에 들끓는 갈등을 음미하는 것처럼 보였다. 여인은 아주 조곤조곤 속삭였다.

"사람들아, 아이란 또 낳으면 그만인 게야. 내 아이 하나 바쳐 용왕님을 다시 모실 수만 있다면 그 무엇이 아깝겠는가. 저 아이뿐만 아니라 이 마을에 모든 아이를 바쳐야 해. 그래야 너희가 살고 마을이 살아."

주문을 외듯 읊조리는 그녀의 눈동자에서 검은자가 사라지기 시작했다. 동시에 그녀의 말을 듣는 모든 마을 사람들의 눈에서도 검은자가 사라졌다.

아이를 안고 있던 어미가 허연 눈자위를 꿈틀대며 여인에게 말했다.

"그럼 이 아이는 효녀가 되겠네요."

여인이 답했다.

"그렇지, 바로 그거야. 네 아이는, 아니 이 마을에 있는 제물로 바쳐진 모든 아이들은 부모를 살리고 마을을 지킨 효자 효녀로 역사에 남을 거야. 그리고 우리는 또 새로운 아이들을 맞이하겠지."

눈에 검은자를 잃은 마을 사람들의 입가에 희망의 미소가 번지기 시작했다.

"듣고 보니 옳은 말씀입니다. 그것이 방법이었네요."

여기저기서 웅성이는 소리가 들려왔다.

"내 아이 데려가소."

"제 아이 바치겠소."

"목숨만 살려 주소."

"마을을 지켜 주소."

여인은 회심의 미소를 짓더니 고개를 끄덕인 후 한쪽 팔을 들어 올렸다. 그러자 소매 끝에서 희고 기다란 천이 스르륵 뻗어 나왔다. 그것이 마침 불어온 바람을 타고 점점 길게 일렁이더니 조금 전 그녀가 손가락으로 가리켰던 엄마 품속의 아이를 감쌌다. 감싼 것이 허공으로 둥실 떠올랐는데, 다시 바람이 세게 불자 아이를 감쌌던 천만 허공에 나부끼고 그 속의 아이는 거짓말처럼 사라졌다. 이 모습에 어떤 이는 껄껄거리며 웃어 댔고, 어떤 이는 제자리에서 뛰며 박수를 쳤다.

여인은 나머지 한쪽 팔을 들어 올렸고, 양쪽 소매에서 뻗어 나온 하얀 천들이 길고 긴 한숨처럼 늘어지더니, 집집마다 들어가 어린아이들을 감싸 올렸다.

홀린 듯 바라보던 마을 사람들이 겨우 정신이 돌아온 때는 아이들이 다 사라지고 난 후였다. 정신을 다시 찾은 엄마는 품에 있던 아이가 사라진 걸 알고는 펄쩍거리며 절규하기 시작했고, 무리 중에서 아이가 있는 부모들은 제각각 모두 자신들의 집으로 뛰어 들어갔다. 잠시 후, 여기저기서 곡소리가 들리기 시작했다.

"아이고, 내가 미쳤나 보다! 어떡해. 내 아기, 내 아기……."

품속에 있던 아이를 잃은 어미는 여인의 옷자락을 붙들고 애원했다.

"만신님, 제가 정신이 나갔었나 봐요. 제발 제 아이를 돌려주세요."

하지만 여인은 한껏 조소하며 고개를 저었다.

"내가 빼앗은 게 아니라 네가 준 거잖아."

그녀는 울고불고 비는 여자를 모질게 떼어 내고는 바다 쪽으로 걸음을 옮겼다. 그때였다.

"이 요괴야! 내 딸을 내놔라!"

여인이 고개를 돌려 보니 자식의 생사 여부를 살피러 집으로 뛰어갔던 사람들이 흥분하여 하나둘씩 모여들기 시작했다. 어떤 이는 아이를 달라고 무릎 꿇고 빌기도 했고, 어떤 이는 손에 몽둥이를 들고 당장이라도 죽일 듯 소리를 질렀다.

"이 무슨 짓인가. 당장 그 몽둥이 내려놓지 못해?"

이 상황에 끼어든 건 촌장이었다.

"감히 만신님께 욕을 하고 흉기를 들이대다니. 자네 제 정신인가!"

촌장 뒤쪽에 있던 사람들도 같은 표정이었다.

"아니, 이봐! 조금 전에 만신님의 신묘함을 못 봤어? 저 분이야말로 진짜 우리의 목숨과 마을을 지켜 줄 분이라고. 만신님께 밉보였다가 또다시 그 일이 일어나서 다들 죽어야 직성이 풀리겠냐고!"

분열, 마을 사람들이 반으로 갈렸다. 각자가 자신에게 있어 가장 중요한 가치를 지키려 서로 반목하고 있었다. 그 모습을 재미있다는 듯 바라보던 여인은 예쁜 보조개와 함께 미소를 남기고는 바다 쪽으로 걸어가기 시작했다. 자식을 잃은 부모들은 그녀를 붙잡으려 했지만 더 많은 수의 마을 사람들이 그들을 막았고, 몸싸움에 서로 나뒹굴며 바락바락 악을 쓰고 있었다.

여인이 밀려온 파도에 발을 담그려는 찰나, 뒤를 따라 오던 촌장이 물었다.

"이제 된 거요?"

하지만 여인은 대답하지 않고 바다로 첨벙첨벙 들어가기 시작했다. 다급해진 촌장은 마구 달려와 그녀를 붙잡고 간절히 물었다.

"자, 잠깐! 어서 대답하시오. 이제 용왕님이 돌아오시는 겁니까?"

"글쎄……."

여인이 피식 웃으며 말하자, 촌장이 더욱 목청을 높였다.

"글쎄라니, 약속했잖아!"

촌장이 씩씩대며 소리치자, 따라왔던 무리 중 몇몇도 그가 있는 물 안으로 들어왔다. 사람들이 여인을 에워싸고 사납게 다그쳤다.

"어디 가시오. 제물을 바쳤는데, 약조를 하고 가시든가!"

"아니면, 한 발짝도 못 갑니다."

잔뜩 흥분해서 씨근덕거리는 사람들을 바라보던 여인은 가소롭다는 듯 웃으며 말했다

"너희도 지키지 않았잖아, 약속."

그 말을 듣고 사람들은 영문을 몰라 했다. 하지만 촌장은 눈을 가늘게 뜨고 그녀를 유심히 뜯어보다가 소스라치게 놀라며 손으로 자신의 입을 막았다. 그제야 조금 전 노파가 끌려 나가며 했던 말이 이해되었다.

"너, 너 혹시 청이냐……?"

말이 떨어지기가 무섭게 여인의 소매 끝에서 뻗어 나온 흰 천이 촌장의 목과 입을 둘둘 감았다.

*"감히 더러운 입에 내 이름을 올리는 것이냐!"*

우두둑!

뼈가 부러지는 소리와 함께 촌장의 얼굴을 감싸고 있던 하얀 천이 붉게 물들었고, 박이 통째로 터지는 것 같은 소리가 이어 들려왔다. 이윽고 흰 천이 스르륵 풀리더니, 촌장의 무너져 내린 얼굴이 바닷속으로 무겁게 떨어졌다. 그 광경을 눈앞에서 지켜본 사람들은 모두 자리에 주저앉아 버렸다.

무슨 일이 있었냐는 듯 다시 하얘진 천 자락이 스륵 여인의 소매 안으로 들어갔고, 여인은 다소 아쉽다는 듯 입맛을 다셨다.

*"두고두고 괴롭혔어야 했는데, 아무튼 성질 급한 건 좀처럼 고치기 어렵다니까."*

그녀는 두려움에 벌벌 떠는 마을 사람들을 향해 어깨를 한 번 으쓱이고는 바다 안으로 더 들어갔다. 그러자 천지가 요동치는 듯 땅이 흔들리고 바다가 출렁이면서, 집채만 한 바위가 여인의 바로 앞에서 솟아올랐다.

*"좀 더 낮춰. 오르기 힘들잖아."*

여인이 앙칼지게 말하자 바위는 다시 아래로 내려와 높이를 낮췄다. 그녀는 바위에 붙어 있는 전복과 따개비들을 밟고 천천히 올라, 맨 꼭대기에 자리를 잡고 앉았다. 바위는 서서히 솟아올랐고, 그 뒤에서 더 큰 바위가 함께 솟구쳐 올라왔다.

바닷물을 한없이 흩뿌리며 거대한 모습을 드러낸 것은 그냥 바위가 아니었다. 웬만한 섬보다 큰 거북이었다. 그녀가 올라탄 아래쪽이 머리인 듯, 가로로 덮인 눈이 세로로 크게 떠지며 커다란 눈이 나타났다. 거북은 마을 사람들을 증오 가득한 시선으로 내려다보았고, 여인은 그런 거북을 살살 쓰다듬으며 말했다.

"아직은 때가 아니야. 필요한 건 챙겼으니까 이만 돌아가자."

그러자 거북은 말 잘 듣는 강아지처럼 몸을 돌리더니 단숨에 물을 가르고 바다 밑으로 가라앉았다. 거북이 네 다리를 힘차게 휘젓자 집채만 한 파도가 밀려왔다. 촌장과 주변 사람들은 곧바로 파도에 휩쓸렸고, 서로 멱살을 잡고 싸우던 이들은 집채만 한 파도를 피하기 위해 사력을 다해 육지로 내달렸다. 하지만 파도는 그들보다 빨랐고 성난 해일에 휩쓸린 이들은 물에 빠진 개미처럼 허우적거렸다.

조금 전 끌려 나갔던 노파가 마을 쪽 높은 곳에서 그 모습을 보며 하염없이 눈물을 흘리고 있었다.

"천벌을 받은 게야. 우린 이제 다 죽을 거야."

귀신에 홀려 자식을 넘긴 주제에 어떻게든 살아보겠다고 안간힘을 쓰는 사람들을 보며, 노파는 실성한 듯 울다가 웃기를 반복했다.


낯선 여인이 아이들을 데리고 사라진 뒤 엿새째 되던 날, 국무당과 어사대 일행은 마을이 내려다보이는 한 산등성이에 도착했다. 비가 부슬부슬 내리고 바람도 제법 불었다. 일행은 얼굴을 적시는 빗물을 쓸어내리며 마을을 내려다보았다. 완만한 해안선에서 옴폭 들어간 부분에 자리 잡은 마을은 마치 어머니가 아이를 품은 것처럼 안온해 보였다.

"터를 보아하니, 효자 효녀가 많이 나올 형세로구나. 풍수로 봐서는 요괴가 끓을 만한 음지라 보기 어려운데."

국무당의 말에 무당들이 답했다.

"그렇습니다. 저희가 촌장의 청을 받고 이곳에 도착했을 때도 같은 느낌이었습니다."

"평온해 보이는 어촌 마을이지요. 그 어떤 사특한 기운도 감지할 수 없었습니다. 그런데 마을 근처만 가면 코피가 터지고 구역, 구토에 난리도 아니었죠."

무당들의 말에 국무당이 고개를 절레절레 흔들며 탄식했다.

"마을만 보니 아무것도 보이지 않았던 게지."

"네?"

"내 자네들에게 여러 번 얘기했네. 이승과 저승으로 갈린 연을 중재하고 달래려면 항상 넓게 보라고."

말을 끝낸 국무당은 고개를 들어 하늘을 가리켰다. 그 자리에 있던 이들 모두 국무당이 가리키는 곳을 보았지만, 내리는 빗방울에 똑바로 살피기 어려웠다.

"아니, 저 하늘에 무엇을 보라시는……? 어, 저것이 무엇입니까?"

처음에는 몰랐다. 내리는 빗물의 잔상인 줄 알았다. 그런데 마음의 눈까지 열어 자세히 살피니 까만 알 같은 것들은 하늘에 잔뜩 끼어 있었다. 그것들은 둥글고 투명한 막 안에 들어 있는데, 생김새가 꼭 두꺼비알 같았다. 알 같은 것들은 이따금 꿈틀대는 것이, 조금만 더 있으면 올챙이들이 빗물과 함께 쏟아져 내릴 것 같은 광경이었다.

"국무당님, 저게 뭐예요?"

빗물이 눈에 들어갔는지 연신 눈을 비비며 광탈이 물었다.

"나도 처음 보는구나. 확실한 건 단순한 요괴의 소행이 아니다. 사특한 것들은 하늘을 차지할 수 없는 법이지. 신수라면 모를까."

상상도 하지 못한 국무당의 말에 일순간 침묵이 흘렀고, 일행은 무거운 마음으로 다시 마을을 내려다보았다. 내내 입을 닫고 있던 벼리가 말했다.

"이상합니다."

"뭐가 말이냐?"

"꼭 빈 마을 같지 않습니까? 아무도 없습니다."

국무당과 벼리의 대화에 광탈이 끼어들었다.

"비가 오니까 다 집에 있겠지."

벼리가 고개를 저으며 말했다.

"오른쪽 맨 끝에 있는 집 마당을 봐. 빨랫줄에 이불 홑청이 널려 있잖아. 비가 오기 시작하면 제일 먼저 하는 일이 빨래를 걷는 것인데……. 그리고 그 옆집과 주변을 살펴봐. 창문이 열려 있어. 비가 내리는데 활짝 창문을 열어 놓았다?"

백원이 앞장서며 말했다.

"확인해 보자."

마을로 내려오자마자 광탈이 집집마다 다니며 빠른 속도로 안을 확인했다. 벼리의 짐작대로 마을은 텅 비어 있었다. 그런데 살림살이들은 그대로 다 남아 있는 것이 이상했다.

"어느 집 부엌에는 치우지도 않은 밥상이 있었어. 그리고 다른 집에는 장독 뚜껑이 열려 있었지. 땅으로 꺼졌나, 하늘로 솟았나, 정말 귀신이 곡할 노릇이네. 스스로 떠난 건 아닌 것 같고, 그러면 끌려가기라도 한 거야?"

광탈이 하는 말을 듣던 무당 하나가 말했다.

"모두가 요괴에게 당했다 하더라도 잘 찾아보면 반드시 한 사람은 남아 있을 겁니다. 촌장이 이르기를, 지난 두 번의 사건 모두 요괴가 싹 다 죽이진 않았다 했습니다. 마치 자기가 한 짓을 알려 주려 증인 하나를 살려 놓듯, 꼭 한 사람씩은 목숨을 건졌다 했습니다……."

때마침 강렬한 피비린내를 실은 바람이 불어왔다. 대원들이 그쪽으로 향하자 국무당은 따라오려는 세 무당을 말렸다.

"여기들 있게. 자네들 호기심 때문에 일을 그르치면 어쩌려고."

"네, 어머니."

신기를 지닌 무당들이라 대원들이 범상치 않다는 것 정도
는 대번에 느끼고 있었다. 하지만 하늘에 버젓이 있던 기운
도 알아차릴 수 없었던 조금 전 상황을 떠올리니 얌전히 말
을 따를 수밖에 없었다.

백원이 맨 앞에 서고 무령과 벼리 사이에 국무당이, 맨 뒤
는 광탈이 맡았다. 어느새 추적거리던 비는 그쳐 갔고, 습한
대기를 타고 오는 피비린내는 걸음을 옮길수록 더욱 강해졌
다. 대원들은 왜 이전에 방문했던 무당들이 제상 한 번 올리
지 못하고 줄행랑을 쳤는지 알 것 같았다. 요기가 너무 강해
귀가 먹먹해지고 코끝이 알싸해 왔기 때문이다. 비형랑의 후
손이자 특수 훈련을 7년이나 받은, 게다가 다양한 요괴들과
맞선 경험이 있는 어사대 대원들의 심신이 이리 불편할 정도
면, 일반 무당이나 승려들은 각혈을 하거나 몸에 마비가 와
도 이상하지 않을 만큼 심각했다. 이윽고 냄새의 근원에 도
착한 그들은 소매로 코와 입을 가렸다.

생선이나 미역을 말리던 곳이었는지, 바닥에 대나무 발이
길게 펼쳐져 있는데, 그 위에 미역 대신 마을 사람들이 열을
맞춰 누워 있었다. 조금 전까지 내린 빗물에 씻겨 맑게 드러
난 시신들의 상흔에서 얼마나 처절한 죽음인지를 읽을 수 있

었다. 품에서 수건을 꺼내어 코와 입을 감싼 벼리가 시신에게 다가가 차분히 상태를 살폈다.

"죽은 지 얼마 되지 않았습니다. 일주일 이내인 듯싶습니다. 그리고 이들 전부 토막 나 있습니다."

냄새 때문에 먼발치에서 바라보던 광탈이 양쪽 새끼손가락을 콧구멍에 꽂은 채 다가가며 말했다.

"아, 뭔 소리야. 사지 멀쩡하게 다 잘 붙어 있구······. 엑?"

조각난 팔과 다리, 심지어는 몸통까지 잘려 나간 시신들의 상태는 마치 일부러 원래의 모습대로 맞춰 놓은 것 같았다. 시신 위로 선명하게 뭉개지듯 잘려 나간 상흔이 보였다.

"아니, 누가 왜 이런 짓을?"

미간을 찌푸리는 광탈의 말에 벼리가 나지막이 대답했다.

"일부러 이런 거야. 우리에게 보여 주려고."

그때였다. 시신 바로 뒤쪽에 바닷바람을 막아 주고 있는 송림松林 너머에서 작고 비릿한 음성이 들려왔다.

"이 마을은 끝장났어······."

말이 끝나기도 전에 대원들은 번개처럼 무기를 빼 들고 소리가 나는 방향으로 몸을 틀었다.

백원이 앞장선다고 했건만 발과 마음이 급한 광탈이 번개처럼 솟구쳐 올라 벼리를 넘어 쌍검으로 허공을 갈랐다. 소나무들이 사선으로 베어지며 시원한 바다가 드러났고, 그 한

가운데 바다를 바라보고 앉아 있는 비쩍 마른 한 노파의 모습이 보였다. 순식간에 노파 옆에 선 광탈이 그녀를 내려다보며 말했다.

"이 할머니, 뭐야? 전혀 기척을 느낄 수 없었는데. 이 중에 기운 느낀 사람 있어요?"

대원들은 아무 말도 하지 못하고 서로의 눈치를 살폈다.

"산 사람의 기운은 느끼지 못했어. 죽은 이의 기운은 더더욱……."

무령이 시선을 왜소한 노파의 등에 고정시키며 말했다.

"죄를 지어서아……. 예전에 여자아이 하나를 꼬드겨 저 바다에 처넣었거든. 우리가 잘살겠다고 그 어린 것을 속였지. 그녀가 다시 나타났다……."

"어르신, 괜찮으십니까? 으악!"

광탈이 뒤로 나자빠지자, 놀란 대원들은 각자 전투태세에 들어갔다. 광탈을 올려다보는 노파의 눈에 검은자위가 보이지 않았다.

이가 모조리 빠진 노파의 입은 허탈하게 웃고 있는데, 깊게 팬 주름을 따라 눈물이 흘러내렸다. 어느새 대원들은 조심스레 노파를 둘러쌌고, 백원이 무겁게 입을 열었다.

"그녀가 누구입니까?"

백원을 바라보던 노파가 싱긋이 웃었다. 그 웃음에 깊게 보조개가 파이며 노파의 목소리는 젊은 여인으로 변했다.

*"내 이름은 청이야. 이 마을 사람들, 죗값 받은 거야."*

빙의였다. 노파에 빙의된 요괴의 음성이 어찌나 차가운지, 대원들은 자신도 모르게 한 발짝 뒤로 물러났다.

*"다 끝났어. 모두 죽었다고. 마을의 애들은 내가 다 제물로 거둬 왔고 이제 다 끝났어. 그러니 너희는 이 일에 끼어들지 마. 조용히 사라지면 목숨은 살려 줄게. 그리고 말이야, 용왕이 없는 바다는 내가 관장하고 있으니, 이 근처에는 얼씬도 하지 마라."*

말이 끝나자마자, 모든 쓰임이 다했다는 듯 노파의 육신은 폭삭 꺼지며 허물어졌다.

백원이 얼른 노파의 코에 손가락을 댔지만 이미 숨은 끊어져 있었다. 이때 무령이 긴 한숨을 내쉬며 말했다.

"이제야 느껴지네, 죽은 이의 기운이. 우리가 도착했을 때 이 할머니는 살지도, 죽지도 않은 상태였어. 그 상태로 기다린 거야. 그래서 기척을 느끼지 못한 거고. 요괴는 할머니의 몸을 빌려 우리에게 경고를 하려 했던 게지."

바람에 밀려드는 파도 소리가 한동안의 시간을 메우고 있었다. 대원들은 말이 없었고, 벼리는 쭈그리고 앉아 양손으로 이마를 감싸고 엄지손가락으로 관자놀이를 문지르기 시작했다.

'요괴의 말인 즉슨, 자신의 복수는 끝이 났고 굳이 우리와 싸우기 싫으니 사건에서 손 떼라, 이 말인가? 후……. 감히 우리를 뭘로 보고. 마을 사람들을 여럿 죽이고 아이들마저 납치한 것이 이제 임금님의 분신인 어사또를 겁박하다니, 용서할 수 없다.'

하지만 생각은 분명한데 마음은 한없이 무거웠다. 아니, 무서웠다. 마을 어귀부터 느낀 귀기는 벼리의 심장을 몇 배나 빠르게 뛰게 했다. 또한 두통은 어찌나 심하고 속이 울렁거렸는지, 대원들 앞에서 자신이 이런 상태인 것을 들키지 않고자 이를 몇 번이나 악물었다.

'아직 눈앞에 모습을 드러내지도 않았는데. 그 기운만으로……. 그리고 요괴는 용왕을 밀어내고 바다를 장악했다고 했다.'

지금까지 여러 요괴들을 상대했지만 처음 느끼는 공포였다. 이런 복잡한 생각은 벼리만의 것이 아니었다. 평생을 수련한 국무당도, 목숨까지 내놓았던 무령도, '겁'이라는 단어의 뜻조차 알지 못하던 광탈도, 심각한 표정으로 입을 열지 못하고 있었다. 모두가 드러내지 않을 뿐, 벼리와 마찬가지로 이곳에 도착한 뒤에 느낀 엄청난 귀기 때문이었다.

어색한 침묵을 깬 이는 백원이었다.

"맨 앞은 내가 맡고, 양옆은 광탈과 벼리가, 그리고 무령은 후방에서 지원을 한다. 국무당께서는 불편하시겠지만, 시신 옆에 계셔야 할 것 같습니다. 이 마을에서 가장 안전한 곳은 바로 이곳입니다. 이 시신들은 요괴의 입장에서 전리품과 같은 것이니 훼손하거나 해치지 않을 겁니다."

관자놀이를 문지르던 벼리의 동작이 멈췄고 잠시 후 자리에서 일어난 그녀가 홀가분한 목소리로 말했다.

"지금부터 요괴를 제압하는 순간까지 어사대의 모든 지휘권을 백원 오라버니에게 넘깁니다."

그녀의 당찬 눈빛은 그 어느 때보다 빛나고 있었다.

"산전수전을 겪다 보니 이젠 요괴에게 협박을 다 당해 보네. 이런 젠장맞을! 우리가 우습냐? 백원이 형, 안 되겠어요. 사막에서 요괴 잡은 솜씨 좀 보여 주시죠!"

요란스럽게 떠드는 광탈의 목소리에 무령의 표정도 한층 나아졌다.

국무당만이 착잡한 표정으로 서 있자, 벼리가 나서서 차분하게 말했다.

"국무당님, 지금은 피해 주시는 게 저희를 위한 겁니다. 그리고 국무당님께서 건재하셔야, 요괴를 퇴치한 후에 용왕제도 지내고 사라진 용왕님도 다시 모실 수 있지 않겠어요?"

"그래, 몸 조심하거라."

무겁게 한 마디를 남긴 국무당이 베어진 소나무 너머로 몸을 숨기자, 광탈이 말했다.

"자, 우리는 준비가 됐는데 말이야. 그나저나 이 건방진 요괴는 어딜 가야 만날 수 있는가?"

파도에 떠밀려 온 한 줌 바람에 무령의 눈빛이 달라졌다.

"갈 필요 없을 것 같다, 광탈아."

"왜요?"

"그녀가 오고 있다."

무령의 말이 끝나기 무섭게 잔잔하던 바다가 요동쳤고, 하늘 저 멀리서 벼락을 품은 먹구름이 밀려오기 시작했다. 대원들은 일제히 무기를 겨누고 전투를 준비했다. 온 신경을 바다에 집중하고 있을 때 백원이 소리쳤다.

"육지다. 뒤를 봐!"

대원들이 급히 고개를 돌려보니, 모래사장이 불끈거리며 대원들을 향해 뻗쳐 오기 시작했다. 두더지가 지하에서 땅을 파면서 전진하는 모습과 흡사했다. 사방으로 모래가 튀어 오르고 발을 디디고 서 있기 힘들 정도로 땅이 흔들렸다.

백원이 양손으로 청룡언월도를 그러잡고 위로 들어 올린 후 그대로 땅에 내리꽂자, 불가사리의 쇠바늘이 피부를 뚫고 나와 온몸을 차르르 감쌌다. 머리에는 투구가, 온몸에는 푸른빛 감도는 쇠바늘이 빽빽이 돋아나 있는데, 가뜩이나 당당한 체구가 두 배는 더 커 보였다.

어사대는 앞뒤로 달려드는 요괴의 공격보다 백원의 변신에 더 놀라고 있었다. 그가 불가사리와의 전투에서 신묘한 힘을 얻어 왔다는 것을 해치의 말로만 전해 들었을 뿐, 정작 백원은 그 형상을 정조와 대원 앞에서 한 번도 선보인 적이 없었다. 아마도 완성되지 않은 힘을 섣불리 노출하지 않는 그의 성정 때문이리라.

백원은 불룩 솟아오르는 것을 향하여 청룡언월도를 내리쳤는데, 몸만 두 배로 커 보이는 것이 아니라 힘과 속도도 두 배는 더 빨라진 것 같았다. 날에서 뿜어 나온 푸른 검기가 마른 모래밭에 엄청난 충격을 가하자, 거세게 땅을 파며 돌진해 오던 것이 정통으로 맞았는지 모래가 폭발하듯 솟아올랐다.

여파가 가라앉자, 고요가 찾아왔다. 지축을 울리던 현장에는 처연한 파도와 바람 소리만이 맴돌고 있었다.

"형, 형은 잘 모를 거요. 지금 얼마나 멋있는지."

광탈이 넋 나간 사람처럼 중얼거릴 때 벼리가 말했다.

"엄청난 힘을 얻으셨군요, 오라버니, 이제 우리는 두려울 게 없을 것 같아……. 으악!"

순간 벼리의 발밑이 꺼지는가 싶더니 그녀가 모래 안으로 빨려 들어가기 시작했다. 광탈이 다급하게 벼리의 팔을 잡고 밖으로 끄집어내려던 찰나, 쾅 소리와 함께 요괴가 하늘 높이 솟구쳐 오르며 모습을 드러냈다. 놀랍게도 집채만 한 물고기였다. 노르스름한 빛깔에 몸은 미끈했는데, 지느러미는 무척 날이 서 있었다. 입안에 모래가 가득한 걸 보니, 입으로 땅을 파고 몸부림을 치며 전진하는 것 같았다.

죽다 살아난 벼리는 땅바닥에 주저앉아 거칠게 숨을 몰아쉬며 도리질을 쳤다.

"땅을 파고 다니는 물고기라니⋯⋯."

그때 실록에서 보았던 세종 28년의 기사가 떠올랐다.

「세종 28년 6월 7일, 평안도에서 백성이 밭을 갈다가 흙 속으로 뛰어들어 가는 이상한 물고기를 보았다.」

"토어 土魚 야! 토어."

벼리의 외침과 동시에 그것이 땅바닥을 몇 번 뒹굴더니 등지느러미를 활짝 펼치고는 날카로운 가시 수십 개를 발사했다. 그 길이와 굵기가 백원의 청룡언월도만 했는데, 무령이 빠르게 앞으로 뛰어나가 가채에서 뽑아낸 금줄로 결계를 치려 했지만, 토어의 가시는 그녀의 방어 범위 안으로 이미 침입한 뒤였다.

"언니, 안 돼!"

벼리의 짧은 외마디 비명이 끝나기도 전에, 대원들은 믿을 수 없는 장면을 마주하게 되었다. 온몸이 쇠바늘로 뒤덮인 백원이 청룡언월도를 그러쥔 왼쪽 팔로 무령을 감싸 안고 나머지 오른팔을 안으로 구부렸는데, 팔에 돋아나 있던 쇠바늘이 순식간에 펼쳐지며 거대한 방패를 만들어 냈다.

투투투툭, 텅텅!

강력한 토어의 가시는 백원의 방패에 튕겨져 나갔고, 그 자리에는 완전 무장한 쇠바늘 전사만이 아무 일 없었다는 듯 위용을 뽐내고 있었다.

"괜찮나, 무령?"

백원의 바늘 돋친 오른손이 무령의 왼쪽 어깨에 닿았을 때였다.

좌라라락!

백원의 몸에서 무령의 몸으로 쇠바늘들이 옮겨붙기 시작했는데, 마치 자석에 엉겨 붙는 쇳가루처럼 그녀의 온몸을 타고 들어가고 있었다. 쇠바늘은 무령의 양어깨부터 발끝까지 얼굴을 제외한 모든 부분을 갑옷처럼 뒤덮었다.

대원들은 어사대 조직 이후 수많은 일을 겪었지만, 이렇게 짧은 순간 동안 여러 번 놀란 경험은 처음이었다. 그건 백원도 마찬가지였다. 본인의 몸속에서 꿈틀거리는 불가사리의 기운을 자유자재로 통제하는 연습을 게을리 하지 않았던 건 맞지만, 이 능력이 동료들까지 보호해 주리라는 것은 생각도

하지 못했다.

"형! 나도 좀 만져 주죠!"

광탈이 소리치며 백원의 품속으로 뛰어들었지만, 아무런 변화도 일어나지 않았다. 절망한 표정의 광탈이 말했다.

"형, 이러기예요?"

백원이 난처해하며 말했다.

"광탈아, 사실은 나도 이게 무슨 일인지 잘……."

"흐어엉, 너무해요"

광탈은 무척 서운하다는 듯 촉촉이 젖은 눈으로 백원을 바라보다가 그의 어깨 너머로 시선을 돌렸다. 맹렬한 기세로 다가오는 토어를 발견하고는 재빨리 백원의 어깨를 밟으며 하늘로 솟구쳤다가 쌍검을 빼 들고 대가리를 내리쳤다.

까강!

토어의 머리와 쌍검이 부딪치자 불꽃이 작열했다.

"악! 아이고 손이야. 아이 저려. 이거 생선이 아니고 쇳덩이구만! 어? 내 칼!"

요괴의 피부가 어찌나 단단한지, 광탈의 쌍검 여기저기에 이가 빠져 있었다.

"이 잡것이!"

쌍검을 고쳐 잡은 광탈이 다시 토어의 머리를 공격하려 할 때였다.

"으악!"

집채만 한 토어가 미친 듯이 몸을 퍼덕거리자, 광탈이 그만 중심을 잃고 땅바닥에 내동댕이쳐졌다. 곧이어 거대한 토어는 펄떡거리며 솟구쳐 오르더니, 그대로 땅으로 처박히며 광탈을 삼키고는 땅속으로 꺼져 버렸다.

"광탈아!"

벼리의 목이 멘 절규를 무심한 파도 소리가 삼켜 버렸다.

"토어라고 했느냐?"

백원의 다급한 질문에 벼리가 답했다.

"네, 확실하진 않은데 실록에서 보았습니다."

"토어를 잡은 방법도 나와 있나?"

"잡았다는 내용은 없어요. 실록의 토어는 이렇게 거대하지도 않았는데, 아무래도 어떤 힘에 의해 요괴로 변신한 것 같아요. 이제 어떡하죠, 오라버니?"

잠시 침묵하던 백원이 말했다.

"무령, 결계를 쳐서 벼리와 그 안에 숨어 있어. 어떠한 충격에도 견딜 수 있도록 단단하게 쳐야 할 거야."

무령은 토를 달지 않고 모래사장 위에 촘촘한 결계를 치고는 벼리와 그 안으로 들어갔다.

"찾아 들어갈 수 없으면, 나오게 해야지."

백원은 양손으로 청룡언월도의 자루를 그러잡고 그 끝

을 땅에 꽂은 뒤, 한쪽 무릎을 꿇고 앉아 기운을 모으기 시작
했다.

차르르르륵!

그를 감싸고 있는 쇠바늘들이 제일 먼저 떨리기 시작했고,
그의 주변으로 모래 폭풍이 일기 시작했다.

"장교출해세 長蛟出海勢!"

그는 호령과 함께 폭발하듯 창공으로 솟구쳐 올랐다.

'단전의 기운을 실어, 바다에 잠긴 교룡이 솟아오르듯!'

거대한 육신이 작은 점이 되었고, 한동안 하늘에 찍혀 있
던 점이 무서운 기운으로 땅으로 내리꽂히기 시작했다.

"이이얍!"

백원은 하늘의 기운을 모은 청룡언월도를 대지에 작렬시
켰고, 순간 거대한 폭발음과 함께 천지가 진동했다. 얼마나
큰 위력이었는지 무령의 결계가 찢어지며 벼리가 밖으로 튕
겨 나갔고, 정신이 든 벼리가 칠지도를 찾으려는 무렵, 모래
가 갈라지며 요괴가 뛰쳐나왔다.

"꽤에엑!"

백원이 만들어 낸 진동에 내장이 뒤집혔는지 토어는 광탈
을 토해 냈고, 광탈과 함께 쏟아져 나온 토사물에는 수많은
뼈들이 뒤섞여 있었는데 사람의 해골도 수십 개는 되어 보
였다.

요괴는 괴로운지 미쳐 날뛰기 시작했는데 그것의 날선 지느러미에서는 셀 수 없는 가시들이 튀어나오고 있었다. 무섭게 날뛰다 보니 가시는 공격 방향을 잃고 무차별적으로 허공을 가르기 시작했다. 벼리는 정신을 잃은 광탈을 챙겼고, 수많은 가시를 당해 내는 것은 백원의 차지였다. 그의 방패는 전광석화처럼 종횡무진했는데 날아오던 거대한 가시 하나가 그만 방패의 빈틈 사이로 파고들어 백원의 옆구리를 강타했다.

"으윽!"

강한 충격에 옆구리를 움켜잡은 백원은 갑옷 덕에 관통상을 면했다는 걸 깨닫고는 속으로 나지막이 속삭였다.

'고맙다, 불가사리.'

그 마음에 답이라도 하듯 투구 속에서 울림이 전해졌다.

'아닙니다. 괜찮으십니까?'

'물론.'

그때였다. 백원의 옆으로 한줄기 섬광이 스쳐 지나갔다. 무령이었다.

그녀는 날뛰는 토어를 향해 여러 개의 금줄을 날렸고, 그것은 촘촘한 그물 모양이 되어 요괴를 옭죄고 있었다. 그리고 무령은 자신이 얽어 놓은 그물을 타고 다니며 요괴를 잡아 가두고 있었는데, 그 모습이 어찌나 유연하고 아름다운지 마치 하늘에서 내려온 선녀가 뛰노는 것 같았다.

금줄로 만든 그물 안에 토어를 가둔 그녀는 백원을 향해 웃으며 말했다.

"자, 재료 준비했으니, 상 좀 차려 봐."

밝게 미소 지으며 무령을 향해 다가가던 백원의 동공이 커졌다. 결계 안에서 퍼덕거리던 요괴가 가시를 쏘아 댔고, 그 가시 중 하나가 무령의 등에 꽂힌 것이다.

무령은 삼십 보 정도 거리로 날아가 버렸고, 그것을 보고 이성을 잃은 백원은 소리를 지르며 청룡언월도를 마치 작살처럼 있는 힘껏 날렸다. 푸른 섬광이 빛의 속도로 요괴를 관통했고, 토어는 그 자리에서 숨이 끊어졌다.

"무령!"

백원이 쓰러진 무령에게 뛰어가 조심스럽게 안아 올리며 말했다.

"무령, 무령……. 정신 차려 봐."

백원이 흔들어 봤지만 그녀는 답이 없었고, 뒤늦게 달려온 벼리와 정신을 되찾은 광탈도 무령을 붙잡고 흔들기 시작했다.

"언니!"

"누님!"

백지장처럼 하얀 얼굴의 무령이 빨간 입술 사이로 숨을 토해 내며 속삭였다.

"아파……. 그만 흔들어."

"무령! 많이 아파?"

다급한 백원의 목소리에 무령이 답했다.

"아니, 너 때문에 아프다고."

안도의 한숨이 어사대에 퍼졌고, 그녀가 기침을 하며 몸을 일으켰다.

"백원 네가 입혀준 갑옷, 이것이 날 살린 것 같아. 이게 아니었으면 나는 아마 척추가 부러졌을 거야. 등에 화상도 있는데 부러지기까지 하면 어쩔 뻔했어."

백원이 무령의 등을 살펴보니, 갑옷 뒷부분 쇠바늘이 여러 개 부러져 있었다.

"불가사리가 속죄하는 방법이다."

백원의 혼잣말에 살짝 흥분한 광탈이 말했다.

"형, 나한테도 좀 속죄하라 그래요. 내 몸도 좀 만져 줘요."

"글쎄다. 어떻게 해야 갑옷을 만드는지 나도 잘 모르겠구나. 아까는 걱정스런 마음에 무령에게 손을 댔을 뿐이거든. 벼리야 너는 괜찮느냐?"

백원이 벼리의 어깨에 손을 갖다 댄 순간, 그의 손끝에 있던 쇠바늘들이 벼리의 몸에 옮겨 붙기 시작했다.

촤라라락!

푸른빛을 내는 쇠바늘들은 얼굴을 제외한 벼리의 온몸을 감쌌다. 놀란 벼리는 자신의 손으로 조심스럽게 갑옷을 쓰다듬어 봤는데, 공격과 방어가 모두 가능할 것 같은 날카롭고 단단한 쇠바늘들이 마치 고운 비단을 어루만지는 것처럼 부드럽게 느껴졌다.

"왜! 왜! 나만 안 되냐고."

흥분한 광탈이 백원에게 달려들어 그를 끌어안으려 했다. 하지만 그 순간 갑옷의 바늘들이 쭈뼛 날을 세웠다.

"으앗, 따가워!"

바늘에 찔린 손가락에 송골송골 피가 맺혀 있었다. 광탈은 발을 동동 구르더니 아예 자리에 주저앉아 울기 시작했다.

"엉엉엉! 형이 나를 사랑하지 않아, 내 이리 고통받는구나. 나는 가족이라 생각했는데 어찌 이럴 수가 있소……. 내 칼도 부러지고, 마음도 찢어지고."

광탈의 옆에 놓인 쌍검은 여기저기 이가 빠져 있었다. 백원은 떼쓰는 아이처럼 구는 광탈을 묵묵히 바라보다가 바닥에 내던진 쌍검을 그의 손에 쥐여 주며 말했다.

"전투 중이다. 일어나."

그 말에 광탈이 울음을 뚝 그쳤다. 무뚝뚝한 말과 달리, 백원도 마음이 먹먹했다. 어떻게든 돕고 싶지만, 힘이 뜻대로 다스려지지 않았다. 이런 상황에서 마냥 투정만 받아 줄 수는 없는 노릇이 아닌가.

그때였다. 백원의 간절한 마음이 통한 것일까. 백원의 손을 감싸고 있던 갑옷 일부가 허물어지더니 가루가 되어 흩날렸다. 가루는 마치 의지를 가진 것처럼 하나 되어 움직이며 광탈의 검에 스며들었다. 빠졌던 이가 메워지고, 가늘고 굵은 금을 가리지 않고 지워 버렸다. 이제 막 만들어 낸 것보다 더 새것처럼 보이는 쌍검을 향해 광탈은 신음 같은 감탄을 흘렸다. 그게 끝이 아니었다. 쇳가루는 광탈의 몸을 타고 오르더니 백원과 비슷한 갑옷으로 변했다.

"허, 이게 뭐야. 왜 진작에 안 해 주고. 특별히 감동을 주려고 이리 시간을 끄신 거야? 근데 갑옷인데 왜 이리 가벼워. 마치 안 입은 것 같……."

광탈이 제자리에서 발을 놀리며 달리는 시늉을 했는데, 어찌나 빠른지 그의 발은 보이지도 않았다.

"이게 기운까지 북돋아 주네? 우와, 형, 고마워요. 이제 청이가 아니라 죽은 춘향이 요괴가 온다 해도 두렵지 않겠어."

광탈의 너스레에 그제야 대원들은 너털웃음을 터뜨렸다.

무심한 파도소리는 여전했지만, 바다를 마주한 백사장에는 무쇠의 갑옷을 두른 네 명의 전사들이 서 있었다.

"그런데 형, 참 희한하지. 내가 오늘따라 그렇게 생선이 먹고 싶은 거야. 아마 바닷가라 그랬겠지? 근데 눈앞에 떡하니 나타난 요괴가 물고기네?"

"난 마을 어귀부터 체한 듯 속도 거북하고 머리도 아팠는데, 광탈이는 참 비위도 좋아."

벼리는 대수롭지 않게 답했지만, 속으로 광탈이 토어를 먹어 버리자고 할지 몰라, 조마조마했다.

"근데 말이야, 생선 반찬도 좋은데, 그냥 산 채로 문어 한 마리 잡아서 고추장에 푹 찍어 먹으면 여한이 없겠네."

"그런 말 마라."

바람을 타고 들려오는 소리에 대원들이 일제히 고개를 돌려 보니 국무당이 걸어오고 있었다.

"아니, 어머니 안전한 데 숨어 계시라고 말씀드렸잖아요. 요괴가 언제 다시 올지 몰라요."

국무당은 무령의 말을 한 귀로 흘려들으며 시선은 광탈에게 가 있었다.

"그 요괴, 네가 부르고 있어."

"네?"

무슨 소리냐는 듯 눈이 휘둥그레진 광탈에게 국무당이 말했다.

"상상하지 말라고, 말도 하지 말고."

그때였다. 바다에서 기척도 없이, 굵고 탄력 있는 갈색 기둥 같은 것이 불쑥 솟아올랐다. 채찍처럼 부드럽게 날아오더니, 국무당의 허리를 감고는 공중으로 낚아챘다. 눈앞에서 국무당을 잃은 광탈은 이를 으득 물고는 검을 뽑으며 하늘로 솟구쳐 올라갔다. 그는 검을 그어 허리에 감긴 것을 단번에 베어 내고, 국무당을 한 팔로 안고 땅에 착지했다. 그 동작이 어찌나 부드럽고 매끄러운지 마치 공중을 걷다가 내려오는 것처럼 보였다. 광탈은 땅에 내려오자마자 아직도 국무당의 허리에 들러붙어 있는 걸 떼어 내려 했다. 그러나 어찌나 옴팡지게 붙어 있는지 억지로 떼어 내다가는 국무당이 다칠 것 같았다.

"빨판이 있어. 이거 문어 아니야?"

"내가 말하지 말라 했잖니."

광탈을 나무라는 국무당의 말이 끝나기 무섭게 바다에서 나머지 문어 다리들이 솟아올랐다. 벼리가 빠르게 판단을 내리고 광탈에게 달려갔다.

"청이는 바다에 있는 요괴들을 다 동원할 기세야. 광탈아, 빨판은 내가 떼어 낼 테니까 너는 요괴를 잡아!"

광탈은 대답 대신 쏜살같이 튀어 나갔고 그 뒤를 백원과 무령이 쫓았다. 벼리는 그악스럽게 국무당의 허리를 조이는 빨판에 칠지도를 갖다 댔다. 예상대로 칠지도가 벌겋게 달아오르자, 요괴의 조각은 탄내를 뿜으며 떨어져 나갔다.

한편, 나머지 세 사람은 요괴의 본체로 향했다. 그들은 비범한 몸놀림으로 육지와 수중을 가리지 않고 종횡무진 움직였다. 무령이 금줄을 뻗어 문어의 다리를 잡아채자 광탈이 공중으로 뛰어올라 냉큼 베어 내고는 그대로 떨어져 입수했다. 얼마나 매끄럽게 들어갔는지 수면의 물이 거의 튀지 않을 정도였다. 광탈이 잠영을 시작했는데, 땅에서는 물 찬 제비 같던 몸놀림이 수중에서는 물고기 같았다. 다행히 불가사리 갑옷은 물속에서도 전혀 불편하지 않았다.

'아차, 바닷물인데. 혹시 갑옷에 녹이 스는 건 아닐까?'

그의 생각을 읽었는지 불가사리 갑옷이 문제없다는 듯 광탈을 꽉 죄었다가 풀었다. 불가사리는 자존심도 세고 까칠한 성격인 것 같다고 느낀 광탈은 해치의 물방울이 살짝 그리워졌다.

맑은 바닷물 사이로 드디어 요괴의 모습이 드러났다. 머리 부분에 해당하는 본체가 광탈의 눈에 기와집만 하게 보였는데 물속에서 왜곡되어 보이는 것을 감안하더라도 일반 문어와는 비교할 수 없을 정도의 거대한 몸집이었다. 게다가 다리가 굵고 길뿐만 아니라, 기괴할 정도로 쭉쭉 늘어났다 줄기를 반복하고 있었다. 한 번 다리를 휘두르면 커다란 갯바위가 대번에 쪼개졌고, 두 번 내리치니 온 바다가 뿌예지며 땅이 석 자나 넘게 파였다.

게다가 어사대에게 잘려 뿌리만 남은 다리가 물속에서 몇 번 꾸물럭거리더니 새로이 돋아나는 것이 아닌가. 긋고 또 잘라 내도 빠른 속도로 끊임없이 재생되었다. 이러다가는 베어 내다 지칠 것 같았다. 광탈은 수면 위로 올라와 크게 숨을 들이켜고는 다시 아래로 자맥질했다.

'문어의 내장은 대가리처럼 보이는 저 둥근 몸통에 모여 있겠다? 밖으로의 공격은 씨알도 안 먹힐 터. 뱀 새끼에, 물고기에, 이번에는 문어한테까지 한 번 먹혀 줘야겠네.'

그가 노리는 곳은 정확히 이빨이 위치한 주변의 연한 살이었다. 그곳을 찢고 들어가 머리에 집중적으로 자리 잡은 내장 기관을 파괴하는 방법이 그나마 가망이 있을 것 같았다. 그는 평범한 문어의 약점을 떠올리며 심해 깊숙이 잠수해 들어갔다. 몸을 앞뒤로 부드럽게 유영하며 요괴의 아래쪽으로 접근했는데, 상대는 수면 위에서 싸우는 대원들에게 신경을 집중하느라 아직 자신의 접근을 눈치채지 못한 듯했다. 요괴의 두 눈깔은 수면 위를 향하고 있었고, 그 틈을 타 광탈은 아래쪽 주둥이로 은밀히 접근했다. 삐죽 나온 거대한 주둥이 안으로 헤엄쳐 들어간 뒤 쌍검을 교차하여 횡으로 지르려는 순간, 요괴의 입 안쪽 이빨 주변에 뭔가 매달려 있는 게 보였다. 구불구불, 투명한 막 안에 거뭇거뭇한 구슬 같은 게 들어 있었는데, 요괴가 움직이는 대로 설렁설렁 흔들리는 것이 생김새가 심상치 않았다. 몸을 튕기며 다가가 자세히 그것을 들여다본 광탈은 순간 머리가락이 쭈뼛 서 버렸다. 구슬 안에는 엄마 배 속의 태아처럼 몸을 웅크리고 있는 아이들이 들어 있었다.

너무 놀란 광탈은 자기도 모르게 비명을 지르려다 물을 먹고 황급히 수면 밖으로 튀어나왔다. 그는 연신 기침하며 외쳤다.

"멈춰! 아이……. 콜록! 요괴가 아이들을……. 캑캑! 매달고 있다고!"

그가 꽥꽥거리는 걸 들었는지, 요괴의 다리 세 개가 한꺼번에 달려들어 칭칭 감아올렸다. 요괴는 엄청난 힘으로 광탈을 옥죄었고, 그의 갑옷에서는 구겨지는 소리가 났다. 백원이 만들어 준 쇠갑옷이 아니었다면 뼈는 으스러지고 내장은 다 터져 버렸을 것이다.

번쩍.

푸른 섬광이 흐린 하늘을 두 동강 냈고 광탈을 휘감았던 요괴의 세 다리가 모두 수면 위로 떨어졌다. 청룡언월도를 휘두른 백원의 육중한 몸이 새털처럼 가볍게 요괴의 머리 위에 내려앉았고, 다시 발을 굴러 허공으로 솟구쳐 문어의 정수리에 일격을 가하려는 순간, 바다 위를 첨벙거리던 광탈이 기겁하며 말렸다.

"하지 마. 형, 저 문어 새끼가 아이들을 알처럼 품고 있

요괴어사 2

어요!"

그 말을 들은 백원이 방향을 틀어 바다 위로 뛰어내렸다. 수면 아래로 잠수했던 그가 잠시 뒤 물보라와 함께 솟구쳐 오르며 광탈과 무령을 낚아채어 벼리와 국무당이 있는 해안가 쪽으로 착지했다. 백원은 몇 번 숨을 고르고는 광탈을 바라보며 무슨 소리냐는 듯, 눈썹을 치켜올렸다.

"노파가⋯⋯. 헉헉⋯⋯. 죽기 전에 그랬잖아요. 아이들을⋯⋯, 죄 데려갔다고. 저 문어 요괴가 그 아이들을 품에 품고 있다니까!"

금세 숨이 넘어갈 듯 헐떡거리는 광탈의 말이 맞는다면 악질도 이런 악질이 없었다. 그런데 벼리 곁에서 잠잠히 지켜보던 국무당이 고개를 저었다.

"속지 마라."

"네? 아닌데. 제가 이 두 눈으로 똑똑히 봤어요."

"교활하기가 이루 말할 수 없는 상대야."

광탈이 거듭 우겼지만, 국무당은 단호하게 말했다.

"헛것이야. 요괴는 환영을 만들어 내서 자신의 몸을 지키고 있어."

"제가 현실과 헛것도 구분하지 못할 것으로 보입니까?"

벼리는 두 사람을 지켜보며 입술을 깨물었다. 평소라면 아무 갈등 없이 국무당의 말을 따랐으리라. 하지만 광탈의 눈

썰미는 대원 중 누구보다 뛰어났고, 무엇보다 광탈이 본 것이 어린아이들이라는 게 문제였다. 혹여 아주 조금이라도 가능성이 있다면 쉽게 움직일 수 없는 노릇이었다.

백원이 잠시 침묵하며 청룡언월도를 그러쥐었다. 깊숙이 눈을 감았다 뜬 백원은 안도하듯 광탈에게 말했다.

"걱정하지 마라."

한마디를 남기고 그는 바다 쪽으로 몸을 날렸다.

"형!"

놀란 광탈이 고함을 질렀지만, 백원은 이미 자세를 취한 뒤였다. 그는 사나운 호랑이가 발톱을 드러내듯 월도의 날을 아래쪽으로 비껴들고는 요괴를 향해 달려 나갔다. 엄청난 속도로 물 위를 달리고 있었는데 월도의 날 끝이 긁어내는 물보라만이 긴 한 줄을 수면 위에 남기고 있었다.

"맹호장조세猛虎張爪勢!"

그의 호령은 비바람 몰아치는 바다를 뒤집었고, 사나운 호랑이가 발톱을 드러내 적을 세 번 타격하듯, 월도를 쳐올리며 요괴를 세 번 그어 버렸다.

번쩍.

한 번뿐이었다. 어사대 대원들의 눈에는 단 한 차례의 섬광만이 스쳐 지나갔다.

하지만 무슨 일이 일어났는지 미처 깨닫지도 못한 요괴가 잠시 시간이 멈춘 듯 미동도 하지 않더니 매끈한 머리가 살짝 어긋나면서 네 조각으로 갈라지기 시작했다. 네 동강 난 몸통이 차례로 침몰하며 바다에 커다란 물기둥을 만들었다. 지독한 요기에 주변의 바다가 부글부글 끓어오르고 회색빛 증기를 뿜어냈다. 그 사이로 백원이 모습을 드러냈다.

그가 땅을 딛자, 광탈이 나무라듯 외쳤다.

"형! 내가 이 두 눈으로 똑똑히……."

"청룡언월도가 울지 않았어."

"네?"

"내 몸은 불가사리가 지켜 주지만 내 판단에는 사도 세자 저하께서 함께하신다. 만약 네가 본 것이 살아 있는 아이들이었다면 저하의 혼령이 담겨 있는 청룡언월도는 끊임없이 울리며 나에게 경고했을 거야."

"백원의 말이 맞아. 죽은 인간의 혼령이 전혀 느껴지지 않아."

눈을 감고 바람을 살피던 무령이 말했다. 순간, 광탈은 자리에 털썩 주저앉아 훌쩍이며 소리를 높였다.

"아이, 난 또……. 애들이 잘못되는 줄 알았잖아. 그 어린 것들이 무슨 죄가 있다고. 아……. 살았다, 감사합니다."

납치된 아이들을 울며 걱정하는 그의 눈물에 대원들 모두 마음이 숙연해졌다. 반나절이 채 되지 않은 짧은 전투였지만 대원들의 느낌엔 10년은 싸운 것 같았다. 그들도 인간이었기에 긴장이 풀리며 무거운 피로가 몰려왔다.

"국무당님, 이제 해산물 더 안 오죠? 나, 이러다 죽겠어요."

머리가 반쯤 풀어헤쳐지고 지쳐 있는 광탈의 질문에 국무당이 엷은 미소로 답했다.

"그래, 더 안 올 거야. 네가 엉뚱한 상상만 하지 않으면."

"상상? 하, 이젠 생선이고 문어고 죽을 때까지 입에도 대지 않을 거예요. 아주 정나미가 떨어져. 평생 해산물 멀리하고, 천년만년 거북이처럼 오래오래 살 테니까, 국무당님 이젠 아무런 걱정도 하지 마세요."

순간 무엇인가를 감지한 듯 굳은 표정의 무령이 광탈에게 되물었다.

"뭐라고? 너 지금 뭐라 그랬어?"

"천년만년 불로장생할 거라고, 거북이마냥."

"어머니, 당장 피하세요."

다급한 무령의 말끝을 따라 대원들의 시선이 다시 바다로 향했다. 평온해진 바다 너머로 작은 점들이 보이기 시작했다. 그것이 점점 다가오니 한 떼의 갈매기 무리임을 알 수 있었다. 눈 좋은 광탈이 가장 먼저 알아보고는 벼리에게 물었다.

"벼리야, 갈매기가 바다도 건너니?"

"아니, 늪이나 강 하구, 호수, 육지에서 멀리 벗어나지 않는데?"

"그런데 어떻게 저 너머에서 이리로 날아오지?"

넋이 나간 두 사람의 대화가 끝나자, 평온해진 수면 아래로 거대한 그림자가 드리워졌다.

그림자가 차츰 짙어지면서 제 모습을 드러내자, 대원들과 국무당은 너무 놀라 아무 말도 할 수 없었다. 섬이 바다에서 솟아오르고 있었다. 거대한 것이 물보라를 일으키며 위용을 드러내더니, 그 앞으로 좀 더 작은 암초 하나가 함께 떠올랐다. 산과 숲 사이로 바닷물이 폭포처럼 쏟아져 내렸고, 그 위를 갈매기들의 기괴한 비명이 맴돌고 있었다.

입이 떡 벌어진 어사대 대원들은 얼마 지나지 않아 깨닫게 되었다. 그들 눈에 보이는 것은 섬이 아닌 거대한 거북이었다. 암초인 줄 알았던 것은 거북의 머리였고 얼굴과 발에는 온통 따개비와 굴, 해초 같은 것이 켜켜이 붙어 있었다.

광탈은 그 모습을 보고 아예 드러누워 버렸고, 대원들 모두 경악을 금치 못했다. 잠시 후 거북을 자세히 살피던 국무당이 대번에 눈살을 찌푸리며 한 발 앞으로 나섰다.

"용왕을 모시는 분께서 어인 일이십니까?"

"용왕이라고?"

국무당의 말에 놀란 광탈이 자리에서 벌떡 일어났다. 거북을 마주한 국무당의 목소리에는 경외심 대신 분노가 서려 있었다.

"신성하고 귀한 존재께서 어쩌다 요괴 편에 서게 되었는지 물었습니다."

그 말을 들은 대원들은 한 번 더 경악했다.

고개를 갸우뚱하고는 생각에 잠겨 있던 벼리가 무언가를 떠올린 듯, 시선을 거북에게 둔 채 나지막이 말했다.

"귀수산魩首山이야."

"귀수산? 저게 진짜 귀수산이라고?"

광탈이 물었다.

"응, 용왕을 모시는 신수 중 하나잖아. 하늘의 옥황상제에게 용과 해치가 있다면, 바다의 용왕에게는 귀수산이 있다고 했는데, 1000여 년 전 기록이 신화가 아니라 역사였다니……."

"무슨 기록?"

광탈의 연이은 질문에 벼리는 떨리는 목소리를 애써 가라앉히며 말을 이어 갔다.

"〈삼국유사〉권2 기이紀異, 〈삼국사기〉권32 잡지雜誌 제1 악조樂條. 신라 신문왕 2년, 동해에 거대한 산 하나가 나타났는데 모양이 마치 거북이 머리처럼 생겼다. 산 위에는 한 개의 대나무가 있어, 낮에는 둘이었다가 밤에는 합해서 하나가 되었는데⋯⋯. 왕은 그 대나무로 피리를 만들었다. 그 피리의 이름은⋯⋯."

벼리가 차마 말을 잇지 못하자 옆에 있던 무령이 문장을 완성했다.

"만파식적萬波息笛."

쇠바늘로 뒤덮여 눈가만 드러난 백원의 미간이 찌푸려졌다. 벼리 대신 무령이 말을 이어 갔다.

"신문왕께서 거북 모양의 섬에서 자라던 대나무를 잘라다 피리를 만들었잖아. 그 피리를 불면 적병敵兵이 물러가고 백성들의 병이 나으며, 가뭄에 비가 오고 장마 지면 날이 개고, 바람이 멎고 물결이 가라앉았다는 신묘한 피리, 만파식적."

국무당의 말대로 귀수산에게서는 전혀 신성한 기운이 느껴지지 않았다. 그에게선 도리어 썩은 물비린내가 물씬 났고, 여전히 아무 반응이 없었다. 침묵에는 왠지 제 죄를 들켜서 부끄럽다는 수치심이 담겨 있는 듯했다.

한동안 갈매기들의 울음소리만이 메아리처럼 울려 퍼졌다. 그러다 갑자기 새들이 울기를 멈추었고, 그것을 대신한 것은 가녀린 여자의 웃음소리였다. 거북 등에 있는 나무들 사이에서 그 소리의 주인공이 나타났다.

"제법이구나. 인간 주제에 단숨에 간파하다니."

"요망하다. 대체 용궁에 무슨 짓을 한 게냐!"

국무당은 여인을 향한 분노를 숨기지 않았다.

*"무슨 짓이긴, 다 죽여 버렸지. 너희도 그럴 것이고."*

여자의 말을 들은 국무당은 순간 몸의 중심을 잃었다. 다급히 무령과 벼리가 그녀를 부축했고, 정신을 다시 붙든 국무당은 요괴를 향해 다시 엄중히 따지기 시작했다.

"청이 네가 아무리 한이 많아 원귀가 되었어도 정도라는 게 있다. 살생도 모자라 신성한 존재까지 죽여? 아무리 사악하다 한들, 어찌 그런 망발을 입에 담는단 말이냐."

국무당은 핏발 서린 눈으로 청을 노려보며 되물었다.

"어디 계시느냐, 용왕님."

*"내가 죽였다니까. 내 말이 안 믿겨? 믿게 해 줘?"*

청은 가소롭다는 듯 웃으며 말했다.

*"아니다. 설명도 피곤하고."*

그러더니 거북의 등을 지나 목으로 다가가 손을 얹으며 명했다.

*"죽여."*

너무나 간단한 말이었지만 거기에 담긴 살기는 그동안 상대했던 어떤 요괴보다도 강렬했다.

거북이 거대한 발로 몸을 밀며 다가오기 시작했다. 대원들은 일제히 국무당을 바라보았다. 비단 죄를 지었다고 해도 용왕의 신하였다. 게다가 요괴의 말이 사실인지, 만약 사실이라면 어떻게 그런 일이 일어날 수 있는지, 그 모든 비밀을 거북은 알고 있을 것 같았다.

거대한 거북은 몇 번만의 걸음으로 어느새 코앞까지 다가오고 있었다. 대원들은 최소한의 방어만 해야 할지, 아니면 소멸시키기 위한 공격을 펼쳐야 할지 국무당의 답을 기다리고 있었다.

그때였다. 국무당이 짧게 외쳤다.

"무령아, 시간을 벌어 다오."

그녀의 말과 동시에 무령은 쥐고 있던 금줄로 어사대 주변에 결계를 쳤다. 그 순간, 어사대 대원들은 뇌가 울리고 고막이 찢어지는 고통을 느꼈다.

쿵.

거대한 귀수산이 결계를 머리로 들이받자 지진이 난 듯 진동했다.

무령은 사력을 다해 결계 안쪽으로 금줄을 덧대기 시작했고, 그것이 촘촘해질수록 공격의 진동은 조금씩 멀게 느껴졌다.

"어머니, 금줄이 얼마 남지 않았습니다. 오래 버티긴 어려울 것 같습니다."

국무당의 머릿속은 복잡했다. 죽기를 각오하고 싸워도 승산이 있을지 모르는 일. 살고자 하면 죽여야 하고, 죽이면 용왕이 사라진 바다의 비밀은 영원히 풀 수 없을지도 모른다. 그녀의 고민이 계속되는 동안 결계 밖에서는 상황이 점점 커지고 있었다.

"이 쥐새끼들이 쥐구멍을 파고 숨어 버리네? 구멍 속으로 집게 하나 넣어 줘?"

그때, 청의 혼잣말이 마치 명령이 된 것처럼, 굽이치는 바다에서 거대한 바위가 기어 나오기 시작했다. 게처럼 생긴 바위에는 크고 단단한 집게와 사람의 얼굴을 한 눈 두 개가 달려 있었다.

"아니지, 뭐하러 구멍 속으로 집게를 넣어? 그냥 통째로 삼켜 버리면 되지."

청의 말이 끝나자마자 그녀를 태우고 있던 귀수산은 포효했다. 그 소리는 수평선 너머까지 울려 퍼졌고, 촘촘한 결계 속 대원들에게도 또렷이 들려왔다.

"아이, 시끄러워라. 귀에서 피나겠네. 국무당님, 우리 어떻게 해요? 이 안에서 천년만년 살아요? 아, 뭐라고 말씀을 해 주셔야, 저것들을 베어 버리든 탕을 끓여 먹든 할 거 아니…… . 어? 바다가 갈라지는데요?"

금줄 사이로 광탈은 똑똑히 보고 있었다. 저 멀리서부터 바다가 갈라지며 검은 물체 하나가 빠른 속도로 다가오고 있었다. 광탈에게 있는 능력은 빠른 발만이 아니었다. 빠르게 달리기 위해선 남들보다 몇 배는 더 멀리 내다보는 눈이 필요했기에, 일반인과는 비교도 할 수 없는 동체 시력을 지닌 그였다.

"이젠 상상 안 해도 막 나타나네. 저거 메기인데. 어림잡아 봐도 큰 산자락 두 개는 이어 붙여 놓은 거 같네요. 뻐끔거리며 다가오는 것이 우리를 통째로 삼킬 기세네."

시간이 없었다. 모두가 긴장하고 있던 그 순간 국무당이 질끈 감은 눈을 뜨며 짧게 말했다.

"온 힘을 다해 제압해라. 죽여도 좋다."

국무당의 명령과 동시에 무령은 결계를 풀어 버렸고, 다시 세상 밖으로 드러난 대원들은 각자의 초식으로 바다를 노렸다.

바다로부터 밀려들어 오는 요기와 뭍을 지키고 있는 정기가 격돌하려는 순간, 그 모든 것을 멈추는 한마디가 하늘로부터 들려왔다.

"백 장군, 오늘 저녁상은 해산물로 차리려는가? 마침 출출하던 차인데 자네 솜씨 한번 보고 싶네."

벼리와 광탈은 귀에 익은 목소리에 왈칵 눈물을 흘릴 뻔했다. 무령과 국무당은 희망 어린 눈빛으로 창공을 올려다보았고, 백원도 미소를 띠며 예를 표했다.

먹구름 가득한 하늘에 구멍이라도 낸 듯 밝게 빛나는 광채

와 맑은 바람에 휩싸여 해치가 떠 있었는데, 평소와 달리 그의 두 발에는 물결이 보이지 않았다. 눈이 좋은 광탈이 가장 먼저 알아채고는 큰소리로 외쳤다.

"형님, 뿔 찾으러 가신다더니 금의환향하셨네."

그 말을 들은 어사대 대원들이 자세히 살펴보니, 평상시와 다르게 흉터가 있던 해치의 이마에 영롱한 빛이 어려 있었다.

예상치 못한 상황에 청의 표정이 구겨졌다.

"삼키는 건 이쪽인데 얻다 대고 밥상이래? 인간에 신수까지 한 번에 죽여 주마."

"엥? 내가 읽었던 〈심청전〉과는 내용이 다르게 흘러가는군."

해치는 흥미롭다는 듯, 송곳니를 드러내며 미소 지었다.

- 〈요괴어사〉 3권에서 계속

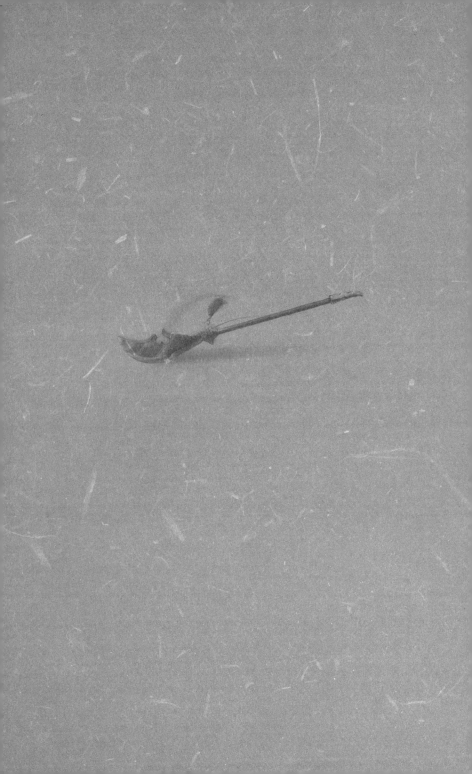

작가의 말

　설민석입니다. 여러분의 관심과 사랑 덕분에 〈요괴어사〉 2권이 세상에 모습을 드러낼 수 있게 되었습니다. 응원을 보내 주신 많은 분께 진심으로 감사드립니다.

　그동안 저는 눈을 감으면 꿈속에서, 눈을 뜨면 현실에서 펼쳐지는 대원들의 모험과 활약에 흠뻑 빠져 소중한 시간을 보냈습니다. 그리고 백성을 향한 정조대왕의 연민과 사랑을 그렸던 1권에 이어, '각성'에 관한 이야기를 2권에 담아 보았습니다.

　광탈은 누구보다 밝고 씩씩해 보이지만, 내면에는 큰 상처와 두려움이 있었습니다. 어쩌면 우리의 모습과도 닮아 있지요. 그러한 광탈은 무의식 속에서 스스로를 옥죄던 두려움의 실체를 깨닫고 진정한 해방감을 맞이합니다.

　백원 역시 큰 아픔을 간직한 채 살아가고 있었습니다. 사랑하는 가족들을 지키지 못했다는 자책감이었죠. 그 마음은 동료를 보호해야겠다는 집착으로 이어집니다. 하지만 현실은 달랐습니다. 여러 전투를 겪으며 스스로 부족함을 느끼고, 한계와 좌절감을 맛보죠. 그럴수록 백원은 더 최선을 다

해 나아가, 결국 자신을 성장시키는 힘은 먼 곳이 아닌 늘 지나쳐 왔던 일상에 있다는 사실을 각성합니다.

해치는 영광을 되찾아 줄 힘의 근원인 뿔을 찾아 천지를 헤매지만 결국 그것은 어디도 아닌, <u>스스로에게 있음을 깨닫습니다</u>. 마치 동화 속 파랑새가 먼 곳에 있는 것이 아닌 것처럼요.

우리는 현실에서 돈, 명예, 혹은 권력을 따라가기도 합니다. 그러다 '내가 이것을 쫓고 있는 이유는 무엇이지? 나에게 가장 소중한 것은 무엇이고, 어디에 있는 것이지?' 하는 의문이 들기도 하지요. 이 소설이 우리가 잊고 살았던 그 답을 생각해 보는 계기가 된다면 더없이 좋겠습니다.

늘 든든한 동행자가 되어 주시는 원더스 작가님께 깊이 감사한 마음 전합니다. 마지막으로, 너무도 평범하고 익숙해서 그냥 지나쳐 왔던 나의 건강과 사랑하는 가족, 그리고 주변의 일상에 이 작품을 바칩니다.

원더스입니다. 쓸 때마다 느끼는 감정이지만 작가의 말은 어쩌면 원고보다 더 집필이 어려운 것 같습니다. 키보드에 손을 얹자마자 몰입하면 좋으련만 언제나 그렇듯 제 생각은 자유롭게 유영 중입니다. 무슨 말을 쓸까 행복한 고민을 하며 말이지요.

지난 날을 헤아려 보니 어느덧 제가 요괴어사 팀에 합류한 지도 3년이 넘어가고 있습니다. 지난 1권이 세상에 나와 빛을 본 후 독자 여러분이 남겨 주신 리뷰를 꼼꼼히 읽었습니다. 좋은 평을 해 주셔서 너무 감사했고, 간혹 코난 못지않은 독자님들의 날카로운 예측에는 간담이 서늘해지기도 했답니다.

수많은 리뷰 중에서 저를 가장 기쁘게 했던 것은 그 무엇보다 빨리 2권을 내놓으라는 말씀이었습니다. 그럴 때마다 하루라도 빨리 출간될 수 있도록 쉬지 않고 요괴어사대 대원들을 만나러 떠나곤 했었지요.

저는 앞으로도 설민석 선생님과 머리를 맞대고 부지런히 숙고하여 어사대의 치열한 행보를 이어 가겠습니다. 이번 2권에서 의미 있는 성장을 해 낸 백원과 해치, 광탈에 이어, 앞으로 선보일 이야기도 부디 독자 여러분의 마음에 쏙 들길 바라겠습니다.

두 권의 책이 만들어지는 동안 넘치게 즐겁고 행복했습니다. 독자 여러분도 요괴어사대와 만나는 시간 여행이 즐거웠으면 좋겠습니다. 이 여정을 함께 걸었던 설민석 선생님께도 지면을 빌려 감사한 마음 전합니다. 독자님의 오늘이 항상 좋을 수만은 없는 일상이었을지라도, 모든 것을 마무리한 뒤 이 책을 펼칠 때만큼은 꽉 찬 행복을 누리시길 바랍니다.

원더스

"신령스러운 것이라면 매일, 매 순간 마주치지요.

천년을 자라난 고목은 세상의 역사를 품고 있고,

나를 스치는 사람은 먼 세상의 이야기를 들려줍니다.

온 천지가 신령스러운데, 그대는 무엇을 찾기에

이곳에서 신령스러움을 묻는 겁니까?"

# 요괴어사

## 2 각성

**1판 1쇄 인쇄** 2023년 11월 30일
**1판 1쇄 발행** 2023년 12월 18일

**지은이** 설민석, 원더스

**펴낸이** 장군
**총괄** 조성은 | **편집** 고연경, 박정민
**디자인** 올컨텐츠그룹, 윤나래, 강은정, 김지선 | **영업** 박민준, 최연수, 황단비
**자문** 이고은 | **일러스트** 최은정 | **자료조사** 박정환
**마케팅** 박상곤, 강지성, 방현영 | **제작** 혜윰나래

**펴낸곳** 단꿈아이
**출판등록** 2019년 10월 8일 제 2019-000111호
**문의** 내용문의 dankkum_i@dankkumi.com
　　　구입문의(영업마케팅) 031-623-1145 | Fax 031-602-1277
**주소** 13487 경기 성남시 분당구 판교로 242(삼평동), C동 701-2호

**홈페이지** dankkumi.com | **인스타그램** @seolsamtv | **유튜브** '설민석', '설쌤TV' 검색

**ISBN** 979-11-93031-36-0　04810
　　　979-11-93031-00-1　04810(세트)

ⓒ Dankkumi Corp.